書寫@千山外

北美華文作家協會作品大賞

趙俊邁 統籌
傅士玲 主編

目錄

散文部

代序：無聲處聽驚雷

文◎趙俊邁　北美作協會長

初始，文字如明月灑落在異鄉的銀光……

如今，書冊似雪花紛亂了如常的心思……

《書寫@千山外》的緣起與因果，其中的轉折感受，正是那「初始」到「如今」。

初始，是瀟灑的起心動念，二〇一二年起在祖國以外的異地拾起片片晶瑩的月光，經過不斷的討論、醞釀、選稿、編輯、付梓；如今，漫長而仔細地編校流程，二〇一五年《書寫@千山外——北美華文作家協會作品大賞》終於問世了。這個善果如何讓更多喜愛文學的同好分享，真誠又惶恐的心思又豈是一個「紛亂」說得透徹？

*　*　*

大唐，是中華民族史上最輝煌璀璨的年代，除文治武功崢嶸奪目，市井坊間多元繁華之外，流傳千古、衍廣中外，至今仍音韻猶存被稱頌傳唱的，便是華采風流、氣魄飛揚的詩文學。

隨著社會變遷、人文演進，「文學」也像變形蟲一般，在歷史長河中變換各種面貌，不同朝代有不同的主流文學形式，簡要粗略的說，就是先秦散文、漢賦、唐詩、宋詞、元曲、明清小說。其種類之繁多，如花團錦簇，形式之豐盈，各領風騷！

歷史的巨輪滾動到了二十一世紀，當下的主流文學形式是什麼？

這個答案，可能要由三百年後的學者來論定；但，當前我們已然看到各種形式的文學作品，早就是百花齊放、萬筆爭鋒了！其中獨樹一幟的「海外文學」更是歷史上任何一朝代都未曾見過的。

二十一世紀的北美大地上，有許多都市也展現著盛唐長安城繁華璀璨的光芒。在這些城市中，散居著不少以華文為載體的文字工作者，他們來自臺海兩岸三地，移居異鄉，仍不捨祖先的文字與悠久寶貴的文學，不離不棄堅守這塊小小的「心田」，以熱誠、執著的筆辛勤耕耘著！

他們向各地政府申請成立社團，分別成立了「紐約華文作家協會」、「紐英倫華文作家協會」、「華府華文作家協會」、「洛杉磯華文作家協會」、「北加州作家協會」、「北德州文友社」、「芝加哥華文作家協會」、「聖路易華文作家協會」、「科羅拉多州華文作家協會」、「喬治亞州華文作家協會」、「夏威夷華文作協」以及加拿大「加拿大華文作家協會」等二十七個州及城市分會，組成了「北美作家協會」。

海外華人具有其自身形成的文化，其展現在文學上的特質是：充滿思鄉懷舊之感，又充滿進取開拓的勇氣。較於母國文化，更為開放，易吸收國際文化的影響。而這種文化養分則培養出多姿繽紛、傲然堅韌的異域華文文學。

二〇一二年，北美作協開始籌畫編輯《書寫千山外》，徵蒐會友的精采文章，集結成冊，由臺灣商務印書館及中國作家協會分別以繁體版和簡體版問世。

本會特敦請夏志清（本會元老，二〇一三年十二月二十九日故世，本協會特編纂《亦俠亦狂一書生》以為紀念，由臺灣商務印書館印行）以及白先勇、趙淑俠、施叔青、劉墉、簡宛等名家擔任本文集編輯委員，期臻其善美。並請華府作協會長傅士玲（已卸任）擔任文稿主編。

在精選精編基本構想下，邀請叢甦、王渝兩位文壇健將為讀者選取好文章，可喜的是，在各分會初步的精挑細選下，送達編輯委員這裡的文章，幾乎字字珠璣、篇篇精彩。

此外還增闢名家作品欣賞，諸如白先勇、施叔青、劉墉、趙淑俠、趙淑敏、劉大任、叢甦、王渝、姚嘉為等都惠賜大作。

為追懷北美作協兩位鎮會瑰寶：夏志清、馬克任兩位先生，本書特別選登兩位先生的遺作，以為紀念。

這本書冊，是具有開創性的：一、北美華文作協第一本精華單行本；二、刊登的作品都是經過多重而認真精選；三、除了會員創作之外，旅居北美的名家也都惠賜大作，增添本書之盛；四、本書經過專業、精編，歷時三年才修成正果登場。

魯迅曾說：心事浩茫連廣宇，於無聲處聽驚雷。

用今日的說法，可以解釋為：在世道紛亂，人心繁雜的當兒，請靜下心來，翻開這本書，你會有意想不到的收穫和驚喜！

最後，感謝為這本書付出心力的每一位工作夥伴，還有關心這本新書的文友們以及各位讀者。因為有你，這本書才有生命，才有價值！

如今，能被賦予生命和價值的書，越來越少了啊！

謝謝您！

＊　＊　＊

另，敬請顧賞「北美華文作協網站」（http://chinesewritersna.com），歡迎給予我們批評與指教！感恩！

「華文語境」正開創空前活躍的大舞臺，其舞臺之大，空前未有。二十一世紀全球有四分之一的人使用中文、說華語，因此「華文文壇」是世界上最大的文壇，「世界華文作家協會」頂著「華文」的光環，沒有藉口、沒有理由在這個舞臺上緘默或缺席。

「世界華文作家協會」有足夠的條件成為一個世界文學史上從來沒有出現過的全球華文文學代言人。北美洲作協和歐洲作協、南美洲作協、亞洲作協、非洲作協、大洋洲作協更是責無旁貸樹立起此一標竿。

「代言人」是一種角色，不是虛擬的形象，而是「可以閱讀」的媒體，是世界華文作家精品發表的大平臺。

如今，你所觀看的「北美華文作協網站」，便是我們通力合作搭建這巨大平臺的第一步，雖是小小一步，但其意義不可小覷，因為任何一件偉大建築，它的起始，也就是一塊磚，一坏土！而，「北美洲華文作家協會網站」正是我們等待了許久的基礎工程第一塊磚。可以肯定的是，在你我共同悉心灌溉、呵護、滋養下，這塊奠基園地，必然越來越堅實、越來越蓬勃！

記於二〇一五年仲夏

《書寫@千山外——北美華文作家協會作品大賞》徵稿緣起

主創：北美華文作家協會

編輯顧問：夏志清、白先勇、趙淑俠、施叔青、劉墉、簡宛（排名不分先後）

編輯主任委員：叢甦、王渝

統籌：趙俊邁

主編：傅士玲（華府作協會長）

主旨：從各地移民旅居北美洲的華文作家，歷年來創作出許多精彩的作品，不斷地以繽紛優美的文字滋養著海外華人的心靈。「北美華文作家協會」集結出版精美作品專輯，一方面與世界各地華人讀者分享，另一方面也有典藏當代作品的傳世意義。為使合輯文學質素更臻盡善盡美，特向「北美華文作家協會」所有分會徵求作品，經由總會敦聘評審與編輯顧問共同甄選收錄成書，並且在兩岸三地出版發行。

本專輯書名定為：書寫@千山外——北美華文作家協會作品大賞。

甄選文體以短篇小說與散文兩種為準，作品主題須與投稿者所在分會與居住城市有關，期以不同地方書寫呈現北美的完整文學面貌。

小說部

舊居

文◎王渝　名家

裘文麗繞過那個她的身前，繞過一輛嬰兒推車，
繞過一摞散放地上的線裝書。
準是他從圖書館借回家來的，
這般亂糟糟他怎麼潛心研究他的魏晉志人小說啊，她心裡想。
然後又告訴自己，這都不關自己的事了。

裘文麗站在這熟悉的門前猶豫，似乎還不能下定決心按門鈴。一個老人牽著一隻小狗經過，小狗對著她叫，不像是惡意，倒像是要引起她的注意。老人不顧地緊拉著小狗朝前走。小狗扭過頭投給她無奈的一瞥。她伸手按了門鈴，裡面一陣乒乒乓乓，門開了。必然就是那個她了，手裡抱了個奶娃娃，框在門框裡，浸在秋日午後的陽光中，像鍍了一層淡金。「那個她」是裘文麗私下對她的稱呼，不想也不屑知道她的名字，更不想也不屑去記住她的名字。那個她滿臉疑惑，眼光在裘文麗

臉上停駐幾秒鐘，不敢確定地：「你是，你是裘文麗？」

裘文麗想，這樣也好，不必再自我介紹了，省得尷尬。這麼想著，努力擠出一個有風度的微笑。那個她手足無措，「曉天說，啊他說你今天會來。請進來，房子裡面一團糟，我正在打掃，娃娃就哭了，只好餵他吃，哦，曉天他就要……。」

裘文麗一怔，不想讓她誤會，連忙解釋，「我是來找一點東西，記得放在地下室，行嗎？」還想解釋，又轉了念。那個她的那雙眼睛裡晴空萬里，讓裘文麗感到失落，沒有了方向的標誌。

那個她連稱「行，行」，又說，「我來帶你去。」

裘文麗越發不解了，本來準備來承受敵意，只是拿不準屬於怎樣的敵意，於是心裡準備了幾套應付之道。

「不用了。你去忙孩子吧。我自己去。」

「哦，是的，好的。」

裘文麗繞過那個她的身前，繞過一輛嬰兒推車，繞過一摞散放地上的線裝書。準是他從圖書館借回家來的，這般亂糟糟他怎麼潛心研究他的魏晉志人小說啊，她心裡想。然後又告訴自己，這都不關自己的事了。地下室反倒比上面的客廳整齊，大概是少用的關係吧。儲放東西的一角完全維持原來的老樣子，她的那幾張留在這裡的畫，都仍然順著牆好好地排放著，她突然感到回家了。可是這哪裡還是她的家呢？她有點想哭。

回家，回家。回家，是他對她的表白。他說：「我也弄不明白，和她（當然是指那個她）一起時，我像是回到了家，非常的自在。」也就是聽了他這句話，她決心搬出去，把「家」留給他們。心裡那份淒涼，夜晚流的眼淚也洗不盡。她一直以爲這裡是他們的家，共同努力的成果。沒想到他卻是在別處找到了家的感覺。那份挫敗感，日夜啃噬她的心。親人朋友都說她太好講話，太有風度，骨子裡恐怕都怪她軟弱吧。可是，真正的原因她說不出口——她竟連一個家的感覺都沒能給他。

他們從大學開始就是人們眼中的金童玉女，是羨慕的對象。多年的愛情長跑，雖然沒有子女都不曾感到遺憾，他們有彼此。她放棄一切地全心照顧他，照顧他們的家。從拖鞋到一杯茶到每天的為他準備的午餐盒她都力求盡善盡美。有了他，她有了一切，非常滿足。連畫筆都放下了。她眼光落在靠牆的幾幅畫上，忍不住搖頭，實在差。這是許多年前，從前藝術系同學發起要辦聯合展覽，通知她參加。她興匆匆開始畫起來，但是不能全心全意投入，不時念頭轉到該為他燉什麼湯；他上班的襯衫長褲是否該熨熨；花瓶裡的情人草要換了吧……。他對她畫畫之事不置可否，整天忙著他的研究，忙著寫論文。結果她畫了這幾張就擱下了，也沒參加那次聯合展覽。

她這麼多年的努力，竟然不能給他一個平凡的家的感覺。她太不甘心了。

這些畫，她根本不想要的。今天爲什麼要來取呢？她有點可憐自己：還是放不下啊。過去的，就應該讓它過去。這些畫，那值得拿回去？拿回去又幹嗎？

她曾問過老鄭——他們共同的好友——他和那個她日子過得怎樣。老鄭遲疑了一下說：「很好，很好。住家過日子。」她追問什麼意思。老鄭說：「他抱孩子，哄孩子睡覺，挺有一套。」她愕然了，她想像不出來那是一幅怎樣的畫面。但是，這番話也觸動了她，不能說是領悟了什麼，然而卻讓她想起，弟弟來他們家住了兩三天後，對她說：「你們家清潔整齊得嚇人。一切井然有序到叫人不自在。太一板一眼，連你們倆都快也變成兩件擺設了。」

更讓她驚奇的是，一張她的油畫，還是自畫像，竟然掛在牆上。畫上的她，當年的她，偏著頭，短髮不安地微揚起，滿臉年輕的自信。她站在畫前，呆了。

「真漂亮，曉天說你的畫有靈氣，他最喜歡這張。」那個她出現在儲藏室門口，奶娃娃許是吃飽了，發出咿咿呀呀自滿自足的聲音。

最喜歡這張？怎麼沒聽他說過。其實，從來沒聽他說過自己的畫。

「我就是……」她頓了一下，把「回家」的「回」字吞了下去，繼續說道：「來拿畫的。最近我要參加一個畫展，我想起這裡還有幾幅畫。」

她真是回來拿畫嗎？她覺得更像死去的人魂兮歸來。日本的鬼故事《無耳的和尚》，就是說一個小和尚總在深夜被一群鬼逮去，讓他給他們敘述生前最悲壯的一段經歷。自己是不是也是回來尋找最悲壯的一段經歷呢？

「我來幫妳。」那個她用一隻手夾住奶娃娃，騰出另一隻手要來幫她取牆上的畫。奶娃娃哇哇地哭起來。

娃娃。

「真是的，討厭的小鬼。等下曉天就回來了，讓他幫妳拿。」那個她不無抱歉地說，邊拍著奶

「不用了，我只拿兩幅，一個人就行了。」她抬頭看了一眼牆上的自畫像，「不拿這幅了。」

裘文麗想的是：就讓年輕的自己留在這年輕時待過的地方吧。也許有一天奶娃娃會問，這是誰。

「我會寄請帖給你們，」她說著覺得自己漸漸地全然放鬆了下來，像在夢裡剛跑完一條長長的隧道，每一步都很滯重，還帶著莫名的心酸。她伸手摸摸奶娃娃稀疏的毛髮，「好漂亮的孩子。」

車子開動了，她回過頭擺擺手。那個她正舉著奶娃娃的手向她揮動，手勢之間流動著許多色彩與線條。她任淚水流滿臉頰，嘴角卻浮現微微的笑意。

二〇一二年一月，寫於紐約

轉機

文◎沈寧　科羅拉多

不知已經有多久了，沒有這樣把臉貼在一個男人的肩頭。不知已經有多久了，沒有這樣讓一個男人的雙臂摟住自己的後腰。傑西卡震撼了，心裡微微地顫抖。在她的記憶中，只有父親曾經讓她如此依賴，但那似乎已經十分遙遠。

這是一次傷心的旅行。她剛剛在西雅圖參加過父親的葬禮，正在回往亞特蘭大的路上。傑西卡從來沒有想到，父親才不到六十歲，就這樣突然地離開她。兩個星期前，他們還曾講過一個多鐘頭的電話，說說笑笑，上星期母親就來電話通知，父親已經去世了。

那天中午，傑西卡放下電話，急忙跟公司請了假，回家收拾一些隨身衣物，晚飯時分就出發，趕往西雅圖，向父親的遺體告別。臨時買票，只有聯合航空一班飛機，而且來回都要在丹佛轉機。也因為回程在這裡轉機，她意外聽到廣播呼叫自己的名字，於是猶豫不決地來到這個登機口，所以她見到了他。不，她首先見到他手裡抱著的那個講義夾，然後才好像隱約地見到他。

「我的？」她問。她兩眼只盯著自己的講義夾，並沒有注意拿著講義夾的人。

「你的。」他答。

傑西卡接過自己的講義夾，緊摟懷中，閉起眼睛，喘了口氣，才輕輕地說「謝謝。」她知道自己應該多說些感激的話，但是她不會。她從來不大會與人交往，特別是面對男人，陌生的男人，沒有意願，也沒有經驗。

他微笑著，說：「你應該感謝她，她撿來交給我的。」

傑西卡睜開眼睛，順著他的手指，才看到他身邊站著的小姑娘。她蹲下身，問：「你叫什麼名字？」

「阿曼達，我五歲。」

「謝謝你，阿曼達。」

「我去上廁所，裡面一個人也沒有，可是洗手臺上放著這個夾子。飛機場裡總在廣播，看見沒有人攜帶的東西，都要馬上交給機場服務員，所以我拿出來，交給爸爸。」

傑西卡伸手摸摸阿曼達的頭髮，說：「真是好孩子，很懂事，是嗎？」一星期前，她從亞特蘭大飛往西雅圖，在丹佛轉機，急急忙忙，上了飛機才發現，講義夾丟在廁所裡了。到了西雅圖，她給丹佛機場失物招領處打過電話，沒有人拾到。從西雅圖回亞特蘭大，剛才一到丹佛，她就又跑去失物招領處詢問，還是沒有人拾到。

「那麼，我很走運，我們的旅行日期相同。」傑西卡一邊說著，站直身子。他們父女二人，在飛機場裡拾到自己的講義夾，又在飛機場裡等著交還給她，除了說明他們的旅行日期不約而同之外，不可能有其他的解釋。

「哪裡，我是聯合航空的售票員，每天在這裡工作。」

傑西卡這才稍微仔細地看了看對面的男人，大約三十歲左右年紀，頭髮普通，個子一般，相貌平常，穿著一件褪色的夾克衫，一條褪色的牛仔褲。

「哦，」傑西卡應了一聲，沒有繼續。

那男人顯然猜出她的想法，有些不好意思，紅了臉，猶豫片刻，才說：「實在很抱歉，我並不是有意要侵犯你的隱私。阿曼達交來這個講義夾，我只想看看是不是誰丟掉的垃圾，所以……對天起誓，我絕對沒有讀裡面任何一封信的內容。」

傑西卡低下頭，看著講義夾的邊緣，一時不知該說什麼。

好像要繼續解釋自己，男人又匆忙地說：「我看見裡面裝的都是來往信件，每封信都夾在一個玻璃紙夾裡，而且依照日期順序，安排得十分精心，可見這些信對於主人來說，一定非常重要。」

「是的，非常重要，太重要了。父親剛剛去世了。」說完這句，傑西卡終於忍不住淚水洶湧，哭了一陣，不由自主，把臉靠到他的肩頭。

他很輕地摟著她的後腰，靜靜地站著，沉靜了一會，好像無話找話，繼續說：「所以我想，我不能把這些信送給失物招領處，讓許多人隨便翻看，我必須把講義夾親手交給失主。所以我查出了你的回程日期和航班，在這裡呼叫你。」

話都說完了，兩個人默默地站著。傑西卡漸漸停止了哭泣，卻不肯抬起臉來，讓人看到她哭後的面容。

過了幾分鐘，廣播響起：飛往亞特蘭大的九四四號航班最後一次呼叫登機。

「你必須登機了，」他拍拍傑西卡的背，輕輕把她推離自己的肩。

傑西卡站直身子，雙手蒙住臉，剛停止的淚又流出來。但這一次，不是因為傷心父親去世，而是傷心自己。她又被一個男人推開，她伏在他的肩上，他摟著她，但是他又把她推開。傑西卡是個平常的女人，她渴望得到男人的愛，她也願意向男人獻出自己的愛。可是她從小在父親保護之下，不缺乏男人的關懷，又一直把父親當作男人的楷模，所以從來沒有看中過一個男人。長大之後，她才發現自己缺乏跟男人打交道的經驗，也沒有能力討得一個男人的歡心。現在，她生命中唯一的男人去世了，她太需要得到一個男人的憐愛來代替，可是她得不到。她剛在他肩頭哭了幾分鐘，他就把她推開了，好像迫不及待要離開她。

「如果你覺得不舒服，要不要我去對櫃檯講一聲，下班飛機再走？」出乎意料，他突然這樣建議。

傑西卡仍然用手蒙著臉，但是點了點頭。她並沒有完全明白他這個建議的意義，但是總可以說明，他還是蠻關心她的，這就夠讓傑西卡受寵若驚了。

聽著他急忙走開去的腳步聲，傑西卡漸漸止住了眼淚。至少她應該還可以繼續跟這個人多度過幾分鐘光陰，多講幾句話，儘管她並不知道該聊些什麼。眼下，她十分害怕一人獨處，她太需要能有個人在自己身邊，哪怕就是一個陌生人。而且既然他會花費如此多的功夫，想方設法找到她，把講義夾當面還給她，他就應該不會拒絕她這一點點小小的要求。

「你不用擔心，爸爸認識這裡所有的人。」阿曼達安慰她說，「爸爸本來今天要上班的，為了等你，還要帶我來，所以他請了一天假。」

傑西卡聽了這番話，才穩住心情，拿出化妝袋，擦淨臉上的淚，重新勻著眼睛和嘴唇，一邊低著頭，說：「阿曼達，真是謝謝你。」

「不用謝，爸爸說，幫助別人是應該的。」

「阿曼達，你經常在飛機場裡玩嗎？」傑西卡不明白自己為什麼要問這樣的問題，她只想繼續談話，「那天你撿到這個講義夾，也是爸爸不上班，帶你來玩？」

阿曼達搖搖頭，說：「不是的，爸爸每天來上班，帶我來機場的幼兒園。我明年上小學，就不能來了。」

「那麼你要去哪一間小學呢？」

「不知道，爸爸說還在找。」

說到這裡，傑西卡再找不到其他話題了，便說：「阿曼達，你知道，這個講義夾裡面夾的信，對我來說，實在非常重要。特別是現在，只有這些信，還能讓我繼續同父親談話。」

「我知道，爸爸也這麼說。」阿曼達說，「爸爸說，以後我去讀大學的時候，他也要這樣每星期給我寫信。」

「他會嗎？」

「他會的。」

「安排好了，下班飛機兩個鐘頭之後起飛，」他走到她們身邊，說，「我想，我們到那邊的咖啡店去坐坐吧，反正今天我休假，也沒什麼事情。」

她知道，阿曼達剛才講了，可是她沒有說什麼，默默地跟著父女兩人，走進咖啡店，在櫃檯前買好咖啡，坐在桌邊。

經過這麼一段時間，傑西卡總算能夠鼓起勇氣，再次望著他，說：「我要再謝謝你，還有阿曼達。」

「你同父親非常親近，是嗎？你們之間，會寫那麼多信，真讓人很羨慕。」他似乎一直沉浸在自己的思想之中，沒有聽見傑西卡的道謝，反說出這麼一句來。

「我的父親喜歡寫信，不喜歡打電話。他說寫信可以從容地思索，可以把話講得清楚，有條理。」傑西卡突然打開了話匣子，滔滔不絕起來，「從離開家，到大學讀書開始，四年裡面，我和父親每星期通一封信。在信裡，我報告自己一星期的生活和感受，父親則講述他的生活，回答我的問題。我們談論人生，談論理想，談論快樂和失望。那些信，是我在孤獨歲月裡的安慰和支持，所以我把父親每封信都很仔細地放在講義夾裡保存，也把給父親的信做拷貝保留，我經常重讀這些信，好像在繼續跟父親談話。」傑西卡卻沒有講，也是因為這些課餘的額外忙碌，她在大學時期，沒有交到一個男友，也沒有獲得跟男人交往的足夠訓練和經驗，乃至現在仍然獨身。「可是現在，我什麼都沒有了，永遠也收不到父親的信了。」她又補充了傷痛的一句。

「你看過丹佛城嗎？」他突然轉了話題。

傑西卡聽了，先是一愣，然後明白了他的用意，很感激地看看他，說：「去西雅圖時經常會經過，從來沒有停留過。一個人都不認識，沒有親戚，也沒有朋友。」

「現在有了一個，」他站起來，伸出右手，說，「皮特，皮特・金迺斯。」

傑西卡沒有站起，仰著頭，握住皮特的手，紅了臉，說：「傑西卡・萊爾，不過你早已經知道了。」

「歡迎你來丹佛。」皮特鬆開她的手，摸摸臉，重新坐下，說，「可惜你只有兩個鐘頭，否則我可以帶你去看看落磯山。」

阿曼達立刻跟著叫起來：「我也要去，我也要去。」

傑西卡嘆了口氣，垂下眼睛，說：「是的，我非常想去看看。」

皮特盯著她，看了幾秒鐘，說：「那麼我再去跟他們說一聲，你改坐明天的航班回亞特蘭大，好嗎？現在還早，我們來得及上一趟山，明天上午再轉轉丹佛城。」

阿曼達急忙地說：「你今天晚上可以住在我家裡。」

傑西卡聽了，身子一抖，抬眼看了阿曼達一下，又看看皮特，然後恍恍惚惚，輕輕點點頭。

皮特便站起身，迅速地走開。

見皮特走遠了，傑西卡才轉過臉，看著阿曼達，問：「這樣不打招呼，到你家去，媽媽會同意嗎？」

「我沒有媽媽。」阿曼達鼓起嘴唇，邊說，「我還不到兩歲的時候，媽媽就走掉了。」

傑西卡大吃一驚，急忙說：「很對不起，我不知，不知……」

阿曼達仍然垂眼皮，氣呼呼地說：「媽媽說爸爸太笨，什麼本事都沒有。」

「是嗎？依我看，你爸爸是個很好的人，很善良，很真誠，願意幫助別人，對嗎？」

「當然，爸爸是天下最好的爸爸。」阿曼達聽見有人稱讚自己的父親，十分得意。

「你今年五歲，那麼這三年裡，爸爸沒有再結婚嗎？」傑西卡問出了這句，自己忽然覺得有些心虛，臉紅起來，看著小姑娘。

阿曼達用力搖了幾下頭，小大人般嘆口氣，說：「爸爸說，現在社會，要找到一個誠實的人，太不容易了。」

傑西卡聽完這話，陷入沉默，沉默了許久。她忽然覺得，此刻自己需要思索，嚴肅地思索。

二十五歲，父親去世，她的生活是不是應該發生一個轉折，是不是可能發生一個轉折。現在，她再也沒有父親可以去依賴，她只能依賴自己。她不能繼續被動地等待，她必須主動地爭取。如果她突然碰到一個意外的機會，她絕不能再次失去。想到這裡，傑西卡猛地站起身，伸出手，對阿曼達說：「來，拉著我的手，我們去找爸爸，我有話對他說。」

她們在聯合航空櫃檯邊找到了皮特，他還在跟值班票務員查找明天去亞特蘭大航班的空座位。

「不必再找了，我還是這班飛機就走了。」傑西卡說。

皮特聽了，先是一驚，然後顯得很沮喪，兩個肩膀都垮落幾英寸。「你確定麼？我以為你會願意在丹佛多待一天。」他小聲地說。

傑西卡看到了，也聽到了，心裡一喜。這一次，她沒有看錯人，皮特確實非常誠實，而且他願意跟自己在一起。這麼想著，她平伸兩臂，把手裡的講義夾遞到皮特面前，說：「你拿去吧，仔細讀讀，我允許你讀。」

皮特呆呆地站著，滿臉驚詫，望著傑西卡，卻沒有伸手去接那個講義夾。

「讀過我和父親之間的這些通信，你就會瞭解，我們是怎樣的家庭，我們是怎樣的人。」

皮特的下巴墜下來，扯開了嘴巴，但他講不出話來。

「然後，如果你願意，你可以到亞特蘭大去，我帶你看海。或者我可以到丹佛來，你帶我看山。當然，你也可以把講義夾寄還給我，結束這次意外。」她好像突然之間，面對男人，講話如同流水一般，並且充滿自信。

皮特終於笑起來，說：「我是聯合航空的僱員，可以隨時飛去亞特蘭大。而且，聯合航空在亞特蘭大也有很大的運營，調動工作很容易。」

傑西卡兩腮燃燒起來，眼睛冒出光芒，說：「那好吧，把這些信都拿去。」

他伸出手，把剛才交還給傑西卡的那個講義夾重新接到自己手裡，說：「我會再次親手還給你，我保證。」

「我等著。」

沈寧

祖籍浙江嘉興，南京出生，上海長大，北京讀書，陝北插隊，西北大學七七級畢業，分配陝西電視臺電視劇部工作。八三年赴美留學。歷任美國學校教師和校長、美國之音新聞主播、美國聯邦空軍軍官學院教官、美國科州雷科伍德市文化委員會委員、公司經理等職，業餘寫作。海內外發表隨筆散文小說作品多篇，出版書籍《嗩吶煙塵》等。

換舵

文◎谷文瑞　芝加哥

每年夏初我們從中國城附近的船塢取船，沿芝加哥河，穿過十八條升降橋，航到湖上Belmont港口停泊整個夏天。到了夏末秋初，又要從湖上游芝加哥河，過那些橋送回船塢過冬。這個取船、送船的過程要整整一天。每一、兩個橋會在同一個時刻升上去，停止路上交通。河上所有來排隊的帆船通過後，橋又放下。

這是陶雲和我今年最後一次乘這帆船上密歇根湖。秋天雖然才開始，經過一個夏天，幾乎每兩三個週末都在這個湖上飄盪，也是該收心的時候了。明天我們就會把船駛進芝加哥河，經過十八座橋送到中國城後面的船塢，吊上岸，和其他幾百艘船堆存在一起，度過冬天。

雖然這樣換季已經是第五年了，但這次我心中特別沉重。還是關於小琴的事。我今天必須和陶雲說了。

船還沒出港，我習慣的望向港口那些岩堤，尋找那個老人的影子。幾乎每次來泛船，都會看到他。不管多熱的天，他身上都罩著一件灰披風，身旁依著一個拐杖。今天看到他的時候，不知怎麼我有個衝動要把他看個仔細。於是我一邊注意港內的交通，一邊把船開在水道最左邊，盡量離岩堤近些。

陶雲此時正在檢查船的馬達，他說聽聲音好像有什麼毛病。既然他是學機械的，我們船上所有跟機器有關的問題，都歸他管。我以前同他提起過這個老是坐在堤岩上望著我們出港的老人，但是陶雲總似乎沒聽清楚，或者毫無興趣，往岸上匆匆一瞥，轉頭注意別的去了。

我可以看見老人的眼睛深凹，頭髮稀疏灰白而且紊亂，皮膚黝黑，很難確定他是個蒼老曬黑了的白人，還是乾癟的墨西哥人。但是他弓縮著的身子，鼻子和臉的結構，又有點東方人的樣子。他就那麼坐在港口大石階的最上層，怔怔的盯著進出的大小船隻。

雖然天氣報告說風向強度都會有突變，此時卻似乎是泛舟的理想天。我們順利出港，離岸漸遠，升起主帆和前帆，關掉馬達，開始駕風航行。我應該可以好好享受這風和日麗的暢快的，可是我卻開始坐立不安。

「陶雲，」遲疑了好久，我終於說，「我們必須談談小琴的事了。」陶雲穩穩的把著船舵，沒有反應。我繼續說，「有些決定，遲早是要做的……」我還是不知道該怎麼繼續這個話題。這時風在十一浬左右，穩定而舒暢，我的心情卻完全在另一個世界。

過了一陣子，陶雲輕輕的說：「我知道，對某些人來說，決定是很重要的。」

「是的，」我說，「不管會多……痛苦。」最後兩個字，輕聲得自己也幾乎聽不見。我低頭看著手中前帆羈繩，用力拉緊一下，不敢去看他。

「不管有多痛苦……」他彷彿自言自語地慢慢的重複著我的話。

一時之間，我腦中掃過陶雲、小琴和我在高中時去觀音山旅行的鏡頭。陶雲建議我們一起設計捕捉山雞，然後用濕土把它包起來，埋到地坑裡烤叫話子雞，三人大叫大笑吃得津津有味，然後又一起鬧肚子，吐到臉發青，跌跌撞撞的下山。那次他們兩人第二天就沒事了，我則在床上躺了一個多星期，瘦了一大圈。現在的陶雲已經不像當年的鬼精靈，而早已變成一個地道的博士工程師，我自己卻從一個木訥的書呆子，變成了一個……

「傑克，你真的那麼愛她嗎？」陶雲忽然大聲的問。我不禁抬頭看他，他的臉萬分嚴肅，我想避開那像火炬一樣的眼神，我們交往這十五年來他從沒這樣看過我，我卻無法移開我的臉。只有這樣了吧，只有這樣面對這一刻了。

「陶雲，」我喉頭忽然嚴重乾澀，「你知道你我的友誼對我有多重要，」我雖然在腦裡曾經預備過怎麼說，這時還是結結巴巴的。「我的意思是，不論有沒有小琴……」我真不知道怎麼繼續了。我但願這些年和陶雲之間已經達到了某種默契，像我們一直標榜的那種不拘小節、超乎凡俗物界的通靈的悟性，不需要使用太多語言。我忽然感覺很沮喪。

「你真的要把小琴帶走了，」他不是在問我。而是替我說出我要談小琴的目的。我連「是的」也說不口。「終於是要有這麼一天的！」他說了又掉過頭去。

半晌，他又幽幽的說，「這是她的決定嗎？」

「不是，」我說，「不是。你知道她對你的感情……」

「我以為我知道，傑克，我以為……」陶雲臉上，好像忽然變回到少年時代的他，可是完全沒有那時的帥氣了，而是一種扭曲的陰沉。

我感到同情。我說：「這對她不是容易的事，陶雲。她最先認識的是你。我們都一起長大，經過那麼多事。」

「是她要放棄我嗎？還是你？」

「陶雲，我們在臺北都年輕，一起唱歌、露營、裸泳、作詩，從來不為未來操心。現在我們在芝加哥，我們的方向都會不一樣。必須想想未來。」

「芝加哥和臺北，這麼不同嗎？我們還是我們。」

「在臺北我們在自己國度裡成長，在芝加哥我們是發射出去的煙火，各自有不同的軌跡，不同的空間，去求自己的光亮。」

「傑克，你這還不是繼續在念詩？」

「念詩對我們只能是奢侈的事了。小琴要我們作決定。她不願意傷害我們任何一個。」我說，

「我知道這事沒有辦法公平，小琴沒有勇氣，而我們必須選擇。」

「你難道不知道小琴對我有多重要？」陶雲沉重的說。

「當然知道。」

大學裡，有一次小琴和我和陶雲都連續一個多月沒有聯絡。我們三人通常每一、兩個週末都會在西門町碰頭，吃清真牛肉水餃、蒙古烤肉、冰鎮西瓜，看外國電影。忽然不見了小琴，陶雲著急死了。那時陶雲風流倜儻，讓很多女孩和家人欣賞，可小琴父母本來就忌諱小琴談戀愛，尤其嚴禁她和陶雲往來。至於我，是個土不啦嘰、毫不起眼的書呆子，她家人大概不認為女兒會對我動男女之情的念頭，反而對我們偶然打交道沒有特別阻止。

那回小琴失蹤，陶雲每天求我打電話去她家探聽。我試了無數次，都沒人接。他自己每天下課後，拉著我跑到小琴家附近，小偷一樣的在街角、樹後、巷尾探頭探腦，等到天黑，總是沒有小琴的影子。我們認識的小琴朋友不多，大家都沒轍。後來陶雲乾脆自己的課也不上，到小琴的校園四處尋找。還去附近所有醫院打聽，一樣沒消息。為了這件事，陶雲幾乎瘋狂，廢寢忘食，還說了些什麼如果小琴有個三長兩短，他也要自盡的話。我不知道花了多少時間去安慰他。

後來，小琴忽然又回來了。原來她祖父在日本發了心臟病，父母帶她趕去探望，一走兩個月，祖父去世了才回來。陶雲荒廢課業大學留級了一年。

「我知道你很愛她，」我說。這時湖上的風已經大些了，水浪上的白帽浪到處可見，天上頓時堆起大塊烏雲，船向背風傾斜過了三十度。「陶雲，」我放鬆手中的繮繩，說，「我要把前帆縮減一半，如果風再大，我們也要縮主帆了。」

陶雲熟練的把船稍微向風向接近些，使船傾斜減少，同時也放鬆主帆的張度。其實我們平時都比較喜歡風大些的時候，一方面船速可以加快，有航海破浪的豪邁氣魄，另方面可以磨練我們在勁風中駕馭帆船的技術。可是此刻，我們都對水上的挑戰沒有太大興趣。

「陶雲，」我等船有了較穩的速度，才鼓起勇氣問，「你會恨我嗎？」

「恨你？哼哼……」他臉上露出一絲苦笑。想了片刻，他繼續說，「我怎麼會恨你。要說起來，我還是欠你的。」

「欠我？怎麼會？」

「你不記得了？在墾丁野營那次？」

我們一起去過墾丁好幾回。我知道他說的是我們大學畢業環島露營的事。我們在山間一個美麗的瀑布下的水潭裡游泳，他左腿被水蛇咬了。

「那其實沒什麼，」我說，「誰都會那樣做。」

「你那樣去吸吮我的傷口，不怕蛇毒先把你毒死？」

「那時沒有想到什麼，就是要馬上把毒汁吸出來再說。」

「你知道水蛇的毒性有多烈，一兩分鐘我就會翹毛。你救了我的命。」

「可是後來我還是用刀切下一大塊你的腿肉，讓你流了很多血。」

「你完全是為了救我。」

聽陶雲這樣說，我忽然感覺眼睛濕了。我為了他這樣被動而憤怒起來。

「不，陶雲，小琴的事，和蛇咬是不能一併而談的！你不能因為這樣就放棄。你應該爭取她！告訴我你比我愛她，告訴我你沒有小琴就無法活下去，告訴我任何事。也許我們三個早就該做個決定，早就不該都像兄弟姊妹那樣天真的玩在一起。告訴我，你會給她真正的幸福。告訴我，如果我帶走了小琴，你會永遠恨我，永遠不原諒我！」

我感覺和小琴好不容易培養出來的堅強信念，開始動搖了。

這一分手，我將會離開芝加哥，或許我和陶雲就一輩子再也不會生活在同一個都市了。我們這麼長年來的友誼，也會像水上的破浪，消失無形。原來三個人緊緊被維繫在家鄉和生命成長憧憬的膠和蜜中，此刻在這個遙遠國度滿是白浪的大湖上，為了自己不同的憧憬，我要宣布和這個比兄弟還親密的朋友，永遠告別。這會是個什麼樣的遺憾。小琴雖然說，讓我們來選擇，可是我知道她在等的是我。此時此刻。

今天我和陶雲玩完帆船，我們不會像往常一樣去 Belmont 港附近找個有趣味的中東、南美或非洲小餐廳吃飯。我會單獨到密歇根街上在將漢卡大樓上和小琴見面，繼續談我們搬去加州的事。此時我想起，她要陶雲和我決定，其實只是這麼說而已，她很清楚自己要什麼。如果，我和陶雲談的結果是我放棄，而出現在將漢卡大樓的是陶雲呢？在和陶雲泛舟的過程中，我居然完全沒有想到這個可能性。現在我愣愣的看著陶雲。

「陶雲，告訴我你會給小琴帶來最大的幸福。我不能這麼自私，當初還是你把小琴介紹我們認識的。」

「多久前的事了，和現在有什麼關係？」

「那時候你和她已經有了一年的交往。她欣賞你的灑脫，崇拜你的才氣。從高中到大學，所有人都覺得你們很相配的。我不明白，為什麼這半年來，你好像對小琴有什麼不滿。」一說出來，我馬上後悔。我不能把小琴同我說他的話跟他透露。這是這些年來，我們三個能夠維持良好關係的一個基本默契。現在我破壞了它。「對不起，陶雲。我其實不知道你們之間到底怎麼了。」

「沒有事，我只是覺得你對她忽然特別殷勤起來。你不是好像有別的美國女朋友嗎？我一直沒想問你。你這個傻愣子現在好像變得春風得意了，左右逢源？」

「別，別來，陶雲。」我不想把這個談話變得更複雜。「我希望你給我一個理由，任何一個理由，你知道我在做什麼，你為什麼不叫我慢下來？我真的不是要和你搶……」

「看你說得這麼難聽！」陶雲憤怒的說。「你不知道小琴就像我從來沒有的妹妹，比妹妹還要親。我永遠的心靈的伴，不管她在哪裡。我當然想看到她幸福，也想你去得到你要的快樂。我沒有一個要你放棄她的理由！」我真摸不清他的感覺，他一定是非常沮喪的。我幾乎衝動的又重複那句

「告訴我你比我愛她」那樣愚蠢的話，還是沒講。他忽然大聲說，「看！到處都是白帽浪了！收前帆！預備返航！」

在這沉重的對話中，我們都沒有注意到船的劇烈顛簸。風已經頻頻將四周的白帽浪迸成浪花，天色灰甸甸的，湖上的帆船一下子沒剩多少艘了。「迎風換舷！」陶雲喊著。

我們熟練的彎腰讓橫杆隨強風飛快的甩到另一邊，同時迅速坐到甲板對面去。船現在直對兩浬外的港口，估計半小時可以到達。

陶雲和我在還沒有買這艘帆船之前，一起在一支四十呎的帆船上當賽船水手，連續兩個夏天每星期一黃昏和其他四個水手參賽。除非有劇烈強風，禁止賽船出航，其他不論晴雨，我們都在船長的大聲疾呼下，應對各種天氣、水浪、風性、與其他船較量速度、航行的靈活調度和控制。後來買了自己的船，我們總是配合無間，對帆船的技術已經很有信心了。這也叫我今天特別的難過。以後，這個共同分享的樂趣活動，我們是不會再一起做的了。

「傑克！」風雖大，浪雖高，陶雲卻反而冷靜了。「明天我就自己把船開到船塢。我會安排把它賣了，反正它在我一個人的名下。」

「不，我和你一起去。」我說。

每年夏初我們從中國城附近的船塢取船，沿芝加哥河，穿過十八條升降橋，航到湖上Belmont港口停泊整個夏天。到了夏末秋初，又要從湖上游芝加哥河，過那些橋送回船塢過冬。這個取船、送船的過程要整整一天。每一、兩個橋會在同一個時刻升上去，停止路上交通。河上所有來排隊的帆船通過後，橋又放下。這時很多帆船必須靠很慢速的馬達在橋與橋之間很小的空間裡，擁擠的等候下一、兩個橋的開啟。過了幾個橋後，他們又會有休息時間。這時，堵在橋之間的帆船們就有的磨蹭了。

我不想讓陶雲一個人去處理這件事，可是我們今天的談話好像已經向彼此告了別。如果明天我和他在芝加哥河上再度過一整天，這時間怎麼消磨？

「傑克，」陶雲說。「你真的不必。我一點都沒有問題。你去找小琴。我相信她在等你。」

「我……兩個人還是容易多了。這個馬達好像有點毛病，如果它需要修理，至少我可以掌舵。」

「沒有問題的。有很多其他船在河上，必要的話別人會樂意幫忙的。」

我明白陶雲的脾氣，他決定的事，我很少能夠扭轉。

我們都不再說話。

「難道我們就這樣……？」我難過的問。

「別急，」他忽然興奮的說，「讓我們再痛痛快快的 sail 一番！你感覺那風嗎？浪雖大，難不倒我們這兩個 Chinese Navy！」

在默默無言中，我們又把船調離港口，以大Z字形左右換舷，在白浪滔滔的大湖上，迅速來回馳騁，彷彿整個芝加哥市邊的湖面，都只屬於我們兩個人。有時船的前身已經飛離水面，四周的浪花濺進船艙，我們全身濕透。

我們不約而同的朝天狂嘯「我們在水上飛！我們是霸王海軍！Chinese Navy! Weee!!」我們面面相覷，高舉手臂給彼此幾個勝利的掌擊。湖水、汗水、淚水都混成一片，我們笑的同時，也都在哭著。

這是我最後一次和陶雲在一起。之後我打過好幾個電話找他，不為什麼，就是好奇他怎麼了。我不喜歡**email**，尤其不知道跟他寫什麼才好。可是就好像當年小琴失蹤一樣，總是沒人接電話。再過幾年，我們終於放棄了。陶雲對我和小琴的影響，超乎我們的預期。我們過了三年才結婚，但終於還是留在芝加哥。也許因為我們和陶雲在這裡曾經有過最接近一個家庭的溫馨？也許怕我們真的又遠去它州，陶雲將會更孤獨？雖然他跟我說過，不管小琴在哪裡，她都會是他心靈的伴。但是或許我們多慮了，他也許已經決意和過去一刀兩斷，重新開始另一頁人生，找到新伴侶了，也說不定。

* * *

老人陶雲坐在**Belmont**港口的岩堤上，望著來往的船隻。他找的就是那條藍色船身的二十四呎長帆船，上面兩個東方男人。今天怎麼把船開得這麼靠近岸邊，另一個的身子趴在船後馬達旁邊東摸西搞的。粗心，都是粗心！年輕人也不注意，天雖藍，白帽浪開始頻繁出現時，就要預備風浪的高度起伏了，等到處都是破浪，有時就太晚了。他不經意的摸摸身旁的拐杖。那點自信，在這大湖上，有什麼用呢？一個人可以把船航到中國城，百分之九十九點九九的時候絕對沒有問題。浪大到十五呎了，馬達時好時壞，又用不了帆。難怪趕到了河口，已經上氣不接下氣。在等橋開啟時，和一艘維修船撞上，眼看自己要掉下去，也不注意避開馬達。就是糊塗！少了隻腿好像還可以，又丟掉了一隻手臂，這代價太大了吧。

傑克，傑克。你經過我的時候，一定不會認出我的。我已經不是屬於這個世界的人了。至少絕對不屬於你的世界。我們那天就永世隔絕了。你那張稚氣還沒有完全脫掉的、充滿純潔希望的、所有陽光都燦爛照耀著的臉。啊……

那麼多年，那麼多美麗的時光，為什麼不能繼續到永遠？

你什麼時候才會，唉，一定是永遠也不會，知道，我從來不會為了小琴的離去而難過。我不能放棄的，不能離開的，是你……我的傑克，我的愛！

谷文瑞

筆名誠然谷，國立成功大學畢業，愛荷華大學企管碩士、戲劇碩士、電腦博士研究。歷年來在數大企業公司任企劃及管理職位。著有小說集《彩虹山》、《請跟我來》等三部，及非小說集《美女和猛獸》、《給文明把脈》、《思考帽和行動鞋》等四部。戲劇方面，編劇、導演過十餘部中英文舞台劇，包括《藍與黑》、《暗戀桃花源》、《羅密歐與朱麗葉》、《等待果陀》、《求證》、《我不是李白》等。並擅長繪畫，在芝加哥及邁阿密等地展出。

無腿的人

文◎於梨華　名家

他貪婪地望著她。她狂笑時的樣子十分誘人，有一股放蕩的卻帶著蒼涼的豔麗。
在學校裡他追她時，有時追得她太緊，她會把長髮，往後一甩，
一面狂笑，一面無情地把他心裡的念頭都說出來，
然後湊過臉來，眼睛裡帶著挑戰，問他猜對了沒有，他被她惹得用一股蠻勁把她攫住，
但她生得小巧玲瓏，一下子就溜掉了。

壁上的鐘才敲五點，她就到鄰居家把孩子叫回來，洗了臉換了衣服，自己又回到廚房巡視一遍，才到臥室去打掃。鏡子裡出現的一張臉帶著七分怨恨三分厭倦，她微喟一聲，抬起一雙手輕輕揉揉眼角，額頭——無論如何，都不能讓純德看出她對生活的不滿來。洗了臉，畫了眉，塗了唇膏人就精神多了，然後褪下那條滿是油漬的牛仔褲，在衣櫃裡檢出一條灑滿小紅點的白紗裙繫上，在抽屜裡抽出一件淡紅無袖線衫罩上。換了衣服，像是換了個人似的，緊衫大裙裡依然是她舊日玲瓏的身

段。她微帶著嘲弄而又不失自憐似的用雙手撫摸著她的乳房，然後順著腰下去，按按圓實的臀，才頹然的，突然垂下手來。有什麼用？整整一年這個還帶著青春氣息的身體就被荒蕪著，荒蕪了整整一年，以後呢？牆上的鐘突然響了一聲，五點半了，她想起了純德，臉上湧起一層興奮的紅暈，攏了一下長髮，就出去了。

「仲秀，到車上去等著，媽媽到後園把爸爸推進來就走，聽見沒有？」

他坐在園子裡，背對著她，低著頭在看一張攤在他褲子上的圖，夕陽照著他的後腦，無情地照亮他半白的髮根，她略有點驚訝，怎麼這一年來他就有這許多白髮。

聽見高跟鞋聲，他轉過頭來，「你要出去？」

看見他瘦長的臉，皺起的前額和他那個龐大的鼻子，剛剛浮起的些微憐憫立即消失了。她帶點不耐煩地說：「咦，我不是跟你講過，純德要來這裡玩幾天嗎？我現在去車站接他。」

「呵，純德，純德。」他的笑並不能掩飾他的健忘。

「他是我大學同學，最近被派到美國來觀光的。」

「呵，對了對了。」他說。

「你要不要進去啦？也許要帶他在城裡兜兜，晚一點回來。」

「好，好，進去，進去。」

把一句話重複地講，也是他最近的習慣，她皺著眉想。他把圖捲起來，拿起勾在輪椅扶手上的兩根支肩杖，架在腋下預備著，等她把椅子推到廚房進門處，他把身體重量架在雙杖，掙扎著站起來在一旁等她把輪椅車推上臺階。一陣小風來，吹起他兩隻空蕩蕩的褲腿，一隻褲腿刮到她裙上，輕戀著黏著不動，她嫌憎地退了一步，那隻褲腿在空中孤寂地拌了一下，又垂下來了，她僵著脖子把輪椅車推進門，他用支杖支著地，上了臺階，然後沉重地跌坐在椅子上，她把他推到客廳就掉身走了，走得太急，捲走房內一股暖氣。

帶了仲秀，開車到車站，火車到過了又走了，空空的月臺上，站著幾個茫然若失的旅客，她一眼就看到純德了，卻叫不出聲來，快八年了，他還是那個樣子。在學校裡大家叫他方塊，四平八方的頭，方的肩膀，短短的腿，連臉上那粒酒窩都是方的，那時覺得他壯得有點蠢，現在只覺得他健康，充滿著活力。

她下了車。他一見她，就摔了菸迎了過來，熱情地捉住她的手把她緊緊擁住，她有點暈眩，但終於把他推開了。

「歡迎你到美國來！」

他拉起她的手，帶點誇張地對她凝視著。

「老了，是不是，我們女人……」

「哪裡，妳還是老樣子，就是比以前瘦了一點，更苗條。」

她瞟了他一眼，明知他是外交辭令，心裡還是充滿歡喜。「廢話，走吧，我先帶著你看看小城春色。」

他撿起地上的旅行袋挽著她的手臂，與她並肩走出車站。進了車，她說：「仲秀，叫方伯伯。這是我的女兒，四歲啦，調皮得很。」

他一下被拉回現實中來，呆了一呆，但馬上就恢復了他的笑臉，伸手到後座去摸摸她的頭髮「嗨，小妹妹，好漂亮，叫我叔叔好了。她講不講中國話？」

「講的，不過她嘴緊，不肯說話，與她爸爸一樣。」

他臉上的笑又淡了一層，「怎麼，生活還好吧？」問得像一個陌生人似的。

她雙頰上那層興奮的紅暈一下子消失了，像黃昏時，夕陽一下子流落在山峰後，帶走了一天的紅霞，賸下一個灰蒼蒼的天幕似的。無語地，她發動引擎，把車子退出來，朝大街開去，「這個城裡只有這條大街，街這邊是店，每晚六點就關門了，那邊都是學校，看見沒有？這個是圖書館，這是學生俱樂部，這是他們的宿舍。」轉了彎，她指著一座龐大紅磚的房子說：「這是工學院的新房子，是他和另一個建築師設計的，還不錯吧？」

看完了學校，又看了別的研究所，然後她就開到靜思湖，湖邊柳枝已吐綠了，在暮色裡透得特別嫩，湖水才解冰不久，還是碧清的。她給了孩子一片糖，叫她在車上等，就帶著客人沿湖漫步走著。

「生活還好吧？」他又追問了一句。

她對著湖出神，許是沒有聽見。過半天，回過臉來，衝著他大笑起來，「你真是，就巴望我講，啊呀，我這幾年過得真痛苦啊！這樣你心裡就舒服點，是不是？你錯了，純德，我一直過得很開心的，你看看新車子，一個聽話的孩子，等下還讓你看我的新房子。」

他貪婪地望著她。她狂笑時的樣子十分誘人，有一股放蕩的卻帶著蒼涼的豔麗。在學校裡他追她時，有時追得她太緊，她會把長髮，往後一甩，一面狂笑，一面無情地把他心裡的念頭都說出來，然後湊過臉來，眼睛裡帶著挑戰，問他猜對了沒有，他被她惹得用一股蠻勁把她攫住，但她生得小巧玲瓏，一下子就溜掉了。她出國時，他要她訂了婚再走，她也巧妙地拒絕了，並約他，如在三年內出國來，一定嫁給他。三年一過，她就結婚了，堂堂皇皇的寄了張結婚照給他，那個男人瘦長瘦長的，一點也不出色。這以後他就想盡了人世間可能想到的辦法到美國來，為的就是要看看她嫁的是什麼樣的人，有什麼地方勝過了他，能贏得了她的心。他心裡有點盼望她的生活並不愉快，倒並不是他存心不良。而是他可以藉此得到一點滿足。可憐一個人比恨一個人所得到的滿足更大。

見他不說話，她問：「怎麼你到現在還不結婚？」

他摸出煙來點了，深深地吸了兩口，抬起下巴把煙吐在暮靄中：「也不為什麼，反正是高不成低不就，躭誤下來。」

「何必太苛求，找一個身體好的女孩倒是真的，別的什麼漂亮風度等等都是假的，抓不住的。咦，你怎麼不說是為了我的緣故呢？」她玩笑地加了一句。

「說了妳又說我在演戲了，怎麼會相信！」

「也不見得，我現在倒想聽聽假話，像麻藥針一樣，可以得到一時舒服。走吧，天快黑了，你一定很餓了。」

逸明見他們進來，老遠老遠的就把手伸著。純德一時太震驚，眼睛生根在他那對沒有腿的褲管上，竟沒有上前與他握手。韻英忙把仲秀推到他爸爸跟前，同時說：

「這是我丈夫，李逸明，這是純德。你們談談，我去燒菜了。仲秀，來幫媽媽把桌子擺起來，好不好？」

純德鎮定下來後，心裡的感覺很複雜：最先感到的是一種無比的滿足，好像是自己對韻英報了仇似的。接著就感到一陣強烈的憤懣，原來她為了這樣一個殘廢人把自己一腳踢開了！這不是對他太侮辱了嗎？他倒要向她問個明白，她憑什麼這樣糟蹋他。心裡一有氣，就坐不住，和逸明說了三句話，藉口要參觀他們的新房子，就衝到廚房。韻英在爐前炒菜，火光跳上來，映得她臉頰緋紅。

「妳怎麼要嫁給這樣一個人？」

她不動聲色，轉身拿了碗，把雪豆牛肉盛起來，把鍋子洗了擦乾，放回到爐上，倒了油，但不看他，說：「餓了吧？再炒一個菜就可以吃飯。」

他聲音裡漲滿了怒氣，問：「妳為什麼要嫁給這樣一個人?!」

她看孩子不在，才說：「他去年才殘廢的。就是督工蓋那個新房子時從五層樓上跌下來的，快一年了。」

他沒有料到這一點，心裡的憤怒像被扎了一針的氣球，一下子都洩光了，賸下的只有對韻英的無比憐憫。還有什麼比突然來臨的不幸更不幸呢？他居然還有心腸感到滿足，感到憤怒！他想說些抱歉的話，一時又想不出恰當的，只好把臉埋在她後頸，喃喃地說：「可憐的，可憐的！」

他的接觸使她失去了原來的鎮靜。一顆，兩顆眼淚掉落在油鍋裡，油鍋裡嚓嚓的尖叫起來，把他們都嚇了一跳。她用圍裙擦了眼淚，平著聲音說：「你去和他談談。有什麼事，晚上再談，他睡得很早的。」

晚上，韻英把廚房收拾了，送仲秀上了床，幫著逸明換了睡衣，侍候他睡著了，才疲乏地拖著腳到客廳來。「給我一支菸。」

純德遞了菸，替她點了，挨著她坐在長沙發上。「妳休息一下，再把出事後的生活說點給我聽聽。」

她不響，只顧抽她的菸，菸抽完了，熄了菸蒂，才說：「不講也罷。我現在只想他出事前我們的生活，不然，我一天也挨不過去。他給我四年平安舒服的日子，這一點是無法否認的。你知道，我是一個很難得到滿足的女人；可是與他結婚之後，我對己，對人，對事，對物的不滿足慢慢減少了。對生活慢慢滿足起來。一個人太滿意當然不好，但是一個人能適度地滿足則是一種幸福，而我能得到這個幸福完全是他的功勞。照說，他出了事，成了殘廢，我不看別的，就看在那四年的份上也應該好好待他的。但是我就是做不到，我逃不脫虛榮，逃不脫好強，我不能忍受他的缺陷。和他一起出去，我感到羞恥，有人來，我感到羞恥，他是一個可厭的動物似的。每次他碰到我，我滿身都起雞皮疙瘩，後來只好搬到仲秀房裡去住，這樣名義上的夫妻生活過了也有好幾個月了。」她又要了一支煙，狂吸起來，以致一陣大嗆把眼淚都嗆出來了。純德趁機把她擁至懷裡，細心地替她拭淚。「我也知道自己太殘酷無情；但是他從不曾出過一句怨語，也不曾叫我回房去睡，我有時實在很替他難過。迫著自己對他好一點，仁慈一點，但這也僅是短時期的，過不了兩天又變得殘酷起來。我就是我，心裡想做得好而行動上做不到的一個人。到頭來，只是看不起自己，不過看不起自己畢竟容易，改變自己究竟太難，你說對不對？」

她轉頭看他，才發現自己在純德懷裡，想移開去，再也移不動，反而嚥了一下口水，不由自主地向他靠過去。

他看到她的動作。忙抓住機會問她：「那麼妳打算怎麼辦？」

「我曾經辦過回臺灣的手續，想離開他，但是終於沒有走成。」

他輕輕地撫弄著她的髮腳，手指觸及她的後頸時，給她一種酥軟欲醉的感覺。他對著她耳朵說：「兩個人生活在一起，不是光靠憐憫可以維持下去的，如果妳對他已沒有愛了，我勸妳還是離開他。」

她側頭瞟了他一眼，「好像你懂得什麼叫愛似的！難道愛不是一種感激、憐憫、欣賞、敬佩等等感情混合起來的一種東西嗎？不過這些都是捉摸不到的抽象名詞，我現在不需要，現在我要的是實實在在，一個健康完全的男人。」

「韻英，妳現在就可以有我，如果妳離開他，我還是要妳的。」

她把身子一縮從他手臂下溜出來，對著他的臉大笑起來，「你的英雄主義又來了，你還是要我的。好一個大方的君子！你倒沒有先問問我要不要你呢？」

她放蕩傲岸的態度，徹底的挑起他的野性。一伸手，他把她蠻橫的拉過來，像八年前一樣，一手抬起她的下巴，一低頭，就粗暴地吻過她的嘴去。出乎他意料之外的，她竟然沒有像從前一樣對他拳打腳踢的抵抗，而是軟癱在他的胳膊上，急切地伸出舌尖來接受他的。顯然的，她已經與從前不同了，於是他將她一把拖起，往自己房裡走，走得太急，踢倒了一張仲秀坐的矮凳，把韻英驚醒過來，她一掙扎，站下地來，也不看純德，微帶點激動地說：

「我和他離婚可以，嫁給你也可以，不過我們都是成年人，做事還是慎重一點好，也不在乎這幾天，是不是？好，明天見。」

他一個人留在客廳裡，不斷地抽著菸，對她剛剛心口不一的態度覺得好笑又好氣。一個女人嘴唇最能洩漏她的祕密，她對他的需要已在一吻中顯露無遺了，而她居然假惺惺的說不在乎這幾天。天曉得，如果她不在乎，他當然更不在乎了，他是一個男人！好，她既然這麼虛偽，他不妨給她點苦頭吃吃。

第二天一個上午他都正經地陪逸明談天，或逗仲秀玩，不大理會韻英。下午逸明父女睡了午覺，他借了逸明的運動衣褲，慫恿韻英和他出去打網球，在球場上他露著毛黑的雙腿，矯健地前後左右跳著，好幾次，韻英被他的雙腿吸住，忘了回他的球，他覺著了，跑到網邊，漾著他方方的酒窩取笑她說：

「怎麼，在學校時的一手球藝，到哪裡去啦？」

她強笑著說：「老了呀，怎麼可以與從前比呢？」

他熱情地說：「在我眼中，妳還是和從前穿短褲時一樣年輕。」

謊言對女人，正如彩色的糖對於孩子一樣，明知吃了要壞牙，拔牙的痛難以忍受，卻還是不能拒絕糖的色與香。她瞟了他一眼說：

「鬼話，誰相信你！」

她雖然不相信，卻是很樂意。

打球回家，各人沖了一個浴，端了一杯冷飲，坐在客廳裡，享受著運動後的舒適。逸明艱難地推著輪椅出來，純德忙站起來去幫他。一個坐在椅上，無腿的，蒼白的。一個坐在椅後，穿在背心短褲裡的身體冒著活氣與魅力。韻英看得心裡一陣陣絞痛，猛然放下杯子，起身進廚房去了。杯子沒有站穩，擺了兩下，終於倒了下來，杯裡的冷飲，沿著茶几滴到淡色的毛毯上，像一滴滴流著的血。純德到廚房去拿抹布，拿了半天都還不出來，由那無腿的人，獨對著一灘滴不盡的血。

晚上逸明父女睡靜了，韻英帶著運動後的疲乏以及不滿足所引起的煩躁，拖著腳步到客廳來。

「給我一支菸。」

純德過來遞了煙，給她點了，用他粗短的手指順著她的臉頰柔情地撫摸著，韻英忍不住，拉著他坐下，他卻只在她頰上輕吻了一下，就搖搖頭說：「不了，今天很累，我要早點睡了。不過，不反對妳到我房裡來。」說著站直身子，顧自走了。

韻英望著他挺直的有點無情的背影，覺得一股熱辣辣的氣憤羞惱，夾著對他的需要直衝到眼眶裡，使她眼睛冒火。她咬了咬牙，扼死了煙蒂，倏的站了起來，朝他房裡走，他正偏著頭等著她，那個酒窩裡裝滿了得意的笑。她站住腳，嚥了幾下口水到她乾熱的喉嚨裡，踅回仲秀房裡去了。

第二天，第三天……一連幾天，純德不動聲色地扮演著他的角色，白日，在逸明面前，謙遜地表現他的友善，在韻英面前，誇張地裸露他男性的誘力。夜晚來時，他柔情地用動作逗引著韻英，等她要他時，他又遽然地走了，全身顫抖著，幾乎把嘴唇咬出了血才止住自己不狂叫出來。

純德住了一週，預備走了，韻英顧不得一切，對他說：

「我跟你一起走，純德。我決定回臺灣去了，他可以到這裡的殘障收容所去住的。」

「我在紐約還有一週左右的耽擱。妳不妨先和他談談。等一切談妥了，我可以再來接妳。」

「不，不！我已經決定跟你一起走了。我今晚就與他談，他不會反對的，他這個人，我知道。從前他一再鼓勵我離開他，是我不忍心，沒有走成。現在我不管了，我還有自己的生活，不能一輩子為他犧牲下去。你放心好了，他不會怪你的。他這個人寧願自己吃苦也不肯責怪別人的。」

純德冷著眼看她像脫衣服似的將她的自尊心一層層地脫光，心裡覺得滿足又滿意，才慢慢的說：「他怪不怪我，我倒不在乎。我只想到妳的前途，妳既然決定了，我當然歡迎妳和我一起走，後天動身，來得及嗎？」

晚飯後，純德藉故走開了，韻英催著仲秀上了床，就回到客廳。逸明在看圖樣。自他失腿之後，他工作的公司每月給他足夠維持一家生活的費用，讓他閒著。但是他怕閒，自動請求公司給他設計的工作，從工作上得來的滿足，幾乎成了唯一支持他生活下去的泉源。

「累了吧？」他見韻英進來笑著問。

「還好，每天都是這樣嘛！」

「純德出去啦？」

「唔。說是去看場電影。」

「你該和他一起去的，從前妳幾乎每張片子都看的，近來妳簡直不大去了！」

從前，從前！你難道毫無知覺的嗎？我總不能老是一個人去看電影呵！給人家看了會怎麼想！

她抑壓住了不滿說：「本來打算去的，不過我想趁這個機會和你談談，你有空嗎？」

「有空，有空，當然有空。」他忙說。

「我想趁純德回臺灣，和他一起回去，這樣有個照顧，比一個人帶著孩子上路好。到那邊去住半年六個月，和家人聚聚，反正仲秀還沒有進小學，不會耽誤她什麼事，你覺得怎麼樣？」

「我不是老早就勸妳回臺灣去玩玩的嗎？這幾年美國的生活太苦了妳，尤其這一年來。妳只管去好了，我可以住到……那個收容所去的。倒是委屈了妳，旅行還要帶著小孩。」

她心裡一牽一掛的，替他難過，聲音就和緩得多，「那不要緊，她也大了，你既然贊成，我打算明天就去收容所接洽，反正前次填過了申請單的，手續一定簡單得多。房子的事，我已打了電話給房產經紀人，他說立刻租得掉的，房租得來的錢，給我在臺灣用足足有餘，你就可以把薪水留著自己用，別的事，我已拜託了金太太。純德預備後天回紐約，如果來得及，我打算和他一道走，到紐約住幾天，買點東西送親友什麼的。」

他沒有想到她已有了這些安排，不免吃了一驚，手一抖腿上一堆圖一起滑到地上去了。他艱難地彎了腰，慢慢的，一張張的把它們拾起來，拾完了，他臉上的神色也平復了一些。他知道要來的，總是要來的，如果他想留住她，他可以用情去感她，因為她就是光靠感情兩個字領著走的。不過，他不想留她，讓她走了也是快刀斬亂麻，彼此少痛苦。當然，她不在了，他會更寂寞的。它真可怕，像一個蠶啃桑葉似的，小口小口地啃咬著他的生命，又像靜夜紗帳裡的蚊子，冷不防地吸著他的血，要捉它是捉不到的。當然，他也知道寂寞，原是任何人最親近的朋友，所不同的是：健康的人有時可以設法躲開跑掉，而殘廢的人則被它緊緊扣住，直到死為止。但是，他終於說了：「明天妳一早就去接洽好了，如果所裡一時沒有空位，妳也只管走好了，我可以暫時找個人來幫忙的。」

她又頓住了。現在說感激的話只有令他難過，何況她這時心裡感到的，不僅是感激。要說不走吧，就等於說謊，不是說謊也是一時衝動所致。

「不知飛機票容易不容易買。」他說，主要是打破沉默。

「純德昨天已去問了，說是沒有問題。」

他又稍稍一震，沒有想到他們已有這樣周密的準備。「那很好，那很好。」他帶著笑說，那個笑像是什麼人畫了一張沒有活氣的笑畫在他臉上似的，她不敢看他。

幸好，純德回來了，韻英忙迎著他：「純德，逸明答應讓我和你一起走，這一下你要逃避責任都來不及了。」

他把一條手臂橫在胸口，深深彎下腰去，學著洋派說：「這是我的榮耀，怎麼會逃避。」然後走到逸明身後，拍拍他的肩說：「你放心，老兄，我一定把她照顧得比你還周到。」

逸明乾笑著，慢慢的推著輪椅回房去了。

第二天，韻英忙了一天，把所有事情都接洽好了，到傍晚才坐下來與逸明話別。但是兩個人僵坐了半天，都說不出一句話來。人還未走，距離已遠了。她曉得他心裡的感觸一定很多，就是說不出來。這就是他與純德斷然不同之處。他是實心人，不會講甜甜蜜蜜的話。當年他向她求婚，他的話就是平實無奇，一點不使人動心的。他說：「韻英，我是一個平常的人，不會交際，不會跳舞，不會玩牌，不會向女人挑逗，不會向女人說俏皮話，不會……」她忍不住笑了起來，問他：「那你到底會什麼呢？」但是她還是嫁了他，嫁給他「不會」這一點可愛之處。一個不是風流倜儻的男人也有他平實簡易的可愛。結婚這些年，生活雖平實點，甚至枯燥點，現在一旦要丟下它，才尖銳地覺出它的無窮盡好處來。

她希望他留她，但是她知道，如果他真的留她，她也許會留下來，但是她會因此怨他一輩子。

他並沒有留她，他只是說：「去睡了吧，明天我們都要早起。」

她站起來，走到他身後，衝動地埋頭在他瘦削的肩上痛哭一頓，但她把自己控制住了，只稍微立了一下，就把他推回他房裡去。替他換衣服時，看了一眼曾經被他們合用過四年多的雙人床時，心難過地牽動著。四年多夫婦的恩情，難道是真的完了嗎？對那張床，她卻還有幾分眷戀，對逸明，難道她真的一點情分都沒有了嗎？

「謝謝妳，韻英，明天見。」他上了床，熄了枱燈，對她說每晚說的話，可是今天聽起來竟像是別詞。她快步出了房，反手將門帶上，熱辣辣地流下兩行淚來。她的心被兩個人撕扯著，一個是純德，與他所代表的，充滿了身體上的快樂，充滿了活力的生活，另一個是逸明及與他在一起的那種風平浪靜的小港口的日子。這兩個人也代表兩個力量，一個代表著自己的虛榮，自己追逐肉慾歡樂的意志，以及想捉住少婦時期僅存的一絲青春產子的光芒的欲望。另一個代表著自己的智慧，自己的良知。兩個力量纏鬥著，撕著她的心。歡樂她不願放棄，而良知尚未泯滅。在這離去的前夕，她才知道自己雖不是一個出類拔萃的好女人，卻也不是一個完全沒有心的。

但是第二天，她還是硬著心，看著收容所裡的人來，把逸明開走。送走了他，她立即帶著行李、孩子及純德離家，把鑰匙交給金家後，就驅車上公路了。花園公路兩旁的枯樹在春風裡輕抖著，閃著綠意。經過一排墓地時，有幾枝早開的鬱金香已迎著風，舒開了濃紅的花瓣。那一點紅辣像她那幾個晚上要純德的那股火。她不禁回眸看一下身旁的人，他正含著滿意得勝的微笑。接到她的目光，他伸過手來，捏捏她的腿說：

「韻英，妳的好處就在這裡，拿得起，放得下，做事爽快。跟這樣一個殘廢的人一輩子都完結了，換一個女人，雖然心裡想離開卻又怕別人說閒話，拖泥帶水的，結果一輩子兩個人都受罪。妳就不同，說走就走，沒有留戀，這樣大家都沒有痛苦。」

他的手在她腿上給了她劇烈的顫心快感。她屏息享受著，等它慢慢消失，她才開始細細咀嚼他的話。她是這樣的嗎？放得下拿得起，對過去毫無留戀的嗎？那麼為什麼剛剛離開家，心裡就塞滿了逸明那張忍苦不言的臉呢？她看樹，他的臉出現在樹枝間，她看天，他的臉出現在雲層裡。她用力搖了幾下頭，想搖掉那張臉。

「也許對，也許不。不過現在不要去研究它吧，不提它，我可以不想它。我有三個多月沒有來紐約玩了，你打算怎麼招待我？」

「你玩起來最精，而且又是老美國，你安排節目好了，我負責付鈔，怎麼樣？不過，仲秀怎麼安排呢？」

「我們平時來我總是把她交給一個朋友的母親管，等下你先回旅館，我把她送到鄭伯母家裡去再來。」

「媽媽，我不要鄭婆婆，我要妳，我要妳嘛！」

「不行，今天妳媽媽要陪叔叔，妳就暫時委屈一下，明天叔叔帶糖來接妳，好不好？」

「我不要你來接，媽媽和爸爸會來接我。像每次那樣。」

「哈，妳爸爸如果能來接妳，妳媽媽也不會跟妳叔叔來紐約啦！」純德得意地說，伸手擰了仲秀一下臉頰。

「純德！」韻英心裡一陣不痛外，正色地說：「和孩子說這一套做什麼？」

把孩子安頓好，韻英到純德的旅館裡梳洗休息了，就帶他到「二一」去吃晚飯。為了慶祝韻英的恢復「人」的生活，純德要了香檳酒。吃了飯，喝了酒，韻英帶純德到「拉丁區」夜總會去讓他開開眼界，純德不曾去過這種籠罩在酒光妖氣裡，眼前晃動著女人肥瘦大腿及幾乎全部裸露在外的乳房的場所。看了幾場舞蹈，他簡直動彈不得。韻英在婚前，常有人帶她來，當然不像純德那樣目瞪口呆，但是過了幾年的靜苦生活之後，看到這種挑逗性的扭動，也不免十分激動，所以從夜總會出來，就毫不遲疑，跟著純德回到他旅館去了。

第二天她很早就醒了，而且醒得很徹底。心裡倒是沒有遺憾，或是羞愧，或是悔恨，有的只是一種達到目的，得到滿足後的難以形容的空洞，像黎明時的一片魚白色的天，死板的，蒼茫的空洞。

她輕喟一聲，伸手到案頭小桌子摸著香菸火柴，慢慢抽著，心裡想著純德昨天說的「拿得起，放得下」那句話。世界上有幾個女人能對感情拿得起放得下呢?!除了幾個極少數的女中豪傑為了一種目的，能把感情的線一下割棄之外，一般女人都是牽牽絆絆，什麼都丟不下的，她哪能例外呢?!和逸明在一起時覺得沒有辦法活下去，現在離開了他，有了純德，還是覺得活不下去。和純德在一起，她也許會快活，但快活不是平靜，平靜是與良知並存的，她這樣離開了逸明，是她違背了良知，因此她就失去了平靜。一個人不快活，會痛苦。一個人沒有心境的平靜，生命就變成一種負擔。

熄了菸蒂，把純德橫在自己身上的手臂輕輕挪開，預備下床，純德倒是醒了，迷糊地就來纏她，她接住他的手，放在自己的臉上揉搓著說：「你再睡一下，我要去接仲秀了，接了她回家去。」

純德一下子把眼睛睜開了：「回家？」

「回到逸明那裡。」

「別開玩笑了！」他聲音裡帶點抑壓不住的輕蔑。「妳以為他還會要妳？」

「只要我有勇氣回去，他就會有勇氣要我的。你不瞭解逸明。他對事情，比你我都看得透明，看得徹底的。我對他的依賴與需要遠比對你或對任何男人都大。我離不開他。」

「那不是笑話嗎?既然離不開他，又為什麼要跟我來呢？」

她輕喟一聲說：「這是我自己也不能控制的，這次我如果沒有跟你來，我也會跟別的男人來。但我知道，這種事情以後不會再發生了。不過，這樣出來一次對我是好的，不然我不會知道我是離不開他的。」

「哎，妳們女人真是矛盾得不可理喻。」

「豈僅女人而已，人，都是矛盾的。以你來講，我做逸明妻子時你氣不過，現在我如果離了婚來嫁你，我相信你會看不起我的。我們都是俗人，脫不掉世俗的衡量。有人卻能丟開這些，看到人性中去，這是比較不容易做到的，而逸明卻能做……」

「好了，好了。」純德無情地打斷了她的話，「他既然這樣偉大，要我是妳，我就死都不離開他，不管他有沒有腿，有沒有手，有沒有……」

「純德，純德！何必說得這樣殘酷呢！我不求你瞭解，但求你原諒我。我們分手，還是好朋友，這樣我心裡舒服點，而且我心裡的確很感激你。希望將來你的太太，是一個意志堅強的女人，她就不會給你無謂的痛苦，像我在這一年內給逸明的一樣。」

純德躺在床上冷眼看她穿衣，洗澡，化妝，收拾她的隨身口袋。等她一切停當，預備走了。他說：「萬一他不要妳，妳只管回到這裡來好了，我還是要妳的。」

幸虧他這幾句話，掃去了她心裡的一點歉疚。

出了旅館她就去接仲秀，然後就驅車回到小城去，到了舊地也來不及回家，就到山上那個收容所裡。仲秀睡著了，她也不驚動她，輕聲閉了車門，直奔逸明那個房間。他坐在窗前，沒有腿的褲管上攤著一堆圖，他的眼睛卻望著窗外的晴空，神情寂寞得猶如冬天裡落盡了葉子的一棵枯樹。她閃到他椅後，輕輕把雙手放在他削瘦的肩上，「我來接你回家，逸明。」

他一顫。卻沒有轉過頭來，慢慢地捧起她的手放在他乾枯的唇邊，任那狂流，痛苦而又充滿了感激的淚灑在她輕顫的手背上。「我在想，我在想，妳也……也許會回來的。」

附註：本文原收錄於王文興主編、仙人掌出版社的《新刻的石像》（一九六八），後又被收錄於臺北皇冠出版社的《柳家莊上》（一九八八、一九九四）。

恥辱

文◎哈金　名家

他的語氣十分認真，叫我不知道怎樣說下去。

他沒有聽反話的耳朵，不明白我對他跟娜塔莉西蒙交換的禮物好難為情——差別太大了。

在去校園前門的路上我沉默不語。

他知道怎樣回領事館，說身上有張地圖，天氣又這麼宜人，他要「遛遛腿」，於是我們就道了別，我自個兒下臺階進入地鐵站。

我在法拉盛找到夏季的工作後不久，一天傍晚接到一個電話。聽到孟教授的聲音，我很興奮；他隨一個教育代表團來訪問幾所美國大學。他曾經教過我，是我的母校南京大學的美國學專家。他翻譯過一本傑克倫敦的短篇小說集，在國內文壇算是有點兒名聲。

「你住在哪兒，孟教授？」我問。

「在這裡的中國領事館。」

「我能過去看你嗎？」

「今晚不行呀——有個聚會我必須去。不過我會在這裡待幾天。咱們明天見面可以嗎？」

我同意第二天下午去看他。據他說，紐約這一站後，他們代表團將去波士頓，然後去芝加哥和明尼阿波利斯。我在一九八五年跟孟教授修過美國猶太小說，他只教過我一學期。他並不是傑出的老師——說話四平八穩，偶爾含混不清——但他的記憶力卻超乎尋常，他能提供大量的有關作者和作品的信息。有些書我懷疑他也沒讀過，因為當時在中國還找不到它們。他那時五十出頭，但身子修長靈活，乒乓球打得很漂亮。他經常開我的玩笑，說我已經四十了，儘管我才二十五歲。那段時間我的確挺老相，可能是因為目光憂鬱，加上每天上午都頭痛得厲害。不過我不在乎孟先生的玩笑。在某種程度上他比別的老師對我要好些。

第二天上午，天氣陰沉悶熱，整個紐約市彷彿是在一個大澡堂裡。跟平時一樣，阿敏和我開著貨車運送布料。我們先在布魯克林的第九街上的衣廠停下，扔下去幾捆布。然後我們開進曼哈頓下城，把其餘的布料卸到毛特街上的一家大些的工廠裡。它的車間在三樓，那裡很嘈雜，縫紉機嗡嗡地哼叫著，燙衣熨斗砰砰作響。地板上扔著邊角廢布，一垛垛外套衣料堆在牆邊。縫紉工和精整工全是女的，有的雖然兩手在忙活著，頭上卻戴著耳機。卸車挺容易，但完後我倆得把一些成衣送到服裝店去。我們必須小心地裝運西服和套裙，別擠著、壓著或弄髒了。一個臉色蒼白的瘦小的傢伙幫助我們裝車。我們先一起用大塑料袋把成衣一件一件地套起來，再把它們掛到帶輪子的架子上。

然後，我們把架子拽上電梯，下到一樓去，那裡的地板離地面有五英尺高。阿敏將貨車後退，直到接近電梯的平臺，我搭上兩塊跳板，這樣我們就可以把衣架拖進車裡。整個過程又慢又費勁；每回幾乎花上兩個小時。我們必須小心，如果損壞了成品，我們老闆——一位從香港來的中年人——就會責怪我們，好在他從沒扣過我們的工資。

那天早上出發前，我跟老闆打過招呼，他同意我下午休息。兩點左右我們把最後一批西裝送到五大道上的一家男裝店裡，回去的路上阿敏在聯合廣場停住，讓我下車。這傢伙兩眼惺忪，老像睡不醒似的，但蠻友好，經常逗我，可能因為我是臨時工，至今不敢在曼哈頓開車，還有，不等暑假結束我就將回威斯康辛。的確，我來紐約主要是為了掙點錢，並體驗一下這個城市。我的碩士論文的導師弗利曼教授說如果我要想瞭解美國，就必須去紐約看看。

我出地鐵站時，已經下起了毛毛雨。我沿著四十二街疾步朝哈得遜河走去，後悔沒帶上把傘。細雨中霓虹燈朦朦朧朧，像裸露的肢體在燃燒。它們比在晴天白日裡更誘人，彷彿在向行人招搖，但我得快趕路，以免被淋透了。七、八分鐘後我進入中國領事館的門廊，那裡已經有十來個人在避雨。接待室裡坐著一位老頭兒，臉腮稍腫，瞇縫著小眼睛在讀海外版的《人民日報》。我告訴他我老師的姓名和我來訪的目的。他抓起電話，撥了一個號碼。

不一會兒孟先生就下樓來了。他看上去和三年前一樣。我們握了握手，接著，儘管我身上濕乎乎的，我倆擁抱到一起。他見到我很高興，準備領我進入領事館。

「等等，停下！」透過接待室的窗子那老頭兒喊了一聲。「你不能進去。」

我掏出我的褐紅色的護照，翻開，給他看我的相片。我說：「你瞧，我不是老外。」

「老中老外都一樣，你不能進去。」

我的老師說：「我住在這裡。同志，就讓我們進去吧。他是我的學生，我倆三年多沒見面了。」

「咱們得照章辦事——來訪者不准進樓裡。」

火氣衝了上我的腦門。剛才我看見一個年輕女人朝這個老傢伙點點頭就進去了，那人明顯是來訪者。我問他：「這座樓不屬於中華人民共和國嗎？作為公民，我無權進入中國的領地嗎？」

「沒有，你根本沒有權利。別在這兒跟我耍貧嘴。你這樣的油嘴滑舌的主兒我見過多了。」

他渾濁的眼睛亮了一下。

「你讓我為持這個護照而感到羞恥。」我狠狠地回敬了一句。

「那就拿一個帶大鷹的藍色護照嘛——好像你能似的。」

孟先生又說：「我們不上樓去。前廳裡有些椅子，我們可不可以在那裡坐一兩個小時？保證不出你的視線。」

「不行，你們不能進去。」

門廊裡此時已經擠滿了人，我倆無法交談，所以儘管外面下著雨，還是出去了。我們穿過十二大道，觀望了一會兒陳列在哈得遜河上的「無畏號」航空母艦，然後拐進四十四街。那條街上有片建築工地，一對移動廁所立在一個角落裡。我們在附近找到一家車廂式飯館，那裡供應義大利餐點。孟先生要了帶肉丸子的炸醬麵，我則點了辣硬香腸比薩餅。他承認從未嘗過義大利麵條，雖然讀美國的小說時他曾見過「通心粉」、「乾製粉」、「線粉」和「扁粉」之類的詞，知道那些都是義大利麵條。我很高興他喜歡他點的麵，尤其是其中的番茄和外加的帕爾馬乾酪；對那些東西我的胃腸還都沒適應。他告訴我，「這飯既實惠又健康。我能嚐出橄欖油和羅勒的味道。」不過我無法分享他的熱情，平時仍吃中餐。

他繼續說：「紐約真富有，連空氣都肥肥的。」他舉起喜力啤酒，喝了一大口。

我們聊起來，主要是談我的幾位最近離開了中國的同學。接著他問我：「你在這裡每月掙多少錢？」他的大鼻子抽搐了一下，笑容湧上他的窄臉。

「他們按鐘點付工錢，我每小時掙五美元四十分。」

他低頭算了算。然後他抬起眼睛說：「哇，你比我在國內多掙二十倍。不出幾年你就會富得流油。」

我默默地笑笑。他沒考慮我在這裡花銷也大，還要付稅。他很難想像我工作得多麼辛苦。一個戴著桔紅色圍裙的碩壯的女服務員過來遞給我們甜食單。我建議兩人都來一份焦糖奶油乾酪餅，他同意了。我喜歡甜食，對我來說這是美國食品中最好的部分。他小口地喝著咖啡，嘆了聲氣。「洪帆，要是能像你一樣，我什麼都可以放棄。」

「我只是個學生。你怎麼能這麼說呢？」

「但你在美國讀研究生，有朝一日將成為真正的學者，不像我們這代人，在發展成型的年頭都被政治運動給毀掉了。我們才真正是垮掉的一代呢。」

「但你已經是教授了。」

「那只是個名稱而已。我有什麼成就？根本沒有值得一提的。多少年都荒廢了，這種損失是無法彌補的。」

我想起他翻譯的傑克倫敦的故事，那本書是值得尊敬的成就，但我沒提它。在某種程度上，我有些感動；母校的老師中很少有人會像他這樣實實在在地對學生說話。乾酪餅上來後，他問我願不願意陪他去哥倫比亞大學見娜塔莉西蒙教授。我不太情願，怕又丟掉一下午的工時，但知道西蒙是現代美國文學的著名學者，我就同意陪他去。我覺得能夠再一次得到老闆的許可。

吃完飯後，我把孟先生送回到領事館，保證第二天一點半再跟他見面。雨停了，雲彩開始消散，但空氣依然悶熱，彷彿能摩擦你的皮膚。目送他進入那座前門之後，我轉身走向地鐵站。

令人欣慰的是老闆爽快地讓我再休一下午，說他女兒是哥倫比亞大學中的巴納德學院的畢業生，所以他讚賞我陪老師去訪問那所學校。這些日子老闆心情舒暢，因為女兒剛通過律師資格考試。我在領事館外面見到孟先生時，他拎著一只背包式手提包。我想該不該接過來，但決定不那麼做，怕裡面裝有貴重的東西。我們乘三號地鐵去曼哈頓上城。

哥大英文系很好找，西蒙教授的辦公室開著門。她熱情地接待了我們，讓我們在屋裡唯一的沙發上坐下；窗戶又高又大，但屋內仍有點兒昏暗。她抱歉地揮揮手說：「對不起，這裡亂糟糟的。」她比我預想的要年輕，還不到四十歲，身材高挑，兩眼炯炯，但她滿臉雀斑，甚至胳膊上淨是斑點。孟先生英語流利，雖然他最初學的是俄語，直到六十年代初中蘇反目時他才轉學英語。他開始對西蒙教授談起一部書目，其中準備收錄所有已經翻譯成漢語的美國文學作品，這是個國家的項目，由他負責。我默默地聽著。「另外，」他說：「我們在寫一部美國文學史，是大學課本。我將寫兩章。」

「那太棒了，」她說：「我要是懂漢語就好了。看看中國學者怎樣評論我們的文學，一定會很有趣。」

我知道六、七位教授在做那本書，他們不過是重複官方的論點和闡釋，把一些小說和戲劇簡述一番，拼成一本大雜燴。西蒙教授最好別懂漢語，不然一定會掃興。她從寫字臺上拿起兩本書，都是精裝的，把它們放在我們面前的咖啡桌上。「這是我最近出版的書，」她說：「希望你會喜歡。」上面的那本名叫《現代美國小說中的地貌景觀》，但底下那本我看不清名字。

孟先生摸摸書。「能給我簽上名嗎？」他問她。

「已經簽了。」

「這些書很珍貴。謝謝。」

讓我驚異的是他從手提包裡拿出一個棕色的綢面盒子，遞給西蒙教授。他說：「這是一點兒小意思。」

她高興地打開盒子。一副人造象牙麻將出現了，在日光燈下清晰晶亮。「噢，這好極了。」儘管那麼說，她好像困惑不解，下巴低垂，彷彿嘴裡含著什麼東西嚥不下去。

「你會打麻將嗎？」孟先生問。

「我不會，但我婆婆和她的朋友們經常打。她退休了，這個送她正好。」

我看著孟老師把那兩本書放進包裡，一股酸溜溜的味道滲進我口中。他卻舉止自然，好像他倆是老朋友。其實，他們以前只見過一面。

我們沒有久坐，因為西蒙教授三點鐘有課。她說如果明年春季能加入美國的代表團，她就會愉快地重訪南京。

走出那幢前門立有巨大圓柱的樓房，我半開玩笑地對孟先生說：「這回來訪你帶了多少副麻將啊？」

「六副，不過我也帶了一些檀香扇。我只給重要的人送一副麻將。」

他的語氣十分認真，叫我不知道怎樣說下去。他沒有聽反話的耳朵，不明白我對他跟娜塔莉西蒙交換的禮物好難為情——差別太大了。在去校園前門的路上我沉默不語。他知道怎樣回領事館，說身上有張地圖，天氣又這麼宜人，他要「遛遛腿」，於是我們就道了別，我自個兒下臺階進入地鐵站。

六月一晃就過去了。白天我運送布料和成衣，夜裡研讀愛德華薩伊德的《東方主義》。我以為孟先生隨代表團去波士頓了。也許他已經在中西部。但一天晚上，我意外地接到了他的電話。

「你在哪裡？」我問。

「還在紐約，」傳來他柔和的聲音。

「你是說你沒有隨他們離開？」我震驚地明白過來他脫離了代表團。

「對。我不想那麼快就回去，」他平靜地說。

我愣愣無語，好一會兒才緩過神來。我說：「孟先生，到了您那樣的年紀，在這裡生存很困難。」

「我清楚。我愛人病了，我們需要錢來給她買藥和送她住院。在國內我永遠也掙不出那樣的錢，所以我決定留下來。」

我弄不清他是否說的是實話，但他太太確實身體不好。我說：「你可能再也無法回家了。」

「我不在乎。人應該活得像鳥一樣，不被人為的樊籬所束縛。我死後埋在哪裡都沒關係。我給你打電話是想求你收留我幾天。」

我明白給他提供住處可能把我捲進他潛逃的案子中，但他曾是我的老師，我有義務幫助他。

「好吧，歡迎你來，」我說。

我給了他地址，告訴他怎樣來這裡。要跟別人同用我的小公寓讓我覺得不舒服，我希望孟先生只是在這裡落一下腳。兩小時後，他拖著一只大旅行箱來了，還帶著那個手提包。由於他沒吃晚飯，我給他下了包方便麵，加進兩條雞腿，兩個雞蛋，一把香菜。他非常喜歡這麵條，說這是離開家以來所吃的最好的一頓飯。「比宴會上的洋飯好吃多了。」他告訴我。我問他這些日子待在哪裡，他說跟一位朋友住在布朗克斯區，但那人要離開去紐約上州，去一家賭場工作，所以孟先生得另找住處。

在某種程度上我佩服他這麼冷靜，雖然他的圓眼睛光焰灼灼。我要是在他的處境，準會發瘋。而他是過來的人，被苦難的生活磨練得堅強，尤其是在鄉下的養雞場幹了七年。他吃完飯就已經十點半了。我倆坐在搖晃的餐桌旁聊起來，喝著茉莉花茶，抽著新港香煙。我們侃得好痛快，直到兩點才決定上床睡覺。我要他用我的床，那不過是一個放在地板上的墊子，可他非要睡在沙發上。

我倆都認為他目前應當低調行事，以免領事館跟蹤上他。他白天不該出去，所以每天早晨我出門上班時就把他鎖在家裡。我總給他備足吃的喝的，晚上我回來之前，他一般為我倆把飯做好。他好像十分耐心，情緒還好。除了食品，我還帶回來中文報紙和雜誌。他每頁必讀，說從來沒想到這裡的新聞跟中國大陸的新聞差別這麼大。有些文章披露了中國政界的祕密，還對歷史事件作不同的闡釋；晚飯時孟先生常常興奮地對我講起剛讀到的東西。有時候我太累了，聽不進去，但我從不給他的興頭潑冷水。

一天傍晚，在回家的路上我看見一個幾乎沒用過的床墊，扔在人行道上。孟先生和我一起去把它抬了回來。從那天起他就睡在我屋裡的另一張床上。他夜裡常常亂叫，做惡夢。有一回他把我吵醒了，不停地喊：「我要報仇！我在省委裡有人，我的朋友們都是廳級以上的。我們將要剷除你和你的爪牙！」

儘管有那種干擾，我還是高興他住在這裡——他的出現減輕了我的孤獨。

兩週後我們開始談論他該做什麼。我已經不再把他鎖在家裡了，他經常出去走動。至今，領事館對他的失踪閉口不提，也沒有任何報紙報導過。這可不是好徵兆，這種緘默讓我們不安，所以我覺得他應該繼續躲藏下去。但是他急著要掙出自己的吃住。我勸他再藏一週，可他不聽，說：「咱們已經人在美國，不必老是生活在恐懼中。」

我倆都認為他不該申請政治避難；那是最後一條路，一旦走上去就可能無法再踏上祖國的土地了。他最好先在這裡作為非法居留者待下來，掙些錢。等潛逃這件事平息下來，他再設法改變自己的身分——有了足夠的錢，他就可以僱律師來辦這個案子。很快他開始在法拉盛找工作，那裡在八十年代末還不是繁華的城市；房子不很貴，各種生意剛開始進來。由於會說英語，他找工作並不難。皇后區植物園附近的一家餐館要僱他做服務員，但他求那個名叫馬克・錢的經理讓他開始先洗盤子，說他沒有在餐館裡的工作經驗。馬克也是這家生意的業主之一，就同意了孟先生的請求。孟真正的動機是洗盤子的通常待在廚房裡，可以躲開眾人的耳目。第二天他就開始在熊貓苑上班，每小時掙四・六美元。他很高興，雖然夜裡十一點鐘左右回來時，常常抱怨累得筋疲力盡。

他有能力，老闆和工友們都喜歡他。我偶爾去那家餐館吃碗麵或炒米飯，但從不在那裡吃正餐。我常去那裡主要是看看孟先生。令我不安的是那些員工都稱他「教授」。他太大意，不該把自己過去的身分透露給工友，不過對這事我沒說什麼。他看上去挺放鬆，儘管一天到晚洗盤子。他告訴我他一直在觀察別人怎樣侍候顧客用餐，斷定那活兒他輕易地就能做。一兩個月後他會換工作，不是在這裡當服務員就是跳到另一家餐館去。

一個星期天下午，我和工友阿敏一起去熊貓苑吃碗餛飩。我倆正吃著，兩個十七、八歲的白人女孩開進了停車場，然後朝前門走來。腰身如桶的、也是業主的梅玲疾步趕過去，劈臉就說：「你們不能在這裡用餐，別沒完沒了的。」

女孩們在門道那邊停住，其中一位穿著天藍色的莎籠裙和乳罩，戴著大圈耳環和鏡面太陽鏡，另一位也身著莎籠裙和乳罩，不過全是黃的。兩人都嚼著口香糖。「為什麼呢？我們有錢。」一身藍裝、個子挺高的那位說，笑瞇瞇的，露出一口完美的牙齒。

另一位也裂開塗紅的嘴唇笑了，翻動著劃了黑圈的眼睛。她說：「我倆太喜歡你們的炸茄子條啦。唔，好吃極了！你們的餃子也很香。」

「走開！我們不侍候你。」梅玲說。除非發起火來，她英語一般說得吞吞吐吐。

「這是美國，你不能趕走顧客，明白嗎？」那個矮些的女孩繼續說。

「你們不是我們的顧客。你倆上次不付錢。我跟著你們到院子裡，你們看見我了，可還是開車跑了。」

「你怎麼敢肯定是我們？」

「滾出去，小偷！」

「別這麼不講理，華女，」高個的那位說，笑嘻嘻的，舌頭舔舔下唇。「你怎麼能證明我們沒付錢？你咬錯人了。」

「你別罵我是狗！滾開！」女掌櫃的揚揚手，手腕上的玉鐲嘩啦作響。

穿黃裙的女孩說：「你不能這樣賴我們。瞧，我有錢。」她掏出一疊一元的和五元的鈔票，在梅玲鼻子前晃了晃。

女掌櫃的臉都氣紫了，警告說：「你們要是不趕緊走開，我就叫警察。」

「噢，是嗎？」個子高的女孩問：「我們倒是需要警察。你沒有任何證據就污蠛我們。你知道在美國這意味著是什麼嗎？這叫誣陷，是犯罪。我們要告你。」

「對，我們要把你告得一個子兒都不剩。」穿黃裙的那位加上一句。

梅玲好像有點兒蒙了，但孟先生緩步上前，兩手握在背後。他語氣平穩地對兩位說：「小姐，你們不能再欺負我們了，請離開。」

「上帝啊，餓死我了！為什麼我們就不能吃一點點東西呢？」矮個穿黃裙的那位堅持說。

梅玲高嚷：「滾出去，你們這些強盜！我們才不侍候你呢！」

「你怎麼敢這樣稱呼我們？」

「你倆就是強盜！你們搶奪我們的東西。不是強盜是什麼？你們要想在這裡用餐，先把那三十七美元交出來。」

「得了吧！我說過你認錯人了。」高個的女孩裝出一副笑臉。「你見過這副太陽鏡嗎？」

「沒有，可我記得你的耳環。」

「算了吧，好多女人都戴這種耳環，你花十八塊就能在梅西女裝店買一對。」

孟先生又說：「我們做了記錄——你的車牌號碼是895 NTY，對吧？」

「對，」梅玲接過話。「要是你不快走，我就給史蒂夫警官打電話，今晚你就見不到你媽了。」

兩個女孩都倒吸了口冷氣。我坐在一邊觀看，差點笑出聲來，但忍住了沒出動靜。穿黃裙的那位抓住同伴的胳膊肘，她說：「走，咱們離開這裡。簡直瘋了。」

她倆出去了，腳踏高跟鞋，跌跌撞撞地奔向那輛鮮紅的跑車，她們的錢包呼搧著。他們的車開走時，阿敏和我都站起來觀看車牌，上面的號碼和孟先生說的一樣。

「太絕了！」我的工友喊道。

「哇，了不起！」我對老師說。

梅玲的丈夫馬克・錢目睹了剛才的交鋒，但從頭到尾插不上一句話。此刻他不斷地對孟先生說：「你記住了她們的車牌號碼，嘖嘖嘖。你打死我我也記不住。」

後來孟先生私下告訴我，當梅玲跟女孩們爭吵時他溜了出去看了看她們的車牌。一聽這話我大笑起來。他是個聰明人，處事精明。

他的心計讓老闆刮目相看。馬克在曼哈頓上城新開了一家餐館，就請孟先生做經理，但他不幹，說自己太老了，幹不動那個活兒。其實，那地方離哥倫比亞大學太近，他不願在那一帶露面。

下一個星期的一天夜裡，他帶回來一份《大蘋果日報》，這是當地的中文報紙。他把它往餐桌上一摔。「該死的馬克，他跟一個記者瞎扯，吹我們怎樣治住了那兩個不要臉的女孩。」

我看了一遍那篇小文章；它比較準確地描述了那件事，稱孟先生為「劉教授」。他挺幸運，一直用假名。我放下報紙，安慰他說：「這沒什麼。沒人會把你跟那個有大象般記性的怪老頭兒聯繫起來。」我明白他怕領事館發現他的蹤跡。

他說，「你不知道那些官員的觸鬚伸得多長，我聽說這家報紙是大陸政府資助的。」

「那他們也不太可能把『劉教授』跟你連在一起。」

「但願你說得對。」他嘆了口氣。

可是我說得不對。三天後我下班回來時，電話急促地響著。我趕緊過去拿起話筒，喘著粗氣。打電話的人聲音悅耳地說他是申副領事，主管教育和文化交流，他要我到領事館去一趟。儘管嚇得夠嗆，太陽穴直跳，我盡量保持冷靜。我告訴他：「我上回去那兒時，連樓裡都不讓進，你們的一個工作人員說我『耍貧嘴』。那讓我好傷心，就決定再不去那裡了。」

「洪帆同志，這回我本人邀請你來，明天就過來見我。」

「我得打工。」

「後天怎麼樣？那是星期六。」
「我拿不準能不能過去，我得先跟老闆請假，到底是為什麼，申領事？」
「我們想知道你是否有關於你的老師孟富華的消息。」
「什麼？你是說他失踪了？」
「我們只想知道他人在哪裡。」
「這我可一點兒都不曉得，我最後見到他是在哥大，我倆一起去見娜塔莉西蒙教授。」
「那次我們知道。」
「那我就沒有什麼可匯報了，對不起。」
「洪帆同志，你必須對我——對你的祖國坦誠。」
「我說的是實話。」
「那好，盡快告訴我你什麼時候能來。」
我說跟老闆請下假來我就給他打過去。掛上了電話，我心裡七上八下。每回跟那些當官的打交道，我就覺得無能為力。我清楚他們也許把我當作孟先生的同夥，將來可能不斷地找我的麻煩，說不定我沒法延護照了。
那天夜裡我告訴孟老師那個電話的內容時，他沒動聲色。他僅僅說：「我知道他們一直在跟蹤我。對不起，讓你也惹上了麻煩，洪帆，從現在起你必須小心。」

「我知道我一定上了他們的名單，不過，只要我在這裡合法居留，他們就不能把我怎樣。你打算怎麼辦？」

「紐約是待不下去了，其實，我一直跟一位在密西西比的朋友有聯繫，他在那裡開了一家餐館，叫我過去幫忙。」

「這是好主意，你應該在一個邊遠的地方住下來，不讓那些官員發現你，至少在那裡待一、兩年。」

「對，我將會隱名埋姓，蒸發掉。明天我不去熊貓苑了，你能把我的工作服還回去嗎？順便告訴梅玲和馬克我不在這裡了。」

「嗯，我不該那麼做，因為他們很容易就會猜到我知道你在哪裡，這樣領事館可能要逼我供出你的下落。」

「是啊，那就不管工作服了。」

他決定第二天就去南方，乘灰狗直達傑克遜市。我贊成他的決定。

讓我吃驚的是他從壁櫥裡拖出旅行箱，拉開拉鎖，取出了一個塞得滿滿的牛皮紙信封。「洪帆，」他動感情地說：「你是個優秀的年輕人，是我最好的學生之一。這是一些我從國內帶出來的關於海明威的文章，我本打算把它們翻譯成英語，編成一本書出版，書名就叫《海明威在中國》；說實話，也是一個名利雙收的法子。如今我不能再做這個項目了，所以就把這些文章留給你，你肯定能充分利用它們。」

他淚汪汪的，把大信封放在我面前。我的手落在它上面，但沒抽出裡面的東西。我很熟悉那些數年來發表在專業期刊上的文章，知道它們大多都寫得拙劣，信息不準，其中沒有幾篇可以稱為學術論文。如果孟先生真把它們譯成英文，它們會使那些所謂的學者們難看；那些人根本就沒讀過海明威的原著，除了那本雙語版的《老人與海》之外。他們是按官方刊物的見解、並以其提供的內容簡介來評論海明威的小說的。在沒讀英文版的《太陽照樣升起》之前，我從來沒想到海明威的詼諧，因為那些文字遊戲和玩笑都在翻譯中消失了。我敢保證在美國沒有出版社要出版這些無聊的文章。孟先生真蠢，懷揣這樣一個祕密計畫，還以為它能給他帶來財富和名譽。即使如此，我告訴他：「謝謝你信任我。」

他接著遞給我一摞現金，有一千一百多美元，求我寄給他太太，我答應給她寄去一張支票。

他嘆了口氣，說我倆將來還會重逢。他站起來，去洗手間刷牙洗臉，準備上床睡覺。第二天對我倆都將是漫長的一天。

我再沒見到他，也不知道他如今在哪裡。二十多年來我從一個州搬到另一個州，從沒回過中國。那些關於海明威的文章後來也散失了。不過，我記得就是在孟先生離開紐約的那天，我夜裡坐下來動筆寫我的第一部英語小說。

愫細怨

文◎施叔青　名家

愫細不喜歡古老房子特有的窒息空氣，
不過，比較起來，香港的 La Renaissance 卻是做了四不像的抄襲，
她忍不住敲敲牆上的木頭，發覺根本不是真正的柚木，
而是把夾板漆上柚木的顏色，壁上掛的仿古風景、人物油畫，
仿的是維多利亞時代的，可能出自此地某「畫家」的手筆，
一個多月前才出爐的「傑作」。

一

愫細在六個月之前偕同她學建築的美國夫婿狄克回到香港來，狄克說她這趟是回來重溫她的根，然而愫細對香港的印象只止於中學時代的香港，一畢完業，就被家人送到美國讀書，在她主修美術設計的四年裡，家裡發生了重大的變故，母親因病去世，父親從銀行提前退休，離開了香港這

塊傷心地，到奧立岡買了一塊橘園，準備在黃澄澄的橘子叢中終老，愫細唯一的弟弟也上了加州大學的機械系，香港對於她，反而不及美國親切。

經過介紹，狄克在此間一家建築師事務所找到一個待遇不錯的職位，狄克很開心，這個從小在舊金山長大的美國男孩，為了嚮往東方文化而娶了中國女孩為妻，能夠住到算是中國的香港來，實在是他想望已久的。

既然愫細的父親早已把跑馬地的房子變賣，愫細在此地等於沒有家，她和狄克另起爐灶，在半山區馬己仙峽道找了一個不算大但很舒適的單位，是在大廈的十七樓，踞高臨下，從窗口望出去，香港就在他們的腳底下。初初搬進去的幾個星期，兩人像一對童心未泯的小孩，下班回家，相依偎在落地長窗前，等待黃昏最後一抹光隱去之後，有如仙女的魔棒一揮，燈一盞盞此起彼落亮了起來，頃刻間照亮了半天的輝煌，把香港變成一顆燦爛閃亮的寶石。對這份世界罕有的奇景，狄克讚歎世人所謂的東方之珠，就是如此吧？

這種神仙美眷的曼妙日子，並沒有維持多久，以後變心丈夫所能找出的藉口，狄克全搬了出來，他開始說謊，夜歸是為了業務，然後每個月總有一、兩次到外地出差，愫細不是個天性多疑的女人，她萬萬沒有想到丈夫一步也沒離開香港，他借用朋友在大嶼山的房子，偕他的女朋友小住，居然還天天過海照常上班。

「她是誰？」

愫細問，狄克告訴她一個極普通的美國女孩，密西根州立大學的研究生，來這兒收集資料寫論文。

原來她的丈夫他鄉遇故知，這和愫細時有聽聞的故事多麼不同，通常是外國夫婦住到亞洲來，丈夫抵擋不住東方佳麗的誘惑，拋棄了同甘共苦幾十年的髮妻。

「為什麼？狄克，為什麼會這樣？」

她問突然之間變得十分陌生的丈夫，也同時在問自己。「她和我一樣，來這兒找中國，失望了，我們處境一樣，相互吐苦水，後來我也不知為什麼——」

「愫細，聽我說，」狄克乞求著，他絮絮地道出香港此行，破壞了多年來所做的夢。愫細心亂地捧著頭坐在那兒，狄克說的她一句也聽不進去。

「……比起舊金山的唐人街，香港的中國味道顯然不及它濃——」最後狄克結論道。

愫細只問了和她最切身的問題：

「你打算怎麼樣？」

「我建議先分開一陣，好好想想，然後再作決定。」

兩人從此分房，狄克在小書房打地鋪，愫細一口否決狄克的提議，聲明搬出去的應該是她，這公寓裡的一切全是屬於狄克，甚至租約也是狄克公司簽的。

現在愫細利用午飯和下班時間去找房子，她在狄克面前，緊抿著嘴唇，很是堅強。直到有次到天后廟道看一間公寓，那是一個香港突然暴熱的暮春，門一開，空房子特有的氣味迎面撲來，剛打過蠟的地板，光可鑑人影，愫細扶著牆——屋裡除了牆一無所有——她沿著牆，生怕摔跤，來回走了幾趟，窗外有個游泳池，已經放滿了水，池裡空空的，藍色的水在早夏的陽光下泛著粼光，在那兒一波又一波無聲地洶湧，愫細看呆了，她想起狄克激情時的眼珠，也是這樣地藍得發光。淚水蓄滿了她的眼眶，忍了十多天，她再也忍不下去了，像繳械一樣突然鬆懈下來，索性哭個痛快。

後來聽見有人開門進來，她才趕忙躲在浴室裡，在不很乾淨的浴缸邊緣呆坐了半晌，哭過之後的心情稍許覺得輕鬆，愫細覺得應該振作起來了，她站起身，面對著鏡子，裡面反映出一張淚眼模糊的臉，她從皮包掏出隨身攜帶的口紅，重新化妝，劃眼線時，她的手居然一點也不抖，愫細對自己驚異的同時，也發現一個人還可以活得下去。

鏡子裡重現出一張勾劃齊整的新面孔，又可以回到寫字樓和同事談設計構想的臉，她當以前的愫細是死了，對新的自己凝視片刻，走出浴室關上門的那一剎那，愫細回復了她對自己的信心。

二

一個星期之後，她在碧瑤灣找到了一間面海的、小小的公寓，只有在清晨與黃昏，愫細對著這一片永不疲倦的海，她試著把狄克的藍眼珠埋葬在藍藍的海水裡。兩個月之後，她認識了洪俊興，一個極普通、中國味十足的中年男子。

愫細的公司，與此間某個藝術機構簽了一張合同，承攬設計年底藝術節的海報、節目單。愫細剛分居，想對自己證明的心情格外迫切，恰巧負責平面設計，一個比她資深的主任，上個月才被另一家德國廣告公司重薪挖了去，老闆威爾遜先生如失左右手，公司一下失去平衡。愫細這時從縫隙中冒了出來，洋老闆很精明，看出她這一陣子失魂落魄，幾次把她叫到自己辦公室，耳提面命，強調愫細千萬不能辜負公司對她所寄的厚望，惹得愫細眼圈紅紅的，感激極了。

升了主任，愫細還特地去剪了個頭，使自己看起來精神些。她一心為公司節省，經人介紹，找到了「俊興印刷廠」，躲在觀塘的一家中型印刷公司，約好先看紙樣。洪俊興自己抱了一大疊紙張上來，愫細在她小小的辦公室見了他。這位專門和九龍小店打交道的老闆，推門進去，對方的年輕，又是女性，使他一愣。愫細連忙抓起寫字臺上的太陽眼鏡戴上，自覺篤定了些。愫細聽他操外省口音的廣東話，幾次不好意思笑出來，她改口說英語，對方著實愣住了，難為情地掏出手帕擦拭額頭，愫細這才發現對方不懂英文，於是不留痕跡地改回廣東話。她剛回香港不久，夾在華洋雜處的社交圈，就是和中國人交往，也很少有一席話不夾英語，這男人自始至終全是口音很重的廣東話，愫細不禁多看他兩眼，只覺得新鮮。

談價錢時，愫細注意到洪俊興對這些紙張，珍惜之至，她一眼看出，這個外省的中年男子，年輕時從大陸來香港，在創業初期，一定吃過不少苦頭，是這些紙使他發跡，難怪看他的手指在光滑的紙上巡迴，眼睛中有著無比深情。

愫細起身送客，洪俊興還在好奇地東張西望，他很少有機會被請到中環洋人開的寫字樓，難怪很為這兒的擺設所吸引。臨走，他在歪歪斜斜釘滿日程表、備忘錄的那一面蔗板上發現一張中國水墨山水，畫在宣紙上，也沒好好裱，隨便被釘在角落裡，洪俊興在這洋化十足的寫字樓找到了中國，他情不自禁傾前去看，似乎一下有了依歸。

「喔，這幅畫很有意思，我喜歡它的中國味道。」愫細一副遠方闊客的口吻。

洪俊興連聲說：「很好，很好，丁衍庸的，早期的作品。」又加上一句：「應該拿去裱畫店，裱好了裝上框子，效果更好。」

愫細以為他是在就紙論紙，後來才發現他喜愛中國字畫，還多少收藏了一些名家作品。以後兩人在中環吃了幾次午餐，無非都是談紙的價格，都是洪俊興請客，有次愫細把帳單搶過來，洪俊興竟然覺得奇恥大辱，眼睛都圓了，害得愫細低聲解釋了半天，說她可以向公司報帳，洪俊興只是聽不進去，一疊聲喃喃。

「豈有此理，豈有此理。」

愫細第一次發覺純粹的中國男子有他的可愛，因為是中年，特別有一股吸引力，她想像洪俊興在他的妻子家人面前，一定是極端大男人主義，雖然她從未打聽過他家裡的情形。

漸漸地，他的電話多了起來，每次總會找到一個令愫細無法駁倒的理由。開始幾次，她以為對方要這筆生意，所以千方百計拉攏她，愫細不得不提防，她的事業如日中天，公司嫉妒她的人也不少，她不能有任何閒話落在別人手裡。然而，分居女人的生活畢竟是單調的，何況中飯人人要吃。她把自己一說服，以後就坦然地赴約。

第二天見面，是在銅鑼灣一家新開的酒樓，洪俊興向她極力推薦這家廚子做的粉果。這些日子來，由他的大型日本房車載著，把愫細帶到一間間她從未光顧過的飯店、酒樓。每一回，愫細只消安逸地坐著，這兒是洪俊興的領地，由他主管一切，他一個人點菜張羅，從來不需愫細操心。不像從前和狄克一群洋人上廣東館子吃飯，看菜單點菜的工作總是落到她這全桌唯一的中國人身上。愫細身負重任，生怕點的菜不合這群洋鬼子的口味。在那種時候，做中國人簡直是一種負擔。

和洪俊興，使她有著回娘家做客的感覺，一切都是熟悉舒適而溫暖。愫細也抗議過，他把她照顧得無微不至了。

「哪裡，哪裡，」他總是謙卑地笑著：「黃小姐在外國住久了，回香港是客人、是客人，好好招待是應該的、應該的。」

接著，夾了一塊田雞腿——他不知從哪兒知道她喜歡吃田雞——放入她的盤子。

「來、來、來，趁熱吃。」

愫細禁不住笑了。「我這個客人太舒服了，一次又一次，老做不完。可是你別忘了，我這個香港人比起你來，可要地道多了。」

洪俊興使勁搖頭，一臉不同意。

「何以見得？本來嘛，我是這兒土生土長，你還是半路出家的。當然你要說，這幾年在外國讀書，混了一身洋氣。」

說完，自己哈哈大笑。洪俊興直直望入她的眼睛：「你真是個可愛的女孩子，很可愛，本地的女孩很少有像你這樣的。」

愫細人往椅背一靠。「可是我自覺歷盡滄桑呢！」這話是在心裡說的，和對方沒有熟到談心事的地步。就是再熟，她也不可能向他訴說。洪俊興和她活在兩個不同的世界，他們的語言不同，無從打交道。在經過情感的大風大浪之後，愫細只想休息，她是太累了。有個像洪俊興這樣的人，明知不可能，交往起來也就放心多了。至於對方是否和她一樣的想法，愫細可不管，她有獨生女的驕縱，天塌下來由別人去頂著，好使她勇往直前。

「真的，黃小姐，你不知道自己有多可愛，性格爽朗，又開通得很，做起事情來，比男人還能幹，年紀輕輕的，真不簡單。」

「其實該佩服的是你。」愫細說的是實話。她聽洪俊興說過，二十年前從上海坐船來香港，掏出口袋所有的錢，買了一瓶可口可樂，坐在當時還沒拆的尖沙嘴碼頭鐘樓，啜著平生第一瓶可樂。出是出來了，日子總還要過的，雖然沒有像好些人從大陸出來，鋪報紙在騎樓走廊上睡了好幾個月的慘狀，在人地生疏的香港，他這個外省人也吃盡苦頭。他跳上電車，從北角坐到堅尼斯道，來回不知多少趟，香港到處是機會，他卻不知何去何從。

這樣一個一無所有的人，憑著中國人的吃苦精神和不屈的毅力，終於闖出屬於自己的天地，愫細只有全心佩服。當她聽到洪俊興常常窮到連茶樓飲一次茶都要算之又算，本著女性的同情心，愫細眼圈都紅了。

二十年了，洪俊興坐在新開敞亮的酒樓，這個人沒有因失意而變得尖酸刻薄、憤世嫉俗，也許有過，在他最潦倒的時候，誰又能避免呢？愫細認識的是現在的洪俊興，真誠慷慨、一團和氣，觀塘一家不小的印刷廠的擁有人。

三

不知從什麼時候起，愫細開始脫下她穿了一季的相同服飾，是那種日本人設計的，前兩年大為流行的寬鬆洋裝，大到可以在腋下胸間養一窩小雞。愫細在已經不時興的時候還經常穿著它，只有自己清楚這種服飾可以掩藏她分居後掉到不足一百磅的體重。加上她心情不好，專門揀灰撲撲的暗顏色，襯得她一臉憔悴，使她看來像個襤褸的老太婆。

升了級後第一個月發薪，愫細捏著支票簿，走進中環專賣進口的服飾店，她很為標籤上的價錢所嚇倒，同時也為多時虧待自己而十分自憐，基於補償心理，她出手特別大方，滿載而歸。

隔天中午，愫細穿了一條浪漫的法國紫紗縐裙，到利園酒店彩虹廳飲茶，她去得早，坐在四周全是鏡子的外間等候，轉來轉去，看到的全是自己。愫細顧影自憐了半天，洪俊興來了，眼前一亮的模樣，使愫細咬著唇笑了起來。一頓飯下來，洪俊興的眼睛沒離開過她，愫細赧然回視，一時的觸動，使她驀地驚覺眼前這個中年男人，他坐在那裡等她，耐心地、忍從地守候著她，等候愫細終有一天回心轉意。而自己這樣費心地打扮，難道是為了給洪俊興看？愫細好像在走路，全無戒備的心情下，突然掉進了一個坑，她大叫一聲，一下清醒過來，責備自己走路不看路。

洪俊興可以等，大半輩子不也就這樣等過了，是採取行動的時候了，為了澄清自己，為了強調這是不可能的，愫細決定邀洪俊興到她住的地方，讓他看看自己生活的天地與觀塘來的洪俊興是截然兩樣，橫在當中的距離是縮不短的。

從認識之後，洪俊興一直是她的主宰，愫細由他領著，去的場合全屬於洪俊興的領地，她被帶去自己永遠不會找去的畫廊，把中國現代名家的畫介紹給她，他陪她到博物館、拍賣行看瓷器、古物展覽，當然，還有數不清的躲在巷子底，一家家燒出地道潮州菜、廣東小菜的小館子。愫細不能否認短短幾個月洪俊興引領她，進入一個前未去過的境地，她是在一寸一寸地被吞沒。

對，是該劃清界線的時候了，邀他上她家，讓他自覺格格不入，然後自動引退，這樣做不會傷害對方——愫細知道被傷害的滋味。

「一定來，一定來拜訪，謝謝你。」洪俊興心花怒放，沒有察覺愫細不懷好意的微笑。

洪俊興如約來了，愫細去開門，只見他西裝筆挺，手中捧了一大把沾露欲放的玫瑰，紅的花和紅領帶使他醬色的臉漾上一層紅光，喜氣洋洋，愫細小時候愛看的粵語片，經常有類似的鏡頭出現，她把鼻尖埋在花叢中，強忍住沒笑出聲來。

「嗯，好香，謝謝你，請進。」

洪俊興隨著愫細身上一朵朵茶褐色碗口大，又像花又像圖案的蠟染拖地袍子進屋去，走進轟響著的士高音樂的世界，走進愫細小小的天地。人來了，就好辦了，愫細狡獪地眏眏眼。

「怎麼樣？太吵了？」愫細示威地，也不讓坐。洪俊興站了半晌，只好裝作欣賞屋內的擺設，事實上這不足百尺的小客廳，瞥一眼也就一覽無遺了，洪俊興以最慢的速度從一件東西移到另一件，那個發出原始噪音的唱機，委委屈屈躺在地上，兀自嘶吼著，愫細剛剛搬進，連張桌子也沒有，她為它找到了理由。

他踱到窗前，沿著窗，用白色空心磚和木板疊起來的書架，一直延伸到角落去，洪俊興彎下腰，瀏覽書目，發現全是英文書，他抬起頭，和愫細挑戰的目光接觸，趕忙掉開去，訕訕的，臉都漲紅了，愫細有著目的得逞後的快樂。

「黃小姐這地方布置得很——嘔，很新潮。」

「是嗎？只怕洪先生不喜歡。」

這裡和他自己家中布局嚴謹，一套紅木家具的客廳的確很不同。零散擱置的小客廳，散發著自由的空氣，西化的分居女人的自由空氣，洪俊興屏住氣，似乎不太敢呼吸自如。

愫細端出兩杯白酒，遞了一杯給他。

「試試看，會不會太冰？」自己啜了一口，「嗯，還好。」她總算坐下來喝酒了，拍拍旁邊另一把椅子，洪俊興依言坐下。

「洋人愛搞這一套。白酒先凍一下，味道就出來了，歐洲人更講究，他們冬天把酒拿到窗外去，讓冷空氣凍上一夜，喝起來，聽說回味無窮。」

「比擺在雪櫃裡要好？」

「比擺在雪櫃裡要好。」

「這種酒，什麼牌子？」

「加州的葡萄酒，尼克森專程帶了這種酒，到北京請毛澤東喝。」

兩人同時笑了起來。愫細跟狄克學會喝白酒，現在她到超級市場，還是情不自禁抽出這種淡黃的瓶子，標籤上有一串白葡萄。

「最近白酒很時興，上『翠園』、『北京樓』吃飯，夥計會向你推薦，說是白葡萄酒就著中國菜吃，別有一種味道。」

洪俊興所提的這兩家餐館，以前常和狄克光顧，他特別偏愛歷山大廈地樓的「北京樓」，狄克說裡頭布置得明亮通紅，像中國人的新房，一片喜氣。九點鐘拉麵表演，最響的掌聲往往來自外國人的桌子。

而現在中國餐桌上，也擺上了洋葡萄酒，這就是香港。

「好久沒去『翠園』、『北京樓』了。」

愫細說著，語氣中有自己都沒覺察的悵惘。的士高的吼聲低微了，唱針磨著唱盤內圈，發出篤篤聲響。愫細過去坐在地上，抽出另一張唱片，背對著洪俊興。

「關於我的事，你也聽到一些吧？」愫細說，頭也不回。「我們分居了，他是美國人，還在香港——」

此時此地狄克在做什麼呢？多半是流連在山頂的某個宴會，一手握著酒杯，啜飲杯中的加州白酒，另一隻手撫愛著他同種女友的背脊——愫細一下坐正了，還想這些做什麼？不是都過去了？

「洪先生，」她深深吹了一口氣，回到現實，「一直沒有機會謝謝你，這些日子來，你對我照顧，突然之間，我好像多了個親人，我應該算是香港人，很可惜在這兒無親無故——」

半晌，對方沒有搭腔，愫細禁不住回過頭。洪俊興把臉對著牆，牆上掛著約翰‧里依的放大黑白照片。愫細以為他沒有在聽，想繼續往下說，沒料洪俊興發出喟嘆。

「西洋人這玩意兒！」他湊近前研究綻開灰色微粒，以至使照片中人面目模糊的像：「這玩意兒，真行。」

「洪先生——」

「我喜歡照顧你，很好嘛……」

「就像自己家裡的人一樣。」

洪俊興轉過來，面對著愫細，嗒然若失：「哦，是嗎？」他想了一下，才又說：「也許吧！換上另一個地方，美國或者大陸，像我們這樣的人永遠碰不在一塊兒的。香港就是這點奇妙，不同的人、不同的東西全擠在這一小塊地上，湊在一起。不管怎樣，大家還不是和平共處，日子照樣過，這點你也不能否認吧？」

「可是，我與你，很不一樣，洪先生，你今晚到這兒來，應該也看出來了——」

「哦，是嗎？」他倒是有點意外。「在我來說，能夠認識你，應該是一種緣分——」

洪俊興顯然不願深談下去，他及時阻止正待接口的愫細。

「肚子該餓了，咱們晚上換換口味，吃西餐去，好嗎？我在報上看到廣告，一家新開的歐洲餐廳，在灣仔，叫——呃——」

「La Renaissance。」

愫細對這家號稱全香港最貴的西餐廳有所聽聞，她揚了揚眉：「哦，晚上準備去豪華一番？」

「嘿嘿，去試試看、試試看。」

她想到雪櫃裡的冷牛舌，本來預備拿它今晚待客，多喝幾杯白酒之後，愫細將會和他來一次開誠布公的傾談，使洪俊興知難而退。她在 La Renaissance 和冷牛舌之間難以取捨，最後她的好奇、嘆世界的天性戰贏了。

「去看看也好。」兩個人面對面坐著談，諒洪俊興要躲也躲不了。

愫細對自己說，她進了房間，脫下令洪俊興不安了一個晚上的蠟染袍子，換回文明的服飾。下樓時，她那打細褶的裙子，為晚風連連撩起，像月夜裡一瓣瓣綻開的湖色蓮花。洪俊興得意洋洋地為她開車門，服侍她坐定。愫細感覺到在他關上車門的那一刻，眼睛曾在她挖得很低的領口逗留了幾秒鐘，她狠狠白了他一眼，洪俊興開心地嘿嘿笑了兩聲，兩隻手握著方向盤，充滿了自信，愫細只能由他掌握她的方向，朝前駛去。

灣仔新開的這家餐廳，如果稍不注意，根本不會留心它的招牌，一走出那棺材式、窄長的電梯，眼界卻一下大開，光是外層酒吧間，容納七、八十個人的雞尾酒會毫無問題。愫細很淑女地啜飲高腳杯中的白酒——她還是喝她的加州葡萄酒——一邊瀏覽所謂全香港最高級的餐廳。

愫細在外國讀書，見過的世面不少，特別和狄克結婚後，偶爾被邀請到世家望族家中做客，愫細不喜歡古老房子特有的窒息空氣，不過，比較起來，香港的 La Renaissance 卻是做了四不像的抄襲，她忍不住敲敲牆上的木頭，發覺根本不是真正的柚木，而是把夾板漆上柚木的顏色，壁上掛的仿古風景、人物油畫，仿的是維多利亞時代的，可能出自此地某「畫家」的手筆，一個多月前才出爐的「傑作」。

愫細腳下踩著寶藍的天津地氈，坐的是褐黃色的高背椅，吊著水晶燈，滿桌鍍銀的餐具，處處顯出暴發戶的傖俗品味，香港式的豪華，就是這樣吧?!愫細注視著洪俊興拿刀叉的姿勢，他正襟危坐，聚精會神在與盤中那塊全熟的牛扒搏鬥，愫細看著，居然忘記了她的演說。

就這樣結束了這豪華晚餐，帳單用鍍銀的盤子送來，洪俊興掏出一張大鈔，對侍者連聲說：

「很好、很好。」

找數時也沒少給小費，愫細真服了他。

再走出棺材式的電梯，外面卻是狂風暴雨的世界，雨像牛繩一般粗，一絲絲夾著千鈞之力橫掃過來，洪俊興拉她躲在印度看門人的傘下，奔進車子，已經濕了一半。車子在豪雨中找路，像海難中的小船，在視線難辨的海中搖擺，好不容易才拐過了街。

「天氣真怪，四月天哪來的大雨？」

洪俊興才住口，突然一條白光一下照亮了天地，瞬息間又暗了下去，接著雷聲緊響，彷彿要撕裂大地一般。愫細最怕雷電，她記得很小的時候，有一回雷雨從中午開始，到晚上還沒停，一家人擠在停電的客廳，點上蠟燭等被大水困住回不來的父親，愫細卻膽小地躲在妹妹的搖籃裡，拿小枕頭堵住耳朵，試著擋住外邊那天崩地裂的閃電雷聲。

那時候愫細和家人一起，頭上有屋頂擋著，任憑雷電肆虐，她是被保護著。

此刻她孑然一身，和一個又熟識又陌生的男人同在一個車子裡，在茫茫雨中找尋回家的路，他們回得到家嗎？也許在半路上就被雷劈死了，愫細打了一個寒噤。就在這當兒，突然一粒粒嬰兒拳頭大的冰塊，由空而降，擊落車窗，乒乒乓乓舞跳。

「是冰雹。」洪俊興聲音透著訝異，兩手依然篤定地握住方向盤。是在下雹，愫細平生是從未見過的。在這天地變色的時刻，旁邊這男人是她唯一的依靠，他和她坐得這樣近，近在咫尺，她可以觸摸得到的，愫細在茫茫天涯找到了知己。

冰雹又一陣陣撒落下來，夾著閃電，像一支支白色的利刀，硬要劈開車窗闖進來，愫細抱著頭，向旁邊的人撲倒過去，整個人往下一溜，躲進洪俊興的臂腰裡，緊緊抱住他，和他相依為命。

兩人帶著劫後餘生的慶幸心情，相互扶持回到愫細的家，雨水沿著愫細的裙襬往下滴，一路滴下來，使她覺得拖泥帶水。掩上門，世界上只有他們兩個人，一男一女，這都是命，注定他們要在一起的。愫細牙齒打顫，也不完全是因為冷，她一件件很慢很慢地脫下因濕透而沉重的身外物，回到原來的孑然一身，她需要撫慰，需要一雙有力的手臂把她圈在當中，保護她。愫細是在雷雨之夜那個受驚躲在妹妹搖籃裡的小女孩。

四

使愫細驚喜的，是洪俊興的無限柔情，他覆壓在她身上的重量，使她一下子覺得生命充實，他的唇吮吸著她的，一寸寸吸進去，吸進她荒蕪已久的內心裡。許久以來，愫細第一次放鬆全身，讓男人的溫柔包裹著她，淹沒她。

「這麼好的女人，」他的手在她的肌膚遊行，「這麼美好的女人，」洪俊興微喟了，「丈夫怎麼捨得和你分開？」

「狄克和我一起回來，他來香港找中國，失望了，連帶地對我這中國女人失望，只有回到他同種的人那兒，濡沫相吸去了。」

一句話概括了兩年的婚姻，愫細自己都不能相信，自從那次天后廟道租公寓哭過之後，愫細已經許久沒流淚了，此時躺在另一個男人的臂彎裡，提及狄克，居然又淚流滿面。

許久，愫細才輕輕地說：「也許我也一樣呢，繞了大半個圈子，回來找自己的人，早知如此，犯不著出去兜那麼大的圈。」

「那，和我，有不同嗎？」

「嗯，很不一樣。跟你一起，好像在看一張老掉牙，可是又很溫馨的粵語片——」

「聽你胡說，」捏了一把被自己舔乾淚水的臉頰。「那，和他呢？」忍了半天，還是忍不住問了。

愫細努力想了一回，找不出恰當的形容，隨口胡謅：「狄克嗎，像紐約的警匪片。」

洪俊興翻過身，用力把愫細壓在下面，「頑皮。」他說。

遺憾的是這種甜蜜並沒能維持多久，先天的不足，使這朵柔情之花，在開足之前，很快就夭折了。愫細捧著頭，坐在辦公桌前，她只是覺得很悵惘。

最近他們把夜晚消磨在愫細的床上，在黑暗中索求彼此的身體，愫細享受令她疼心的柔情，她讓他在耳邊絮絮訴說他對妻子的種種不滿，由著洪俊興把她引入他的家族。他的弟妹、妻子的親戚，全是平凡的小人物，他們是在北角市場、灣仔的街上迎面走來一群面目模糊的碌碌小民。他的同胞手足缺少了他的運氣和本事，只好一輩子團在牆壁剝落、沒有電梯上下的舊寫字樓，一臉疲倦地守住升遷無望的職位，他們早被生活折磨得銳氣盡失，他們沒有夢想，有的只是等待每個月出糧，全家到茶樓吃一頓好飯。

而愫細情夫的妻子，是拖帶著子女到街市後的小攤子賣恤衫、內褲，和小販為一元五角爭得面紅耳赤的那種，她沒有忘記丈夫發跡以前的苦日子。

愫細來自重視教育的家庭，高中畢業就被送到美國讀書，她在校園和狄克認識，一直在呵護中活著，實際生活中的千瘡百孔與愫細絕緣。當然她也有過失意心碎的時候，然而那只屬於情感上的創傷。這點傷害對仰人布施的勞苦大眾是一種奢侈的浪費，自我煩惱的玩意兒。

回香港後，狄克和她憑著他們的文憑和能力，在中環擺滿盆景的美麗寫字樓，一點都不費心地找到了屬於他們的位置，愫細照樣坦然無愧地接受。

在社交方面，狄克被此地的外國人，「他鄉遇故知」地拉入他們的圈子，這些在本國永遠碰不到一塊兒的人們，只因同一個時間、空間，萬分不情願地住到這黃種人的小島上，只好物以類聚，一回生二回熟，交往得十分熟絡。愫細由狄克帶著，流連於山頂、碴丁山開不完的宴會，她很習慣俯看海港美麗的夜景，細細品嚐口中的魚子醬，傾聽女主人抱怨女傭、司機、香港的天氣和交通。

「說，我是不是你生命中，擁有過的，最美好的？」

說這話時，愫細騎在洪俊興的身上，叉著腰向洪俊興威嚇挑釁，可憐這觀塘印刷廠的老闆，被壓得出不得聲，除了拚命點頭，別無他法。

是他生命中最美好的，又能證明什麼？愫細翻下身躺回去，一下子興致索然。她不必和洪俊興比，她在每方面都勝於他。這是任誰也無法駁倒的，愫細找了個處處比自己差勁的男人。她沒有去找，誰叫那個雷電交加的夜晚，洪俊興是天地之間唯一和她一起的男人？愫細在一時之間的脆弱，把自己給了他，換上另一個時空，這種情形永不可能發生。然而，就為了那個異象的夜晚，她就該永世不得超生？喔，不，在情熱退卻之後，愫細逐漸清醒。她甩甩頭髮，後悔極了。

這個處處比自己差的人，她居然也無法全部擁有他，不管多晚，他總是起身穿戴，回到他所抱怨的妻子身邊，去做他盡責任的丈夫。這男人只是在自己身上找尋從妻子那兒得不到的安慰。愫細突然抓起他睡過的枕頭，使勁全力朝他摔過去。

「洪俊興，你這差勁的傢伙，你到底把我當成什麼？」愫細大叫，滿心屈辱。

被打中的人，在錯愕之中回過頭，下意識地扭亮床旁的檯燈，床上的人似乎受了亮光的刺激，虎地跳下來，抓起被自己打落的衣物，把洪俊興使勁推到門外。早就不該讓他進這個門來，現在推他出去，或許還來得及。她用了全身的力量擋住門，外邊的人也不敢強著要進來，只是俯著門低聲哀求，隔了一道門，給了他說心底話的勇氣，他喃喃訴說他對愫細的情愛，重複著：

「愫細，不管怎樣，我愛你，真的，我好愛你——」

他愛她，不用他明說，她也感覺得出，她應該感動嗎？喔，不，多少回，數不清有多少回，洪俊興從她身邊回到他妻子的身邊，丟下愫細一個人坐在床上怔怔地想，此刻他與妻子在做什麼？她對這個從未見過面的女人，有著難以忍受的妒意，說穿了自己不過是這個印刷廠老闆生命裡小小的點綴，他白天馳騁於商場，為了賺更多的錢，夜晚來她這兒找安慰，又回去做他的模範丈夫、父親。她看出他是個傳統的中國男人，不論怎樣愛她，也不可能拆散他的家，來和她生活在一起。

就是他會，她肯嗎？和這個人廝守一輩子？愫細不敢想像。

「不要再說了，你回去吧！」

半晌，她才疲倦地說。又僵持了好一會，才聽到外邊的人悉索一陣穿衣聲。

「你好好休息，我再打電話給你。」

「不用了，你走，我不會再理你了。」

語氣中有無可挽回的堅定。門外的人很執著：「別孩子氣，我明天找你。」

又過了半晌，他才熟門熟路地出去了。

五

愫細把洪俊興擋在門外。她並無悔意，儘管她有大把時間要打發。可幸這時候愫細開始忙藝術節的海報——為了避嫌，她和另一間印刷廠簽了合同——愫細大權在握，每天坐在會議室和同事們討論設計構想，往往超過下班時間而不自覺，愫細沉醉在創作的樂趣裡，每天弄得筋疲力竭，眼睛卻閃著光。洪俊興的影子遠微了，愫細居然能夠不斷抗拒他不斷打來的電話，連她都覺得吃驚。

到了五月底，初步的設計告了一段落，突然之間鬆懈下來，使她重又被寂寞所噬咬。這天她在公司裡的小廚房喝咖啡，廣告部門的海倫捧著一杯好立克，向她道喜。

「好叻喔，愫細，看不出你野心還大得很呢！」

愫細聽出她語氣中挖苦的味道。到這家設計公司上班不久，愫細就發現近幾年來，由於香港特殊的商業環境，培養出一些能幹到極點的女人，她們分散在洋行、律師樓、銀行擔任高級要職，各個野心勃勃，一心想往上爬，眼前的海倫就是其中的一個。

這群女將把身邊的男人一個個嚇跑，錯過了結婚的年齡，既然無家可持，就把薪水花在名牌上，每天打扮得體大方，披甲上陣，在寫字樓大展雌威，與男人爭天下，拿出本事證明女人不是次一等的人類。她們下班之後，成群到中環英國人開的酒吧喝酒，嘲笑男人。

以前海倫曾經把愫細拉入這個圈子，那是在她和狄克分居之後，這批女將們的氣焰，愫細不敢恭維，和她們喝了幾次酒，後來洪俊興出現了，她自然退出不去物以類聚。

今天愫細可以早回去，可是家裡有什麼在等待著她？她害怕把鎖匙轉開門，那一屋子黑暗迎著她的感覺——

「下班後，還是老地方？」

「怎麼，又想歸隊了？」海倫把愫細的手重重一握：「總算你又覺悟了，愫細。」

那天下午女將們歡迎愫細重新歸隊，占了大張檯子，鬧得更兇。愫細冷眼旁觀，這批視男人為草芥的女人，再矗張跋扈，總也得回去面對她們自己。愫細無從想像，她們回到家，把身上的武裝解除，鬆懈下來之後如何自處？也許她們根本不敢鬆弛自己，即使哭泣，也一定不讓自己哭出聲。

「喂，愫細，」海倫碰碰她。「聽說了吧，南茜快生了。」

南茜是營業部的女會計，年紀大了，匆忙中抓了個比她小好幾歲的設計組實習生結婚，有好一陣子成了寫字樓的談話資料，海倫的評語最為刻薄。

「說是奉兒女之命結婚，躲在沙田夫家，才半年，居然要生了。」

世人認為女人生小孩，天經地義，女將們的反應卻是一臉鄙夷，她們究竟是不是女人？愫細不禁要問。

那一雙雙被酒精染紅的眼睛，洩漏了她們內心的祕密，都在呼喊著空虛，其實她們只在嘴巴上逞強，心裡何嘗不羨慕。

家還是要回去的，酒吧的「快樂時光」過了，大家才意態闌珊地散去，愫細喝多了酒，滿心不得意，她靠在門牆上，好一回才鼓足勇氣開門，衣服也懶得脫，躺到床上。似睡非睡中，似乎電話鈴響了，疑心是自己的錯覺，洪俊興的電話近來顯著的稀少，她拿起電話機，是他，在問她吃過飯沒？這個實際的人永遠問些諸如此類實際的問題，她回說沒有，像個委屈的小女孩。

「一個人住，也不知道當心身體。」

愫細撐不住，哭了起來。洪俊興在另一邊說：「等等我，我即刻過來。」他掛斷電話。不到二十分鐘，這個被愫細擋在門外的男人又回來了，他逕自打開小廚房的燈，把帶來的食物放在盤子裡，一手抓了一把叉子出來。

「找不到筷子，你真是外國人，家中連一雙筷子都沒有。」

愫細被逗笑了，新的淚水又湧了出來，她在洪俊興的監視下，吃了多時以來最甜美的晚餐。

「你瘦了。」他為她撤去盤子，無限愛憐地捏著她的腰，愫細順勢把頭靠在他的肩上。

「我好累。」她說。

這一晚，愫細蠻暴的熱情，頗使對方招架不住，她拚命向他擠進去，最好擠回母體去，只有在那兒才有真正的安全。

第二天愫細回到寫字樓，她坐在堆積如山的文件、稿樣之中，不禁自問：這就是我要的？不可能吧。愫細是來遊戲人間，她有這資本，像海倫那一群，獨自一個人撐下去，該有多累，她自認不屬於真正有野心的一類，也許這就是她早早嫁給狄克的原因。一次婚姻上的失敗並沒有改變她，她也慶幸自己沒變成披甲上陣的女強人。

六

夏天來了，洪俊興脫下灰撲撲的西裝，換上愫細幫他選的義大利麻紗襯衫。愫細又做顧問，要他新配一副細框花邊眼鏡，使他看上去年輕了好幾歲，在顧盼之間，居然也有幾分瀟灑，愫細甚是得意，她把洪俊興從觀塘帶到中環來，他們已經好久不去中國飯館茶樓了——愫細嫌那些地方太吵。現在他們的足跡流連在一家家點著蠟燭，情調很好的西餐廳，由愫細極力推薦，洪俊興嚐了平生第一次的法國蝸牛、澳洲鮮蠔。

剛開始時，洪俊興對中環洋人群集的酒店、酒吧不盡習慣，顯得侷促不安。去多了，那種格格不入的感覺消失了，他現在能夠手握酒杯，自在地聽著吉他手彈唱美國鄉村音樂，還真的能欣賞其中的某些曲子，他也學著喜歡鋼琴酒吧的情調，幾杯威士忌蘇打下肚之後，這個木訥的老實人變得活潑了，連他在床上的姿勢也花妙多樣起來，愫細揶揄他，說這是他的第二春，臨老最後的激情。

洪俊興聽了，一點也不以為忤，呵呵大笑：「還不是受了你的影響，」他說：「現成放著一個這麼好的導師。」

他提議天氣轉涼的時候，要愫細向公司請假，由她做嚮導，一起到美國玩，狄士耐樂園、賭城拉斯維加斯、紐約格林威治村的嬉皮區，他全要去大飽眼福。

「要開始享受生命了，以前太委屈自己了。」

愫細望著改變了的洪俊興，暗嘆人的可塑性果真有那麼大，才幾個月工夫，洪俊興任由她揉、捏，塑造出一個和先前大不相同的人，現在愫細帶著他出入一些她從前和狄克去慣的場合，洪俊興的舉止雖然不似狄克得體，但也差強人意，不致令愫細覺得羞恥臉紅。

然而洪俊興的改變只止於外表的修飾、幾個不會太突兀粗俗的動作，他還是如假包換的洪俊興，橫在兩人之間的懸殊矛盾依然存在，他不能給她完整的愛情，他的妻子、家族是她最大的勁敵，即使這段戀情是愫細所情願的，她也很不甘心。

「人世間，何必太過計較，他有他的限度，你捨不得他的溫柔，留住他好了，留這麼一個人在身邊解悶，不也很好？」

在需要洪俊興的柔情慰藉時，愫細找到了如是的理由。可惜每一次她在情慾之中慢慢甦醒之後，她為自己可怕的清醒所苦惱，愫細會一下子變得很容易被激怒，洪俊興一句無心的話可以輕易惹惱她，她的高他一等的優越感會在這時誇張地顯現出來，她會不耐煩地打斷在戀愛中而突然話多的洪俊興，譏笑他沒有邏輯觀念、缺乏學院訓練所說的話永遠愚蠢可笑。憑著愫細起伏的情緒，洪俊興可以在一分鐘之內從美妙的情人降至粗蠢的小老闆。

「愫細，你這脾氣真怪，你知道自己像什麼？像一只寒暑表，」開始幾次，他還很有興致地調侃，「一下子可以從沸點降至冰點，快別孩子氣了。」

愫細不時地向他挑釁，她跟洪俊興永遠吵不起來，他總是忍從的、委曲求全的、一副願意承擔一切後果的姿態，愫細恨他，連吵不起來也是他的錯。也不知哪兒來的力氣，她打他、踢他，用最惡毒不堪的話侮辱他、侮辱他的妻子、他的家族。

「你到底要我怎樣，」他一邊擋住她的拳打腳踢，一邊哀求著：「你說好了，要我怎樣？——」

洪俊興不懂得她，她也不懂得自己，這也是他的錯。每次吵架，明明是她無理取鬧，洪俊興還是打電話來賠不是，要求言歸於好，愫細愈發得寸進尺。

和洪俊興這次不相稱的戀情，使愫細發現她個性中的另一面，以前沒有機會發作，一直潛伏在裡面。愫細再怎樣也想不到自己可以無可理喻到這地步，她居然會對自己有過關係的男人殘忍凶狠到這個地步，她懷疑自己有暴力的傾向，特別最難以理解的是愫細對洪俊興的妻子，一個她從未謀面的無辜的女人有著難以消滅的恨意，她輕賤這女人，覺得她根本不配存活在這世界上。

這兩個月她任這些不可愛的個性極力膨脹，剛開始幾次，愫細著實被自己的行為嚇住了，她愈來愈不喜歡現在的她，反覆思索之後，愫細得到了結論，這段戀情一開始就是一個錯誤，根本不該讓它發生，雖然不是她主動去吸引洪俊興，可是令他介入到這麼深她也有責任。最明智的決定是結束這段關係，讓洪俊興走出她的生活。

把這個決心跟他說了，對方只是笑她太孩子氣，電話來得更勤，頻頻約她見面。很簡單，他怕失去她。愫細到此不得不承認對方把自己的吵吵鬧鬧若即若離，當作是戀愛中的情趣。

「你真的和別的女人很不同，」在無可避免地又和他上床時，他撫弄著她，說：「沒有一個男人會對你生厭的，你這個小潑辣貨。」

愫細抗拒不了他肉體的誘惑。感情的事容易辦，兩人分開，一年半載就可以把洪俊興從心中移開去，不過要斷絕這種肉慾的吸引，只怕難極了。無數次她發過誓，不讓他接近，可是往往守到最後一刻，她拚得全身骨頭酸楚透了，然後，洪俊興把手向她伸過來，她的自持一下子崩潰，又情不自禁地向他投懷送抱了。

「何必這樣刻苦自己，愫細，你要我，為什麼不乾脆承認？」

愫細在他懷中仰著臉，心裡明知不可能，可是又不自禁浮上一種極渺茫的希望，她一頓一頓地說：

「也許有一天，我終於屈服了，我們真的可以在一起，也許有一天——」

洪俊興忙著撫愛她，沒聽懂她話裡的涵義，愫細忍不住又說了一次。

「在一起，我們不是在一起嗎？」

「不是這樣，是真的在一起，我意思是——」

然後洪俊興告訴她，這是不可能的，打碎他經營二十多年來，一手建起的家，需要太大的勇氣，他太軟弱，恐怕要讓愫細失望。

這一說，愫細深深地被傷害了，她一把推開他，跳下床，衣服也沒穿，在房間裡疾走，像一頭被困住的獸。

「好，洪俊興，你當我是不花錢的情婦，沒那麼便宜——」

她咬牙切齒，聲音都啞了。這個可惡的男人，他本來不配擁有她，既然給了他，他理應做更大的犧牲，憑什麼他這樣大剌剌地拒絕了她？

憑什麼？他到底憑什麼？愫細的心在緊抽，熱淚像珠子成串滾下，再怎樣她也料不到自己會在這段不相配的戀情中，扮演如此淒慘的角色，她竟失敗得如此徹底。洪俊興如果還有點人心，他可以不必這樣斬釘截鐵一口回絕她，令愫細顏面盡失，她可還得繼續做人、對自己交代呀！

到頭來，還是海倫她們那一群女將聰明，她們早就退出愛情的圈子，不再玩這種傷神的遊戲了。男人是世間上最不牢靠的東西，情愛嘛，激情過後，遲早會過去的，這是女將們在身經百戰之後所得到的結論。

「男人嘛，倒還留有兩個用處，」海倫他們認為，「一個是無聊時拿他來解悶，另一個是吃定他。」

對，吃定他，怎麼愫細從來就沒有想過？

七

現在愫細穿著最近流行下襬很寬的滾邊細花綢旗袍，她的單鳳眼直直插入髮鬢，眼皮塗了時興的膩紅色，她坐在希爾頓的龍船酒吧，她是外國觀光客眼中的中國佳麗。洪俊興一再催促她拿假期一起去旅行，愫細把玩著胸前垂掛的翡翠雞心——洪俊興送給她的。

「幹麼到處瞎跑，大熱天，累死了，香港不是很好，什麼都有。」

「看你倒很習慣了，才回來不到兩年吧？」口氣多少有點試探地：「尤其是最近，你好像很開心，是嗎？愫細。」

「本來嘛，香港是我的家，回來時間一長，又變回這裡的人了。」然後她興致勃勃地：「昨天下午到置地廣場轉了一圈，又新開了好幾家精品店，說良心話，紐約第五街的名牌全部加起來，也許還比不過這兒的。今年的秋裝，裙子早就縮到膝蓋了，時裝真是千變萬化。」

洪俊興雖然不懂得為什麼大熱天就在談秋裝，嘴裡還是說：「明天中午吃過飯，我陪你去逛逛。」

他很高興愫細總算回心轉意，讓他為她買服飾了。記得剛認識時，愫細才回來不久，帶回來滿腦子男女平等的思想，他也提議送她衣飾，愫細卻回過頭，狠狠瞪了他一眼，說這是什麼時代了，還興這一套落伍的玩意兒！

最近愫細有了明顯的改變，這點錢他花得起也樂意花，有能力裝扮自己的情婦，是他這類男人生命當中最驕傲的大事之一，何況這樣一來好像把兩人之間的懸殊做了一種奇妙的平衡。愫細也沒令他失望，今天她這一身穿戴全是他為她買的，愫細花枝招展的模樣使洪俊興笑得合不攏嘴。

從希爾頓出來，他們過海到諾曼地吃法國菜，愫細微笑地注視洪俊興在和盆中的蝸牛搏鬥，他奮力嵌住其中一隻，費了好大勁才挖出蝸牛的內臟，望著它，遲疑了一下，才送到嘴裡，愫細捏著冷冷的雞心，安心地往椅背靠去。一對打扮得體的外國夫婦推門進來，男的還優雅地為女士拉開椅子，服侍她坐下，隔桌在慶祝生日，侍者推出一只點蠟燭的蛋糕。香港每個晚上都有節慶的氣氛，到處是歌舞昇平，香港人在不安定之中有著令人詫異的篤定。香港式的享受原來也可以這麼迷人的，以前愫細太虧待自己了，還好她有的是時間，只要她想得到的地方，洪俊興沒有理由不帶她去。她願意把這種生活方式維持下去，在雅致的西餐廳、中環的精品店、和床上之間消磨歲月，愫細認了，還有什麼好計較的？她在想像如果明天穿那條草綠的半褲，配上琵雅卡丹的輕鬆恤衫上班，一定會使男同事大吹口哨，她想著，笑了，笑得一無缺憾。

然而，這一晚的性並沒能令愫細滿意，經過一再盤問，對方終於不得不承認他在昨天晚上才和妻子好過。愫細怒不可遏，掄起拳頭就打，洪俊興朝床裡邊滾過去，一邊躲一邊叫：

「喂，求求你，多少你也得講點理，我還不是聽你的話做的，是你說的——」

這是事實，愫細霸道到不准他和妻子做愛，說他這樣做，會把自己拉到他老婆的層次，降低愫細的身分；如果洪俊興的妻子把心放在孩子上，不理他，愫細看他挺著臉到她床前，她又有話說了，說她只被用來當洩慾的工具，春風一度，就一走了之。洪俊興常打電話來，她說是在騷擾她，不讓她安心工作；不找她，又抱怨占盡了便宜，當然可以把她擱在一旁。

「愫細，沒見過像你這樣專制的人，這樣任你打、任你罵，把我家的人都糟蹋盡了，我開口說幾句話，你都不許。你到底想怎樣？」

她到底想怎樣？她不知道，可是她知道這樣下去，她有一天會發瘋。愫細抱著頭，感覺到她的腦子在四分五裂，她害怕了。

洪俊興突然想到了什麼，跑過去在他脫在椅子上的褲子裡去掏，掏出一個紅絨的小盒子，巴巴地送到愫細面前，看她動也不動，自己把它打開，一副紅寶石的耳環，旁邊鑲了一圈碎鑽，在不亮的房間裡閃著冷冷的光。

「喏，剛才忘了先給你，你要的耳環，賠你。」

他們親熱的時候，把她珊瑚耳環弄掉一只，愫細老要他賠，現在它就在眼前，比先前那對價值高無數倍。

愫細怔怔望著這對耳環，「剛才忘了先給你，」洪俊興說的，先給了就不會吵了嗎？她就是這種人嗎？她在待價而沽，任由洪俊興用金山銀山把她堆砌起來，條件是她屈就，這和買賣有什麼不同？愫細很困惑，那個不久前和狄克在榆樹下定情，手指套了細樹枝圈起的戒指，就以為擁有了世界的快樂女孩，和她會是同一個人？愫細皺眉尋思，那個從前的她，現在想起來，卻有隔世之遙，是什麼使她改變，變到不認識的地步？

洪俊興講了些什麼，愫細一句也沒聽進去，她本能地推開伸向她的手，她推開那男人手上捏的絲絨盒子，愫細知道自己必須立刻走出這房間，再待上一秒鐘，她將會完全瘋掉。隨手抓過一件袍子披上，愫細趿上鞋，開門出去，對洪俊興看也沒看一眼，彷彿自始至終，這個人從來沒存在過。

愫細在大廈後的海邊來回走了一夜，天色微明時，她再也支持不住了，兩腿一軟，跪到沙灘上，接著她開始嘔吐，用盡平生之力大嘔，嘔到幾乎把五臟六腑牽了出來。

（一九八一年六月於香港）

天使車聲

文◎虔謙　洛城

李宇錫的屋子比別人的稍微往街邊靠了一點，他對夜裡路過的車輛聲也就特別敏感了一些。他的臥室窗戶就朝著街開。那條街有個美麗的名字：河邊天使街。街道在李宇錫的門前那一段有個坎，所有車輛開過那裡都會「撲通」一響。

林桑常開著夜車經過河邊天使街。李宇錫常常在半夜聽到她的車輪聲。不過他沒想到這夜半司機會是個女的。有時他想，這是哪個失戀或失業的醉漢，每夜晃過這裡？有時他又會轉念：嗯，這傢伙得換個工種……

林桑是護士，上的是夜班。每天下班時，她都是筋疲力盡地離開的，有時候開朗，因為有人出院回家了；有時候暗淡，因為有人……

有一天晚上，李宇錫正進入淺眠狀態，外面一聲響，幾乎是把他從床上彈了起來。

「該不會是爆胎吧！」李宇錫自言自語，披上衣服出來了。

看來還真的是爆胎。只見一輛車停在他門前的路邊，有個人影，正蹲在車旁。

既然出來了，就幫個忙罷。李宇錫走了過去。到了跟前，他嚇了一跳，那開夜車的司機，竟然是個女的！

李宇錫更有些自告奮勇的欲望了。

「輪胎破了麼？」他問。

林桑有點緊張地抬起頭，路燈迷離她看不清他的臉。她含混不清地「嗯」了一聲。

「需要幫忙嗎？」李宇錫又問，他感覺女孩子一般比較不會應付這種突然的車況。

「我應該有拖車卡。」林桑說，背過身去在提包裡搜索。找了半天沒找到。

「不用拖車也行的，我幫你換個胎。」

「你會麼？」林桑問。

李宇錫輕輕一笑：「當然。」

他從自己車庫裡拿出來一把長長的手電筒。

他打開林桑的車後箱，從裡面底層取出來一個備用胎和一架千斤頂。雖說是會，李宇錫還是費了好大的力氣才把千斤頂架對位置，把車慢慢頂了起來。林桑站在一邊，開著手電筒，屏著呼吸看李宇錫搖那千斤頂的吃力狀。

備用胎終於裝上了，林桑露出了笑。李宇錫問：「你住得遠嗎？」

林桑：「不遠，這條路走到底拐個彎就到。」

「那很好。這小輪胎走不了多遠的。你明天一定得去車行換個正常輪胎。」

「是，太謝謝你了！」林桑感激的眼神看著李宇錫，想在這昏暗的夜色裡看清並記住他的臉龐。李宇錫也趁機盯著她看了幾眼。她臉型屬於鵝蛋形，很柔和的那種。兩邊的頭髮包著雙頰，很優美。

道完晚安，林桑突然想起來什麼，打開車門問道：「是我的爆胎聲把你吵醒的吧？」

李宇錫反問：「你是不是每天晚上這個時候從這裡經過？」

林桑點頭應：「是的。」

「那就是基本上我每天都被你的輪胎聲叫醒。」李宇錫說著風趣地笑了起來。

說來也奇，那天以後，李宇錫再也沒有在夜半聽到林桑的車聲。

他反而失眠了。有兩個晚上，他乾脆坐到前門臺階上，對著天使街發愣。

「也許她是怕吵到我，繞道行駛了。」李宇錫猜測。

一個多星期後，李宇錫終於有些按捺不住了。這個週六上午，他駕著車一直開到河邊天使街的盡頭。那裡是個丁字路口，只有兩個方向可去。李宇錫腦海一閃念，順勢就往右手邊轉。

林桑曾說過一拐彎就到，車一轉頭李宇錫就兩邊察看——嗨，那棵樹下停著的不正是林桑的車麼！

李宇錫一陣興奮，油門一踩，車停泊好了。

他輕輕走向門前。低頭一看手錶，時近十一點。他按了按牆上的門鈴。

裡面傳出來「請稍候」的清脆話音。不多時，門開了，林桑就站在李宇錫面前。她露出熱情明媚的笑，嘴角現出了一對小豌豆般的酒窩。

「你好！」她熱情地招呼說。

「沒有吵醒你吧？」

林桑抿嘴搖頭。

「方便嗎？」

林桑點頭，叫李宇錫快快請進。

李宇錫左右略微環顧了一下。房子不大，但是裝點得非常整潔溫馨。李宇錫正要誇讚，一側的房間裡傳出來一陣笑聲，林桑道：「我同屋在裡面。」又問：「你想喝點什麼嗎？」李宇錫說一杯水就行了。

水端上來了，兩人互道了姓名，接著便各自問起對方從哪裡來到美國。

林桑：「我老家廈門，你呢？」

李宇錫眉頭一揚：「真巧，我爸爸老家也是廈門那一帶的。我媽媽是臺北人。」

「那你會講閩南話了？」林桑說著，直接從英文跳轉為閩南話。

「聽懂一些，不過講不大出來，我是這裡出生的。」說到這裡，李宇錫乾咳了一下，低聲補充：

「我是八四年出生的。」

林桑低著頭沒回應什麼。他和她同歲。那屋突然爆出一陣強烈的樂聲，把李宇錫震了一跳。噢，看樣子林桑的同屋和林桑性格不大一樣。李宇錫想起來什麼，問：「對了，最近好像沒見你的車經過天使街？」

林桑噗哧一笑：「我就知道。我繞道了，怕吵著你。」

這姑娘果然心細善良，李宇錫有些不好意思：「怎麼會，我早習慣了。」

聊了一會兒，只見林桑端起杯子來，吞下了一顆藥丸。李宇錫這才發覺林桑看上去臉色幾分憔悴。

「你是不是有些累？不好意思打攪，我還是先走了，下次再聊吧。」

「我不累，我就是……醫生說我有憂鬱症，得堅持吃藥。」

李宇錫很難想像年紀輕輕、臉常帶微笑的她，居然有憂鬱症！

林桑看出了李宇錫的驚愕。「沒有什麼，不少人都有，算是……正常的吧，特別是做我這種工作的人。」

「你做的是什麼工作？」李宇錫關切地問。

「我是護士。每過幾天就看見有人被抬出去。單說癌症吧，外面說的好聽，其實哪有活著出去的呢！」

「應該還是有活著出去的吧。」李宇錫說出不同的心聲。「我爸爸有個朋友就活著出來了，已經六年了，好好的。」

「你爸爸的朋友運氣比較好。我那位朋友運氣就沒有那麼好了……我陪她到最後一刻……我好像都能聽到她全身骨頭裂開的聲音……」林桑說著用手捂住了臉。

「按說在醫院做久了，應該比較容易適應。」李宇錫開始轉話頭。

「人都那麼說，大概我比較特別吧。」林桑吐了口氣，手放了下來。

「能不能再來一杯水？」李宇錫藉著要水，想轉移林桑的注意力。

喝了兩口水，沉思了片刻，李宇錫說：「也許你可以到我們公司去工作，換個環境看看？」

「你們公司是做什麼的？」

「我們公司很大，簡單說就是銷售各種保健產品。」

「我是護士，到那裡能做什麼？」

「是護士才好啊，有醫護保健知識和經驗。再說公司也有各種培訓。我們的工作環境很好的，輕鬆愉快，還有健身場地，同事們也好相處。你去一定合適，你會喜歡的。」李宇錫發覺這是自己最真誠的一次推銷。

「嗯，聽上去不錯，讓我想想看。」姑娘看樣子真的有些動心。

幾個月後，林桑到了李宇錫的公司。看著小夥子身邊突然出現一個年輕的亞裔女郎，有同事暗地和他調笑：「怎麼，戀愛上了？」

「哪裡，」李宇錫紅著臉說：「她是我鄰居和老鄉。」

林桑在新公司裡工作了三個月，度過了三個月快活的日子。每天上午她一早就到，一到就到咖啡房裡幫同事們煮好兩壺咖啡：正常的和淡咖啡因的。咖啡臺上各種調料也整理得井井有條。公司裡的人都很喜歡她，李宇錫更是笑意常掛臉上。老闆告訴他，他這三個月的業績破了紀錄。「看來林桑這姑娘給你帶來了好運。」老闆說。

「你要能娶她回家，會很幸福呢！」又一位同事開玩笑。雖是玩笑，李宇錫卻聽得樂滋滋，心底禁不住的幸福。

不過，從第四個月開始，林桑似乎開始了新的憂鬱，別人沒覺察，卻是逃不過李宇錫的眼睛：她嘴角的小豌豆酒窩悄悄消失了。

「你最近好像不太開心？」在公司後花園裡李宇錫問。

「還好。」林桑答。

「是不是有什麼心事？」李宇錫再問。

「我……」林桑欲言又止，最後終於說出了整話：「我還是想回醫院工作。」

「這裡做得好好的，為什麼？」李宇錫大吃一驚。

「我在這裡工作吧，本來是還好好的，可最近也不知怎麼回事，好像得了思鄉病那樣的。上個禮拜我的護士朋友給我來電話，說她們都很想我。還有一些病人也問起我。我突然覺得，再怎麼說，我都屬於那裡。我為當護士上了好多年的學，本來那就是我的志向，少活幾年也是值得的……」

「我懂了。」李宇錫心頭一陣感動。他想留她，卻找不出特別的理由來。他看著林桑，她屬於那種特別溫柔體貼的女孩。也許她心裡有陰影，可是她綻放出來的，總是明媚的花。她的感覺是對的，她屬於她的護士行業，屬於醫院和那裡的病人。

「你回去可以，不過夜裡別再繞道回家。當心哪天輪胎又爆了沒人幫你裝。」李宇錫說著，情不自禁抬起指尖輕輕碰了碰林桑的下巴。

從那以後，李宇錫門前添了兩樣東西：一株高眺的深粉色玫瑰和一根柱燈。玫瑰的幽香引來了敏感的、歡快的蜜蜂。而那柱燈，每天夜幕降臨了以後，它就放出柔和的光亮。同樣柔和的那一道車輪聲滑過以後，李宇錫總能安然地、幸福地墜入夢鄉……

棄貓阿惶

文◎張翎　名家

風像一匹餓久了的狼，聲色淒厲，卻沒有多少力氣，樹枝搖得有些虛張聲勢。

小楷開了門，看見尚捷站在門口，脖子縮在絨衣領裡，結了霜的眼鏡像兩塊過期泛潮的橡皮膏，模模糊糊地貼住了兩隻眼睛。大衣前襟鼓鼓囊囊的，裡邊裹的是阿惶。

鬧鐘一陣叮啷狂響，將小楷從夢裡驟然擂醒。坐起來，心猶跳得萬馬奔騰的。拽過一角被子來捂在胸口，方漸漸地平伏了些。從被子裡探出一隻腳來撳床尾的鬧鐘，卻死活撳不下去，才猛然明白過來今天是單週的週六，不上班。那響聲不是鬧鐘，是門鈴。

是尚捷送阿惶來了。

小楷咚的一聲跳下地來，衝進洗手間，嘩嘩地開了龍頭。刷牙是來不及了，只能蘸濕了一根指頭上上下下抹了抹牙齒，又掬了一小把涼水將頭髮胡亂順了順。鏡子裡的那張臉帶著兩抹初醒的潮紅，看著馬馬虎虎還算順眼——這才趿了拖鞋踢踢塌塌地去開門。

一邊走，一邊想，其實，自己什麼樣的爛樣子尚捷沒有見過呢？那段日子，過得人不人鬼不鬼的，自己竟然沒有在乎過。現在還在乎什麼呢？

那時小楷剛來多倫多，尚捷還在大學裡念博士學位。導師手裡只有半份獎學金，那另外的半份，是要靠小楷打工來掙的。都是打工，小楷和其他陪讀太太打的卻不是一樣的工。其他的太太們都是風裡來雨裡去搭地鐵轉公車，要麼去中餐館洗碗當女招待，要麼到華人超市擇菜收銀，而小楷卻從來不需要出門。小楷的工作是看護公寓樓裡一家鄰居的三個孩子，各是五歲、三歲和八個月。早上上班之前父母把孩子擱到她家，晚上下班之後從她家裡領回去。衣服、食物、飲料等一應用品，都是父母準備好的，一天一個大包，她只需要伸出手來接一把就可以了，連門檻都不用邁出去。她既然不需要出門，也就不用操心衣著打扮的事。早上起床是什麼樣子，晚上上床也是什麼樣子。一天除了刷牙的時候免不了在鏡子跟前晃一晃，她幾乎連自己長得什麼樣子都記不得了。出國前置辦的一箱子時髦衣裝，在衣櫥裡一動不動地掛了幾年。當她終於想起來的時候，卻已經胖得穿不進去了。那時尚捷的心思都在論文上，家對他來說也就是吃一頓飯、睡一宿覺的地方。她以為他根本沒有在意她的樣子，可是她錯了。等到她意識到這個問題的時候，事情已經進入了一個不可逆轉的漩渦。

外邊下雪了。

今年是個短秋，枝頭的葉子還沒有落完，冬就來了。雪是那種毫無重量的乾雪，飄在空中，是灰朦朦一片的粉塵。落到地上，還是粉塵，只是顏色更髒了些，半天也踩不出一滴水珠來。風像一匹餓久了的狼，聲色淒厲，卻沒有多少力氣，樹枝搖得有些虛張聲勢。小楷開了門，看見尚捷站在門口，脖子縮在絨衣領裡，結了霜的眼鏡像兩塊過期泛潮的橡皮膏，模模糊糊地貼住了兩隻眼睛。大衣前襟鼓鼓囊囊的，裡邊裹的是阿惶。

尚捷一進門，阿惶就從他的懷裡躥出來，搖搖晃晃地朝小楷滾過來，咻咻地聞著小楷的腳趾頭。挨個聞過了，就將身子往地上一倒，攤開四蹄，露出黃黃的一個肚皮。小楷知道那是要她撓癢的意思，就蹲下身來，上上下下地撓了起來。阿惶頓時嘴大眼小起來，呼嚕聲大作。撓了幾個來回，小楷突然發現阿惶的左前蹄軟軟地蜷成一個球，總也不肯伸展開來，就拿手去掰。這一掰，阿惶就呼地站了起來，連連退了好幾步——卻用的是三條腿。

「昨晚從樓梯上摔下來，可能傷了筋骨。觀察幾天，若還不好，就得去看動物中心的獸醫。」尚捷說。

阿惶是一隻三歲半大的母貓，是小楷、尚捷從動物收留中心領養的。那時尚捷每晚都要去學校準備論文，留小楷一個人在家裡，看不懂英文電視，又沒有什麼朋友可以談天，很是無聊寂寞，就央求尚捷養一隻狗做伴。說了幾次，尚捷都不吭聲。後來實在逼不過，才說有時間學點英文不好嗎？托福班口語班寫作班，什麼程度都有，隨便找個班都行。小楷說這三個小鬼累了我一天，學不進去呀。尚捷的臉緊了一緊，說那你就準備這麼做一輩子睜眼瞎？起碼你得聽得懂醫生員警天氣預報吧？小楷嘻皮笑臉地說我不是有你嗎？咱倆有一個通英文就行了。這一輩子，我反正是賴上你了。尚捷無話，半晌，才歎了一口氣，說天天溜狗太麻煩，不如養一隻貓吧。

第二天兩人到寵物商店一問價格，伸出去的舌頭半天沒有縮回來，卻再也不提這個話題了。後來有同學告訴他們東城有一個動物收留中心，可以免費領養動物。兩人去了那裡，幾個大廳，滿滿的都是籠子，橫看成排豎看成條，裝的都是貓狗。小楷喜歡純白的，尚捷喜歡帶花點的，一時看花了眼，卻只是決定不下。工作人員帶著他們去了盡裡頭的一個角落，指了指一個掛了紅牌的鐵籠，歎了口氣，說：

「這一隻，今天再沒有人領，明天就得處理掉了。」

籠裡是一隻黃狸貓，身子極小，雙眸卻大如琉璃珠，一張臉上除了眼睛似乎一無所有。毛髮稀疏斑駁，背上有一塊銅錢大小的禿斑——像是燙傷。見人來，只往角落裡退，退到再無可退之處，就將脊背拱起，幾根瘦毛直直地張開，如風裡的蒲公英。

「這一窩貓一共是四隻，被主人遺棄在高速公路上，都受過傷。我們收留後，治癒了，其他三隻很快就被人領養了，這隻因為身上有塊疤，破了相，一直沒有人要。收留中心的地方小，動物太多。如果兩個月內沒有人領養，就不得不注射處死。明天牠就滿兩個月了。」

小楷問牠有名字嗎？說有，叫耶露。小楷的英文雖然有限，也知道耶露翻成中文，就是阿黃的意思。小楷輕輕叫了聲「阿黃」。沒有回應。又叫了一聲，依舊沒有回應，那高聳的脊背卻漸漸地平伏了些下去。小楷從兜裡掏出一張口香糖紙，窸窸窣窣地揉成一團，放在掌心，將手伸進籠裡引阿黃。阿黃遲疑了半晌，終於緩緩地走過來，將鼻子湊在紙團上，咻咻地聞了幾下，突然伸出舌頭，舔了一下小楷的手。工作人員說神了神了，這個耶露，從來不理人的，倒和你有緣呢！沒話說，牠就是你的了。耶露濕漉漉地看了小楷一眼，小楷心裡不由地牽了一牽，回頭看尚捷，尚捷頓了一頓，說就是牠吧。

工作人員千恩萬謝地準備著一應領養文件和搬運的紙箱，說耶露今後的一切醫療費用，都由中心負責，有病有痛就來看我們的獸醫。小楷捧著紙箱坐進車裡，像是捧了一件易碎瓷器，一路阿黃、阿黃地叫個不停。尚捷忍不住笑了，說看牠那副惶惶不可終日的樣子，還不如叫阿惶呢。

於是阿黃正式易名阿惶。

阿惶跟小楷、尚捷到了家，馬上鑽進了床底下，任千呼萬喚只是不出來。尚捷將動物收留中心送的貓食倒在一個小碗裡，放在床頭，又在旁邊擱了一碟子水，阿惶卻正眼也不瞧一下。第一天是這樣。第二天還是這樣。到了第三天早上，小楷再也忍不住了，就給動物收留中心打電話討教。那邊的獸醫說狗跟主人走，貓跟環境走。環境變了，貓就什麼也認不得了。只有找出牠最喜歡的口味，耐心哄誘牠吃。小楷和尚捷立刻跑去寵物商店，買了一堆各樣口味的貓食，擺開五、六個盤子，哄阿惶吃，阿惶依舊不吃不喝不動。到了第四天晚上，兩人聽著床底下一絲動靜也無，以為阿惶死了，就頂了一頭灰塵爬進床底下查看。慌慌地拖了阿惶出來，已是氣若游絲了。尚捷靈機一動，想起冰箱裡有一瓶牛奶。就將牛奶放在微波爐裡溫和了，倒在一個小瓶子裡，灌給阿惶喝。阿惶雖是百般不情願，卻已經沒有力氣掙扎了，竟由著他倆灌了大半瓶。喝過了，眼睛一瞇，就歪在小楷的身上睡了過去。

小楷摟著阿惶，一動也不敢動，就怕阿惶醒了又要逃走，結果和衣在沙發上半睡半醒地對付了一宿。第二天一早醒過來，手麻得如扎了千根萬根細針，阿惶卻沒了。剛要找，尚捷噓了一聲，指指床頭，只見阿惶正蹲在地上大口大口地吃食。陽光炸開一條白帶，照得阿惶遍體燦黃，屋裡的灰塵若金粉、銀粉四處飛舞，小楷瞬間感覺輕鬆如飛塵，忍不住叫了一聲「阿惶你怎麼可以這麼氣我呀」，阿惶一驚，尾巴一抖，飛快地躥回了床底下。

阿惶終於在小楷、尚捷的家中漸漸地安居下來。阿惶在高速公路上逃生的過程中大概受到過很多驚嚇，所以阿惶很有些神經質。阿惶習慣了吃偷來之食，對於本屬於牠的食物反而膽戰心驚，不知所措。阿惶吃食時十步之內不能有人，略聞人聲，就夾起尾巴逃之夭夭，寧願餓死，也不願出來。小楷餵貓，都得阿惶、阿惶地喊上半天，把碗敲得叮噹亂響，然後躲進廁所，大氣也不敢出，從門縫裡偷看阿惶鬼鬼祟祟一步一回頭地從角落裡踅出來，兩個耳朵豎得尖刀似的，哆哆嗦嗦戰戰兢兢地吃完了食，才敢從廁所裡走出來。阿惶的這個怪癖，一直到半年以後，才漸漸有些好轉。也就是從那時開始，阿惶才漸漸地像了一隻家貓。

開始時阿惶只是小楷的阿惶，尚捷在家的時間少，有時看見阿惶追著自己的尾巴團團轉，在地板上跑出一個又一個的黃圈圈，也覺得好玩，但尚捷的心思，卻是沒在阿惶身上的。阿惶最終也成為了尚捷的阿惶，還是小楷和尚捷第一次大爭吵之後的事。

那次爭吵的起因，只是一件小事。尚捷回家洗澡，發現換洗的內褲沒有了——一大簍的髒衣服，都還沒來得及洗。尚捷一邊把髒衣服往洗衣機裡扔，一邊忍不住叨叨，說一整天都在家的，也不知都幹些什麼了。那天小楷照看的孩子在生病，特別鬧，小楷累了一天，正沒好氣，回話的語氣就很是惡毒。

「整天在家，啥也沒幹，就掙了點房租。」

尚捷被這句話悶悶地杵了一棍子，卻是無話可回的。半晌，才哼了一聲，說：「農民意識，到了哪裡也改不了。」

小楷的家裡是地地道道的農民，小楷是山溝裡飛出來的金鳳凰，小楷一輩子最聽不得的一句話就是農民。尚捷知道小楷的七寸在哪裡。尚捷正正地打在了小楷的七寸上。小楷的頭髮根根直立起來，雙目圓睜，眼白流了一臉。小楷把桌上的盤碗嘩啦啦地捋到了地上，碎瓷片把地割得千瘡百孔。一桌的飯菜還沒嚐上一口，尚捷就摔門走了。

那天晚上尚捷沒有回來。小楷有些慌了，把所有同學、朋友的電話都打遍了，也沒有找到尚捷。當時小楷完全沒有意識到，屬於尚捷的另外一個故事，就是在那一個夜晚漸漸拉開序幕的。那晚尚捷去了學校的圖書館，一直待到圖書館關門，不想回家，又無處可去，才去買了一張票子，去看午夜場的電影。偌大的一個電影院，只有兩個人。一個是他，另一個是同樣吵架出走的她。素昧平生的兩個人，卻把八輩子也沒有和任何人說過的話，都說了。其實最開始時不過是一些情緒在鼓譟著，待情緒平伏些了，才漸漸梳理出些潛藏在情緒之下的同病相憐。同情像毒品，吸一口便放不下了，越有就越想有，越給就越願意給。他們咕咚一聲就掉進了一個深不見底的大黑洞。

那天尚捷凌晨才回家。當他的腳步在過道上窸窸窣窣地響起時，是阿惶首先聽見的。阿惶從沉睡中驟然驚醒，抖了抖耳朵從窩裡飛躍而起，箭一樣地奔向門口。尚捷把鑰匙捅進鎖孔，剛把門打開一條細縫，阿惶便將身子縮成一條扁片，從門縫裡嗖地擠了出去，瘋狂地撲到尚捷身上，雙蹄不停地刨著尚捷的膝蓋，舌頭舔得尚捷手背生疼。那天阿惶的舉動看上去不像貓，倒更像是一條與主人久別重逢的忠心耿耿的狗。阿惶的舌頭觸到了尚捷心裡極深的一個地方，一團一團的柔軟水一樣地湧了上來，堵住了他的喉嚨。他與阿惶就是在那一刻裡突然有了相知的。從那一刻開始，阿惶就不再僅僅是小楷的阿惶了。所以當尚捷決定搬出去住的時候，他堅決要求帶走阿惶。那陣子阿惶的歸屬是他們兩人之間鍥而不捨的話題，他們像爭奪兒女監護權一樣地一輪一輪地爭奪著阿惶，最後阿惶被他們從中間撕裂了，一人取了一半，單週歸小楷，雙週歸尚捷，週六早上交接，由上家交給下家，雷打不動。

這週是小楷的日子，說好是尚捷早上九點送阿惶來的。小楷前一天晚上準備期末考試，到三點鐘才上床，早上醒得晚了，所以尚捷來時，小楷還在床上。

傷了腿的阿惶蜷著一隻蹄子縮在牆角，突然顯得皮乾毛瘦，兩眼無神。小楷看得心疼，就去櫃子裡掰了一塊貓餅，餵到牠嘴邊。阿惶躲來躲去躲不過，只好勉強咬了一小口，團在嘴裡，卻不肯吞嚥下去。小楷想起從前在鄉下的時候聽人講過，牲畜跟人不同，牲畜病了痛了不愛喊叫，卻願意躲著人獨自療傷。

阿惶是不想讓別人看見牠舔傷的樣子呢，小楷想。

「英文，還跟得上嗎？」尚捷頓了一頓，問小楷。

過了一會兒，小楷才意識到這是一個與阿惶無關的話題。小楷一時不備，被這個話題砸著了，身子就晃了一晃。小楷點了點頭，卻沒有說話。小楷知道自己一開口，她的聲音就會在她結著千年老皮的心尖上鑿開一個口子，那口子底下，是一汪舀也舀不乾的水。她不能，一定不能，在尚捷面前流淚。

空氣在沉默中漸漸堆積如山，重重硬硬地硌壓得人肩胛生疼。尚捷扛不住，就往外走。走到門口，又轉過身來，說阿惶要不好就給我打電話。小楷點頭，卻依舊不說話。門開了，又關了，尚捷變成了一條灰色的影子，消失在樓道上。其實小楷眼睛略微一斜，也許有可能看見等在樓道裡的，隱隱約約的那個人影。可是她沒有。尚捷的事，她從別人嘴裡聽說過一鱗半爪。可是她從來都沒有問過他，即使是在最撕心裂肺的爭吵之中。她固執地以為，只要那個人不存在她的視野中，那個人就不存在世界上。

尚捷是在畢業找到工作之後才搬出去住的。尚捷其實很早就想搬出去，遲遲沒有動身，是為了等候小楷拿到永久居留身分。小楷知道尚捷如她手裡的風箏，線已經磨得只剩了一根絲，拽在她手上的，只不過是一截繩茬子，說斷就斷。別人看見的是繩茬子，而她卻一清二楚地看見了絲。

尚捷正式搬走的那個晚上，只帶走了幾本書。其他的日用品，早已經陸陸續續地拿走了。小楷躺在床上，緊緊地蒙在被子裡，依稀聽見門外尚捷走來走去的腳步聲。被子是她的窩，她的繭，她的屏障，外邊的世界險象環生，她不肯看，也不能看，一看她就給吞食進去了。隔著一層被子，世界就隔在了千山萬水之外。被子裡面的天地是乾淨的，太平的。她聽見尚捷在門外說：銀行帳號改了你的名字，有問題找說中文的職員。尚捷停了一停，見小楷沒有回應，就走了。

尚捷的腳步聲轟轟地消失在過道上。小楷覺得有一根尖銳的針，將她的胸口刺穿了一個小洞。她的魂從那個洞裡鑽出來，一下子飄到了天花板上。她的魂高高在上地俯看著她的肉體。她的魂一遍又一遍地說：追，追他回來。她的肉體卻如一堆剔去了骨頭的爛肉，毫無力氣地縮在床上。她的魂指揮不了她的身體，她的魂和她的身體格鬥了整整一夜。天亮時她浮浮地起了床，感覺把腿留在了床上。沒有腿的身子棉絮一樣地在房間裡滾來滾去，滾到了洗手間，接了一杯水刷牙。咚的一聲，她的杯子裡落下了一塊汙黃色的石頭。她盯著石頭看了半晌，才明白過來那是她的牙齒，她掉了一顆牙。

她把那顆牙撈出來，緊緊地捏在手心，恍恍惚惚地走到陽臺上。初醒的太陽勁道很足，曬得她皮膚生疼。街音挾帶著夏日早晨的第一股熱流轟地朝她湧來，幾乎將她一把掀翻。樓下的街道如剛剛晾乾的灰布匹，拉扯到很遠很遠的地方，有幾隻蟲子在上面爬來爬去——那是車子。小楷搬出一張凳子，緩緩地往陽臺的欄杆上爬去。突然，她感覺到了羈絆。

是阿惶。

阿惶咬著她的褲角，死死不放。她狠狠地踢了一腳，阿惶被踢出去很遠，撞到屋裡的茶几角上。阿惶爬起來，坐在地板上嗚嗚地哭了。阿惶的眼淚是紅色的，阿惶的眼睛裡流出的是血。小楷突然驚醒了，小楷的魂咕咚一聲掉回了小楷的身體，小楷的身體就重了起來。

小楷走過去抱阿惶，阿惶不給抱。小楷進一步，阿惶退一步，兩個中間隔的是不多不少整整的一步。阿惶一噎一噎地喘著氣，雙目定定地看著小楷，小楷的身上就有了許多洞眼。

小楷低了頭，在牆角找到了一個廢棄的花盆，把那顆落牙栽種了下去，按上農林大學時的舊習慣，做了一張卡片，插在盆邊：

種植時間：六月七日
科　　屬：忍冬類
種植環境：暗無天日
株　　距：無依無靠

開花日期：永不
最佳肥料：自生自滅

第二天小楷就給鄰居打了個電話，辭去了照看小孩的工作。又坐車去唐人街買了一部英文學習機，捧著學習機，上網查詢各專上學院的資料。一個星期之後，小楷在一家咖啡館找到了一份做三明治的半職工作，早上上班，下午去移民中心補習英文。半年之後，小楷進入了政府資助的西尼卡學院夜校部就讀，學的是園藝。

轉眼小楷就是二年級的學生了。二年級的下學期，學生就有機會參加實習。小楷已經給實習單位交了履歷表。申請的學生很多，用人單位要看期末考試成績做篩選，所以小楷把這次考試看得很重，一點也不敢怠慢。

小楷夾了一片麵包，泡了一杯茶，就把自己關在屋裡準備考試，一直到晚飯時節飢餓難忍了才出屋準備做飯，走到廚房突然想起一天沒餵阿惶了。回頭一看阿惶依舊三腳鼎立地窩在牆角，連姿勢都沒有換過，便忍不住走過去，將阿惶抱了起來，只覺得阿惶比平日輕了些。小楷把手指伸進阿惶嘴裡，說阿惶你別是絕食吧？是你爸爸虐待你了？還是那個人虐待你了？阿惶輕輕地咬了咬小楷的指頭。小楷知道阿惶要和她說話呢，就歎氣，說苦啊你，有話也說不出。就將阿惶放下，倒了一碗新鮮的硬食餵牠。阿惶聞了一聞，舔了一口在嘴裡，牙疼似地嚼了幾嚼，又吐了出來。小楷就罵：

「這個刁嘴，餅不吃，硬食不吃，餓死你拉倒。」卻又開了一個軟食罐頭，挑了一勺濕肉放在硬食旁邊。阿惶吃了幾口，也是不了了之。

這天夜裡小楷突然被一聲巨響驚醒，披衣出來查看，只見阿惶誠惶誠恐地蹲在地板上，抖抖嗦嗦地尿了一灘。原來是阿惶撒尿時又滑了一跤，把裝貓沙的盆子撞飛了，沙子滾了一地。小楷正想罵，突然想起從前聽人說過貓的平衡能力出奇的好，極少摔跤的，莫非阿惶的平衡系統出了毛病？這一想，睡意就沒了。等到早上，就急急地要給動物中心的獸醫急診部打電話。找了半天，卻找不到那邊的電話號碼，只好問尚捷打聽。尚捷說了句我跟你一起去，也不等小楷回話，就咚地掛了電話。

兩人送了阿惶去動物醫院。阿惶進了檢查室，小楷坐在外邊等，腦子裡是一團的爛棉絮，捧了一本書，怎麼也看不下去，認得裡邊的每一個字，卻串不起一整句話來。只聽見尚捷在旁邊說該不是吃壞了什麼東西吧？阿惶從不亂拉屎撒尿的。小楷想說前個星期還好好的，怎麼從你那裡回來就這個德性了？可是小楷緊緊地咬住了嘴唇，最後從那兩片嘴唇裡漏出來的，只是一聲介乎於哼和哦之間的模糊回應。

醫生終於出來了。醫生慢吞吞地脫下手套和口罩。醫生面容極是疲憊，剛剛上班卻看上去像是熬過了幾個通宵。

腦瘤。很大。壓迫視覺聽覺神經，現在牠是個瞎子、聾子，所以才常常摔跤。也危及吞咽神經，造成吞嚥困難，無法進食。

牠在慢慢地痛死，是鈍刀割肉的那種痛法。當然，牠也有可能在痛死之前就已經餓死了。

如果，你真愛阿惶，你應該盡早讓牠安靜地死去。你不能想像，牠現在正在經歷的，是什麼樣的痛苦。

護士把阿惶抱了出來，阿惶顫顫地抖著，身子縮成了一個毛蛋。小楷接過阿惶，阿惶的鼻子涼涼地貼了貼小楷的鼻子，喑啞地叫了一聲。與其說小楷聽見了阿惶的叫聲，倒不如說小楷感覺到了阿惶的叫聲。

如果你們決定了，要盡快預約時間，等候的動物很多。

小楷看見醫生的嘴巴一張一合的，從裡面飛出的是一把一把的針，將她扎得遍體鱗傷。

回家的路上，小楷解開大衣，把阿惶包進懷裡。阿惶漸漸地安定下來，不再顫抖了，小楷卻抑制不住地發起抖來。牙齒和牙齒，關節和關節，肌肉和肌肉，身上每一個略微堅硬之處都在相互撞擊，撞得她所有的思緒都散如沙石。

不能，一定不能，在這個人面前哭。

這是小楷唯一能撿拾起來的一粒石籽。

尚捷送小楷到了家，車停在公寓門前的停車場裡，兩人卻都無話。半晌，尚捷才遲遲疑疑地問：

「要不，我明天打電話，去約時間？」

「搗你十娘！」

小楷抱了阿惶轉身就走。過了一會兒她才意識到，剛才她罵了一句她們老家的男人在窮凶極惡的時候才會說的，極髒極惡的話。

約的時間出乎意料地快，是第二個星期六。

星期五的晚上，小楷給阿惶洗了一個澡。阿惶的毛已經很稀疏了，幾乎可以看到了身上的肉。只有頭上、脖子上的還依舊濃重。小楷拿了一把小梳子，給阿惶梳了兩根辮子，又綁上粉紅色的絲帶。阿惶不習慣，仰著頭在牆上蹭，終於將辮子蹭散了。小楷就歎氣，說阿惶啊阿惶，你也這樣不愛打扮嗎？看明天誰願意討你做老婆。說完了，才想起阿惶是沒有明天了。

九點多的時候門鈴響了，是尚捷，來守阿惶的。尚捷帶了睡袋，在客廳睡。阿惶已經在小楷的枕邊睡著了，響著輕輕的鼾聲。阿惶幾乎完全吃不下東西了，所以阿惶一天的大部分時間都在昏睡。小楷聽見臥室門外有些窸窸窣窣的響動，知道是尚捷在鋪睡袋。過了一會兒，那窸窸窣窣的聲響漸漸地響到了房門口。小楷把燈關了，世界頓時黑了下來，所有的聲音都死寂了下去。再過了一會兒，又有些窸窸窣窣的聲響，這回卻是漸行漸遠了。

半夜小楷醒來，推開房門，看見客廳裡有一個小紅點一明一滅的，開了燈，是尚捷坐在地上抽菸。看見小楷，尚捷慌慌地把菸掐滅了，呵呵地咳嗽了幾聲，說睡不著。你，你把阿惶抱出來給我，好嗎？

小楷有些吃驚，不知何時，尚捷也學會了抽菸。但小楷卻沒有把她的驚訝放在臉上。小楷一言不發地走進房間，把阿惶抱出來，放在尚捷的腿上。尚捷一隻手墊著阿惶的頭，另一隻手輕輕地撫摸著阿惶瘦骨累累的身子。一下，一下。一下，一下。一下，一下。

「小楷，我不是為了別人，才搬出去的。」

小楷緊緊地蒙住了耳朵。

不聽，不聽，不聽，不聽，不聽。堅決不聽。

小楷一遍又一遍地對自己說。可是尚捷的聲音還是從她的指縫裡絲絲縷縷地漏了進來。

「那時候，日子太難，可是你不肯長大，不肯面對難處。

你不肯自己走路，只肯讓我揹。我揹不動你，太重了。」

小楷聽見心底裡有一個水泡咕嘟一聲破了，水正在慢慢地湧上來。

不能，一定不能，在他面前哭。小楷緊緊地咬住了嘴唇。

可是這次不管用。小楷的眼淚如使壞的車閘，完全不聽使喚地流了下來。剛開始的時候，她還能感覺眼淚是從她的眼中生出的，到後來那些水珠子彷彿與她完全失去了關聯，只不過是借著她的臉趕一段她毫不知情的路程而已。

早上小楷起床，從抽屜裡找出一只項圈來，給阿惶戴上。項圈是白色的，背面印著小楷、尚捷的名字和住址，正中間是一朵天藍色的蝴蝶結，下面墜著一對小鈴鐺。項圈是領養阿惶以後不久就買了的，後來住址分成了兩處，項圈也就取下來了。隔了一年多再戴回去，項圈在瘦骨嶙峋的脖子上很是寬鬆。

阿惶還在睡。小楷溫了一小瓶牛奶餵阿惶，阿惶睜了睜眼睛，咂了一口，就啐啐地咳嗽起來，直咳得鼻子濕如螞蝗。小楷用手巾擦過了，還要餵。尚捷忍不住說你讓牠安睡一會兒吧。小楷一甩手把瓶子哐地扔了，說：「你還愁牠沒有安睡的時間？」

尚捷不說話，只蹲在地上撿拾玻璃碎片，一片一片的看得小楷訕訕的。尚捷掃完了地，就把阿惶抱進了紙箱。合上蓋子，阿惶就不見了。

尚捷下了樓。小楷衝到窗前，拉開窗簾，看見漫天飛雪裡，尚捷孤零零地行走在停車場上。小楷發現尚捷的背有些彎。

阿惶，你，你走好。

小楷低低地喚了一聲，她的嗓子如風中的乾柴，裂了許多條縫。突然，她遙遙地聽見了一個聲響。那聲響騎在風上，穿越了屋宇樓房，在她的耳膜上刮出一道清晰的印記。她的耳膜嚶嚶嗡嗡地迴盪了很久。

她一下子就明白了，那是阿惶脖子上的鈴鐺。

中午時分尚捷回來了，手上端了一個小木匣，匣面上蓋著一層薄薄的雪花。小楷接過匣子，打開來，裡邊是一個項圈和一綹金黃色的毛。

「很安詳地走的，跟睡著了一樣。」尚捷說。

「讓我，獨自待一會兒。」小楷喃喃地說。

小楷關上門，聽見尚捷蠹蠹的腳步聲漸漸消失在樓道盡頭。小楷跪在地上，將臉緊緊地貼在匣子上。雪花化成了水氣，臉和匣子都濕了起來。

阿惶，你逃了三年，終究還是沒有逃過這個匣子。

阿惶，你多活了三年，是為了救我的。你叫我學會自己走路，是不是？

匣子裡是一片遙遠模糊的轟鳴，是貼著螺殼聽海的那種轟鳴。小楷覺得有一股溫熱，緩緩地流過她的耳朵，流進心裡很是乾澀的那一塊地方。小楷清晰地聽見了水流過龜裂的心肺時發出的嗞嗞聲響。

第二天早上，小楷洗臉的時候，發現牆角那個種著她的落牙的花盆裡，長出了一片小小的三葉草。

（二〇〇六・六・二十二　於多倫多）

回音壁

文◎章緣　名家

那個男人，四十開外，對著鏡頭說：「聽說他們找到我兒子了，這次，是真的找到了……」

沒有出現在鏡頭裡的男記者問：「你心裡有什麼感想，給大家說說。」

「現在不好說，等見到了，確定是我兒子，我再說。」男人抖著手把菸湊近嘴邊。

她把電視遙控器緊緊攥在手裡，聚精會神。

全中國有太多孩子失蹤了。他們或是在街上被拐走，或是在小公園裡被帶走，照看他們的外婆或阿姨、爸爸或媽媽，在眼睛那麼一轉開、腦子那麼一恍神時，心肝寶貝不見了。最可怕的不是孩子再也找不回來，可怕的是他們幾乎都不得善終。這些拐子要的不是孩子，是掙錢的工具，於是馬路邊天橋上出現一個個折手斷腳身上傷口終年淌膿的乞兒，大太陽和冬日酷寒中，他們躺臥在那裡，如一床發臭的破爛棉絮，而他們曾是含在嘴裡怕化了的心肝寶貝。

上次看到的那個節目太可怕了。奶奶帶著孫子在家附近小公園廣場上玩，陽光很好，一群五、六歲的小娃兒互相追逐，大人們聊著天。等到奶奶要回家燒飯時，孩子找不到了。他們找了很久。那個公園、那個小鎮、那個市，甚至跨省去找……有人說哪裡好像見到孩子了，他們就趕去，像海裡在撈針。沒有路費了，沒有體力了，沒有眼淚了，然後，消息來了，南邊山區一張報紙上登著一具被丟棄的男童屍體，耳朵被割掉，手腳都折斷，黑溜溜躺在那裡像個長方形的包裹，眼睛半開半閉。那張驚怖的臉竟然有幾分驚怖的熟悉。節目結束前，男孩的爸爸決定出發去確認。經過半年的折騰，他臉上的情緒只餘疲憊。「如果是俺的孩子，俺就把他好好葬了，讓他早日投胎。」

而現在電視上播出的，是一個不知疲憊的父親。孩子已經丟了七年，那年，孩子六歲。他跟老婆小本經營公婆鋪，賣點日常雜貨還有平價菸酒，設了兩個投幣電話，方便外地打工的人打電話回家。附近的人都是他們的顧客，來了都要逗逗他兒子小鵬，都說他方頭大耳十分福相，也有那把幼子留給鄉下公婆進城打工的女人，逗弄小鵬的時間總要更長些，癡癡看著他圓圓亮亮的眼睛，捏捏胖鼓鼓的臉頰，說特別像老家的兒子或女兒。小鵬跟生人處慣了，什麼人逗他都笑呵呵的。

男人記得那個瘸了一條腿的人。面生，操北方口音。他中午時來，買了一包菸，進店前跟孩子玩了一會兒。傍晚時他正看電視，那男人又來了，帶著一個行李袋，說事情辦完要回家去了，買了兩條餅乾和一瓶水在路上吃。那人走出店去，看看天，一輪金日在西邊墜了一半，然後看小鵬一眼，抬步走了。他邊看電視邊做生意，忙完手邊的事，天都黑了，想著叫孩子進來洗澡，可是孩子不在店前那個小矮凳上。

起初他沒在意，附近都是熟人，看孩子可愛帶去玩的也有，但是附近幾條路上問過沒找著。老婆晚飯也不燒了，兩夫婦喊著孩子的名字，把附近又掃了一遍。天更黑了，這條路就那麼一盞微弱的路燈，黝暗的路上最亮的地方就是他的店，他的店是附近的路標，但是孩子卻沒能找路回家。一直到公安把設在附近的監控錄像拿來看，看到那個瘸腿的男人先是拿了餅乾逗小鵬，把他一步步引到幾步路外，然後迅雷不及掩耳把孩子攔腰一抄，挾著往前去了。孩子踢著腳，手擺動著，鏡頭裡的他們消失了。他的兒子從他的眼皮底下被帶走了，孩子在呼救，他卻沒能去救他！他渾身顫抖，老婆早就哭倒在地。

之後七年，他都在找孩子。小店生意讓老婆照顧，他到處打聽消息，後來有了網路，他與同病相憐的父母們聯合起來，幫著找彼此的孩子。有些幸運的父母的確找到孩子了，無論多遠，他都去祝賀。他也有幾次聽到消息，說哪個省哪個城哪個地方，滿懷希望趕去，一次又一次失望。早就過了尋回孩子的黃金時期，朋友和親人都接受了小鵬已經不在的事實，但他不同意老婆再懷胎，小鵬會找到的，他在等爸爸去救他。他一遍遍跟老婆說，跟自己說。

夢裡，他幾次重新抱著小鵬，七年了，小鵬沒有長大，還是那個胖嘟嘟手短腳短眼睛圓亮的小童。他，還在長大嗎？一次次見到血肉模糊的什麼，拼命追趕著什麼，怎麼也追不上。惡夢醒來一身冷汗，立刻又出門去找。

終於等到這一天。微博上轉來一條消息，一個人的遠親有個兒子來路不明，今年十三歲，長得方面大耳，爸爸半年前死了，是個瘸子。他立刻通過尋孩組織聯繫警方，傳來的消息初步證實，那是個路邊撿來的孩子，小名叫朋朋……

警察讓他到長途汽車站前等，警方要護送孩子回來。他蹲坐在馬路旁吸著菸，不願跟記者多談。這記者其實是熟人，幫他發過幾次尋孩的新聞。鏡頭拉近，男人拿菸的手微微顫抖著，噴出一口長菸，望著車子應該來的方向。

「孩子的媽沒來？」

「她在家等消息。」

失望的打擊有時會讓結痂的舊傷剎那間撕裂。出門前，丈母娘從老家趕來了，陪著老婆在家，她們沒有特別準備什麼菜歡迎孩子，就怕不是。鏡頭裡兩個女人臉上都帶著愁容。三十出頭的女人臉上滿布細紋，小聲說著：「就怕他受不了啊，萬一……」

節目到此為止，下集再續。

她長長吐了口氣，明白尋子男人的心情。孩子丟了比死了還可怕。死了，就有個了結，再怎麼悲慟也有個了結，你能在一段長長的停滯後繼續向前。而丟失，你永遠在想孩子在哪裡？你能怎麼找到他？你還該再找下去嗎？

找回的孩子，被拐子當成兒子養了七年的孩子，還是自己的兒子嗎？

寶愛的東西像古董花瓶，宿命的結局就是有一天摔得粉碎。之前，你再怎麼小心翼翼，也難免手滑。幾次差一點就摔了，那是上天的警示，在給你心理作鋪墊，總有一天。我們真能抗拒這宿命，讓花瓶永遠不摔嗎？

七年前，兒子吉米也是六歲，旭東被公司派到北京，那時，他們已經從臺灣到美國住了十幾年，半個美國人了。公司外派津貼優渥得難以拒絕，懷抱著對新中國的無限好奇，以及那種美國住久後的天真，一家三口遷到北京，住在外企海歸新貴聚居的朝陽區。東富西貴南窮北賤，北京城歷史書上如此說。

那時，她還沒有看過任何失蹤小孩的報導，不知道同為黑髮黃膚的吉米，混入了人群，在那相對混亂的市容和動線裡，就像一粒米掉進了米缸。不像在匹茲堡，拐帶一個華裔小童無異自找麻煩。又，在那個白人世界，誰要一個華裔小童？

她帶著孩子在路上走。吉米這段時期是不願大人牽的，要自己走。而且特別喜歡跟在她身後走，像母鴨帶小鴨。媽媽，你走到哪裡我跟到哪。他們就這樣走。她注意到一路有人打量她，男的女的老的少的都有。因為她洋氣的服飾？因為她特別輕鬆的步伐？因為她東張西望？還是因為……她走下一個長長的地下道，過一個特別寬的馬路。北京有很多這種多線大道。地下道裡兩邊貼著廣告，一些陌生的明星臉孔代言著她從未聽過的品牌。還有標語，貫徹實施抓緊什麼什麼的中心思想和誰誰的談話。

旭東比她先來三個月，房子都打點好了才接他們過來。一來就跟她說，美國那些信用卡不好用，身上帶點錢，領錢倒是方便的，就是要當心。哦，不用給小費。她很快就發現，身上最好常備零錢，如果掏出百元大鈔，小販手指搓摩，對光照半天，還是半信半疑，找錢的速度慢很多。但是一切都很新鮮。對三十八歲的她，小別勝新婚的先生、聰明伶俐的兒子、新晉的富豪階級、同文同種卻比美國更異國風情的北京，都讓生活充滿流動的喜悅。沒什麼可以打擾這份喜悅。

一個不比吉米大多少的小乞兒扯她裙襬。「阿姨，我肚子餓。」

她轉身想跟兒子說話，兒子不見了。

吉米？吉米！

「吉米你在哪裡裡裡裡裡……」

「媽媽。」

吉米叫她，睜著圓圓的大眼。他蹲在一個小攤前，玩一個手搖鼓。她衝上前把兒子緊緊抱住。

晚上，旭東有應酬，半夜才進門，一進門就吐得一地，長褲、皮鞋、公事包，全是灰黃色的稀泥，還有幾管沒消化的麵條。沒聽說外企也要應酬成這樣？一到北京，她就沒搞清楚過旭東的工作情形，不像在匹茲堡，從沒有晚上的應酬，上下班都是跟同事拼車，除非路上有交通事故，進門總在六點半到七點之間。他的上司和夥伴，晚飯時他一個個說給她聽，聖誕節的公司派對上，她見到他們就像老朋友。然後有了下屬，部門裡的人越來越多，除了跟旭東關係特別好或特別壞的，她已經不甚了了，吉米一出生，更顧不上了。她到北京時，旭東已經高速運轉起來。他人聰明，適應環境特別快，不像她，像隻小船在大洋上陡起陡落，又暈又吐。等到好了，都半年後了。

幫旭東收拾好，衣服從裡到外全換過，兩人併躺下來關了燈，她才說：「吉米今天差點丟了。」

「吉米……什麼？」旭東含含糊糊地問。

其實也不算丟，吉米就在她三步之外，蹲在小攤前。但是一整天她想過無數可能。如果，那個乞兒沒來攔她，她繼續往前走，吉米沒跟上……

「是我不好。」她哽咽了。

旭東沒再追問，翻過身，一會兒鼾聲如雷。

她記起吉米更小的時候，三歲，在海灘。那個夏天第一次去海邊，沙灘上到處豎著大陽傘，男女老少或作日光浴、或追逐笑鬧。大海就在幾步之外，捲送著白色碎浪，送來帶鹹味的涼風。吉米拿著紅色的小勺，往桶子裡舀沙，滿了倒掉再舀，怎麼樣也不肯靠近海。

她想游泳。側躺在大毛巾上，撫著被大陽烘得發燙的大腿，人中、頸脖上、乳溝裡都汗津津的。旭東看著她，眼光裡什麼一閃一閃。生過小孩，她的身材更豐腴了，這件舊的蘋果綠一件式泳衣有點裹不住她。談戀愛時，他們一起讀過梭羅的《湖濱散記》，做著在山裡小木屋安家的夢。婚後來美國，真的去了瓦爾登湖。那時她也是這樣，被綠色的湖水引得坐不住，先是手裡的《湖濱散記》掉進水裡，接著脫了上衣短褲下水去。旭東立刻跟上，兩人在水裡嬉戲擁吻。躺在沙灘上，她知道旭東也想到這一節，所以眼光那麼熱。

附近幾個陽傘下的男男女女，笑著說著吃著，莎莎舞曲大聲播放，海風吹拂下，沙灘上的人們就像個大家庭。兩人突然很有默契地站起來，牽著手往大海走去。腳踩到濕沙時，她回頭看吉米一眼，他在那裡專心地玩沙，對爸媽的驟然離去，一點也不在意。這距離也不是太遠……她跟旭東一頭扎進冰冷的大海。

也不過幾分鐘，就像撲進大海那樣迫不急待，他們突然從水裡起身，拔腿往回跑。沙地此時像流沙，拼命抓住他們的腳，讓他們跑得跌跌撞撞。有那麼一秒鐘，她以為吉米不見了，到處都看不到吉米，然後發覺看錯方向了，她親愛的小吉米，還在那裡舀著沙。她跟旭東濕漉漉坐回傘下，好一會兒說不出一句話。

在海潮聲、人聲和音樂聲中，一個被擄走小孩微弱的哭聲，如何被聽到？她不懂，為何她跟旭東會同時犯糊塗？他的精明和她的母性，都沒能阻止他們丟下孩子奔向那海。

不會了，不會再發生了，她絕對會把孩子看得牢牢的，絕對會好好照顧他長大。

吉米八歲生日那天，旭東人在美國，她帶孩子去天壇玩。

北京城的南區相較於東區，顯得雜亂無章。許多的老胡同，高牆森森擋住她一個外來人的眼光，從黑色寶馬看出去的眼光。這是旭東為她創造的新生活，她不用出一分力，家裡打掃炊煮全有人代勞。

那時的旭東，經過一番慘烈的爭鬥，把自己的人馬一舉帶走，另組公司了。資金、人才、市場，硬體和軟體，忙得不見人影。他的世界更寬廣、壓力也更大，目光像捕獵時的老鷹般銳利無比，前額也像老鷹般禿了。人一會兒在歐美，一會兒又飛日韓，即使在中國大陸，也不一定在北京，更多時候在上海、在深圳。「你不懂」成為他的口頭禪，說話常帶訓斥的語調，彷彿她也是伏首帖耳的下屬之一。

她迷上紅酒，酒櫃酒器各種水晶杯，幾千塊一瓶的名酒一箱箱地買。獨自吃晚飯時就開始喝，喝到上床，孩子的功課有北大的家教幫忙。她開始發胖，兩頰肉鼓起，眼珠子沉陷。舊衣一箱箱地丟，看都不多看一眼。朋友從美國來，都不認得她了，詫笑，怎麼，北京的日子這麼舒服？她下意識捏捏腰上的肉，漠然笑著，大腿肥厚無法併腿坐。走吧，去格格府？還是東來順？

在紅綠燈前，一輛卡車停在旁邊，車裡全是待宰的豬仔，擠在一起無辜地拱著鼻子。司機小王讓他們在門口下車。松柏夾道，天地遼闊，灰藍的天上幾隻風箏越飛越高，變成幾個小白點。天壇是天子祭天之地，是向上天獻祭之所，牛犢或羊羔。她牽著吉米，牢牢地。

孩子在太陽下走了一陣子，頭臉全是汗，她拿出面紙替他揩乾。寶藍琉璃瓦三重檐的祈年殿宏偉莊嚴，在日光照耀下閃閃如寶塔，是上達天聽的建築。她照了幾張相，相片裡兒子垂頭喪氣。這是中國最偉大的建築之一啊！他不懂，也不想懂。

「那個好玩的地方還沒到嗎？」吉米掉了門牙的嘴有點傻氣地張大著。

「快到了，要走過那座橋。」

「啊！」吉米偎在媽媽裙子上磨來蹭去。「爸爸呢？他可以揹我。」

她脖子往裡一縮，像要嚥下什麼，卻只是擠出頷下幾層肉。旭東什麼都變了，唯一不變的是對兒子的愛。到現在，一回家看到吉米，還是常常要把他揹在身上，嘴裡叨念著小時候爸爸揹著去哪裡哪裡玩的舊事。如果旭東是飛得老高只剩下小白點的風箏，拴住他的線頭是握在兒子手上的。他的心肝寶貝。

她舉步上橋，走得有點急，吉米氣喘噓噓追著，「我走不動了！」

「怎麼走不動呢？八歲了，不小了！」

吉米睜著一雙茫然的眼睛，那眼睛真像他爸爸。有一天，也會變得那麼銳利？

今天是吉米生日，她卻把他帶到這個幾百年前皇帝祭天的地方，不如去小公園。剛才進門處就有片綠地，一群人在那裡抖空竹，把塊死木頭抖得像有了生命，躍上縱下，飛遠了又回來。嗡嗡嗡，空竹的聲響像巨大的蜂群，震動她的耳膜。那也許對吉米比較有意思，但是既然來了，她只能拉著兒子繼續往前。走過了長長的橋，來到皇穹宇，就是回音壁的所在地。

兩年來，司機小王陪她的時間最多。他是司機，也是地陪。去哪裡買什麼玩什麼，都靠他指點。在來的路上，小王跟她說起天壇最有意思的地方，莫過於這回音壁。回音壁其實是皇穹宇的圍牆，皇家黃的磚牆十分平滑，牆頭一溜藍色琉璃瓦，長約兩百米，厚約一米，兩人高，「您跟孩子一人站一頭，您這邊輕輕喊他，他那邊一準聽到。」

走近回音壁，四處都是叫喚的聲音。北京城裡無時不刻都擠滿全國各地的遊客，大著嗓門說笑。

「吉米，你站這兒不要亂走，媽媽到那一頭去，待會兒你聽到媽媽跟你說話，要回答哦！」

「說什麼？」吉米感興趣了。

「說個祕密。」她神祕一笑，把孩子的胃口吊起來，轉身快走到弧形長牆的另一頭。

另一頭也擠滿了人，她覓著一個空處，嘴巴貼近了牆，喊著：「吉米？吉米？聽到媽媽在喊你嗎？」

吉米，你聽得到嗎嗎嗎嗎嗎……媽媽媽媽媽……

她把耳朵貼近牆，好像聽到什麼。再聽，一片嗡嗡，不知是四周的人聲，還是剛才空竹的餘震，或者，卻是多年前的浪潮聲……她閉上眼睛。潮聲來了，去了，又來了。鹹鹹的海風，人們的說笑聲，她被陽光烘得發熱。她跟旭東在水裡，浪潮一波波強力打上他們，他們緊緊牽著手。水變得溫柔，濕潤柔軟的唇與舌……她但願此刻就在那裡，就在他倆激情地奔向大海的那一刻，和衣躍入湖水的那一刻，她但願時光倒流，把愛情還給她，她但願有什麼來打斷這囚徒般乾枯的日子……

她心裡咔答一聲，血往腦門沖。

南腔北調各地的遊客，擋在她身前，漲紅著臉比手畫腳說這說那，沖鼻而來的汗味菸味和蒜味。

她得越過這堵人牆，她得用跑百米的速度，用盡吃奶的力氣，她得……

一粒米掉進了米缸！

祭壇上的羔羊窣窣發抖！

卡車過去了，裡頭擠滿了臉孔污穢的小孩，他們是誰？要被送去哪裡？

廣告過後，竟然接下去播放尋兒記的下集了。

「來了，來了！」記者喊著，一部車開近。下來一個公安，然後一個男孩。男孩指著男人說了一句什麼。

「是不是，是不是你兒子？」記者問。

男人不說話，夾著菸的手使勁摩著下巴。公安把男孩帶到他面前，「孩子剛才說了，您是他爸爸！」

男人盯著眼前的男孩。兒子，朝思暮想終於到了面前，公安和記者盯著看，全中國的觀眾盯著看，要看這團圓的一幕，拭淚的面紙都準備好了，但男人只是摩著下巴，說不出一句話。

畫面跳接到旅館，男孩在打電玩，爸爸新買的玩具，男人在跟老婆講手機，笑逐眼開。是的，沒錯，是咱們的兒子！再三跟孩子的媽保證，「我第一眼沒認出來，孩子長大了。可是他記得我，他記得我是爸爸……」一直表現得很鎮定的男人，此刻終於崩潰，失聲痛哭。

丟了七年的兒子，竟然能找回來，這是近乎神跡了。

她不曾告訴任何人，當年在回音壁，她沒有發瘋地推開人群狂奔，只是隨著人潮移動，慢慢往回走。這一回是真的了，她所恐懼的噩運終於毫不留情地劈頭打來，古董花瓶畢竟還是在她手裡打碎了，由於她的愚蠢她的失職，命中注定要失去的她必得獻出。獻出吧，獻出這愛的結晶，心肝寶貝！就像死囚犯終於捱到執刑的那一天，她感到一種解脫。但是，神跡般地，吉米還在那裡。他保持貼耳在牆的姿勢，專注聆聽著不曾傳來的回音，渾然不覺自己的命運差一點要全盤改寫。

一次又一次，上天把孩子繼續托在她手裡，一次又一次，她痛至骨髓地感知，有什麼重要的東西真的丟失了。幾次在夢裡來到回音壁，獨自對著沒有盡頭的壁牆，未及張口，歎息的回音便將她淹沒。

（原載於《聯合報》副刊，二〇一四年九月一至二日）

洛杉磯的天空

文◎楊強　洛杉磯

髒活累活全幹，省吃儉用，一年掙兩萬美金，就是人民幣十多萬，三年就是五十多萬人民幣，這是他倆在大陸一輩子也掙不來的，再加上兒子的積蓄，足夠買兩套房子了，他是靠美國夢來實現中國夢。

洛杉磯有個華人教會免費教英文，趙連吉報名那天，正好碰上顏剛，他比老趙大幾歲，老趙比他早來美幾個月。老顏在大陸是湖南工廠的廠長，而老趙則是劇團的編導。當聊起來美的感受，二人真是同病相憐，在國內會的，現在都派不上用場，一切都要從頭學起，一切都要從零開始，心裡那份不平衡，那份不適應，讓他倆覺得惺惺相惜，一見如故。

老趙要開車才能來教會，而老顏只要走幾條小街，就能來教會學英文。牧師親自教，他不但教英文，還講他在美國這幾十年的奮鬥經歷和在美國的生活體驗，幫助這些剛來美的學員更瞭解美國的昨天和今天。

老趙和老顏每天互通電話，無話不說，無事不聊，互相鼓勵學英文，背單詞。牧師和老趙是同鄉，自然成了朋友。牧師見老趙和老顏忠厚可靠，又吃苦能幹，就讓老趙裝修教會、幼兒園和所屬的三棟獨立屋，讓老顏每晚來清潔教會和幼兒園。這樣一來，他倆不但是教會的學員，還是員工，每月多少都有一些收入。

老趙做裝修總把老顏叫上，一方面有個幫手，另一方面讓他也有機會多掙點錢。一天，在給教會油漆外牆時，老顏一不小心，從梯子上摔下來，幸虧老趙眼急手快，一下就抱住了他，二人正開心大笑時，沒想到梯子上的一盤油漆滑下來，全都扣在他倆身上，那幅狼狽相，真是令人哭笑不得。

還有一回作完工，他倆從波蒙那開車回家，在六十號高速公路上，遇到傾盆大雨，左右車道的車輪濺起的水花，讓老趙什麼都看不見，只有茫茫的一片水霧，路越塞越擠。老顏有點害怕：「你開車沒問題吧？車行嗎？」

這真是那壺不開，提那壺。老趙心裡正打著小鼓時，車頭冒出了濃煙。老顏馬上搖下車窗，伸手示意右線車讓路：「靠邊停吧！」

老趙邊打右轉燈，邊按喇叭，費了九牛二虎之力，才靠邊停下來。打開車蓋，水箱開鍋了，引擎「嘎叭嘎叭」作響，濃煙滾滾，像要馬上著火。老趙沮喪地：

「這破車，今天要把咱倆撂在這半路上了。」

「老趙，別急，你想想，還有什麼辦法？」

「我想弄點水，加在水箱裡，讓引擎冷卻一下，也許還能開。」

「那我去找水。」

老顏提著水桶，冒著瓢潑大雨，消失在路邊樹林裡。

老趙想他剛學英文，又不認路，這倒楣天，到哪去找水？沒想到不多一會兒，老顏竟然提著水來了，老趙打心裡佩服他。耽誤了兩個多小時，兩隻落湯雞，才總算安然回了家。

老顏兩口子在大陸工作了幾十年，臨到退休也沒有分到房子，他看到大兒子在美國的住房如此寬鬆舒適，非常羨慕。他多麼希望能在美國多掙點錢，回國買套房子，安享晚年。

有天晚上，老顏清潔完教會的衛生，在回家的路上，遇到兩個身強力壯、膀大腰圓的老墨攔住他要錢，老顏嚇得連忙說：

「No money! No money!」

老墨認為中國人的身上都麥克麥克，他倆認為老顏的「No money!」是不願給錢。一個老墨把又瘦又小的老顏衣領揪住，另一個老墨從上搜到下，從外摸到裡，老顏身上不但沒一分錢，也沒手錶和手機，更沒有什麼首飾！這兩老墨從來沒有遇到過這麼窮酸的中國人，氣得給他兩個大耳光！把他打得暈頭轉向，兩眼冒金花，回家後，老顏就病倒了。

老趙聽說後趕忙去看他，並帶去自己種的水果。老顏不解地問：

「Fuck you！是什麼意思？為什麼牧師沒教過我們？」

老趙被逗得哈哈大笑：「就是三字經！」

他一聽：「那兩個狗日的，一邊打，還一邊罵，別的英文我都會忘記，這一句，我是永遠也忘不了啦！看來只有挨打，英文才能記得住！」

「你當廠長沒挨紅衛兵的打，跑到美國來反而挨老墨的打。咱老中掙一百，只花五十，存五十；留著以防萬一。白人黑人掙一百，花一百；現有的福現享，消費促進社會經濟嘛。老墨掙一百，花八十，二十寄給墨西哥老家的父母。他們結婚早，每家都要生五、六個孩子，錢不夠花，你說他們不搶咱老中的，搶誰的？各國的文化背景不同，生活習慣和理念不同，要達到和諧一致不容易。」

老顏感到老趙觀察的準確，分析的有道理。為瞭解除老顏的恐懼與心病，老趙安慰他：「你的這兩個耳光是小兒科。我曾經被兩個老墨一個用手槍，一個拿刀子逼在胸前，搶走了身上僅有的六十多元，還朝我的褲襠上猛踢了一腳，幸虧我躲得快，不然踢壞了我的命根子，就永遠也不能行周公之禮了。」

逗得老顏也笑了。老趙接著講：

「那兩老墨跳上車就開跑了，剛巧有個墨西哥青年看見，打九一一報警，叫來兩個白人警察，一男一女。警察問案情，查看我的傷痕，又寫了報告。雖然屁問題也沒解決，不過倒是讓我領悟到，哪一國都有好人，哪一國也有壞人。不能一桿子打翻一船人。」

有天老顏想起在大陸的兒子：「由於沒有房子，我小兒子找了個對象卻結不成婚，到手的新娘飛了，都快三十的人了，還打光棍，你說我這老爸當的多窩囊！」

老顏的苦惱，老趙深有體會，大陸人口多，住房難，都說找愛人容易，找房子難。有多少一家三代人擠在一個房間裡，晚上只能用布帘來遮擋一下，因此，鬧出了不少笑話。

「我們劇團有個小男孩，睡到半夜，聽見他媽又叫喚又呻吟，他認定是他爸在打他媽，第二天兒子跑到派出所告他爸欺負他媽！這樣可笑、寒磣、尷尬的現象嚴重影響了兒童的身心健康和夫妻的正常性生活。」

一般老百姓僅靠那點工資買房，是難上加難，只好永遠蝸居著。

老顏老婆去當保姆，給人家清潔、做飯、看護小孩、侍候老人。一週六天，每月能掙千元。老顏除了看孫子、做飯、清潔教會，還撿汽水罐、礦泉水瓶賣錢。

老趙看他太辛苦，便勸他：「錢是世上的，命是自己的。要輕鬆的多活幾年，才是真格的！」

老顏說：「我們兩口子要拚命掙錢，要為自己和小兒子各買一套房子，這是我一生最大的心願！」

老趙深知老顏的心願是多麼迫切，希望靠在美打工掙錢，髒活累活全幹，省吃儉用，一年掙兩萬美金，就是人民幣十多萬，三年就是五十多萬人民幣，這是他倆在大陸一輩子也掙不來的，再加上兒子的積蓄，足夠買兩套房子了，他是靠美國夢來實現中國夢。

他兩口子要回國時，老趙曾勸他不要這麼快回去，先把錢寄給小兒子去辦理，老顏停頓片刻說：「老趙，我給你說心裡話，兒媳倆上班很忙，公司的壓力很大。下班回家見到他們養的小狗，比見到我們老兩口還親熱，跟狗說笑，比跟父母說話還多，照顧小狗，比照顧老人還周全。唉！我總感覺是局外人，美國千好萬好，不如自己的老窩好。再說自從挨了那兩個耳光，晚上出門總害怕碰見那些高大雄壯的老墨。不瞞你說，我每晚去教會清潔，都是由兒子或媳婦開車接送，也太麻煩他倆，我心裡實在過意不去。」

老顏堅持要回湖南親手完成他的心願。

在購妥新房，喬遷之喜那天，老顏感覺胸悶，呼吸不順暢，醫院急救，未見起色，老顏老婆哀求醫院留一口氣送他回家。

當救護車送到家時，老顏老婆不斷對他說：「到家了，到咱們自己的新家了。」

老顏這才閉上了眼睛，他的美國夢與中國夢總算都實現了。

老顏的老婆一個人住在新房子裡孤獨又冷清，只好又飛回洛杉磯。

有天老顏的老婆在超市遇到老趙，拉著老趙的手說：「老顏走了，老顏他走了……老顏走時還說，你是他在美國最好的朋友，他後悔沒聽你的話，不該為了買房子，拚死拚活的掙錢，把自己的老命都搭上……」

她淚流滿面，老趙也忍不住含著淚水，不知如何安慰她好。老趙抬頭仰望著洛杉磯的藍天白雲，想著活在這陽光燦爛的天空下多好啊！老顏剛六十四歲，一個忠厚老實，勤勤懇懇的人，在大陸沒混上一個窩；來美辛苦打工三年多，好不容易掙了套大房子，卻把自己提前送進小小的骨灰盒……

楊強

中央戲劇學院畢業，省話劇團任編、導、演，長春廠電影《黃河飛渡》演員，好萊塢演員工會會員，北美洛杉磯華文作家協會理事，洛城公演舞台劇《與錢共舞》自編、自導、自演，話劇《漂亮的中國人》榮獲寫作協會優良劇本獎，《罌粟花開》得新聞局優良電影劇本獎，《天葬阿媽》得華文著述獎詩歌第一名，《墓耗子》華文著述獎小說第一名，《青藏高原是我家》榮獲李白詩歌大賽第二名，《天水的白娃娃》得華文著述獎散文第三名，共獲二十二項文學獎。

曼哈頓祥子

文◎趙俊邁　北美總會

聽起來，似乎是一大幫子人，

可是他們成天手握方向盤在第五大道、曼哈頓大橋、甘迺迪機場、各大酒店、大廈之間匆忙穿梭，各自為三頓溫飽飯風馳電掣不敢稍停，因此，祥子們彼此碰頭見面時間並不長。

這是一群「祥子」，他們是一群在曼哈頓開電召車的老中。

老白是其中之一，據他說自己是北大中文系畢業的，曾任國內一家頗權威的報社編輯，以交換學者身分到的紐約，三年後把妻兒接來，從此，就由「學者」轉為「黑戶」，開電召車已經也三年了，一千多個日子風裡來雪裡去，和同行一樣奔東奔西，賺點錢還得交一大部分給車行；因此，他給大夥取了個名兒——曼哈頓的祥子們！

老白有一回調侃的說：「咱在北大中文系的時候，專研老舍，特喜歡『駱駝祥子』，如今可真成了祥子了，二十一世紀紐約曼哈頓的祥子，牛吧！」

祥子，性別有男也有女；籍貫是大江南北、五湖四海，北有漠河老鄉、南有海南島人，西有西藏同胞、東有臺灣郎，另有冀魯豫、兩湖兩廣、蘇杭楚川湘的都有；年齡最長的已過五奔六啦，最年輕的年方二十八，她可是足足二十八歲，並非二八一十六的小丫頭。

聽起來，似乎是一大幫子人，可是他們成天手握方向盤在第五大道、曼哈頓大橋、甘迺迪機場、各大酒店、大廈之間匆忙穿梭，各自為三頓溫飽飯風馳電掣不敢稍停，因此，祥子們彼此碰頭見面時間並不長。

年方二十八的「小女祥子」，是兩年前自北京來的姑娘，半年前才下海，大夥在無線電通話時，都叫她為 Cathy，沒人知道她的本名，她總是獨來獨往，挺神祕的。

中文系的老白，在好奇心驅使下，特地上網查了一下這個洋文名字，得到的資訊是：「Cathy 被描繪為可愛年輕的金髮女子，充滿活力，外向，有趣且和善。但有些人則認為 Cathy 是被慣壞而且以自我為中心的女孩。」

老白是趁老婆和兒子不在家的時候，打開電腦，上 google 查到的，有點心虛，為什麼？弄不清楚，為啥好奇？是因為 Cathy 這洋文名兒，還是因為 Cathy 這人兒？

「才二十八歲，真年輕！幹這行太操勞，老得快，可惜了！」「這女子是單身，還是結過婚？她愛人呢？怎不養活她？」「她是不是有難以啟齒的隱情？否則怎會當祥子呢！」一連串的問號摻和上一團亂絲般的瞎琢磨，弄得自己神神道道的。

＊　＊　＊

曼哈頓是紐約的精華區也是全世界經濟中心地帶，搭車、叫車的多是洋人，在此地可不能叫「老外」，這是人家的地界，中國人、韓國人、印度人、西班牙人才是如假包換的「老外」，因此，像老白、Cathy 這些在曼哈頓開車載洋人的祥子，可說是「沒有三兩三，不敢上梁山」的一群，至少，洋文要能聽得懂，洋話要能說幾句，要不，怎混得下去。

可惜，老白當年是中文系的，英文真沒多學，三年的交換學者，怎麼矇過來的，連他自己都覺得不可思議。前幾年老在華人社區找零工，根本不用英文，反倒是一口流利的京片子好使，走哪都受用。

這會兒，車行來電，要老白到洛克菲勒中心的「國家廣播公司」門口，接一對老夫妻，待客人上了車，先說句「Good afternoon!」，還可以，當洋老先生開口說去哪兒的時候，老白聽著可費勁了，「Qs me Sir, is thirty or thirteen?」他以流利的洋涇浜重複問了三遍，他連 excuse 都流利的成 Qs；可，對方的 thirty、thirteen 老在嘴裡滾來滾去，不知洋大叔是含了顆大棗，還是舌頭短了一節？

祥子聽不清猜不準，害得不知車該往哪開！

狗急跳牆、人急生智，老白混亂的腦子裡突然冒出 Cathy 的影子，那個 google 上形容的，充滿活力，外向，有趣且和善的女子，洋文應該比我溜，於是拿起手機撥出她的號碼，那頭傳來嬌脆的聲音「Hallo——」尾音拉得挺長；「凱西，我是老白，妳知道下城H大酒店是在十三街還是三十街？」乾脆，男祥子跟女祥子直接用北京話溝通得了，免得洋大叔嫌棄；也不知他嘴裡的棗子吞下肚沒？

打這會兒起，老白自覺著可以名正言順且冠冕堂皇的跟二八佳人常通電話了，雖然通話內容有些糗。

＊　＊　＊

Cathy剪了一頭齊耳短髮，削得薄薄的，白淨的臉蛋顯得更嬌小；她曾聽攝影師傳說，巴掌大小的臉龐最上相，如果拍電影或電視，等於是祖師爺賞飯吃。舞蹈學院學了四年，不論芭蕾還是現代舞，對她來說都只是應付畢業，在影視圈裡工作的姨父，當著爸媽的面，拍著胸脯甕甕的響，保證她一畢業就安排到劇組演戲去，管她啥嘮子的舞蹈！然而……

Cathy從後視鏡裡甩了甩根本甩不起來的短髮，讓自己從遙遠的記憶中回過神來，「管她啥嘮子的芭蕾還是演戲，還是仔細開車吧！」右腳使勁踩下油門，淺灰色林肯加長轎車呼嘯而去，去哪？她忽然想給自己放半天假。

少載幾趟客人，也不至於餓死！這個想法，可不是頭一回了，她常常想，總不能真的跟駱駝祥子一樣沒命的奔吧！到了，也沒個奔頭不是？

那個北大的老白，放著國內好好的工作不幹，還有葉姊拋夫別子，還有小東北、小譚、四川老，哪個沒有一段轟轟烈烈的歷史？如今飄洋過海的來美國拉洋車，是不是腦袋都給驢踢啦？

若說現下流行的「海歸」潮，哪個人不是在風頭浪尖上？想方設法搶著回歸，問題是，老白玩得起衝浪嗎？不是弄潮兒，趁早別當那海龜！

也真是的，像這樣留也不是、回也不行的「老白們」，光紐約就多了去了，更別說全美國、全世界了！這麼多人都怎麼了？自己又怎麼了？

好不容易在中央公園西南角入口附近等到一個停車位，把車泊妥，用兩毛五的銅板餵飽了**meter**，轉身走進公園，此時，她覺得腳步特輕快，這兒是她的最愛，永遠走不完似的、永遠有新鮮的風景等著她。

中央公園四周全是摩天大樓，唯獨留下這鬱鬱蔥蔥的一大片綠，都說這是紐約市的「肺」，Cathy 則認為這是曼哈頓的「心」，它不但供給紐約客氧氣，更為這個首善之區補充鮮血和活力。她就愛徜徉在其中，為自己幾乎枯萎的生命補充氧氣、添加鮮血活力！

全世界的新興大都市，都搶著把大樹砍了、把綠草埋了，就為了蓋大樓、鋪大馬路。北京尤是，當年膀爺們納涼的老樹、小孩捉迷藏的林子，如今安在？現如今只見「水煮蛋」、「大褲衩」、「大鳥窩」矗立市中心，可就沒了「肺」啦！

Cathy心想：「他們只顧向錢奔，哪怕沒心沒肺也能活蹦亂跳，竟如此洋洋自得？」想到這些，就覺著煩，沒來由的排斥感擠進心頭，北京是自己出生的地兒、生長的家，沒理由不愛它、不想它，可是卻覺著有距離、有反感；她心裡清楚，罪魁禍首就是章懸，那個被媽媽稱為「狗屁導演」的文化痞子章。

* * *

白嫂子今晚準備了一大桌子的菜。老白的老婆，祥子們都叫她「白嫂子」。今兒個是老白五十大壽，聽臺灣移民來的房東太太說，中國古老的習俗，男人生日過九不過十；要不說，人家臺灣才真正保留了中華五千年文化傳統，憑這說法，就不能不服，「過九，才能長長久久，人家還說，老子，就是畫裡倒騎牛的老頭，說九是萬事萬物的最大數，再下去就是零了，物極必反，都沒啦！聽聽，這就叫文化！」老婆在耳邊興奮的現學現賣，「老白，咱今年就辦你的五十大壽，虛歲正是五十，咱沒矇人，是吧，老白！」

「是！是！聽領導的，領導說過咱就過，說不過咱就不過！」

「啐！啥不過就不過的！你不會說句吉利話？」白嫂子儘管習慣性罵兒子似的編排老白，卻也像疼兒子似的替他張羅「生日派對」，真心要好好慰勞男人，他這些年為家、為她為兒子勞碌奔波，他鄉異地討生活，不易呀！

一向是把一毛錢當兩毛錢用的白嫂子，這回光上超市買菜買肉就花了老錢了，簡直是大出血，但她覺得值，至少要幫老白在同行裡擺足面子！出門在外，已然沒啥裡子了，面子就顯得更重要。

桌上擺滿了各式各樣的佳餚，小黃瓜雞絲拉皮、芥茉洋芹、開洋白菜、紅扒豬蹄、栗子燒雞、清湯獅子頭、木須肉……，還有白家拿手的「手擀炸醬麵」，一眼望去，可全是北方口味。

菜，洋洋灑灑布滿了一席，人，擠擠搡搡站滿了一屋子，那是客廳兼飯廳又兼廚房。小譚，四十歲出頭，平日愛耍嘴皮子，此刻，嘴裡塞了一塊豬蹄，還不得閒：「嫂子丫，今天為啥沒『西紅糸』炒雞蛋哪？」

「去去去！」白嫂子口下也不饒人：「嘴欠！哪涼快哪站著去！看還讓你來蹭飯不？」

小譚跟老白是搭檔，輪流跑白天或夜間，每次交車，小譚總要在白家撮一頓，而他們幾乎餐餐有西紅柿炒雞蛋這盤菜！小譚是老廣，西紅柿在他嘴裡發音成了「西紅糸」。

* * *

小譚算幸運的，他沒碰上文化大革命，改革開放又讓他趕上了，他老家住廣州，在小鄧的魔指一點之下，東南沿海率先走向社會主義初階，小譚二十郎當歲就單幹個體戶了，十來年裡賺了些銀子，就來美國鍍金來了。

人民幣當美金用，頂不了多長時間，沒兩年小譚就從社區學院語文班退了學，混在餐廳打工，有次跟著大師傅、炒鍋去大西洋城賭場玩大家樂，從此「樂」而不疲；後來康州也開了賭場，離紐約更近，來來去去省時又方便，因此小譚的「改革開放輝煌成就」全貢獻給了賭場。百家樂了，唯獨他不樂。

為戒賭，先要遠離賭友，於是，他辭了餐館工作，避開炒鍋大師傅們，轉行開電召車，這才加入「祥子」一族。後來，因為葉子的苦口婆心，才真把賭癮徹底戒了！

小譚仍保留有「個體戶」的生存特質，很四海、機靈、圓滑，這些在老白這種北京爺們眼裡不很地道的特性，如今在曼哈頓競爭激烈的資本主義大本營，那可是極為金貴的本錢，他經常掛在嘴邊名言是：「有奶不一定是娘，有錢就一定是爺！」

他對金錢的嗅覺特別敏銳，買賣股票堪稱一絕，眾祥子們，有一半人跟他在股市上殺進殺出，不是並肩作戰，而是尾隨跟進、尾隨撤退。老白當然也不例外。

老白不只英文菜，搞數字也不靈光，想買股賺點進項，又玩不轉，因此跟老婆說：「誰有那美國功夫跟他泡啊！不就一買一賣、一進一出嗎？別自己瞎折騰，跟著小譚就得了！」

話說的有些阿Q，可，老白心中卻像刁德一念著阿慶嫂一樣念著Cathy，念著念著，不禁冒出一句老生唱腔：「這個女人哪，不尋常……」

這話怎麼說的？原來，Cathy也是股民，但是她特立獨行，是單幹戶，從不跟小譚為首的炒股集團摻和，還聽說她是大戶，平日一大早就札在電腦前，仔仔細細研究當天行情走勢、板塊轉移，她會審時度勢、會掐會算，逢低買進、逢高賣出，不論長線短線，一律手到錢來，從不失誤，簡直是現代女諸葛，可神了！

這點，讓老白心裡有些不自在，暗自思量，是不是該換條船啦，別再跟小譚一條道走到底。他惦念的是買賣股票賺錢？亦或惦念搭上 Cathy 的船？「嗯？搭上她的船？還是她的床？」不曉得 Cathy 若知道自己心裡藏有這鬼，會不會跟阿慶嫂一樣也來段：「刁德一有什麼鬼心腸！」

呵，老白光天化日下居然異想得陶陶然！

* * *

壽宴熱鬧極了，眾家兄弟姊妹熱烈捧場，可是沒見到 Cathy，老白心裡堵的慌，忍不住，找了個空隙，擠到小譚匿的角落，裝的若無其事的問他身邊的葉姐：「Cathy 可大牌呀，這會兒連個人影兒都不見？」

葉姐有個很文藝的名字，叫葉焉然，據她解釋，是他爸在自己和愛妻的名字中，各擷取一字，合成為掌上明珠的名字。聽來，她這名字除了飽含雙親的疼愛也有紀念意義，還透著老一輩人的小布爾喬亞的浪漫。

葉焉然回說，小姑娘載客到新澤西的紐瓦克機場啦，晚點才能來。

他頓時意興闌珊了，這段路他常跑，夠遠的呀，從 Cathy 身上才覺悟到，幹這行比其他行當不只辛苦還更身不由己，自個兒倒從未感受到，但此時卻深深為 Cathy 感到委屈、感到憐惜！

老白住的地方——他不說這是「家」，說等攢足夠錢買了房，那才叫「家」——本不寬敞，今天人一多就沒地兒坐了，於是，白嫂子大聲吆喝著：「都是自家人，別見外，咱們也學老美站著開 party！」

「好，站著吃得多！」

「行！站著喝不醉！」

「得！就請自助啦！」

群眾是熱情的、也是盲目的，大夥應和著，都站著敞開了吃著、喝著。

他們多是各自攜帶鍾意的酒來赴宴的，有志一同的幾乎全是白酒，有紅星二鍋頭、五糧液、劍南春，當然少不了天女散花的茅臺，特別的是，來自彰化的老臺客居然帶了瓶稀罕的金門高粱。似乎這群曼哈頓祥仔都還活在老舍給他們圈的老家，北平：那兒的爺們不都愛喝白乾嗎?!

老白站在客人堆裡，東一盃西一盅，又是二鍋頭又是五糧液，口裡喝著，心裡揪著，眼裡瞅著，望穿門板看 Cathy 是否姍姍而來，他有股不能自已的衝動，趁著酒意，要給她一個熱情的擁抱，就是老美的熊抱「hug」！那天在中央公園裡，跟 Cathy 面對面挨得那麼近，有好幾次機會，卻都沒敢 hug 她，事後，讓他懊惱了快兩禮拜！

大口大口的酒已無法澆化他胸中的塊壘，那塊壘，顯然並非韓愈「志欲干霸王」而不得的抑鬱情緒，自是那司馬相如對新寡文君大彈「何緣交頸為鴛鴦」的張狂情慾！

情慾？又怎啦？活了大半輩子，除了自己床頭上的老婆，他還沒抱過其他女人，真他媽的寒磣！老白很瞧不起自己。

莫名其妙的想起了蘇東坡的〈臨江仙〉，「長恨此身非我有，何時忘卻營營？」他把後一句改成「何時忘卻伊人？」夠豔俗的了！哈，他自嘲的大笑了起來。

「老白你喝高粱啦？沒來由的傻笑哪！」小譚學著京片子，捲起舌頭陰陽怪氣的問。

「人生半百啦，不就是報紙上常寫的『半百老翁』嗎？豈不值一笑？各位，以後對我可得尊老啦。」老白被自己的失態嚇得酒意全退，心虛的偷覷老婆，感到那頭一雙利眼正掃過來，於是趕緊謅了這幾句，深怕自己心事露了餡兒！

「誰不尊重您啦？我可不依。」客人群裡有人發醉話。

「那倒沒有，我是說，從今兒起，我可是耆老了哇！」接下話頭胡亂應付，反倒引起哄堂歡笑，讓老白解了尷尬之局。

笑聲未落，Cathy 在這當口推門而入，原本輕巧服貼的短髮，被屋外晚風吹亂了，顯得有些憔悴，老白看在眼裡，可是刺心的疼！

但見她還是笑盈盈的衝著壽星說：恭喜老白，多福多壽，Happy birthday！

葉姐趕緊迎上去，體貼的為她理了理翹起的亂髮，遠遠的，白嫂子也擠過去，拉著她的手往餐桌走，「呦！小手冰涼冰涼，快來喝口熱湯！暖和暖和。」

「不如喝口酒？」Cathy口氣似在徵詢，卻已接過老白遞過來的滿盃高粱，仰起脖子一口乾了！

「好！爽快！」「行啊，滿上，我敬妳！」「來來！咱們也乾一盃！」

這下子全屋子可哄鬧開了！老少爺們爭著灌這平日裡咸自矜持的女祥子，期待用酒精的熱度來暖化她一向有武裝作用的冷豔！

那雙冷豔的眼神正穿過人群，筆直如箭般射向心神慌亂的老白！

* * *

那天，中央公園裡，Cathy原想一個人獨自靜靜，沉澱一下奔跑於水泥森林之間沾滿塵埃的心境，誰知，不由自主的又讓章懸攪亂了思緒。

她繼續往深處走，公園有多深？她無法算度，依稀記得整個公園面積占地有八百四十三英畝，夠巨大壯觀了吧！至於有多深？Cathy試著揣摩，一次又一次，從無結果，正像她審視自己為什麼要留在紐約，一次又一次，從無結論。

現在，她已深入到一處大湖邊上，這是她最愛來的地方，電影上最常見的中央公園景致，它有個吸引人的名字，這片湖水被命名為「賈桂琳」蓄水池；賈桂琳，多美麗的女人，曾看過她的傳記，還為之長聲嘆惋呢。

大湖四周有鐵網圍籬，籬邊是一條長長的環湖跑道，她看著身邊穿梭而過的紅男綠女，穿著背心或肚兜，一律是短運動褲，人人邁開步子揮汗疾跑。她笑了，這在北京肯定又要被稱為小資情調的時尚了，這些男女老少穿的是Nike、Puma，就是時尚？可名牌肚兜下流出的汗，不也一樣酸臭？

每次來，總是成千上百的、一波一波像過江之鯽的人潮在同一個地方往來奔跑，電影裡的湯姆克魯斯、達斯丁霍夫曼、朱莉亞羅勃茲這些大腕不都在這兒跑過嗎！其實這個公園裡，只要能走到的地方，就有人跑步，風氣？流行？習慣？還是縮影？

紐約客永不止息奔波的縮影?!

自己何嘗不是？Cathy低頭看看，雖沒穿Nike、Puma，但開的是林肯，一樣在人生道上未曾停歇的奔跑。

是不是那些黃髮碧眼穿Nike的，奔跑的姿勢和氣勢，更瀟灑更大氣些？

是不是自己和祥子們，奔得很狼狽很倉皇？

同樣的奔跑，怎會有雲泥之別的水平和分野？

很弔詭不是？

如果，此刻是在北京那新興的水泥叢林裡奔跑，自己又會是什麼步伐？什麼姿態？

不過，她可以肯定，在紐約要比在北京孤單寂寞！

Cathy很快的推翻這個念頭，若在劇本上，這臺詞一定會被刪去，因為這是一句廢話，純粹是思路到達枯竭終點才會出現的驚嘆號。

離鄉背井的人，哪個不孤單，哪時候不寂寞？她發覺這個驚嘆號，毫無新意，太蒼白無力。

身後，忽然有人拍了她下肩膀，「誰？」

問號閃起瞬間她回頭看，「老白？你怎麼會在這兒？」

Cathy 真的很驚訝，驚訝最近老白似鬼魅一般，經常會神祕的冒出來！尤其現在，在中央公園找人，簡直是不可能任務，除非是跟蹤，否則是大海撈針。

「可不是？這就叫眾裡尋她千百度，那人卻在燈火闌珊處！」老白又抖起中文系的酸包袱。

「不致於吧！大白天的，哪來的燈火闌珊？你不在班上，怎麼跑到這來啦？」Cathy 先給了個軟釘子，接著來個明知故問。她隱約又清楚的感覺出：「這老小子在追我呢！」

「我剛才送仨客人到川普國際飯店，從五十九街轉過來，發現那輛灰色車趴在那兒，我就知道妳準又在逛公園，我……我也想鬆散鬆散，就來啦。」

找著了 Cathy 又該如何？老白心裡一點譜也沒有，只是一股衝動，能在公園裡和她單獨相處，哪怕一分鐘，也夠了！

眼見奔五十的人，怎麼著了魔似的，忒誇張、忒大膽了吧！老白像一名初上戰場的新兵，腔子裡那顆心既害怕又新奇，有勇往衝鋒的激情，也有心驚膽戰的惶恐。

萬一真跟 Cathy 巫山雲雨一夜情了，回家還怎麼跟老婆睡？萬一出師未捷，會不會惹出緋聞傳出去，以後怎麼在江湖上混？如果她半推半就，琵琶半遮面，自己是繼續攻下去？還是鳴金收兵？如果她堅壁清野、長期抗戰，自己是學老毛打游擊戰？還是學老蔣打陣地戰？糧草軍餉都在老婆手上，要如何另闢後勤補給？這新兵蛋子竟然有這許多連老參謀都解決不了的困局。

當他伸出手拍 Cathy 的肩頭時，原先爬出的那些問題，一下子全拋到賈桂琳蓄水池裡了！他想，男女之間既是世俗化的、庸俗化的，一切就跟著慾望走吧！

「你能用最簡略又明瞭的辭句，說清小譚和葉姐的那種關係嗎？」Cathy 突然側過臉問，水汪汪的大眼望著他，像要洞穿他的鬼心事，看他是不是要和小譚看齊？

她是否在暗示自己放馬過去？既然問的如此直截了當，老白也回的毫無遮攔：「他倆是『搭伙夫妻』，飲食男女各取所需唄！」

「太損的吧？老白，他們不都是你的老戰友嗎？你把他們說的有點不堪了！」

萬萬沒想到 Cathy 會有如此強烈反應！老白後悔，後悔用輕蔑而赤裸的直白迎合自己假設出來的情色情境，顯然錯估了形勢。

「男人都是高高在上的蔑視『男女情慾』？白大聖人，你們中文系的是不是把孔老先生當耶穌、釋迦牟尼一般膜拜？」

「我、我……看妳這說的，我都想找個地洞鑽進去！妳誤會我的意思了……」

不等他說完，Cathy 搶過話語權：「我覺得葉姐他們，即便如你所稱『各取所需』，只要公平、自主，也沒什麼可議！」

老白被對方左一榔頭右一錘、沒頭沒腦的游擊之下，自是難以招架，但也有些老羞成怒：「對！他倆都是我的好夥伴，我既無攛掇他們在一塊兒，更沒如你誤會的對他們指三道四，沒錯，妳情我願，誰跟誰不能當抗戰夫妻啦？誰又跟誰不能各取所需啦？Cathy 你所說的都合乎我的觀點，我也贊成妳的看法，這無關孔子、耶穌、釋迦牟尼，我更不是啥子聖人，我連凡夫俗子都夠不上！您高抬我了！」

連珠炮的說完，差點沒背過氣去，老白的臉和他的姓一個顏色了，反過來讓 Cathy 大吃一驚，可是她反而大笑：「你說這『搭伙夫妻』，可也是眾裡尋她千百度，那人卻在燈火闌珊處？哈哈，人生際遇怎會如此的重複又重複，重複之間有的是喜不自勝，有的卻是無可奈何，老白夫子，你得空，可以把這些酸不啦嘰的詩啊詞啊的，和苦辣不由人的現實人生做些深刻的比較和印證，搞不好可以拿個諾貝爾文學獎呢！哈哈哈……」

老白叫她弄得啼笑皆非，愣了一下，也跟著沒頭沒腦的哈哈笑起來。

這丫頭滑不溜丟的跟條泥鰍似的，也可愛的像朵帶刺兒的野玫瑰。老白還沒抓住這條小泥鰍，卻先被玫瑰刺兒扎著了。會否扎得遍體鱗傷，誰還計較？

Cathy 靠近老白身邊，把手伸進他的臂彎，俏皮的挽著這個有色心無色膽的中年人，她覺得滿刺激的，有心吹皺這口枯井，試試那死水微瀾的動靜。

老白對年輕女子的攙臂動作感到有點緊張，有幾分心虛。「你不怕給人瞧見，對你影響不好？」他覺得自己簡直不知所云。

「你說給自己聽的吧？」她感受得到從那微微顫抖的臂彎傳過來的飢渴和慌張。

「老白，你結婚多少年啦？」這當口，問這問題？她這是存心的，哪壺不開提哪壺！

「嗯……十四年了吧！」老白皺著眉，硬聲硬氣的回答。

「呦！您這可是 double 七年之癢啊！」

「是！我癢癢得翻了一番！滿意了吧？」

「有啥滿意不滿意的？關我屁事兒！」說著，Cathy 另一隻手也圈了過來，用一雙手緊緊箍著老白的那隻臂膀，他們像戀得正熱乎的情侶逛公園。難為的是老白，這位癢得翻了一番的中年男子，居然有了無法平復的生理反應，底下的騷動，像千軍萬馬擠進了小小帳棚，鼓動的挺震撼！這種震撼，好長一段時間不曾有了？

老白徹底繳械，他豎起白旗向 Cathy 投降了，不，是向自己的情慾投降！

他把 Cathy 和情慾之間，畫了等號？No，還不是情慾，是肉慾！純動物性？老白迷糊了！但他十分清醒，是的，他要抓住那睽違已久的「震撼」！

「男女上床，非得有感情才成嗎？」老白拋了試探氣球，但覺臉上一陣燒燙，發現自己不擇手段的連一點格也沒了。

「那得分幾種層次，例如男人逛窯子嫖妓，哪需要感情？又如『搭伙夫妻』……」

「『搭伙夫妻』是啥層次？」老白急待他所預設的答案，腆著臉插嘴忙問。

「老白，你老實說，你期待我怎麼回答？」Cathy 停住腳步，轉身拉著他的手，裝著一臉莊重的問。

其實，她正企圖展開一場貓戲老鼠的遊戲。

很多朋友問過她，「幹嘛開電召車？」她沒答案，只覺得這是讓自己深入紐約、躲避北京的最簡易的途徑。或許這跟章懸有點牽連。

當年章懸是貓、她是老鼠，當老鼠把身體交給了貓，期待換個劇組女二號角色時，貓則教給她一個新的名詞，這名詞足以讓她倉皇離家匿居海外，獨自參悟多年；那是現下影劇圈裡流行的：「潛規則」！

眼前，面對老白，她想做一隻貓嗎？

「一個女博士生為了寫報告，而不惜親身體驗和數百個不同族裔、年齡的男人做愛的經驗。這個層次你怎麼定位？」貓向老鼠丟了一顆裹著迷幻藥的糖。

「今晚我們一塊兒吃晚飯，喝點小酒，這個題目需要時間做深刻探討。」老白艱難的下了決心，今晚拚得一身剮也要把 Cathy 拉上床。

* * *

那一夜，他們都沒吃那顆糖，連晚餐也沒一起吃。不知是貓饒了老鼠，還是老鼠怕了貓。

老白像發了春的公貓一樣，壯起膽子抽出 Cathy 挽著的手臂，反過來圈攬著她削瘦的肩膀，幾乎是緊緊箍著她半個身子，走在大公園裡，暢快極了，他感覺是摟著赤裸著身子的 Cathy，自己也是光著身子，兩人裸裎依偎，滿含即將爆炸的快感！

正在老白兀自肆意想入非非的當兒，手機鈴突然響起，下意識迅速接起電話，白嫂子的聲音自天外傳來，震醒了老白「太虛幻境」的春夢。

老婆在手機裡叫他回家的路上，要記得到中國超市買瓶山西老陳醋，今晚好做酸辣湯。

* * *

望著老白微駝的背影消失在公園角落，Cathy 有些悵然，淡淡的。

開車一過皇后區大橋，自己的小窩就快到了，Cathy 心想，待會兒回到住處，得抓緊時間把剩下的幾碟韓劇看完，葉姊還等著呢！不，一堆哥兒、姊兒排隊等著看呢！

（原載於《世界日報》副刊，二〇一〇年一月十九日）

芭比娃娃與亞馬遜河蜥蜴

文◎劉馨蔓　名家

走出咖啡廳時，一陣涼風迎面吹來，

我想到遙遠的亞馬遜河，河叢中鑽動的那些爬蟲類生物，

還有突然消失的珍妮。

收集芭比娃娃的男人是一個什麼樣的男人？

你現在腦子裡一定立即浮現一張白淨的臉、纖細的腰身、也許蓄著長髮、說話時小指及無名指會不經意往內小小彎曲的樣子，有女人的陰柔的性格……。

一點也沒錯！我所認識收集芭比娃娃的男人就是如此，他的名字叫做史考特。

這些特徵和他喜歡收集芭比娃娃有特殊關聯嗎？

「其實，我是二十五歲時才開始收集芭比娃娃。」他說。

史考特今年三十八歲，未婚，如果不是那一頭金色長髮，他的長相就是那種在街上隨時可以看到的典型的美國白人，而且從他的臉上實際上看不出女人的特質，也就是說史考特就是長得像男人。雖然史考特很陰柔，但身上的裝扮卻是一身霹靂，經常一身黑，衣服上一堆釘釘釦釦，走起路來還不時叮噹響。

「為什麼二十五歲時會突然開始收集芭比娃娃呢？我是說在那之前你喜歡芭比娃娃嗎？」我相當好奇史考特的動機。

「二十五歲那一年，我換了工作。」他說，史考特的嘴角牽動一下，好像在微笑，立即又回到嘴唇緊抿的樣子。

「那跟芭比娃娃有關囉？」我還是忍不住提出有關邏輯的疑問。

「嗯，不是那麼有關。其實應該這樣說，他們只是有前後的影響，而且芭比娃娃應該是影響我的工作選擇。」他把長髮拂到腦後，我注意到他的手指相當修長。

「那一年，」他拿起一小片起士餅乾小心翼翼地塞進嘴裡，繼續說：「我開始在變裝秀場工作，妳知道，就是那種變裝皇后的工作。」

聽到這個話，其實我有些吃驚，史考特現在的職業是在自然歷史博物館從事動物標本的維護，是非常陽剛的工作，而且相當專業，不是一般人都可以做的，有時得經常飛到各地去修補動物化石或標本，而且史考特有一個交往多年的女朋友珍妮。

「那個工作一定很刺激吧？就是當你站在臺上讓這麼多人看，而你其實也不是你自己。」我這樣替他做結論。

「其實，當我裝扮好從後臺走到前臺時，我覺得真正的我才因此存在。」他說出他的感受。

我一直懷疑性別認同的錯亂與自身的存在是相同的困擾或迷思嗎？

我把注意力從史考特的手指轉移至他的唇，他的唇單薄而細小，如果抿起來可能就會看不見了。我想像他的唇劃上唇筆、塗上口紅的樣子，可以肯定的是，史考特的薄唇不需要怎麼裝飾就像女人了。

「妳知道從嘴唇到眼睛，每一道化妝的過程都讓我覺得慢慢走向發掘自我的存在。」

我看了看他的雙眼，是五官中最不出色的部分，小而猶疑，可能得花很多功夫才能把它畫得大而明亮。

「的確，眼睛是最花功夫的，妳知道我的眼睛很小。」他說。

「除了尋找所謂存在的問題，變裝皇后的表演還有什麼吸引你呢？」我真的很好奇，畢竟他是我在紐約認識的唯一的變裝皇后。

「我從小就覺得自己是女人。」史考特又拂了拂前額的長髮。我知道很多男同性戀者在童年時都有這樣的迷思。

「但我不是同性戀。」他馬上接著說，「我喜歡女人，我不愛男人，我只希望自己有女人的感覺。」這樣的心理對我而言有些複雜，我聽史考特的女友說，史考特很愛哭，為一點小事就可以連續哭上五個小時；另外史考特很喜歡說話，不是那種普通的聊天而已，一件事他可以像細絲一樣牽引出太多細節，之後千絲萬縷，一件件陳述給你聽，甚至不讓人有插嘴的空間。如果把說話這件事形容成滴在岩石上的水滴，那麼史考特講一件事情下來，細瑣的程度可以滴水穿石。

這一點我已經見識到了，就像現在一樣，坐在這個客廳的餐桌前，我已經聽史考特絮絮不休地講了將近兩個鐘頭的話，不知道真正的主題在哪裡。

他說話很認真，我看著在他桌面前的排骨湯，是雪兒在兩個鐘頭前端給他的，他只嚐了一口就沒有時間再喝了，餐桌前另外兩個人已不知在何時找到藉口到天臺賞月去了，只剩下我還坐在史考特面前。我沒有特別的理由坐在這裡聽他說話，也許我在等他停下來吧。

但是史考特的話像關不掉的收音機一樣，一直說個不停。

「你還沒有告訴我為什麼會去收集芭比娃娃？」我坐過史考特的車，他車內只要能裝飾的空間，全都是各種造型的芭比娃娃，也因為這個緣故，他的車子還曾被美國著名的雜誌拍照特別做了番介紹，披著長髮的被拍照時自然是站在車邊。

「應該從我第一次收集芭比娃娃的過程開始說會比較清楚些。」史考特又拂了拂他的金髮，用小刀又挖一塊起士蛋糕。

「那一次，我去舊金山，經過一家超市百貨櫥窗，那裡竟陳列一整排的芭比娃娃，妳知道嗎？芭比娃娃穿上德國士兵的軍裝，向每一個路過的人行軍禮，像一連的士兵，實在很壯觀！」

「所以你就買了第一個芭比娃娃？」我問。

「我把櫥窗上所有的芭比娃娃都買下來了，一共有十三個。」

像一排的士兵，我心裡想著。

「那麼你對穿軍裝造型的芭比娃娃情有獨鍾囉？」我說。

「當時我在想自己穿上軍裝的樣子。」他得意的說。

而此刻在我腦海裡浮現的是：穿上芭比娃娃軍裝的史考特，把長長的金髮紮在腦後，舉起右手，浮著男性的喉結向路過的人行注目禮。看哪，男芭比娃娃！也許路過的人會這樣說，包括我在內。

「後來，我開始收集各種芭比娃娃，成熟的、年輕的，只要我喜歡的，都會把她們買下來。」

史考特的女朋友珍妮曾告訴我，史考特的房間簡直就是芭比娃娃之家，幾乎沒有別的裝飾品，但史考特的女友是那種非常柔順細緻的女孩，這一點可以證明史考特愛慕的不是陽剛的女人，但我也會懷疑他尋找的是不是另一個自己呢？把自己無法完成的形象投射在女友身上。

「當你開著那部車在街上停下來時，一定有人對你投以異樣的眼光吧？」我想到另一個問題。

他揮揮手，好像在說，那些人根本不懂欣賞他的品味。「肯定是的」他又聳聳肩，「但那又如何！男人也有喜歡芭比娃娃的權利吧。」

談話到此為止，我已經失去探索的興致了，因為我的眼光與那些被他聳聳肩不屑一顧的人一樣，覺得三十八歲的男人珍藏滿屋子、滿車的芭比娃娃，根本就是一種心理變態，是那種想把自己當成女人，又無法滿足的補償心理，只是自己不願承認罷了。

「談談那些動物標本或化石吧！」我試圖轉移話題，「你現在的工作？」

「噢，那實在不值得一提，我也不是每一種動物標本都維護，因為動物的骨骼是不一樣的，我專門負責蜥蜴的化石標本，例如：修補那些標本裂痕或把一些消失的部分補起來，讓他們看起來一點瑕疵都沒有，好像原本就是那樣完美。」他很專心的解釋。

「那麼你每天都要面對那些沒有生命的蜥蜴囉？」我說。

「妳只說對一半，我幾乎每天都面對牠們，但牠們不是完全沒有生命的。」

他詭異的說。

「這是什麼意思？」我張大眼睛等待他的答案。

「你聽過蜥蜴的叫聲嗎？」史考特表情詭異好像要透露什麼訊息。

「嗯，我在工作時，有時彷彿聽到蜥蜴的叫聲，聽起來好遙遠但很清晰，好像遠從亞馬遜河傳來的一樣，是亞馬遜河叢裡的蜥蜴，很龐大的那一種。」他用兩隻手比了一個長度，「我好像聽到牠們對我說：很高興讓你替我修補身體。」

「那些都有可能是你自己的幻覺吧？」我簡直不能相信，不過有這些想像，也許多少對增加工作樂趣有幫助吧。

「他們在死亡的當時是有生命的。」史考特堅定地說，「我是說，其實牠們在死亡時可能還正在想別的事，例如：自己的家人、愛情、生活、食物等。」

動物非自然死亡是很正常的，這些遠古以前的蜥蜴心裡的想法其實是不是就如史考特心裡想的呢？

從芭比娃娃談到亞馬遜河蜥蜴已經是午夜三點，今天是中國的中秋節，月亮特別皎潔，我表示要回家了，但史考特似乎沒有觀察到我的不耐，還要繼續說下去：「蜥蜴在我睡覺時還會在我的耳邊講話，用叫聲說話。」

「我要回家了。」我禮貌地說，其他人也差不多從天臺上下來了，大家紛紛告辭，我告訴史考特改天有機會要去他工作的博物館找他，看看那些蜥蜴標本。

「隨時歡迎。」他又用那小小的嘴吃了一口起士蛋糕。

在曼哈頓蘇活區走著，週末夜狂歡後，路面散落著一地雜亂的紙、汽水罐、塑膠紙，我一邊想像蜥蜴在史考特睡眠中說話的樣子。

「嘿，我是亞馬遜河叢中的蜥蜴，喜歡水的蜥蜴，請你把我修補回原來的樣子好嗎？」蜥蜴是這樣在史考特的想像中說話嗎？還是有另外的型態出現。

幾天後的週末，我們來到史考特工作的自然歷史博物館，因為原先就有約定，所以他看見我們時並不訝異。他穿一身白色長袍，看起來像醫院的醫生。

他並沒有依照事先答應的帶我們去看他的工作室，也許那天正巧不方便吧，不過他說下班後帶我們到酒吧瘋狂一下。於是我們約定晚上去三大道與十一街的知名舞廳 Webester Hall 跳舞。

近午夜時，史考特帶了那個長得像芭比娃娃的女友珍妮一起出現。

這是間紐約著名的舞廳，音樂放得震天價響，顯然不是聊天的地方，也許史考特只想放縱自己一下。

不過我最後還是忍不住問他，蜥蜴在他的夢裡說了什麼話。那時我們已經來到三樓的欄杆旁看著二樓舞池進行當晚的特別節目空中飛人表演。二樓挑高一路直衝三樓天花板，所以三樓實際上只有外環設置一些沙發區供客人休息。由於燈光昏暗，許多在舞池內看對眼的男女會到此處來進一步交流。

「這麼胖的空中飛人我是頭一次見到。」史考特似乎沒有聽見我問的話，專心批評表演者的體態。因為我們的位置在三樓，可以清楚看到空中飛人的體型，他攀著繩索盪到鞦韆處後放開繩索坐到鞦韆上，然後幾個空翻，雙腳倒掛在鞦韆上，動作相當驚險，引來一陣驚呼與掌聲。

音樂繼續進行，史考特也繼續對穿著緊身衣褲的空中飛人品頭論足，語氣聽起來像女人在尖酸地批判另一個體態顯然不夠窈窕的女人而自鳴得意，我腦子裡還充滿自然歷史博物館內，那些被史考特細心照料的遠古的蜥蜴。

「我最近正在進行一項計畫，跟蜥蜴有關的。」他突然蹦出這一句話，半側過臉來看著我。也許他知道我心裡在想什麼。

我十分訝異，想湊上前去問是什麼樣的計畫，這時空中飛人的表演即將結束，他把右手腕綁在粗繩索上，右腳夾住繩索，左手左腳伸展成平行，然後在空中以繩索為中心轉圈圈，再度引起熱烈掌聲，也許是客人知道表演即將結束的歡呼也說不定，因為大部分人來這裡的目的是為了跳舞，如果能找到一個願意一起跳三貼的舞伴當然更過癮。

表演結束，我們下樓來到二樓的舞池，史考特跟珍妮立即進入舞池跳舞，他今天穿的是緊身皮褲與貼身的短袖，在舞池中扭著他細長的腰，慢慢在女友面前蹲下身，再慢慢站起來，身體好像蛇般柔軟。舞池四周高起的四個單人舞臺有職業女郎和猛男在跳舞。

我腦海突然浮上一個畫面：穿著芭比娃娃裝扮的史考特，脖上攀爬著亞馬遜河蜥蜴在跳舞的樣子；另外則浮現史考特打扮成變裝皇后在舞臺上跳舞。

老實說，我對史考特的勁裝與一頭過肩金髮沒有多大好感，許多男人雖然蓄著長髮卻十足的陽剛味，但史考特的金髮卻讓我想起各種金髮裝扮的芭比娃娃。

休息時，我問史考特的女友珍妮，史考特有沒有跟她提過有關蜥蜴標本會對他說話的事。

「什麼?」珍妮忍不住笑出聲來,「他是不是告訴你要把那些蜥蜴骨頭送回亞馬遜河叢林裡?」珍妮看著在舞池中跳得相當陶醉的史考特,繼續說,「他老是跟我說那些蜥蜴標本經常在晚上來到他的臥房,請他把牠們送回叢林裡,把史考特搞得精神恍惚。」

這與史考特的說法相反。

「珍妮,妳為什麼喜歡史考特呢?」我跟她不是很熟,也不知道他們認識的經過和交往的過程。

「我知道妳一定懷疑他到底是不是男子漢?因為他說有時覺得自己像女人。在朋友的聚會上,如果特殊場合要求他表演,他會毫不考慮的答應演出變裝皇后。」珍妮的目光依然看著在舞池中的史考特,「只有我瞭解他是男人。」

我想珍妮對史考特的過去有相當的瞭解,並不在意他偶爾性別認同的混淆。

「我猜妳已經聽他提過滿屋子的芭比娃娃,」珍妮轉過頭來,「實際上的情形是,史考特害怕自己變老,而且他無法阻止自己變老。但是芭比永遠不會老,永遠會對你保持同一個美麗的笑容。而史考特已經三十八歲了,一個看起來像三十八歲的男人,所以他才會買下那麼多年輕美麗的芭比。」珍妮對史考特收集芭比娃娃的嗜好提出另一種解釋。

我看著舞池中這個三十八歲的史考特,正跳得像二十歲的年輕人一樣瘋狂。

凌晨三點,舞廳的客人陸續離去,我們散步到十四街和四大道的地鐵站,各自坐車回家。車廂內,珍妮從皮包中拿出梳子竟然幫史考特梳起頭髮,兩人十分親密,坐在對面的我,只有微笑。這一切的甜蜜會維持恆久嗎？它會消失嗎？

史考特的生日快到了，他告訴所有人打算辦一場三十九歲的生日派對。

派對由珍妮在安排，她列出名單給史考特篩選，其中有他的朋友、博物館的同事、大學同學、還有兩人共同的朋友。雖然我跟他們並沒有太深的交往，也被列入受邀名單中。

珍妮在給每個人的電子郵件中把當天的節目列出，來客可以帶自己喜歡的酒或果汁，因為當天的食物只有點心，所以我特地帶了適合配點心的冰酒。珍妮在郵件的最後一行寫說史考特當天會表演特別節目。

雖然我已經有心理準備，來到史考特家時會看到滿屋子的芭比娃娃，但實際現場比我想像中的還要令人訝異。

史考特家是在曼哈頓東村的一棟舊公寓，一房一廳，他的客廳不大，沒有立燈也沒有天花板燈，沿著及腰的牆面以及天花板的四角，都用聖誕燈串連起來，一閃一閃的，像東村印度餐廳內的裝潢。天花板中央掛著一個舞廳使用的球燈，轉動時，會隨著照射在燈上的亮光發出白色的小細光。珍妮說這不是光為了今天而布置的，平日就是這個樣子。

我覺得自己好像來到一個廉價的舞廳內，不同的是屋內各角落都擺滿了各種造型的芭比娃娃。

生日派對來了二十多個人，史考特的表演相當精彩，他每回從臥房出來，都會換上不同的裝扮，登上大夥準備好的桌子上大跳桌上舞，賣力地表演，把大家夥兒逗得鼓掌大叫安可！

表演告一個段落後，珍妮宣布史考特要回臥室卸妝休息，大夥開始放音樂跳舞，我則坐在角落獨自喝冰酒。

也許是酒精的關係，在一旁獨舞的雪兒突然動起芭比娃娃的腦筋，她抱起門邊架子上的兩個金髮芭比，先是跳慢舞，然後把芭比往空中輪流拋起，像雜耍一樣，現場有人開始起鬨，珍妮想要上前阻止雪兒時，史考特卻剛巧從房裡走出來。

心理醫師說過：每個人身上都有一個不能讓人碰的按鈕，一旦不小心按到，就像地雷爆炸一樣，一發不可收拾。雪兒的行為就是按到了史考特的按鈕。而且她不知道這一碰，引爆史考特失控的程度幾乎只能用驚恐來形容。

史考特一臉錯愕站在門口，睜大了他上了幾層眼膠的小眼睛，大聲斥喝雪兒的名字，邊喊邊衝向她搶下雪兒手裡正在把玩的金髮芭比，然後猛力掐住雪兒的脖子，在場的男人們立即衝過去拉開史考特，但是史考特用力的程度就像要把雪兒掐死。

好不容易把史考特制伏後，他大聲地咒罵雪兒，要她滾出去，雪兒被嚇呆了，酒也醒了，朝史考特回罵幾句後就衝出去。剩下的人見場面尷尬，也都陸續離開，有些人連一句再見都不說，也許對他的行為不以為然吧。

至於也被嚇呆的我，自然也是跟著所有的人一起離開了，離開前，我回望史考特，他整個人頹坐在沙發內，披頭散髮，方才精心化的妝也花了，搶回來的金髮芭比掉落在地上，這個三十九歲的男人，頹喪地看著他的芭比，像是看著自己已逝的青春。

生日派對事件後，我有兩個多月的時間沒有再見到史考特或珍妮，再見到珍妮時，事情有了很大的變化。

我在雪兒家遇見珍妮，她神情憔悴，已失去昔日芭比娃娃般的生氣。珍妮說史考特向博物館請了一個月的假後就消失蹤影，連她也不知道去向。

小的時候，史考特的姊姊曾買過一隻蜥蜴給史考特，是那種會趴在主人肩膀上，會隨主人身上的衣服變換身體顏色的那種蜥蜴，史考特經常帶著牠出去，坐地鐵、散步、騎自行車，除了上學之外，史考特幾乎都帶著牠，小蜥蜴長得很快，沒多久就長成像他的手臂那般粗了。

史考特對這隻蜥蜴疼愛有加，但後來卻把牠殺了，而且死狀奇慘。

「殺了？那不是他的寵物嗎？」在珍妮敘述史考特的童年時，我驚訝地問，同時背脊不覺起了一個寒顫。我猜想史考特是任性的孩子，不喜歡那些寵物或玩具後就把他們毀掉的毀滅心態。

一星期後，他的姊姊在家裡的地下室裡發現蜥蜴，死了的蜥蜴，我根本不敢想像史考特怎會這麼慘忍，因為姊姊說，那隻蜥蜴就好像被做成蜥骨標本一樣，「妳能想像只剩下骨頭的蜥蜴的樣子嗎？」珍妮說。是不是這樣蜥蜴就永遠停留在不會老化的狀態呢？

從那時候開始，史考特的媽媽就開始帶他去看心理醫師，想要瞭解史考特的潛意識裡到底在想什麼？有一次史考特在治療師那裡畫了各種動物的骨頭形狀。他的目的是什麼？治療師問，史考特說想用自己的創意把這些骨頭重新組合起來。

「但這些是不同動物的骨頭呀？」治療師說。

史考特只是抬眼看了看她，然後繼續畫下去。

那時候的史考特才十二歲，治療師告訴他母親，別看這孩子看起來好像性情溫和，他可能有一種妄想式的毀滅傾向，心靈感情較冷酷，連最重要、平日最珍愛的東西都有可能去毀滅，而且對象不只是玩具動物，甚至包括人。

史考特的媽媽是虔誠的基督徒，知道了兒子的傾向，經常向他講述《聖經》，然後要史考特在房裡向上帝懺悔，上帝會幫助他恢復純淨的心。

有好長一段時間，史考特幾乎都不講話，姊姊不知道為什麼有一天買了芭比娃娃給他，芭比的臉美麗而純淨，像天使那般純潔，那是史考特第一次擁有芭比娃娃。

珍妮敘述了史考特的童年，原來他不是二十五歲時才喜歡芭比的，而是來自童年時期不是挺明亮的記憶。

「你們認識這麼久，他有沒有對妳做過什麼特別怪異的事呢？」我對珍妮提出我對史考特的看法，並這樣問她。

珍妮認真地想了很久，「有了，如果說那也算的話……。」

「到底是什麼？」我立即追問。

「有幾次半夜裡，史考特醒來，用手指輕輕撫摸我的身體線條，認真地好像要瞭解我身體骨架的每一根骨頭似的。妳知道，作為他的女朋友，我只會把他的行為想成是一種親密的愛撫罷了。奇怪的是，他只看我的身體，並不看我的臉。」珍妮用力回想。

「史考特有收集動物標本或骨頭的習慣嗎？」我問。

「那倒沒有，老實說，他只對蜥蜴情有獨鍾，也許是童年時期發生那件事之後一種補償的心理或後遺症吧。」

那天和珍妮的談話沒有特別多，我雖然想再多問些什麼，但是珍妮顯得相當疲倦，也許史考特的不告而消失太過挫折吧，畢竟他們在一起已經有五、六年的時間了。

幾星期後，我在報紙上看到一個小篇幅的報導，內容是說自然歷史科學博物館的幾個蜥蜴化石標本遭竊，館方懷疑是一名一個多月前離職的標本師所為。

動物骨骼化石不算小，這些標本可能是分次被偷走的，但要把脆弱的骨頭搬出博物館似乎不是那麼容易，除非像玩具一樣，先拆下來後再重新組合。

我腦中立即閃過史考特的影子，他曾說蜥蜴想回到亞馬遜河叢林，不想待在冰冷的櫥窗內。不過博物館公關說，至今沒有直接證據顯示他的嫌疑，也沒有提到警方是否約談疑犯，只提到這些被偷盜的蜥蜴化石來自亞馬遜叢林，年代至少都在一萬五千年前。

我立即打電話告訴珍妮這篇報導，不過連續幾天，珍妮的手機都直接進入語音信箱，而史考特的手機則是連語音信箱的設定都沒有，這兩個人好像就這樣突然一起消失了，消失的速度好樣做了一場夢。

有一天雪兒告訴我聽說史考特回紐約了，至於從哪裡回來？史考特並不願意提，只說去了一個很遠的地方。

「妳看到蜥蜴化石失竊的事了嗎？」我問。

「是史考特工作的那一間博物館嗎？顯然這個事情不是很嚴重，不過我想妳可能會想到是史考特偷走的是嗎？」雪兒這樣說。

奇怪的是，史考特回來了，但是珍妮依然音訊全無。在紐約這個城市，一個人突然離開或突然出現也不算太奇怪的事，沒有多少人有習慣向周遭朋友交代一聲。

我沒有再看到有關蜥蜴標本失竊的後續報導，是不是已經找回來了？被懷疑的那個員工找到了嗎？

不過，聽說史考特被博物館辭退，現在已經換了一份工作，原因是無故曠職太久。這點我一點不驚訝，史考特那種性格陰森的人，自我感覺太過，受情緒波動很大，突然幾天不想工作又不請假這種事情，是可以想像出來的。

讓我突兀的是，我竟在中城一家咖啡廳遇見史考特，當時他手裡拿著一本有關動物標本的書。他看到我時露出愉快的神情，聊著他的新工作，是在長島的一個濱河的國家公園擔任山林解說員。我問他突然換工作的原因，「因為任務已經完成了。」他輕描淡寫地回答，揚了揚眉。

我問起珍妮的近況，史考特卻意外地一副事不關己的說不知道，說他也很久沒見到珍妮了，好像一點也不關心，然後繼續埋進他的書裡。

「她不是你女朋友嗎？」我相當疑惑他的冷漠。

他只抬頭看我一眼，沒有回答。那天我穿著一件露背洋裝，由於背部剪裁很低，露出背脊的線條。史考特一直盯著我脖子以下的線條，雖然不是那種色情的眼神，還是會讓人覺得不自在。

他沉默一會兒，突然要求我轉過身，他想看我的背。

我照著他的要求背向他。他用手指輕輕從我的背脊劃下，我不覺縮起身子，被他用手指劃過的地方好像一把刀柄一樣，冰冷，而且充滿恐懼。於是我趕緊找藉口離開了。

走出咖啡廳時，一陣涼風迎面吹來，我想到遙遠的亞馬遜河，河叢中鑽動的那些生物，還有突然消失的珍妮。

賈君鵬世界的千年滄桑

文◎叢甦　名家

賈君鵬顯然是離家出走了。他到哪裡去了？

打工？訪友？娛樂？閒逛？走失？

迷失在追求物慾的熱衷中？或在酒吧網吧的烏煙瘴氣裡？

在歷史中國離家出走的賈君鵬們沒有這般福氣。

賈君鵬何許人也？一個誕生於本年度七月十六日百度魔獸網吧的虛幻小子，至今尚未滿月。但是，穿過歷史的千起百落，穿過戰火的千瘡百孔，穿過離亂的千愁百哀，這小子的實際年齡卻已超過千百歲。一張簡單不過的帖子「賈君鵬你媽喊你回家吃飯」到目前點擊量已接近千萬次，回覆量高達三十多萬帖。賈君鵬已經象徵地穿越歷史時空成為中國千百年來億萬母親倚閭盼歸的兒子。

「兒子，回家吃飯嘍！」這親切又樸實的呼喚，千百年來曾響徹在大街與陋巷，在小鎮與鬧市。它迴響著千百萬母親焦灼的期盼。母親盼望兒子回家吃飯是天經地義的事，不算奢望。但是在歷史中國數千年險浪洶湧的史流裡，「吃飯」何其不易！「回家」又何其艱難！一直到二、三十年前，中國人見面時相互的問候不是「你好嗎？」而是「吃飯了？」這種問候方式在「不怕餓只怕飽」、「不怕瘦只怕肥」的西方人聽來是匪夷所思。吃飯，如同呼吸與睡覺，只是人日常生理活動之一，不必問候，謝謝。但是能「吃口飽飯」在以務農為主的古老中國卻絕非易事。兩、三千年的朝代迭換中，戰爭、離亂、天災、兵禍、逃亡、農作荒蕪、妻離子散、家破人亡。「吃飯」何其不易！「回家」何其艱難！在風調雨順、國泰民安時，慣做順民的老百姓不問政治，只圖飽暖，過過安穩的日子的首先要求就是「吃口飽飯」。

在我父伯輩的老家農村裡，在夏秋的傍晚，鄰里們到街門口外，或坐著馬紮子（小板凳）或蹲著、站著，捧著一碗糙米飯，飯上蓋著些鹹菜或醬瓜，在夕陽餘暉中茲巴茲巴地吃著。偶起的清風或偶揚的灰塵都毫不影響這吃飯的雅興。鄰居們邊吃邊閒聊著莊稼、孩子、媳婦、孫子、張家鋪的牛種或溝子店的新井。這東扯西拉的閒話彷彿是一個原始的互聯網，交換資訊，互通有無。這種上街吃飯的儀式，在沒有空調、沒有餐廳只有燥熱的土灶的農民來說是權宜之計。但是我想這裡要表達的更重要的資訊是：老鄉親，你看，俺好歹還能吃上一口飯！

民以食為天。地大人大但天更大。所以「吃」在人生命中占著天大的地位。國人見面時互問「吃飯了」不只是禮貌寒暄，它更迴響著數千年文化歷史中性命交關的民族集體關懷、集體焦慮、集體情結。

「吃飯」意味著平安與生命的延續。「回家」卻意味著親人團圓。賈君鵬顯然是離家出走了。他到哪裡去了？打工？訪友？娛樂？閒逛？走失？迷失在追求物慾的熱衷中？或在酒吧網吧的烏煙瘴氣裡？在歷史中國離家出走的賈君鵬們沒有這般福氣。他或被征戰匈奴，埋骨大漠；或被充配瘴境，苟活他鄉；或被偶語棄市，活體坑埋；或被株連蒙冤，倉皇逃亡；他或葬身在建築長城的巨石下，或淹死在黃河氾濫的暴水中。唐詩中杜甫的〈兵車行〉最深切痛淒地描繪出這兵災人禍的大難，糟蹋得白衣百姓家散人亡。「車轔轔，馬蕭蕭，行人弓箭各在腰。爺娘妻子走相送，塵埃不見咸陽橋。牽衣頓足攔道哭，哭聲直上干雲霄。」兵災戰禍又使農務荒蕪，農村凋落：「君不聞，漢家山東二百州，千村萬落生荊杞。縱有健婦把鋤犁，禾生隴畝無東西。」饑荒將隨之降禍於那些留下的。而出走的賈君鵬們最終屍埋大荒，魂落風沙：「君不見，青海頭，古來白骨無人收，新鬼煩冤舊鬼哭，天陰雨濕聲啾啾。」

化做白骨一堆、青塚一抹的新舊怨魂在陳陶的〈隴西行〉中更是「可憐無定河邊骨，猶是春閨夢裡人」。中國盛世的漢唐尚且有匈奴、突厥等外族的侵擾，遑論當皇室衰腐、兵殘馬瘦的其他年代？於是在連連的天災戰禍、離亂逃亡中，那些無數的賈君鵬的母親們哭瞎了眼睛，盼兒早歸；妻子們想穿了心肝，望郎生還。當大漠的白骨化做夢中的活人時，醒來是更多的悲痛相思。這「回家」之途又何其艱難！到了十八、九世紀，匈奴、突厥變成了日本倭寇，後來又變成了來自八國的西洋鬼子。抵抗不了鋼炮長槍的賈君鵬甭說吃飯，連命也不保了！他屢遭家毀人亡，歸去迎目的是廢墟一片，荒塚萬千。歷史沉重又殘酷的腳步踐踩得他喘不過氣來，他跌倒、匍伏、屈辱、流血、掙扎、又站起。他屢屢跌倒又站起，他也將永遠跌倒又站起。這是他的宿命。因為他母親召喚「回家吃飯」的不是一個爬行的兒子，而是一個昂首挺胸站著前行的漢子！

到了二十一世紀的鮮亮年代，賈君鵬已走出「吃飯與否」的窄巷，他似乎也走出了「有」、「無」之間的侷促，而徘徊留連在「有」與「更有」之間的慾望超市裡。他忙於賺錢，忙於逐利，忙於鑽營，忙於攀比，忙於享受，忙於名牌，忙於奢侈，忙於誇張，忙於無度，忙於「忙呀」。在千計百忙中，他似乎遺忘了生命中一些什麼重要的東西。歷史的殘酷在於它往往有捲土重來的習性。它的重複也只是因為人沒有在它沉重的腳印中領悟出一些正規前進的導向。這時有人喊出了「賈君鵬你媽喊你回家吃飯」的呼聲卻擊響了千萬根心弦。「家」象徵著親情、團圓、溫暖、安定；「飯」象徵著生命的綿延與滋養的滿足。這兩個看似簡單無華的字眼豈不是哪一個古老的民族的古老靈魂中最古老又永恆的掙扎、希翼與渴望？

母親喊兒回家的召喚，在我們古老多難民族的歷史長河裡曾響徹蒼茫天地，在凌晨，在黃昏，在酷夏，在嚴冬，穿過大地的阡陌田野、窪谷茂林、窮僻村莊、風漫大漠；穿過歷史的沉痛憂傷、悲歡離合、滄桑惆悵，母親呼兒歸來的召喚曾經響起，正在響起，將繼續響起……因為它代表著人類情感中最真摯的親情。因此，對如今那「忙於忙呀」的賈君鵬們，我們只有如此嘮叨：與杜甫筆下的你相較，此時的你是幸運的。你有飯可吃，有家可歸，有親可探。所以，小子，回家吃飯吧！

如果你已經滿肚海鮮，滿腦野味，滿嘴飽嗝，那麼，起碼回家去看看你媽！什麼，太忙？至少打個電話問安吧！

（二〇〇九・八・一 NYC）

集裝箱村落

文◎嚴歌苓　名家

瑪麗亞發現手裡是一塊溫熱的口香糖和一張一百元鈔票。她是集裝箱村落裡惟一一個得到中巴施捨的人。乞丐們冷冷地看著她跟在中巴後面跑，心想她還跑什麼？靠一條短裙子就掙了那麼多。

集裝箱裡傾出來幾百具黑黝黝的身軀，朝剛停靠路邊的大客車潮湧而來。這是麥克・李的攝像機取景框裡的一個壯觀畫面。一排排被掏出門和窗的集裝箱滿山坡遍布，在人類學博士麥克・李拉遠的鏡頭裡呈現出奇異的摩登穴居狀態。身邊的李太太也從午睡中驚醒，問車子停在哪裡。麥克說是一塊無名地，地圖上沒找著。但顯然是石油公司的長車司機和大客車的一個重要停靠點。沒等麥克的話落音，麥克等所乘的這輛帶有防彈層的中型客車已經陷入包圍圈，所有窗玻璃上都有深色的臉龐和淺色的眼珠。李太太問這個停靠點對於他們是否必須。麥克告訴妻子：前面運石油的一輛超長卡車企圖調頭，卻在調頭過程中拋錨，封住了路面。被擋住的車想停不想停都得停。李太太卻聽出丈夫並無多少無奈，像是給他撈著了似的，添出一個未經預設的人類學觀察站。

圍住防彈中巴的集裝箱居民們兜售柴雞、雞蛋、牛肉乾、飲料和行乞技巧。行乞在這裡是正當行業，小兒麻痹症、眼疾患者、殘肢的扮演都很逼真。李太太是個美國女人，從來討厭乞丐，這時都被打動了，掏出所有五十、一百尼拉的小鈔，從窗縫裡扔出去。這一下引火燒身了；前面大客車被解了圍，全部朝防彈中巴跑來。一個「瞎子」肩上還蹲個小猴子，一邊東張西望一邊從瞎子的沙發裡撿出什麼，往嘴裡塞。

麥克・李稱了心。平時尼日利亞人不允許外國人把他們擱進取景框，硬要拍，他們會大敲竹槓。這裡人卻是民風淳樸，或者是看中李太太拋投的小鈔。麥克・李是人類學家，副修音樂，次修攝像，業餘愛好寫電影腳本、經營電影製作。李太太特別相信丈夫沒成好萊塢一雄傑是因為第一他沒時間，第二他性格不專注，第三稿費太少。

把車裡帶的炸薯片、巧克力餅乾都投出窗外之後，實在沒什麼可投了，麥克便投出音樂去。麥克的音樂口味寬泛，很少排他，卻常常喜新厭舊。到尼日利亞來工作，政府出他的搬家費，其中有百分之二十是音響和光盤。到達不久，非洲音樂又迷死他了，放出話來要創辦一個音樂公司，引進一批非洲歌手的歌曲到美國。當地資源豐富而廉價，會有利可謀，也是件好玩的事。

他隨身帶的手提電腦配有兩個喇叭，此刻喇叭把一個埃塞俄比亞女歌手推介給了集裝箱裡出來的人們，歌聲極其調侃，極其活潑，女歌手向聽眾們眨著媚眼，逗他們玩的樣兒全從喇叭裡出去了。但圍在車邊上的黑色堡壘慢慢解體，悻悻散去。女歌手唱得如此妙，所有觀眾卻退場，麥克向妻子聳聳肩。

麥克・李是十一歲跟著父母從香港移民到美國的，性格卻比美國人更熱鬧。從十一歲起，他有意無意地對中國人的含蓄和內向開始矯枉過正。李太太說這倒是個新發現，一首好歌可以驅逐乞丐。麥克覺得這話不好聽，不夠厚道，既貶了歌星又貶了集裝箱裡來的聽眾們。他說大概女歌星不是他們自己民族的歌星，聽不習慣。妻子回道：巧克力餅乾也不是他們的傳統食品，他們吃得很習慣。李太太剛來到尼日利亞就中了其他駐外人員的毒，把刻薄本地人當作娛樂。

那輛橫擋路面的運油卡車趴得死死的，修理一再失敗。防彈中巴裡的美國人和英國人開始攻擊尼日利亞汽車之老舊，修理技術之爛。有個人喝著啤酒打趣，與其修車還不如修路——外面幾百人，讓他們把路開寬，交通不就恢復了？那都用不了修車這麼長的時間。

麥克・李發現車外門可羅雀，便起身開門。李太太說他找死，往這樣的人群裡自投羅網。麥克笑笑說假如他長一個大鼻子、一頭金頭髮才找死；現在是美國人招人恨的時代，他一張中國面孔怕什麼。李太太還要囉嗦，麥克說總得讓他找個小樹叢方便方便。

麥克順著公路向集裝箱村落的一頭走。一些鐵皮屋頂上鋪曬著手帕大小的牛肉片。鄰近赤道的陽光直射在鐵皮上，夕陽時分村民們就可以收穫烘熟的牛肉乾了。集裝箱大部分是土紅色，排了一公里長。司機說集裝箱村落就是長途運輸的卡車司機們創建的。先是把集裝箱偷運來，再把美女們偷運來，於是卡車司機們的第二家室便建立了，引來了賣烤雞的、賣玫瑰茄涼茶的，賣刀器、陶器和賣身的。這裡很好，是人們在道德和法律中給自己留出來的休假地。後來村落越來越大，越來越繁華，日夜都忙；運油的卡車司機們在這裡挖老闆的牆腳，把油偷到村裡的黑市上。大客車也天天有人販子，把從邊遠地區蒐集的男孩、女孩在這裡交接，這個村落其實是個人口交易的集散地。一般繁華起來的地方總是會受到宗教的關懷，不久前在村子的南口升起一支十字架，在村子的北端出現一座圓拱頂。教堂和清真寺成了集裝箱村落惟一的土木建築，為兩種打了幾千年的教民服務。

現在麥克・李就在朝著教堂走。教堂裡的歌聲是他的方向。他不知道這是什麼歌，唱得無拘無束，開心活潑。

教堂只有一間教室那麼大，裡面什麼也沒有，連基督的畫像也沒有。黃泥土地上堆起一個個土墩，一排高的夾一排矮的，就是桌和椅了。兩排歌唱者站在一端最高的土墩子前面，又頓足又拍手，唱得不亦樂乎。

麥克・李剛舉起攝像機，歌聲稀落了，然後你先我後地停下來。麥克・李想，看來這是村子裡的高一檔村民，不願白白進入陌生人的攝像機。他嘻嘻哈哈地哈囉一聲，那邊回的哈囉七零八落。放下攝像機，他發現這群歌手很年輕，十四五歲，頂多了。他問他們唱的是什麼歌。他們相互瞅；這個東方人的無知讓他們不知所措。當然是聖誕歌啦，還有兩週就到聖誕了，正在加緊排練。

聖誕歌可以是不肅穆不沉緩的，可以是頓足蹦跳著唱的，麥克・李作了幾年的人類學學問，這一點是大空白。他叫他們繼續排練，他可以做他們的觀眾。排練立刻繼續下去。麥克又有了個新發現，是個女孩子。女孩子擔任領唱，歌喉低而厚，反襯她輕盈秀美的模樣。她大概是歌手中最年輕的，不超過十三歲，發育卻基本完成，一副精緻小巧的骨骼，所有曲線弧度都到位。她不久發現這個四十多歲的東方男人只是盯著她一個人看，便發揮得更好，一個高音拖得長長的，不捨得斷。她有一副單純的面容，賣弄也是稚氣十足。

等他們結束了一個段子，麥克問出了女孩的名字。瑪麗亞，十三歲的瑪麗亞，麥克覺得自己的心好久沒這樣柔情了。這樣一個偷盜乞討淫邪的集散地，居然出水芙蓉地出來一個瑪麗亞，一副無雙的歌喉。瑪麗亞是她的教名，是牧師給她起的。瑪麗亞有四個哥哥一個姊姊，父母去年搬來這裡，開了一家小鋪。瑪麗亞的故事很簡單，瑪麗亞自己講述一小半，周圍夥伴講了一大半。

「你可以成一個大歌星。」麥克・李說。麥克十分性情化，愛上什麼他自己頭一個被說服。他在心裡反省：我說的是實話呀，這樣又低又厚卻上得去高音的嗓子只有在黑人種族產生，而瑪麗亞是他們百年不遇的一塊瑰寶。只要一經訓練，瑪麗亞就會燦爛起來。他的音樂公司不是要向美國輸入非洲歌手和樂手嗎？為什麼不能把瑪麗亞列到他尚未列出的名單之首？只等他一旦有時間就來著手這樁事業。「我可以把你介紹給美國人。你的嗓音太好了。」以人類學角度看，如此之纖秀的女孩能有如此之壯闊深厚的嗓音也可作個人類學興趣點。麥克・李甚至這樣說服自己。

麥克唱了音樂劇《貓》中的幾句，要瑪麗亞跟他學。這對瑪麗亞來說太容易了。從小唱歌，哪裡去找個口把口教她的人？總是聽著就跟上去，頭一遍就跟下來了。舞蹈也一樣。瑪麗亞不記得她周圍任何一個人有「學」的過程。母親把他們馱在襁褓裡，揹在後腰上，腰和屁股舞動，他們便睡著了。舞得越圓，睡得越深。等他們兩腳落地，這個舞就長到了他們身上。

瑪麗亞要是個白種女孩的話，她現在的面頰應該緋紅緋紅。就是麥克這種黃皮膚也該紅暈滿腮。她今天早晨幫母親把賣早點的攤子支起來，替母親做出第一批豆麵丸子；看它們在油鍋裡沉浮時一點也沒料想到這是個不同尋常的日子。太不同尋常了，或許瑪麗亞的一生都要從這個日子開始改變。從這個日子起，她將走出這個集裝箱村落，集裝箱裡裝的都是什麼呀？瑪麗亞想都不願去想：假乞丐、真小偷、妓女、騙子、油販子、人販子……別說去美國，就是去南頭的阿布賈或北頭的卡諾，瑪麗亞都會給上帝獻上三天的歌。其實在此處瑪麗亞誤會了人類學博士麥克・李：把瑪麗亞的歌聲介紹給美國與把瑪麗亞介紹給美國是有區別的。把瑪麗亞介紹給美國與帶瑪麗亞去美國區別更大。對於這些區別的無視，麥克・李即便知道也會不忍戳穿。

奇蹟偶爾會發生，比如瑪麗亞的歌聲和瑪麗亞自身都引起了美國的注意，注意到一定程度，終於影響到美國的簽證官員。簽證官員們很難受影響，連影響了全世界讀者的尼日利亞作家烏利・索因卡也差點沒影響他們。一次索因卡的赴美簽證申請被拒絕了。

麥克・李來了勁頭，滿頭大汗地指導男孩女孩們排演。他要進一步讓瑪麗亞發揮，他越來越被自己說服，這是個沒得挑的女孩，從形象到嗓音，從氣質到教養，都不屬於這個污七八糟的集裝箱村落。他一定得弄點錢，把音樂公司籌辦起來，在妓女頭、人販子、早婚早育早衰奪走她之前，使她走出集裝箱村落。

他回到車上大家已經絕望了，以為人類學博士被他研究的人類給生吞了。李太太沉默不語地看著車上沒有圖像的電視屏圖。每當李太太暴怒起來，第一是沉默，第二眼睛不看丈夫。麥克想和解就得挑起她開口，煽動她暴罵。車開動了，麥克手舞足蹈，唾沫四濺，大談籌建音樂公司的想法。李太太突然開口：「你知道多少人下車去找你嗎?!自私！想做什麼就做什麼！到今天做成什麼了?!」

雖然悄悄聲，但絕對夠暴。和解開始了，麥克·李往後一倒，細細玩味他記憶裡尚新鮮的歌聲。他知道自己對瑪麗亞不純粹是伯樂與白馬的關係，有一絲卡車司機對村裡女郎的心思。但這是沒辦法的，只說明他活著，極雄性地活著。

麥克·李乘的防彈中巴在男孩女孩的目光相送下遠去。他們全站在教堂的窗子裡，看麥克從集裝箱夾出的巷道向坡下走，不斷蹦跳，怕踩著滿地雞糞，狗糞，孔雀糞。他消失了一會，再出現時，往那部乳白的車裡一躍。車門未關嚴，車便向前駛去。那門似乎太重了，關了三次才關嚴。

男孩女孩們分享著瑪麗亞的希望和盼望，慢慢散去。他們從小就養成這種走路習慣，不慌不忙，晃晃悠悠。沒有任何事值得這裡的人著急。瑪麗亞從離去的夥伴身上，突然看到一種區別，麥克·

李的腳步是那樣脆利快捷；一萬件事等在他前面要他去做似的。所有她見過的外國人都像麥克・李那樣走路。

瑪麗亞從這個禮拜天起，走路的姿勢和速度變了。至少她前面有一樁事情在等她去做。每天早晨她把早點攤頂在頭上，運到公路邊，替母親支起摺疊桌椅，她就走著目的性明確的快步。她小學畢業後就幫母親掙錢養自己。哥姊們都要掙錢養自己。一大家人有一個人不掙錢養自己，別人就受累。雖然大家把掙來養自己的錢全交給母親父親統一開銷，但誰都得兢兢業業地掙出這份養自己的錢來。她在課間要摘香蕉，課後頂著香蕉到公路邊去巡迴兜售。晚上她去露天的餐館和啤酒吧洗碗。每天都會失業，每天都有新的就業機會出現。

瑪麗亞看見那輛乳白色的中型客車從阿布賈方向開過來。她後悔今天沒有穿她那條惟一的長裙。中巴開始減速，慢慢停下來。瑪麗亞這才意識到一個多月來她其實感到多麼無望。她管麥克・李叫主人。所有尼日利亞人都這樣叫美國人和其他白種人以及所有提供他們就業機會的中國人、韓國人、日本人。她一邊向公路邊上跑一邊就在想：主人李說話是算數的，讓她無望了一個多月之後終於出現，再次賞賜給她希望。麥克・李長相不難看，但在此刻向路邊飛跑的瑪麗亞記憶中，他簡直無比英俊。

乳白色的中巴沒有下來任何人。她看見一扇窗開了一條縫，所有買賣都靠它完成。一張鈔票出來，一袋牛肉乾進去。所有乞丐圍著中巴團團轉，如同一群豹子圍著個巨大的肉罐頭，明知它實心兒一團兒肉，卻是乾著急無從下口。

買賣進行得很慢，這時一個賣家織麻布的小販正向窗縫內的眼睛展示他的貨品，將半米寬的布料一塊塊抖開，又合上，往這邊翻轉，又往那邊翻轉，窗內的眼睛無比挑剔，每一塊布樣都看夠了，中意的卻仍沒出現。瑪麗亞擠不到車跟前，張口大喊會把她窘死，她只好等著這場窗縫交易結束。其實假如她認識車牌，就明白駐外使節的是紅色，好比麥克・李乘的那輛車，而這輛模樣相仿的中巴卻是黑牌。

這一天不巧，集裝箱村落的乞丐還沒見到其他的車輛。已經是下午一點，再不從這輛中巴撈點什麼，他們這一天就算失業。十來個穿長袍戴小帽的乞丐擠了過來，他們的人口比另一種教徒人口多，可在乞討上往往讓後者占上風。卡都那城的兩派教徒為了就業機會越鬧越僵，彼此要驅逐對方。集裝箱村落離卡都那城很近，此刻其中一派教徒發現另一派教徒的確無恥，全擠到車前面，手掌接手掌，可以給司機的前窗當窗簾了。

司機一面打開雨刷，往車前窗上噴水，一面捺喇叭。不把乞丐們打發掉，他是無法開車的。

瑪麗亞終於鑽到了車邊上。車窗是茶色玻璃，她看不清車上乘客。而車上乘客看她，則是個面目姣好、十分無辜的小乞丐。她用手掌拍了拍車窗。裡面的人想，這麼美妙的小東西做乞丐，真是浪費資源。車上是法國人，法國人風流，常喜歡咂摸一些不雅念頭。瑪麗亞拍窗拍得情急，卻拍得並不粗魯。坐在靠窗位置上的年輕法國男子朝他的同伴擠上一隻眼，得到對方的回答也是擠一隻眼。

他們會心地認為這個小姑娘肯定是處女。年輕的法國人把窗子拉開一條細縫。

瑪麗亞聽到一句法語：「走開。」但她不明白他的意思，眼睛亮晶晶地問他，主人李在嗎？什麼主人李？法國人用英文問她。就是麥克•李。法國人覺得這個提問不值得他費口舌了。他手在口袋裡摸了摸，摸到一塊焐熱的口香糖，又往另一個口袋摸去。

此刻司機硬把車開動了。

瑪麗亞發現手裡是一塊溫熱的口香糖和一張一百元鈔票。她是集裝箱村落裡惟一一個得到中巴施捨的人。乞丐們冷冷地看著她跟在中巴後面跑，心想她還跑什麼？靠一條短裙子就掙了那麼多。

能止住瑪麗亞焦灼的就是路邊時而停靠的乳白色中型客車。阿布賈各大使館的公用車絕大部分是這種，常常奔走在阿布賈到卡都那，再到卡諾的公路上。所以瑪麗亞的焦灼和無望常有間歇，白色中巴一停靠，她便過節一樣。再有就是唱歌。教堂的合唱隊每星期排練三次，一唱瑪麗亞就熱淚盈眶。歌聲中上帝的模樣清晰起來，耶穌基督的樣子也清晰起來，他們不再鼻樑高聳眼睛深陷；他們都有了亞洲人和緩平坦的臉龐，光滑無毛的手，單薄的肩膀。

瑪麗亞的姊姊在阿布賈找了一份工作，是她一個女友介紹的。姊姊說僱用她的那家美國人提供一間住房，和主人的宅子分開。那間房有電視、電扇、淋浴、抽水馬桶，一套家具包括一張真正的床。按集裝箱部落的住房標準和人均占地面積。這間房可以容得下七八個人。所以母親和姊姊決定讓瑪麗亞去阿布賈，說不定也能找到一份清潔工之類的工作，假如虛報兩歲年齡的話。

頭一個撞進瑪麗亞腦子的念頭是：麥克・李就在阿布賈。去了那裡，就可以去找他了。瑪麗亞沒去過這個首都城市，來集裝箱村落的卡車司機們炫耀過他們在那裡照的照片，天堂一樣的天主教堂和清真寺，寬大筆直的馬路，以及住在真正房屋裡的人們。當天晚上，露天啤酒吧裡坐著一群卡車司機和他們的窯姐兒，瑪麗亞怯生生地上前問阿布賈有多少人，人和人是否都認識。司機們哈哈大笑，說阿布賈的人沒法認識，太多了，所以誰都裝不認識誰。

瑪麗亞跟母親和姊姊說她不去阿布賈了。為什麼？她不回答為什麼。她惟一能見到麥克・李的地方就在這個充滿糟粕的集裝箱村落。假如她隨姊姊去了首都，在茫茫人海裡找不著麥克・李，他會怪她失約的。他要創辦的音樂公司一上來就出現個失約的歌手，那可不好。麥克・李多懂得她的歌聲啊，說出那麼多道理來。哪天白色中巴載著他來了，她卻讓他撲個空，太不好了。瑪麗亞堅決不去阿布賈，但她沒有把她的理由告訴媽媽和姊姊。告訴她們，她們也不一定懂；他們聽瑪麗亞唱了十來年也沒聽出好來；全村人都聽瑪麗亞唱，全白聽，全沒聽懂。要不是來了個麥克・李，連瑪麗亞自己都沒聽懂自己的歌聲好在哪裡。

姊姊還是偷窺出一點她的心思，問她是不是愛上了哪個男孩子，為他而不願離開這個狗都嫌的地方。瑪麗亞站起身就走，把搗了一半的木薯扔在那裡。姐姐接著木杵搗起來。在她身後說她自己十三歲都有過兩個男朋友了，瑪麗亞已經快十四了，難道不該有一個？

瑪麗亞心裡鄙薄得很。這就是這個村落人的素質：胸中無大志，早早結婚生孩子，背著孩子搗木薯，孩子長大又背著她的孩子搗木薯，對麥克・李，瑪麗亞是漸漸愛上的，但是聖徒對聖賢的愛，是歌者對創造歌的人的愛。

已經有兩三天沒有任何車從公路上過往。村子裡有電視的人把消息傳出來，說卡都那的兩派教徒打起來了，戰場正在迅速擴大，死傷人數每小時都在增長，燒毀的房屋使大群的憤怒流民往集裝箱村落的方向湧來。那是一批穆斯林流民。

集裝箱村落的教徒們不再敢往村子的北端去。村子中間的水井成了最危險的地方，南端的人一去就得成群結隊，不然北端的人會用語言和石頭挑釁。

村民們都沒存糧，掙一天錢買一天食，日子都是從手上過到嘴裡，中間一點餘地也沒有。因為兩邊教徒的戰鬥，卡車司機們都不來了，外國人更不來了。一些村民打起了行李，穆斯林教徒打算北上，基督教徒則打算南下。

戰場還在擴大。村子裡一清早冒出扛著長矛，挎著腰刀，提著福蘭尼板斧的戰士，全是渾身血水。

村民們說，集裝箱村落已經成了戰場的一部分，不撤走馬上也會被攪進戰爭。已經有一千多人戰死了。不久這些村民自己也成了戰士，全是志願的，為了他們的信仰自願參戰。

瑪麗亞的四個哥哥全參加到基督教徒的隊伍裡。昨天還為怎樣少花錢買飲用水傷腦筋的大哥，今天一碗骯髒的井水灌下去，嘴一抹，準備決一死戰了。

母親開始哀求。求兒子們別讓她白白生養一場。她和父親連夜裝起家當，準備徒步離開集裝箱村落，不要礙雙方戰士們的事。

瑪麗亞的動作像做夢一樣，打點鍋碗瓢盆，摺疊衣物，捆綁臥具。她試圖想出一個點子：在她和全家搬離此地後，讓終將會來找她的麥克・李不撲空。她問過父親要帶全家去哪裡，父親只說去安全的地方。安全的地方意味著多遠，還回不回得來，瑪麗亞全不知道。她又去問母親不走行不行，母親說她早想走了，都說集裝箱村落的村民致富有道，但是他們一家學不了的道。

「我不想走。」瑪麗亞說。

母親說那就是不想活。

「我不走。」

母親理都不理她。她已經夠亂了，餘不出精力來反駁一個十三歲半的女孩的任性話語。她自己把一個大臥具捲頂在頭上，又回頭看一眼剩在集裝箱居所的幾張中央塌陷的床墊，只好割捨了。取下了窗簾門簾子，集裝箱寓所徹底恢復成了一個集裝箱。

外面的人飛快地跑過來跑過去，不知跑些什麼。雞和狗叫成一片。孔雀被逃離的人放生了，但牠們忘了怎樣做野孔雀，三五成群蹲在榕樹上，嘎嘎尖嘯。

左右兩邊都有大片火光。北面的戰場和卡都那的戰場就要在此地連成一片了。集裝箱村落的基督徒村民撤進了南邊的叢林，穆斯林教徒撤進了北邊的叢林。所有的手電筒都集中在隊伍首端，為躲開蛇或沼澤。

天空轟鳴起來。所有撤進叢林的人們都抬頭看去，猜想這些飛機哪來的，向著誰。

坐在阿布賈公寓裡的麥克・李對李太太說：「還得外國使館空降兵力來平息這場惡鬥！這個政府什麼東西?!武警都派不出來！」

他和太太坐在電視前面，看著BBC晚間新聞。播音員報出的死亡人數已上升到兩千。屏幕上的火光正是瑪麗亞凝視的。

瑪麗亞站在黑森森的叢林裡，看見北邊的火光越來越亮。旱季的叢林太方便縱火者了，風輕輕一擺就把火浪送得很遠。瑪麗亞身邊有一座兩人高的白蟻城堡，遠處的火把這裡的白蟻都驚動了，一群群衝出城堡。

落後的集裝箱村落的村民繼續從後面趕上來，把呆望的瑪麗亞擠開。

孩子們在某處叫喊：「直升飛機滅火來啦！」

這時麥克・李面前的電視屏幕上，一架印著聯合國徽號的消防直升機騰空而起。

妻子說她困了，不想看這場宗教戰爭的結局了。她見丈夫身體前傾，只有屁股尖擱在沙發邊沿上，笑起來，說他瞎激動什麼？不是已經請求調離尼日利亞了嗎？

麥克・李聽不見她，眼睛跟著畫面轉向一片空地。再一看不是空地，是橫屍遍野的城市，一個從直升飛機上拍攝的中世紀古戰場。他想他對他們做什麼援助都是白搭。他是個最不願看到自己的期望落入無望的人。這就是他和妻子決定提前一年離開尼日利亞的原因。一年前他剛到尼日利亞，那時他多熱情？覺得可為的太多了，假如宗教可以被傳教士們普及，文明和科學也可以被他這樣的人普及。一年前去卡諾回來的路上，他用攝像機拍攝了一路，學生氣地想，多麼遼闊美麗的國土，多麼古樸的村落。古樸？人都住在集裝箱裡，麥克・李印象中最醜陋的景致就是由土紅鐵皮集裝箱組成的村落。

麥克若把此刻的看法告訴瑪麗亞的話，瑪麗亞會完全贊同：集裝箱村落是世界上最醜陋的一道風景。瑪麗亞站在巨大的白蟻城堡後面，聽到母親在喚她。從聲音判斷，她在一百米之外。瑪麗亞希望在母親走完這一百米之前能想出個法子，就是說，母親找到她時，她有了個非常好的藉口留下來，以後讓麥克・李找到她，把她帶到美國去。

母親在黑暗中逆著人群疾走，不時停下來，仰脖子喚一聲「瑪麗亞」！

瑪麗亞突然蹲下身。她沒有想出點子。沒有比回到醜陋的集裝箱村落繼續等待麥克・李更好的點子了。

叢林靜下來，母親也不甘心地隨著最後逃離村子的人走去了。

瑪麗亞回到只剩下穆斯林戰士的集裝箱村落。假如說集裝箱村落只有一點長處的話，就是它不會在大火中坍塌。

散文部

查爾河畔懷梭羅

文◎王申培　紐約

我住到森林裡，是為了專心生活，體會生活中最基本的需求，
看看有什麼是從中學習不到的；這樣，在我臨終時，就不會覺得白過了。

——梭羅

可愛的北美陽光普照在查爾河（Charles River）上。紐英倫颳一股暖風籠罩著大地，輕輕地、柔柔地、細細地、軟軟地，陪伴著查爾河畔熙熙攘攘的車潮和行人。一群群小孩在河岸如茵的碧草和成蔭的柳樹之間與蝴蝶蜻蜓嬉戲追逐，一對對情侶靜靜坐在綠椅上欣賞著藍天浮雲和哈佛橋邊的點點白帆。偶而還會看見幾隻水鴨子在波浪中快樂地悠遊，好一幅「春江水暖鴨先知」的畫面。

查爾河兩岸不知產生了多少偉績，為人類文明史上留下極其深遠廣泛的影響。海倫凱勒、愛迪生、貝爾、霍桑、愛莫生、郎費羅等舉世皆知。當年著名的「茶葉黨」（Tea Party）就是一群移民不滿英帝國暴虐無道的殖民統治，憤而聚集在波士頓港口，將成噸的茶葉丟進海裡，釀成暴動，觸

發革命，終於導致美國的誕生。至今波士頓港口還保留了那艘船和上面的茶葉箱，以供民眾遊客拋進海中，撫今追昔，體認歷史。西郊的鄰城康克鎮（Concord）建了一座「民兵雕像」，是紀念民兵遏阻英軍，並展開反攻英軍的第一槍響之地。喔，談起康克鎮，這再度勾引起我的回憶，怎能不教人想起十九世紀大思想家、哲學家、人道主義、文學家梭羅（Henry D. Thoreau）？印象最深刻的，莫過於那年美國獨立紀念日，我來到梭羅故居，在他當年居住過的「遺址」憑弔這位偉人。那真是一頓豐盛的文化饗宴，回想起來，猶如查爾河波滔在腦海裡浮現。歷歷如繪，盪漾、盪漾……

從波士頓沿著與查爾河平行的二號公路往西行再轉一二六號公路南下不到一哩的右手邊，是一片叢林。沿著斜坡向下走去，不一會兒，華爾敦湖就展現眼底了。只覺得眼前一亮，好美好綠，整個湖包圍在樹林中，天色好藍，使人想起湖邊詩人華茲華斯（William Wordsworth）詩中的「蔚藍的天」。湖面平靜好像是一面鏡子，照著四周圍綠林的倩影，飄浮於藍色天空的朵朵白雲倒影在澄清的湖水中，與成群的魚兒一起快樂地悠遊。一副與世無爭的模樣，好一幅美麗的圖畫，靜靜地躺臥在大自然的懷抱裡。好像是一帖清涼劑，尤其是當炎炎暑夏熱浪滾襲的季節來到這世外桃源，令人特別地感到清爽自在，與喧譁緊張的都市裡那種要窒息的感覺形成強烈的對比。

我沿著當年梭羅踏過的足跡一步一步地走去，一路上盡情欣賞周圍的湖光山色。微風迎面吹來，華爾敦碧波盪漾，激起陣陣漪漣。望見澄清見底的湖水，華茲華斯的詩句又隱隱約約從腦海中浮現起來：「聽溪水淙琤，看溪水漪漣。我們竟日遨遊，出了林叢，穿入山巒……」這首詩裡所描繪的大自然景色雖然是在大西洋彼岸的英格蘭，卻好像美國這邊新英格蘭的華爾敦湖的寫照，意境這樣相似。

沿著湖邊的碎石子沙地走到湖的另一端，可看到一個牌子：「梭羅故居遺址」。從這塊木牌上箭頭指的方向沿著一條羊腸小徑往斜坡上爬去，很快就到了當年梭羅住過之處。只剩下九根殘餘的地基石柱。遺址旁邊豎立了一塊比較大的牌子，上面刻著的就是梭羅在華爾敦湖畔獨居兩年所完成的曠世傑作《湖濱散記》裡最有名的一句話：

I went to the woods, because I wished to live deliberately, to front only the essential facts of life, and see if I could not learn what it had to teach, and not when I came to die, discover I had not lived.

這段話好像詩一般充滿了人生哲理，看似簡單，沒有一個生字。但要瞭解其中涵義卻不容易。使我想起我們中國人的格言：「由簡入奢易，由奢返簡難」。在牌子的後面堆積了很多石塊，高高的好像一座小石頭山，是歷年來到此遊覽的人堆放的，以表示對梭羅的懷念和崇敬。從這裡往上到丘頂和往下到湖邊都有一條人走出來的小路。當世人都在追求豪華奢侈享受之際，梭羅獨自一人來到這幾哩內不見人煙的林野，在他自己設計建造的極為簡陋的小木房子，獨居了兩年，過著返樸歸真魯賓遜似的生活。整日與林間松鼠鳥獸為鄰，時常與湖中魚群蝦蟹同泳。他覺得神所造的萬物，不僅飛禽走獸花草樹木有生命，就連風沙水石都是活生生的。兩年下來，梭羅把從大自然中觀察研究所得豐富的經驗和感想寫成不朽的記錄，譜出詩樣的《湖濱散記》。這在美國文學史上非常有名，影響極深遠。

梭羅甘冒生命危險大聲疾呼政府應該無為而治，並強調道德的法律超越人為的法律。假如政府強迫人民做違背良心的事，人民應有消極反抗的權利。據說，梭羅的這些反奴隸的人道自由思想和消極反抗的主張對印度國父甘地，以絕食和不合作運動來反抗英帝國殖民壓迫統治，促成印度獨立，有很大的影響。並且對後來馬丁路德金恩（Martin Luther King Jr.）以非暴力的和平手段為黑人爭取平等民權運動，起了很大的激勵作用。正應驗了我們中國的名言：「柔能克剛」。

在梭羅「遺址」附近，有一座小房子，是完全按照當年梭羅的小屋所複製的。木房裡面除了壁爐，一張書桌，三張椅子，一張床，和床上放著的一根拐杖，一頂高禮帽，和一根笛子外，什麼都沒有。真可謂家徒四壁。使我想起：「賢哉回也！一簞食，一瓢飲，居陋巷，人不堪其憂，回也不改其樂。賢哉回也！」兩千多年前我們至聖先師孔子在中國大陸所贊許的精神，在美洲大陸上的梭羅也將之切身實踐並作書發揚光大。賢哉梭羅！你真是美洲之顏回也！

的確，梭羅的一生可濃縮成三個字：Simplcity, Simplcity, Simplcity（簡樸，簡樸，簡樸）。這使我想起俄國作家普希金之小說《尤金奧涅京》（*Eugene Oregin*）中達姬雅娜。正如梭羅的思想後來給美國青年帶來深遠的影響，據說，達姬雅娜對後來俄國婦女產生很大的激盪。她們深受感動紛紛拋棄繁華熱鬧的都市生活大量湧入鄉村，幾乎改變了俄國的社會結構和生活形態。

其實他的曠世傑作《湖濱散記》當時並不受人歡迎。出版商印了九百冊，其中七十本贈給評論家斧正。其餘的久久乏人問津。直到他逝世後幾十年到一次大戰期間才慢慢開始受人重視，當作寶典。人們終於注意到原來梭羅早在幾十年前就已提倡這種簡樸的生活的概念，人們在梭羅的作品中可以拾回已喪失的人生價值。這些價值對世人的心靈健康、活潑和安寧愈形重要。因而在梭羅死後五十多年，他的才華和成就終於漸漸獲得世人的認可，以至永垂不朽。

傍晚，夕陽西沉。在離開康克鎮回家的路上，我腦海中仍盤旋著華爾敦美麗的湖光山色和「梭羅」拿著拐杖在林中小徑上一步步踏著碎石子歸山的背影。回味所看到的、聽到的和想到的種種，經過碧野綠林間大自然的洗禮，我彷佛享受了一頓豐盛的文化大餐和上了一堂精彩的人生之課。我多麼希望剛成立不久的「梭羅學院」能盡快達到其理想目標，防止華爾敦湖被污染，保護大自然美好環境，發揚梭羅熱愛大自然的人道精神，以繼續啟示全人類。懷著滿心歡欣和憧憬，腦海中不盡浮現詩樣的歌：

藍天白雲映湖光／碧波綠嶺風暖陽；查爾河畔懷梭羅／達姬雅娜伴爾旁；
湖濱散記柔勝剛／甘地金恩非凡響；自然人道啟萬世／康克顏回閃光芒。

王申培

筆名嵐、山風，臺灣交大電子工程學士、臺大電機工程碩士、美國喬治亞理工學院資訊與電腦科學碩士、奧立崗州立大學電腦哲學博士，現為美國東北大學電腦學院終身聘教授。曾任麻省理工學院研究顧問、哈佛大學兼授電腦課程、德國馬德堡大學傑出客座教授。二〇〇七年榮獲IEEE-SMC傑出成就獎，是國際模式識別及人工智慧學刊期刊（IAPR-SSPR）創辦人及總編。業餘熱愛寫作，文章散見各大報章雜誌，著有小說《臧大款》、《3D圍棋王》等，散文集《哈佛冥想曲》榮獲臺灣省政府新聞處舉辦「獎勵優良作品出版」獎。

一個選擇遺忘的城市——達拉斯

文◎王國元　達拉斯

Ask not what Dallas can do for me-but what can I do for Dallas?

（不問達拉斯能為我做些什麼，而是我能為達拉斯做些什麼？）

——魯比歐倫．一九六四年一月．達拉斯

一九六三年：二十世紀中最詭異的一年

那個年度發生了許多蹊蹺的全國性悲劇事件，改寫了美國當代的歷史甚至世界近代史。可惜當年世界星相學家們尚不流行預卜未來，否則當可警告芸芸眾生弭災弛禍。一九六三年美國人口年齡結構層中約四分之一低於二十五歲，歷史上第一次。今日，嬰兒潮時期出生的一代已然垂垂老矣，回憶當年「刺甘案」惡耗傳來時，他們人在哪兒？正在做什麼？人人無法忘懷那震驚世界的歷史性片刻。

往事栩栩如生，一九六三年我上臺北成功中學，操場上的訓導主任循例操著一口難懂的江西口音滔滔不絕他的精神講話，只是這一天他的話題急轉彎，不再連名帶姓痛批那些老與他犯沖的學生，而是騰空飛躍至太平洋彼岸——美國。當年臺灣尚無電視，收音機還是最具效率的新聞傳播工具，大伙兒渾然不知駭世的頭條新聞：「一九六三年十一月二十二日，中午十二點半，美國總統甘迺迪遇刺，命喪仇恨之城達拉斯。」刺甘案發生後的第三天，達城一家脫衣舞俱樂部的老闆傑克魯比冷不防地掏出左輪槍，在眾目睽睽下射殺了正被轉送監獄的刺甘嫌犯奧斯華，血腥暴力鏡頭透過全美電視實況轉播，震驚了沉默的大眾，那張搶拍魯比當眾持槍殺人的照片後來獲得普利茲新聞攝影獎。

達拉斯面積三四二・五平方哩，德州第三大城，人口約一百萬，一個以商業為中心的城市，欠缺歷史古蹟及景點，難予遊客較深刻的印象，文化水平不高，民風保守且個性兇悍，這一撮份子俗稱「紅脖子」（Red Neck），政治上右翼極端份子充斥。甘迺迪是美國史上最年輕、第一位信奉天主教的總統（一九六三年起美國所有天主堂改望英語彌撒），甘迺迪自一九六〇年入主白宮的一千多個日子裡，適逢冷戰時期，美蘇兩強在軍事上、登陸月球技術上較勁，豬玀灣戰役、古巴飛彈基地危機、越戰升級衍生的反戰風潮、ＣＩＡ策動推翻了吳廷琰兄弟等事件搞得他灰頭土臉。一九六三年民權法案的通過更讓總統支持率由百分之八十九驟降至百分之五十八，回溯一九六〇年尼克森獲得更多達城選民的支持，要不是德州佬詹森的本土情結，選舉結果勝負難料。

一九六三年九月二十三日，白宮宣布了總統伉儷將於十一月二十一至二十二日訪問德州五大城市。史上從未有過現任總統訪問達拉斯，整個城市躁動了，詹森副總統夫婦、州長康納利、駐聯合國大使史蒂文生皆有過不愉快的達城經驗，特別是史蒂文生遭受一名白人婦女人身攻擊的鏡頭還上了全國性「六十分鐘」新聞節目。在甘迺迪來訪前，不僅有心的民眾感到憂心忡忡，警衛機構還大聲呼籲市民行為得有分寸，普遍地人們心理上是淡然中夾雜一份不喜歡、不尊重的惡感，極右派份子甚至在馬克杯印上總統的肖像冠予叛國的罪名，報紙刊登全版反甘廣告，許多人齊聲建議總統最好避開達城。年輕的「高富帥」總統正埋頭苦思如何在一九六四年總統大選中獲得連任，完全漠視一切負面的安全評估，冥冥中他向賈桂琳表示，如果有人搞陰謀從高樓向他開槍射擊也是他的宿命，不幸一語成讖。

那一天，在達拉斯

一九六三年十一月二十二日晨，甘氏夫婦搭乘空軍一號專機自沃思堡轉來達拉斯，僅需十四分鐘即抵愛田機場（達城與沃市已併為一個大都會，簡稱DFW）。甘氏訪問達城的安排是車隊先繞行市中心，後轉往商貿館參加歡迎午宴及發表演說，應邀參加者皆為達城的精英。賈桂琳接受了州長康納利夫人的一束血色玫瑰花有別於其他城市的黃玫瑰，不祥的徵兆讓賈桂琳私下耿耿於懷。隔著鐵絲圍籬的歡迎人群中，一位十二歲七年級的小女生隨同母親來機場親睹總統夫婦的風采，稍後她在總統傷重不治的醫院前哭泣之鏡頭形成舉國悲悼的象徵，且於次晨登上全球新聞頭版。市中心數十萬市民翹首引頸向一部林肯加長型敞篷車裡的總統夫婦揮手歡呼，前座的州長夫人妮麗轉過頭來對總統說：「誰說達城的市民不喜歡你？」這是他生前聽到的最後一句話。車隊穿越市中心二萬多扇窗後經過一棟七層樓的德州教科書倉庫時，六樓西南邊的一扇角窗傳來三聲槍響……

一九六四年負責調查刺甘案的「華倫委員會報告書」中指證奧斯華單獨作案向甘迺迪射發三顆子彈。一段由薩普德私人以八厘米電影攝影機拍到整個槍擊過程的影片，在刺甘案十二年後首度在「晚安美國」中播出，主持人喻為有史以來最恐怖的電影鏡頭。這段影片曾遭政府強制徵用，一九九九年司法部判賠一千六百萬外加利息給薩氏家族作賠償，一九九一年奧力佛史東的電影《JFK》曾以這段影片作腳本。

一九六三年一月前達拉斯給人的印象是什麼？許多人了無概念，十一月二十三日後一切都改變了，對世界而言達城是一個謀殺總統的城市也是個仇恨之城。刺甘案發生後達城政商界領導相互攻詰對方外，咸認家醜不宜外揚且考慮夷平凶樓德州教科書倉庫。當年的市長艾瑞克強生呼籲市民共同研討刺甘案引發的後遺症且提出「達城目標」的口號團結市民。

翻閱歷史，從未有一個城市碰到總統遇刺事件得需作這麼難的彌補。早年有兩位總統林肯與格菲先後遇刺於首都華盛頓無人譴責。另次的一九〇一年威廉•麥堅尼總統遇刺於紐約州的水牛城亦未招徠責難，六年後方於市中心矗立一座九十六呎高的紀念方尖碑，《水牛城晚報》在刺甘案後刊過一篇社論：「水牛城逃過麥堅尼遇刺的污名」。一九七〇年達拉斯市中心街角上亦矗立了一座由建築師菲利普強森設計的四片混凝土透天圍牆之方型甘迺迪紀念廣場，旁碑上刻有：「甘迺迪生前的歡愉與振奮，死後的痛苦與悲傷為人類所共識。」

水牛城在刺麥案後一切如舊，知恥的達城在刺甘案後頻頻自問「達拉斯有罪嗎？」只因總統在她的街上遇刺而被釘上謀殺罪，導致陷入一種迷惘及嚴重的心理危機，這個城市想要遺忘掉一切向前走，提出了「達拉斯下一步該作什麼？」終是產生了許多政治上變化。達城於一九六六與一九七六年間分別召開二次大會及多次社區會議，邀請政商界、各族裔共商城市未來發展的計畫，計收一百一十四件大小提案，厚度像部鉅型小說。

刺甘案五十年的回思

今日刺甘案相關的人事都已灰飛湮滅，甘迺迪在他一生最輝煌的時刻幻化為「卡米洛特神話」（Camelot Myth）般的不朽騎士。誠如賈桂琳對他的期望，如果他當年未死，越戰最終的失利、頻傳的性醜聞等都會讓他英名掃地，奧斯華死不安穩，多年後遭開棺驗明正身，魯比多活了三年後病死獄中，一齣全國性的悲劇該落幕了。

當年的「達拉斯目標」今日近乎完全實現，許多簇新軟、硬體設施包括華裔建築師貝聿銘設計的達城市政中心及邁爾遜交響樂廳、市立圖書館、DFW國際機場、納許雕塑博物館、崔尼堤河鋼索吊橋、都會博物館、地鐵等，甚至夜深從市中心餐畢仍然叫得到出租車等。這些建設儘管遲早會出現，但是刺甘案刺激了腳步。一九八五年第一位黑人市長朗科克說：「達拉斯仍然難逃舊日的陰影，每回應邀出國訪問，地主國電視臺通常先來段美國八點檔熱門影集《達拉斯》的片頭曲（按該影集曾連演十三年是美國電視史上的紀錄），緊接著播放刺甘案影片之精華。像我能以黑人的身分當上達城市長意謂著種族歧視問題明顯改善。」

此外，戴頭盔的達拉斯牛仔隊四分衛羅吉斯達巴克，個人除了榮獲一九六三年賽斯門獎盃外，且率領球隊多次勇奪超級盃美式足球冠軍，開創風氣穿著超短熱褲、白色長筒馬靴的達拉斯牛仔啦啦隊女郎，達拉斯的群星冰上曲棍球隊（Stars）及小牛職業籃球隊（Mavericks）分別奪得史丹利杯及NBA冠軍，德州遊騎兵棒球隊（Rangers）的耀眼表現給達城形象加分不少。回顧九〇年代石油業的興盛，每年湧近兩萬多新移民，今日達城總人口已超越一九六三年兩倍多，達城各界多年的努力有目共睹，一掃當年的霉運。

從「刺甘案五十年紀念」的籌備工作看出主辦單位的敏感度，達城現任市長麥克羅林認為往事並不如煙，達城市民當年遭受的恥辱深烙心底；刺甘案十年後的市長衛思懷斯已達八十多歲高齡，猶記得當年出席芝加哥全美市長會議時，有位異地的市長問他身為謀殺總統城市的市長之感受？讓他忿怒地想揍人。紐約出租車司機曾拒載達城客，慈善家魯絲雅謝勒的女兒在紐約刷卡時被收款員粗魯地丟回來，僅因她來自達城。今次魯絲將主持簡短隆重的「刺甘案五十週年紀念」，主要談的是「悲傷的尊嚴」而不是達城被糟蹋的名聲，她呼籲全世界注意到達拉斯已然實踐甘迺迪當年所倡導的「新邊界主義」（New Frontier），「我們真誠地不想談太多刺甘案後的達城，多些甘迺迪！少些達拉斯！」

一九六三年我尚是個臉上無鬚的小子，五十年後已成蒼髮白鬚的耆老。命運安排我落腳達拉斯長達三十多年，在此仇恨之城成家、生子、立業、甚至辦公室與刺甘案發生地近在呎尺，人生事實難預料。今年適逢刺甘案五十週年，達城決定將甘迺迪當年在商貿中心預訂的演講詞中之一段摘言，鑲嵌在悲劇的發生地：達拉斯迪理廣場著名的草坪圓坵（Grassy Knolls）上。

「我們生長在這個國家，這個世代，成為自由世界的守護者，是命運而非出自選擇。」（We in this country, in this generation, are by destiny rather than choice, the watchmen on the walls of world freedom.）吾心戚戚焉。

後記：原德州教科書倉庫樓於刺甘案二十五週年改為「六樓博物館」，每年吸引三十多萬遊客，「刺甘案五十週年」籌備單位表示，達拉斯將不再舉辦任何紀念活動，且讓過去的成為過去，直至百週年紀念時再說吧！屆時我的孫輩將代表我去參加，我如此期望。

（**本文摘自作者文集《一個選擇遺忘的城市》**）

王國元
筆名元嵊，北德州文友社會員。上海同濟大學建築博士，作品散見海外華文報刊。曾任二〇一一年北德州文友社會長。

拉達克的奇幻之旅

文◎永芸　名家

山裡氣候變化無常，雖是初冬，白天陽光熾熱，下午卻鋪天蓋地一片狂風沙。天黑後，月亮星星升起，愈夜愈是燦爛，難怪不需要電。

清晨一陣漫天雷雨，你一個人在離家千萬里外陌生的山上，像要天崩地裂般恐怖，這座過度濫墾達建的山是否會流失呢？

昨天這裡還陽光普照，來自世界各地求法的人聚集於此，只為達賴法王的授課。曲終人散，熱情的餘溫還在、感動的餘波盪漾，你仰望達蘭莎拉這座山，獨自在異鄉，和自己原有的世界失聯，這是種什麼樣的感覺？你享受這樣帶點恐懼、孤獨卻又全然自由的微妙感覺，在書店買了一張達賴喇嘛的書籤，因為那上面的一句話：「No matter what is going on / Never Give up」。

當你從飛機上空鳥瞰一片連綿雪山，確認這不是夢，想到人生很多意外的奇遇，不得不相信因緣所生法。

來接你的是山中喇嘛學院的校長，這位年輕斯文的喇嘛給你獻上「哈達」，你用剛學會的拉達克語回應：「Jullee」，他靦腆的笑了。

越野車行駛在崎嶇的山徑，你望著秋末初冬的拉達克，一路上真是荒涼啊！這就是你不畏一切、大膽的一個人終於踏上的夢土？

車子停在獨棟孤立在山中的現代建築，一群小喇嘛圍著車子搶搬行李，你被安頓在這個全是男衆、遠離塵囂的喇嘛寺院。

「師父，起來吃飯囉！」一句渾厚的特別腔調的國語遠遠向你襲來。

張開眼，一時忘了自己在哪？躺在鋪著厚毛毯的木板床上，窗外是一片藍天，群山環繞。看看錶，下午一點半。啊！我竟安然的睡著了！

由於前一段印度的行旅食宿簡陋、空氣污染、乞丐遊民，又緊張擔心，到了這方圓百里外都無人煙的山裡，看到這些年輕的大喇嘛和一群四到十五歲可愛的小喇嘛，就像回到家一樣，在貧瘠的拉達克，這簡直像到了天堂。

渡劫喇嘛問：「師父，你還好吧？有沒有什麼不舒服？怕你吃不慣印度的咖哩，我煮了臺灣口味的菜。」

你開心地說：「很好啊！」

渡劫喇嘛出生在拉達克一個富裕的家庭，老家有一片田產，森林、果園，還有民宿。大哥是拉達克警察局的頭臉人物，大嫂是老師。

拉達克人以送子出家為榮，他八歲出家，九歲送到南印度下密院讀書十八年，後去歐洲遊學半年，之後申請到臺灣的佛學院學習顯教，又去師大語文中心學中文，在臺灣住了五年。回到拉達克後，和在南印度佛學院的同學滇津（校長）、索巴（教務長）等人一起來此開山。由於他在臺灣廣結善緣，有很多來自臺灣的信徒認養這裡的小喇嘛，暑假並組醫療團隊來做義診。

在這三千多公尺高的深山裡，沒有手機、沒有電腦、沒有電視等文明的干擾，全然放下，才知道什麼是簡單、清貧的快樂。

山裡氣候變化無常，雖是初冬，白天陽光熾熱，下午卻鋪天蓋地一片狂風沙。天黑後，月亮星星升起，愈夜愈是燦爛，難怪不需要電。

你這早起的鳥，總是倚窗俯視，蒼穹下，幾個小喇嘛跑到曠野「解放」，幾個小喇嘛站在壓水機旁，遲疑了一下，還是一邊接水一邊發抖念咒。他們一天的開始就是一把冰水抹臉，然後各自跑回教室或廚房。

你好奇地循聲找到一間教室，校長在前，學務長殿後，陪著這些孩子背咒念經。小喇嘛扯著嗓門嘶吼般的搖動著身體，那未經修飾童稚的自然音聲，飄盪在山裡，令人平靜、愉悅。

你又闖進一間半掩的教室，原來是他們的寢室，並排的雙層床，摺疊整齊的毯子、棉被。你看到枕頭上的毛巾都已灰黑，眼眶不禁濕潤。

陽光照在床上，一隻小貓跳上來，舒服地瞇起眼睛，你撫摸憐惜這隻孩子的「伴」，又覺溫馨。是啊！孩子、動物、大自然，在這都融為一體，倒是從文明國家來的知識分子，滿身的不合時宜。

和渡劫吃飯時，談到「悲心」的問題，他說了一個故事：

無著尊者一心想見到彌勒菩薩，就到一個洞窟去修行。三年過去了，什麼都沒見到，無著退失道心離開。在路上看到身上長滿了蛆的狗，他一念悲心起，就幫這狗抓蟲。但蛆已黏在肉上，很難用手拿掉，他想用嘴吸，又覺噁心，就閉上眼睛去吸，吸不到只好張開眼去吸，此時他卻看到彌勒菩薩。

他很驚訝問彌勒菩薩：「為什麼我拜了祢三年都看不到祢？」彌勒菩薩說：「其實，我一直都在啊！因為你以前太傲慢看不到別人，但現在悲心升起，心地柔軟無分別就看到了。」

在這裡，「悲心」成了我最大的考驗……

渡劫看我一臉「痛苦」的表情，他說：「師父，我們剛辦佛學院時，很多送來的孩子都是非常窮苦的，他們從來都不知道外面的世界，來這裡才開始學習。有些送來才三、四歲，晚上還要餵奶，半夜不會起來上廁所，拉屎拉尿在床上，我們就要洗。」

「這兩年臺灣醫學院學生暑假來做義工，教他們衛生，才會刷牙。剛開始還吃牙膏，覺得很好吃啊！他們從來沒穿過內褲，也沒用過衛生紙，你給他們衛生紙，他們覺得好漂亮都收藏起來。」

看你似乎沒有高山反應，渡劫開始安排出遊。先到他的家鄉，開車要五個小時，沿途參訪的寺院都建在山頂，一路都在轉山、繞山。

他問：「你去過西藏嗎？」

你有點神氣：「去過啊！就是去過西藏，我才沒有高山症呀！」

「那你就知道為什麼拉達克被稱作『小西藏』囉？」

又一個轉彎，還好沒暈車：「可是拉達克看起來都光禿禿的，好荒涼喔！」

「所以，拉達克又被稱為『人間月球』。」

車到了另一個山裡的女眾佛學院，喇嘛瀟灑地跟我說：「師父，你晚上就在這裡掛單（住宿），我回家去看我老爸爸。」

這個女眾佛學院的院長六十歲，出生在藏醫世家，自己也是醫生。她們有三十多位女眾在此修行，當天正好有一位「格西」（教授）來給她們上課。下課後，我們討論各宗派對佛法傳承的看法。木窗外，十五的月亮掛在寶藍的天際，與室內燭光相映，英文、中文，拉達克語交替，穿梭古今，沒有男女相、沒有尊卑，今夕何夕？

回到喇嘛寺院，剛好是他們的「放香日」（休假），剃好頭的小喇嘛們正在曠野打板球。

你遠遠地看著那些洗好披在鐵絲網上的紅僧衣在風中飄揚飛舞，這座山，如果沒有這些孩子，就是一片死寂。

你一直擔心自己是否上得了雪山？據資料記載：「KHARDUNGLA——18380 Feet, The highest motorable road in the world」。

想到六千多公尺，年過半百的你還有勇氣敢挑戰自己嗎？你白天好好的都沒事，但一到晚上氣溫驟然降到零下，沒電更沒暖氣，愈睡愈寒，心臟和胃痛到不行。漫漫長夜，總怕自己熬不過去，靠念佛和死神拔河，等待黎明來臨。

但到了拉達克，怎能放棄雪山呢？

帽子、圍巾、皮手套、風衣、大衣、登山鞋，你還真是「全副武裝」赴會。相對於他們簡單的一襲紅僧衣，自己都覺好笑！

一路上又期待又害怕，因為已進入冬季，絕少遊客，遠山一片覆雪，峰峰相連、重重無盡。渡劫一邊開車一邊指點：「你看，冰瀑布！」

「喂！停車，我要照那兩個眼睛。」

「哪裡有兩個眼睛啊？」

「你看那山谷下的荒漠中，剛好有兩潭碧綠的水窪，遠遠看像不像眼睛？」

「師父，我來過這麼多次，也看過，若不是你說，我都不覺得。」

面對一片孤寂冷漠的大山，以前看經典的記載，總無法想像，以為佛經很多都是虛構的神話。你問渡劫：「聽過雪山童子的故事嗎？就是佛陀的前世今生？」

「沒聽過，師父你說給我聽。」

「我想雪山一定就是這裡，雲童就是從這下山到 Leh 城的（譯成麗城或磊城，不就都是石頭堆成的城市嗎？嗯！一點都沒錯！）。」

時空交錯，沒想到我們已到了雪山的最高點，除了有一點喘，竟然沒有高山反應。離天最近的地方，每個人都會變成天使。在清靜的佛國，每個人無染的本性，都會被重新喚醒。此時沒有身分、沒有年齡、無顛倒夢想，故心無罣礙。

正在歡喜慶幸時，渡劫指著山頂說：「我們還要爬上頂，那裡有一間小小的廟，我們去看看那喇嘛在不在。有一次大雪，把這整個廟都掩埋了呢！」

你仰望著頂端厚厚的白雪，天際掛滿了一片有經文的風馬旗，颯颯作響。你當然喜歡雪，但實在害怕，才一踩下去，腳就陷得好深，一步一步艱難的爬上去。叫了半天，沒人回應。但見門是開著的，索巴拿出帶來的香點燃，渡劫坐在法座上拿起法器做「煙供」。

你立在寂靜中，看香煙裊裊，聽陣陣鼓聲、杵鈴、鐃鈸，加上渡劫沉厚的唱誦，好近又好遙遠，似真又似幻，幾千年前的雲童也是這樣修行的嗎？

「師父，雪山童子的故事？」下山途中，渡劫迫不及待問。

你緩緩走入歷史：「雲童來到磊城，一看，怎麼到處張燈結綵、香花桌案的，就問路人，才知道是燃燈佛要來說法。他很想買花供佛，但城裡所有的花都早已賣完。他心急地到處找，忽然眼前一亮，一位女子手上拿著七朵蓮花，他欣喜上前說：「好姊姊，這花賣我吧！」

女子說：「不行，這是我要去供佛的。」

「那賣我一朵吧？我給你五百錢。」

女子見這童子莊嚴相好，心生歡喜，對他說：「我不要你的錢，只要你答應娶我，這些花全送給你。」

雲童想到自己是一個修道人，不禁慨歎：世間女子多情，將壞我修行。

女子說：「你莫為難，我不會壞你修行，我和兒都會護持你。」

雲童見此女難纏，便入定觀察，原來兩人五百世都是夫妻，只好說：「罷了！我答應你。」

雲童帶著花擠到人群裡，燃燈佛已被包圍，突然一陣大雨，眾人散開，地上泥濘，雲童走到佛前散花披髮覆地，讓燃燈佛走過。

佛爲雲童摩頂授記：「此非一般人，來世為悉達多太子，妻耶殊陀羅，子羅侯羅，並將成佛，名釋迦牟尼。」

山中無歲月，人生無不散的筵席，該是說再見的時候了。

打包行李時，渡劫拿出一個馬克杯，那是在雪山買的紀念杯。

他說：「留著吧！我希望你以後喝茶的時候就會想起這些美好。」

清晨五點，渡劫來搬行李，給了你熱熱的奶茶。

月亮又圓又亮，他說，十二月的時候，躺在戶外，仰望天空，會看到很多流星飛過，很美。

要上車時，學務長和孩子們都圍了過來，用不標準的中文說：「不要忘記我們」、「一路順風」、「明年再來」（一定是渡劫教他們的）……

你忍著淚，在微曦中看著那些光著臂膀還睡眼惺忪的孩子，你擁著那最小的喇嘛叫他們趕快進去，別著涼了。上車後，他們還站在那揮手，你不禁淚流滿面。誰說「僧情不比俗情濃？」

天還沒大亮，一路沉默。校長本來就內斂寡言，或因語言不通，但你知道他有滿腹話想說。久久，渡劫開口了：「師父，我有很多話想跟你說，卻說不出來。」

你無言，車上的氣氛像這清晨冷冽的凝結。

飛機起飛後，你努力往下看，希望能找到佛學院那棟建築，但那些點愈來愈小，只有無盡的大山，還真的很像月世界呢！

父親歸真

文◎白先勇

名家

民國三十八年，十二月三十日，父親由海南島海口飛到臺灣，那正是大陸易手、天崩地裂的一刻，疑危震撼，謠諑四起，許多人勸阻父親入臺，認為臺灣政治環境對父親不利，恐有危險。當時父親可以選擇滯留香港、遠走美國甚至中東回教國家，但他毅然到臺灣。

用他的話說，這是——向歷史交代。

民國五十五年十二月二日，父親因心臟病突發逝世，醫生研判，是冠狀動脈梗塞。二日一早，父親原擬南下參加高雄加工區落成典禮，參謀吳祖堂來催請，才發覺父親已經倒臥不起。前一天晚上，父親還到馬繼援將軍家中赴宴，回家後，大概凌晨時分突然病發。

當時我在美國加州，噩耗是由三哥先誠從紐約打電話來通知的。當晚我整夜未眠，在黑暗的客廳中坐到天明。父親驟然歸真，我第一時間的反應不是悲傷，而是肅然起敬。父親是英雄，英雄之死，不需要人們的哀悼，而只令人敬畏。父親的辭世，我最深的感觸，不僅是他個人的亡故，而是一個時代的結束。跟著父親一起消逝的，是他身上承載著的沉重而又沉痛之歷史記憶：辛亥革命、北伐、抗日、國共內戰。我感到一陣墜入深淵的失落，像父親那樣鋼鐵堅實的生命，以及他那個大起大落、轟轟烈烈的時代，轉瞬間，竟也煙消雲散成為過去。

父親在臺灣歸真，是他死得其所。臺灣是中華的版圖，是國民黨的所在地，他一生奮鬥，出生入死，身後葬於臺北六張犁的回教公墓，那是他最終的歸宿。

民國三十八年，十二月三十日，父親由海南島海口飛到臺灣，那正是大陸易手、天崩地裂的一刻，疑危震撼，謠諑四起，許多人勸阻父親入臺，認為臺灣政治環境對父親不利，恐有危險。當時父親可以選擇滯留香港、遠走美國甚至中東回教國家，但他毅然到臺灣。用他的話說，這是——向歷史交代。

當時韓戰未起，共軍隨時可以渡海，在臺灣的中華民國政府正處於險境環生的形勢，父親入臺，就是打算要與中華民國共存亡。父親參加過武漢辛亥革命，締造民國；北伐打倒軍閥，統一中國；抗戰抵抗外敵，護衛國土；國共內戰，父親由武漢戰退到南寧，與共軍打到不剩一兵一卒，雖然最後無力回天，但牽制共軍數月，讓國軍有時間遷臺。中共曾數度提出「局部和平」，都被父親嚴拒了。入臺與共患難，是父親當時唯一的選擇；流亡海外老死異國，對他來說是不可思議的。他當然瞭解國民黨的政治文化，亦深知他入臺後可能遭遇到的風險，但他心中坦蕩，回臺灣，是向中華民國政府報到歸隊。

他在臺灣的晚年過得並不平靖，沒有受到一個曾經對國家有過重大貢獻的軍人應該獲得的尊重。父親並未因此懷憂喪志。在臺灣，他於逆境中，始終保持著一份凜然的尊嚴，因為他深信自己功在黨國，他的歷史地位，絕不是一些猥瑣的特務跟監動作所能撼搖。最後他死在中華民國的土地上，是他求仁得仁。臺南天壇重修落成，他替鄭成功書下「仰不愧天」的匾額。綜觀父親一生，這四個字他自己也足以當之。

父親的喪禮是最高標準的國葬儀式。出殯那天，在市立殯儀館舉行公祭，總統蔣中正以下，國府黨政軍高級官員及各界人士前往祭悼的達到千人。軍事團體有國防部，陸、海、空、勤、警備各總部，由部長及總司令率團獻花致祭。公祭儀式結束後，隨即行蓋棺禮，父親官階一級上將，按軍禮規定由四位現役陸軍一級上將顧祝同、周至柔、黃鎮球、余漢謀執旗，覆蓋棺木上，典禮儀式莊嚴隆重。出殯行列，由摩托車隊開路，隨後為軍樂隊及儀隊，靈車經過時，路上很多軍人均向靈車舉手敬禮。父親靈櫬於十二時二十分運抵六張犁回教公墓，按回教儀式下葬。回教教長領導數百位回教教友共同在墓前為父親祈禱。

這次公祭，軍人特別多，上至將官，下至士兵，在祭拜中對父親都表達了一份由衷的崇敬，這也是因為數十年來父親在軍中建立的威望所致，父親被尊為「當代最傑出戰略家」，諸葛盛名，並非虛得。

前來祭悼的，還有不少本省人士、臺籍父老，很多與父親並不相識，攜幼扶老，到父親靈堂獻花祭拜。由他們大量的挽聯、挽詩中得知，他們前來吊唁，是因為感懷父親在二二八事件善後措施中，對臺灣民眾所行的一些德政。

公祭各方送來的挽聯、挽詩、挽額、誄詞，有數百幀，多是父親的軍中同僚、部屬撰寫的，下論都很公允，有的真情畢露，十分感人。父親歸真，深深觸動了他們的家國哀思，反攻復國大業未竟，八方風雨一代名將遽然長逝。但我在這裡特別挑選出嚴慶齡先生的挽聯，做為代表。嚴慶齡先生是從上海到臺灣的企業家，裕隆汽車集團的創辦人，他並非軍政界人士，跟父親並無私交，平日也無往來，但嚴先生那一輩的人經過北伐、抗戰，對父親的人格及事跡是有所認識的。

嚴慶齡先生的挽聯，很能代表他那一代的中國人對父親的評價：

「治兵則寒敵膽，為政則得民心，秉筆記宏猷不讓汾陽功業；
於黨國矢忠誠，於順逆能明辨，蓋棺昭大節無慚諸葛聲名」

——嚴慶齡敬挽

民國五十五年十二月九日，父親喪禮公祭在臺北市立殯儀館舉行。上午七時五十分，蔣中正抵達殯儀館靈堂，第一個向父親靈前獻花致祭。蔣面露戚容，神情悲肅，當天在所有前來公祭父親的人當中，恐怕沒有人比他對父親之死有更深刻、更複雜的感觸了。蔣、白之間，長達四十年的恩怨分合，其糾結曲折，微妙多變，絕非三言兩語說得清楚。

父親與蔣中正四十年漫長的關係，分合之間，要分階段。

民國十五年北伐，廣州誓師，蔣中正總司令三顧茅廬，力邀父親出任國民革命軍參謀長，並兼東路軍前敵總指揮，一路北上打到山海關，最後完成北伐。這個時期，可以說是蔣、白兩人共同打天下的階段。

民國十七年北伐甫結束，突然爆發「蔣桂戰爭」，廣西與中央對峙七年，蔣、白分離。民國二十六年「七七事變」，抗戰開始，蔣委員長派專機至廣西將父親接到南京，任命父親為副參謀總長，並肩八年抗戰，得到最後勝利。抗戰時期，蔣對父親頗為倚重，重要戰爭如「臺兒莊之役」、「三次長沙會戰」、「崑崙關之役」等，莫不賦以重任。

抗戰勝利後，蔣中正主席任命父親為第一屆國防部長。可是，國共內戰後期因父親助李宗仁選副總統，蔣、白之間又出現了嫌隙。民國三十七年「徐蚌會戰」及其後遺症，更因兩封籲請國際調停的電報，蔣、白關係瀕臨決裂。

在臺灣十七年，蔣中正與父親的關係，始終沒有完全修復。

持平而論，蔣中正對父親的軍事才能是深有所知的。在國家安危的關鍵時刻，蔣往往會派遣父親前往解決困難：如指揮「臺兒莊之役」，督戰「四平街之役」，「二二八事件」赴臺宣慰等，在在都顯示蔣對父親的器重。但蔣中正用人，對領袖忠貞是首要條件，可是父親個性剛毅正直，不齒唯唯諾諾，而且有關國家大事，經常直言不諱，加上父親的「桂系」背景，蔣對父親的忠貞是有所疑慮的，並不完全信任。

事實上，父親一直是蔣中正的最高軍事幕僚長，扮演著襄贊元戎的角色，絕對無「取而代之」的僭越之想。李宗仁選副總統，父親最初是強烈反對的。民國三十八年「徐蚌會戰」，國軍潰敗，蔣中正下野，李宗仁代總統，那也是大勢所逼。事實上，當時黨政軍的資源還是由蔣掌握，他自己不引退，沒有人能夠強迫他。「逼宮」之說，並非事實。父親一生把國家利益放在最前面，當時國民黨政權危在旦夕，父親才「不避斧鉞」上書蔣中正，提議敦促美、英、蘇三國出面調節和平。依父親估計，如果美國願意派空軍一大隊進駐南京，青島美軍不撤退，或可阻共軍渡江，這也是當時唯一可使國府轉危為安的計策了。

現在臺灣及大陸一些人論及父親與蔣中正的關係，往往喜歡誇大兩人之間的矛盾，而且把矛盾變得瑣碎。其實蔣、白兩人之間的一些衝突，首先在兩人的個性，二雄難以並立，兩個強人相處，衝撞勢必難免。而且古有明訓：「勇略震主者身危，而功蓋天下者不賞。」其次，是兩人在國家政策方面意見分歧時起的衝突。比如「徐蚌會戰」，蔣中正與父親在這關係中華民國命運的戰役上，出現激烈爭執，前後因果，使兩人關係產生難以彌合的裂痕。但論者往往忽略了，蔣中正與父親也曾有過長期緊密合作而得到良好結果的關係，父親在「北伐」、「抗戰」所立的戰功，亦是蔣充分授權下得以完成的。蔣中正與父親分合之間的關係，往往影響國家的安危，他們兩人在國共內戰期間，軍事策略上未能同心協力、合作到底，是一大遺憾。父親曾感嘆過：「總統是重用我的，可惜我有些話他沒有聽。」他所指的，大概是他對「四平街之役」、「徐蚌會戰」的一些獻策吧。

楚漢相爭，大將韓信替漢高祖劉邦打下天下，功高震主，鳥盡弓藏，兔死狗烹，為呂后、蕭何設計殘害於長樂宮。《史記・淮陰侯列傳》記載高祖「見信死，且喜且憐之」，這是太史公司馬遷對人性瞭解最深刻的一筆。君臣一體，自古所難。

（原載於《父親與民國》下冊，〈臺灣歲月〉）

電・大自然・馬里女人

文◎吳嘉　華府

我頂著毒日一路步行，來到社區圖書館。推門不動，定睛一看，鐵將軍把門。再往前走，超市、雜貨店、餐館、銀行統統因斷電關門。我像一隻無頭蒼蠅，在一家家店面前來回碰壁，無可奈何，最終踩著虛空走回蒸籠似的家。

週五晚上十點，合唱團的排練一結束，團員們便匆匆地往外走。老友W與我邊走邊說話，腳步不覺慢了下來。團長從身邊跑過，回頭丟下一句：「就要下暴雨了，還不快回家！」「沒關係，等雨過了再走也不遲。」W說。我們索性停下步子站在原地繼續聊天。聊了一陣子出門，抬頭看看天空，沒下雨嘛，「虛張聲勢」。與W道了別，我不緊不慢地開車回家。剛進家門，天空開始閃電不斷，廚房的燈忽閃忽閃，透著詭異。頃刻，大顆大顆的雨點降落，急而驟。雨聲伴著呼嘯的風聲，林濤怒吼。天公開始發飆，操起一把無形的巨帚，橫掃著地面的一切，再揮起無形的巨掌，摑向一切嫌礙手腳的物體。我感覺房子在搖晃，隨著最後一陣劇烈的轟鳴，顫巍巍的燈暗了下去。電，徹底斷了。刹那間周圍一片死寂，好似最後一抹高山飛瀑跌落深潭，一種跌宕之後的平靜。沒容我反應過來，整個過程已經戛然而止。

外子回國去了，孩子們不在身邊，我家有四國，勞燕各自飛，誰也指望不上了。我摸著黑上樓找電筒，好不容易摸到那只象徵光明與希望的手電筒，卻發現電池快沒電了。就著微弱的手電筒光翻遍大小抽屜，一堆平時礙眼的電池被我匯攏在一塊，卻是要麼電跑完了，要麼型號不對。家裡幾炷殘餘的香薰蠟燭，頓時成了救命稻草。窗外星光無蹤，夜黑似漆；室內悶熱如蒸籠，唯有燭光搖曳，或明或暗，更襯托出了黑夜的吊詭。

我躺在床上，望著看不見的天花板，想像著無電時代人類的生存狀態。我們的祖先在火光和燭光的伴隨下，經歷了石器時代、銅石並用時代、青銅時代、鐵器時代，直到十八世紀電的發明，才真正迎來了光明的時代。十八世紀末十九世紀初的工業革命，讓人類大躍進般地跨進機器大生產時代，機械化代替了手工作業，進而邁入了今天的數位資訊時代。想到自己生逢其時，在平日生活中享用著現代技術帶來的一切便利，頓覺幸運無比。屋內悶熱不堪，我不再在意，腦子裡幻想著湛湛藍天、茵茵綠草、幽幽香花、淙淙溪水，頭枕著幸福進入了夢鄉。

翌日醒來，四處尋「電」——檯燈、鬧鐘、電視、電動牙刷、冰箱、空調，一一查看，這些平日兢兢業業工作的電器，如今卻各自沉寂，集體罷工。推窗開門，院前院後一片狼藉：後陽臺上的大小花盆被吹翻在地，可憐「揉碎桃花紅滿地，玉山傾倒再難扶」。前院的草地彷彿一場戰役後的戰場，枝陳葉橫。再往主路上看，天啦，滿地的大樹枝，不知從哪棵大樹折斷，從哪個方向吹來。那份狼藉，堪比龍捲風過境後的慘烈景象。

收拾院子的事平日是外子承包的，「夫」到用時方恨「無」，事非經過不知難。我狼狽地清掃著前後院，將盆盆罐罐一一扶起，顧不得去車庫尋找平時外子擺放的工具，徒手將土壤捧到大大小小的盆裡。最後手腳沾滿泥土，氣喘吁吁地回到屋裡。做個早餐犒勞自己吧，煤氣爐怎麼老也打不著？哦，原來煤氣需要電火花來點燃。天氣預計說今天的溫度將高達一百零六度（攝氏四十一度），我不能束手就擒，甘當烤山芋，必須開車出去避暑。我不假思索地摁車庫門的電鈕，沒見反應，這才意識到車門也是電動的；我隨手打開 iPad，發現電已耗盡；平時用來聽音樂也能收聽電臺的 iPod 的電也告罄；再打開手機，傳來電池即將沒電的警告聲。屋漏偏逢連夜雨，船遲又遇打頭風，「墨菲定律」在我這裡得到驗證。手機可是我唯一與外界聯繫的方式啊！

我決定安步當車，走去附近的一家圖書館，借用那兒的電源給手機充電，順便還書借書。這當兒溫度已悄然攀升，我頂著毒日一路步行，來到社區圖書館。推門不動，定睛一看，鐵將軍把門。再往前走，超市、雜貨店、餐館、銀行統統因斷電關門。我像一隻無頭蒼蠅，在一家家店面前來回碰壁，無可奈何，最終踩著虛空走回蒸籠似的家。

我捏著手機，不敢輕舉妄動，惟恐浪費僅存的電量，腦子裡亂雲飛渡。我必須戰略性地利用手機餘電。先打電話去電力公司問個究竟，接通 Pepco 的熱線電話，輸入使用者資料後，得到最新自動通報：「四十四萬多家庭斷電，我們正在對你所處的區域進行評估，暫時無法預測恢復送電的時間，抱歉。」

再給S君打電話！前日我應允參加今天中午他所在報社組織的一個小型座談會。S君聽到我的求救電話，毫不猶豫地開車來接我。去海珍樓餐館的一路上，無交通燈也無員警指揮。原本十五分鐘的車程，不知開了多久才抵達，而作為東道主的S君則因為接我，最後一個到場。

此時於我，主人的好生招待，已不為重了。趁各路文壇英豪風雲際會的機會，我將手機、iPad 和 iPod 充足了電，原先的黯淡心情頓時雲開霧散，重新拾回有備無患帶來的信心。

與朋友們互通消息，方知沒受停電影響的人家寥若星辰。W家住維州，昨晚因與我聊天遲了，車子開到半路便遇上了風暴。快到家時，一棵參天大樹橫躺路中央，她只得將車丟棄在路旁，摸著黑逕自走回如同黑洞的家。有朋友們的相互關懷，內心多了一份篤定。Z兄告訴我，在沒有電的情況下，一根火柴就可點燃煤氣灶；R君交代說，車庫門有一機關，紅繩一拉門便打開……如此基本的生活知識，皆因平日有所依賴而不加關注，一旦失去依賴竟成了殊難之事。嗟乎！外子臨走前，留下遒勁有力的親筆「詔書」：睡前關門關窗、XX日將垃圾放出去、XX日回收物資、室內植物每週澆水一次、記住給三咪更換飲水清理糞便……一場停電，讓我察覺到了自己的軟肋命門。

女人成家以後，在縫補漿洗的同時，也會因依賴老公而不學習其他方面的生活技能。依賴性使婚後的女人在這些方面的功能退化，有「盈餘」就有「虧空」，合乎辯證法。但話說回來，人類的代償力也是巨大的。朋友M的夫君常年在國內奮鬥，她獨自一人把家操持得井井有條。這次停電，她比我遭更多的罪，卻遇事不慌，照樣上下班，除安排自己的無「電」起居之外，還精心照料著她那隻受酷暑煎熬的寶貝貓咪。

Pepco的熱線電話被打爆，只得從**iPod**裡收聽電臺新聞：華盛頓特區和周邊四個州宣布進入緊急狀態。此次遭遇的斷電，是歷史上非颶風原因導致的規模最大的一次。東部各州接近四百萬戶居民和商家斷電，預計全部恢復供電需要八天時間。以此進度，緩不濟急。

無電無網，生活陡然簡單了許多。什麼電視機的聲音、空調的聲音、冰箱的聲音、除濕器的聲音、電腦的聲音，統統消失。沒有了塵世的喧鬧和打擾，萬物頓息。夜幕降臨，我獨自躲進涼爽的地下室，蟄伏一隅，一杯香茗，一卷詩書，秉燭夜讀。伸手摸出枕邊的《曾國藩傳》，蕭一山撰寫的。該書略過曾國藩的中興偉業，而詳究其學問，探討禮學經世的涵義和曾文正公的人格修養，讀後受益良多，品味不盡。

夜闌人靜之時，臨窗看看星空，慨天地之浩瀚，歎人生之渺小。到底是「人定勝天」，還是「天定勝人」？如果把「人定勝天」理解成「人類一定能夠戰勝自然」的話，是否過於一廂情願，自欺欺人？人類的文明史可以被看作是一條漫長的、不斷嘗試理解自然、順應自然、甚至戰勝自然之路，但是不可否認，生存的絕對法則大多數時候是掌握在順應而非破壞大自然的人手中。

東南亞和福島的海嘯，讓人類束手就擒；人類可以製造原子彈，卻無法控制它的影響；科學家可以監督火山和地震的動向，試圖提前做出警告，卻無法阻止；我們能做的唯一的事就是「逃生」。作為高級動物的人，我們可以通過從自然獲取的財富和我們的智慧，來提高生活品質；可以通過現代科技，改善自然的某個方面，譬如填海造陸，開山修路；可以改變自然地理的方式如植樹來影響氣候。但是人類的能力是有限的。唯有大自然，才能決定人的大命運。

由此推論，「人定勝天」一說，充其量表現的是人的決心、信心和心理安慰。人為何要勝天？大自然是我們的生命之源，人本來源於自然，如果以破壞自己的生存環境作為代價，勝天不就等於毀滅自己嗎？順應自然才是最好的生存之道。

這個話題過於哲學，過於深邃，讓我愈發輾轉反側，睡意全無。還是思考簡單點的話題吧。對了，電的意義。離了它，人能否生存？沒電人會幸福嗎？據估計，當今世界上還有十六億人沒用上電。同樣生活在資訊技術時代，可是這十六億人連起碼的照明都沒有，科技還能帶給他們什麼其他的好處呢？還有那些雙目失明的人，他們的世界永遠停電，漆黑一片。他們是不是終日愁眉不展呢？

我想起二〇〇一年的一次非洲之行，訪問現代民生物資仍然極度匱乏的馬里（Mali）。暮色裡，我乘坐的四輪驅動越野車緩緩駛過首都巴馬科的土路。雖貴為首都，巴馬科與燈火輝煌挨不上邊，一路擦黑。夜色中，我看到了一幅令我難忘的景象：街道旁的婦女們點著蠟燭，守著身邊裝著烤玉米的小籃子，等人購買。她們三三兩兩，挽著胳膊，搭著肩頭，忽左忽右扭著身子，大大的裙子來回擺動。她們不時發出咯咯笑聲。昏暗的燭光裡，看不清她們臉上的表情，但是那朗朗笑聲分明是快樂的真實流露。

這情景一下攫住了我的目光，我像被什麼擊中似的，看入了神。她們的家裡不曾有過電燈，更不知空調、冰箱為何物。這些女人也許沒有隔夜的五斗米，但不見得沒有賞心悅目的鮮花；她們沒有被家徒四壁剝奪了自己快樂的權利；她們沒有錦衣玉食，不汲汲於富貴；她們不怨天，不尤人，沒有百結愁腸。如果刀耕火種與歡聲笑語可以並存，那我們又有什麼資格憐憫她們呢？或許簡單生活就是最好的快樂之道？這麼想著，等我們的車輪捲起一堆塵土離去，馬里婦女們「笑語盈盈暗香去」，我才回過神來。她們的鶯聲燕語從此留在了我的腦海裡。

當然幸福與金錢，都是生存的必需品，不見得相互排斥。

正在靜思苦想中，一道強光讓我悚然而驚。「來電了！」我對自己說，下意識地看了看錶：凌晨一點。我「騰」地從床上蹦起，第一時間接通國際長途報告喜訊。外子一番萬里慰孤耿，囑我察看屋子：家電、抽水泵、除濕器……樓上樓下，犄角旮旯。我上躥下跳，一陣忙碌，先是形而下的雞零狗碎，鬥志正酣；接下來是形而上的詩書音樂，心猶未足，乾脆讀書，重新拾起《曾國藩傳》，也把近幾期沒來得及閱讀的《時代》週刊和《經濟學人》，統統掃讀一遍，直到天明……

此後幾天裡，依然無電的M下班後便來我家，與我「相依為命」。她家在停電三天後終於迎來了光明。我將馬里女人的故事與「半杯清茶社」的文友們分享，M感慨地說：「有電的時候，不覺得幸福。沒電了，得到了朋友的關懷，感到幸福無比。沒電的日子裡，我感覺自己就是馬里女人。」

這次斷電之災，讓我對生活、生命又有了新的認識。「福兮禍所依，禍兮福所伏。」此之謂也。

吳嘉

是美國政府官員，曾駐訪近七十個國家，在安地斯山下、龐貝廢墟上、尼羅河畔、撒哈拉沙漠、湄公河上都留下過身影。文筆絢麗多彩，行文廣徵博引，文章散見於《世界日報》、《美華商報》、《華盛頓郵報》等華人報刊，並多次獲獎。著有散文集《飛去來兮》、《天地一飛鴻》。

品味舊金山風情

文◎呂紅　北加州

與一個現代大都市相匹配的，是鋪天蓋地的各類廣告，而最搶眼的廣告詞：有金山，冇窮人。是啊，無論老幼無論種族，離開故土來美利堅闖天下，即便沒有一本難念的經，多少也有自己懷揣的夢……

舊金山作為特色獨具的世界名城，果然名不虛傳。不單是有山有水高高低低起伏有致的地貌環境，還有魅力無窮的人文景觀。有朋自遠方來，同行暢遊，體驗風情萬種的異域風光、品味文化大拼盤之滋味，真是不亦樂乎！

從 Bush Street 轉入中國城。穿過飛簷翹角、楹聯遍布、匾額高懸、披紅掛綠的樓堂館所的都板街（Grant Street），去華埠鄰近的北灘（North Beach）義大利區的電報山、九曲花街遊逛一番。纜車在坡度甚陡的街上叮叮噹噹來去；古色古香的老式車，載觀光客或情侶逍遙；令人不禁心馳神往躍躍欲試。

友人一家三口從外地來，本人仿如導遊，帶著他們去舊金山市府觀賞，竟一連看了好幾對同性戀結婚的場面，錄影拍照興致盎然。

從漁人碼頭一路觀賞海濱，上了金門大橋，返來順道就是藝術宮。具有歐式風情的建築與幽靜湖泊天然景觀相互映襯，令人沉醉。見一對身披婚紗與西服革履的華裔新娘新郎在波光粼粼的水邊拍攝新婚照。友人客人向他們道喜，新人露出幸福的笑容。

友人說今天收穫可真多，光結婚就看了不同組合，男男、女女、男女，呵呵，該看的都看全了，你說，人類還有什麼婚配組合沒看到的呢？

短暫相聚，領略在陽光下沐浴、在清風中搖曳的悠閒自在。

曾陪南京來的畫家逛金門公園，為尋覓一個美麗的湖。在濃蔭層迭、奇花異木的園內兜了來回好多圈，終於在夕陽西下時找到那片幽靜蜿蜒的水域，可惜光線已暗，唯遙遙的，隔湖拍出瀑布飛流、小亭婉約的倩影。藝術家們才發覺飢腸轆轆，偏不就近光顧臨近的餐館，卻七彎八繞的，驅車專程到新華埠「又一村」酒家。本人什麼都不點就點蟹，無蟹不歡。侍應生遞上菜單，推介椒鹽最香、清蒸最鮮、凍蟹最美，若品蟹膏原味可清蒸，跟香蔥或京醬爆炒風味迴然。客選薑蔥蟹，再加蘿蔔牛肉煲、白斬雞、蒜蓉四季豆、酸辣湯之類。黃黃綠綠紅紅的上來了大碗大盤，不鹹不甜不油不膩，味道好極了。

黃昏降臨，海旁古典的街燈逐一亮起，一對對情侶坐在水畔草坪樹叢卿卿我我，朦朧燈影和濕潤海風為舊金山平添了幾分浪漫柔性。人說欣賞舊金山的日落之美，未必就一定是海上遊船或是義大利餐廳的燭光晚餐，或只是海旁閒坐，身旁海鷗翩翩，濃鬱的鄂爾多斯風情樂曲隨風飄蕩；好友分享披薩餅，或酒吧聽曲狂歡看秀，或買幾客美味海鮮、螃蟹魚蝦之類，葡萄美酒，海闊天空，任天際漸由粉藍深紅轉黯紫……

恍惚想起幼時，生活簡單，一碗蛋炒飯或西紅柿炒雞蛋，或糖拌西紅柿亦覺美妙無比。偶爾還偷吃廚房瓶罐裡的醃辣椒，辣得咳嗽淚流；或許那時正長身體吧，老覺得饞；鮮嫩的槐花、月季花莖，桑葚，大院裡的桃、梨、李子或枇杷樹等都是一幫饞鬼的攀爬採擷目標。人說知足常樂，懷揣一顆平常心，感受世事不平常；人間自有真情在，粗茶淡飯有餘香。今與遠方來客一同品味正宗洋餐、閒聊軼聞趣事，看路人來來往往，何等愜意！

百老匯大街上陣陣涼風送爽，酒吧傳來輕爵士樂曲，幾位看似六〇年代嬉皮士的老樂手，以飽經滄桑的歌喉，唱著那個年代最流行的老調，喚起客人懷舊與共鳴。彷彿夢幻遨遊，與爾同銷萬古愁。

君不見，與一個現代大都市相匹配的，是鋪天蓋地的各類廣告，而最搶眼的廣告詞：有金山，冇窮人。是啊，無論老幼無論種族，離開故土來美利堅闖天下，即便沒有一本難念的經，多少也有自己懷揣的夢。收入雖不比高鼻凹眼的洋人多，銀行存款絕不比其少。西人超前消費、超前享受的作派看不慣也學不會，而中華民族勤勞勤儉勤奮之傳統，反倒在異國他鄉淋漓盡致的展現！第一代辛苦灑汗鋪路基，讓二、三代移民出人頭地。若是晚輩在高聳入雲的Office占一席之地，或當議員或是Manager，整個親族都會臉面有光咯。

每逢感恩節前後，街頭那些個裝飾著彩燈與紅蝴蝶結的聖誕樹，爭奇鬥豔在廣場、樓廈前，一個比一個高大，一個勝一個漂亮！（管他共和黨與民主黨如何鬥得一塌糊塗，鬧騰得白宮都關門大吉，市民們照舊，該幹嘛幹嘛。）

那黃昏一排排高高低低的屋頂，嫣然晚霞暈染天空，與星星點點的燈火相輝映，醞釀甘醇的經典電影。多元文化、多元族群與格調迥異的建築讓太平洋西岸之城散發出迷人之魅力。

真的，信步走一走，隨意看一看，從任何角度攝影，都是韻味無窮的風景畫片。

逛漁人碼頭讓我怦然心動的，竟是一幅畫和一張肯定經過了藝術加工的照片。看那狂風捲起，巨浪滔天，然而，金門大橋巍峨如故，向世界展示她永不屈服的驕姿！她的象徵，不言而喻。我不禁雙目有些潮濕，為藝術家獨具慧眼所震撼所感動。

另一幅畫卻淡淡的，猶如散文詩一般，透著些許朦朧的美——彷彿在一個黃昏時分，天空微微飄著小雨。近處，一張雨傘下依偎著一對情侶，似在路旁等車。街道兩邊古老的歐式建築十分別致。當然你絕對不會把它看成是憂鬱寡歡的倫敦；也不會誤認為是浪漫多情的巴黎；更不會視作霧都茫茫的重慶。哦，你再細看，那特有的起伏有致的坡坡路，一輛載著遊客觀光的有軌電車叮噹而來。

遠處海灣那煙雨濛濛中，城市之魂——金門大橋隱約顯現。

隱隱約約在我的記憶中，這個城市就像舊上海一樣，總有挖掘不盡的故事讓人懷想。甚至比舊上海更富於詩情畫意——無論如何，「舊」總給人如許的夢境感。尤其是曾經滄海，多少華人淘金的夢記錄在文人墨客的書卷裡？而今我的感覺，她沒有紐約那麼摩登，卻是活力迸發又不乏情調的地方。

偶爾，曾經生活在他鄉的舊友熱情相約，說什麼也要聚一聚，品味舌尖上的鄉情，仍忘不了提及本人的原創小說，那些經典的場景，海風中的邂逅……

倘若有空，讓自己的雙足去丈量這兒的每一寸土地，去感受造物主的厚愛偏心；去品味老華僑初登美洲大陸所經歷的艱辛與新移民奮鬥的甜酸苦辣；去訪今問古、去探幽尋祕……哦，舊金山，你在我心目中，永遠是一幅看不盡、品不完的名畫！

（原載於《品》雜誌，二〇〇八年十一月號）

呂紅

旅美作家，文學博士。現任《紅杉林》美洲華人文藝總編。美國華文文藝界協會副會長。中國僑聯文協海外顧問，華僑出版社理事。自一九八六年始在《芳草》、《長江文藝》、《長江叢刊》、《當代作家》等發表作品，成為文聯簽約作家。著有《紅顏滄桑》、《塵緣》等。旅美後，做報刊傳媒兼文學創作。出版長篇小說《美國情人》、小說集《午夜蘭桂坊》、傳記《智者的博弈》、散文集《女人的白宮》。作品選入《美文》、《美國新生活叢書》、《北美新移民小說精選》、《世界華語文學作品精選》、《北美作家散文精選》、《華夏散文選萃》、《海外華文文學讀本》等。主編《女人的天涯》《新世紀海外女作家獲獎作品精選》。作品獲多項文學獎及傳媒獎。

父親的交通工具

文◎宋久瑩　南加州

平日打電話總是母親接，
媽媽說爸爸坐電動輪椅去買報紙買菜，
她聽到話筒另一端父親的聲音：
「很方便，很方便，印著兔子圖形的按鈕是快檔，烏龜的按鈕是慢檔。」

週末她去看望住在A城的父母。午飯後，父親說想去市場逛逛，問她有沒有什麼東西要買。她問：「要不要我開車帶您去？」父親搖搖手笑道：「不用，不用，我自己去，閒著沒事去逛逛菜場。」逛市場一向是爸爸的喜好，她從小就知道。爸爸愛燒菜，出門總是會提拎著大包小包好吃的食物回家。她不放心地叮嚀著：「帶手機啊！如果有事就打電話。」

她拉開落地門走到後院，老房子的車庫蓋在屋後，一條長長的車道從前院直通車庫，車道與房子齊面處有一扇鐵門。車庫不用來停車，裡面擺滿了各式高矮不同的櫃子、工作檯、桌椅，收音機，畫具等等雜物，是父親的儲藏室也是他的小天地。她隨著父親走進車庫，牆邊放著兩部同樣式的電動輪椅，唯一不同的是輪子上覆蓋的鐵皮顏色，一紅一藍。她說：「噢！有兩種顏色啊？」父親說：「我一個，媽媽一個呀！」

父親八十八歲了，一年多前出了個小車禍後，便不再開車。她住在距離一小時車程的橙縣，平日打電話總是母親接，媽媽說爸爸坐電動輪椅去買報紙買菜，她聽到話筒另一端父親的聲音：「很方便，很方便，印著兔子圖形的按鈕是快檔，烏龜的按鈕是慢檔。」

她聽了不覺莞爾，用兔子和烏龜圖案來設計速度檔，倒是讓令人感到不愉快的輪椅添增了幾分童趣。

「戴了圍巾嗎？手套呢？」媽媽問。她走向車道，爸爸已準備妥當，頭戴鴨舌帽，圍巾手套厚夾克樣樣齊全，他端坐在輪椅中，連安全帶也繫緊了。自從知道父親坐輪椅出門，她在市場中看見坐輪椅的老先生總會想到父親，也特別留意讓道。

而第一次看見坐在輪椅中的父親，她還是一怔。

那一刻，她想起兒子四歲時初學騎三輪腳踏車。一個冬天的下午，她為他戴上毛線帽，將兒子的夾克拉鍊拉到頸口。兒子胖嘟嘟的小臉被冷風吹得紅撲撲的，穿著紅絨線夾克袖子織了藍色的條紋。他的眼睛圓而亮，在前院長長的車道上聚精會神地繞著圈子。孩子不時抬頭望著她，用稚嫩的嗓音叫道：「媽媽，看我！」

眼前，鴨舌帽下父親的臉消瘦黯黃，刻著歲月的痕跡。這幾年胃口不佳父親明顯地瘦下來，褲腿顯得格外寬鬆。因淚腺阻塞使他的眼中蓄著淚水而顯得晶亮，那眼神竟然和兒子小時候有些神似。

母親推開鐵門，父親右手輕按了椅把上的按鈕，輪椅便緩緩向前滑行。從移動的速度來看，父親按的應該是烏龜圖案的慢檔吧？

她記事起父親便騎摩托車，記憶中三、四歲時，夏天她時常坐在爸爸摩托車的油箱上兜風；上小學後父親每天接送她去學校，她坐在後座抱著爸爸的腰，有時媽媽坐在她身後，夾在爸媽中間感到安全又温暖，冬天的冷風和毛毛細雨被前座的父親遮擋了。

母親時常提起舊事，父親少年時代曾騎單車載了六個人表演特技；新婚時初來臺灣住在新竹，父親花了一個半月的薪資買了一部自行車，他騎車載著母親在城中和郊外四處遊玩。新竹有風城之名，車子輕盈敏捷地迎風滑行，在物資貧乏的年代，有的是揮灑不盡的青春。

人的記憶像是膠片時代老電影的底片，膠卷經年老化，變得昏黃模糊，或是不時斷片，失去影像和聲音的部分太多，任憑如何努力追溯也無法將過去拼湊完整。跳過那段空白的記憶，父親的機車消失了，她上了中學，爸爸開了一部白色的小廂型車，然後換成藍色的轎車。高中繁重的課業和聯考壓力讓她睡眠不足，放學後她坐在父親車子後座柔軟的皮椅上沉沉睡去。

然後，她長大了離開了家，記憶的膠卷有了一段很長的空白。

她追出車道，在父親身後不放心地問：「會煞車吧？小心過馬路。」

父親的輪椅繼續前行，沒有理睬她的叨唸。站在一旁的母親笑道：「不會煞車還行嗎？」母親口氣平常，讓她覺得自己多慮了。近年母親記憶變差，對人對事也不如從前上心，往日的憂慮操心也淡化了。或許父母的相處模式上，母親總是被照顧的一方吧？

「妳老爸有什麼難得倒他？」母親淡淡地說。

她問母親是否也曾同行？母親說，只坐輪椅出門過一次：「我在前面，爸爸跟在後面，他不放心我。」

是這樣的景象吧？她想，母親坐在紅色輪蓋的輪椅上在前面滑行，乳白色的毛線帽遮住了母親灰白的短髮；父親淺棕色的鴨舌帽在柔和的午陽照射下透著金黃，藍色輪蓋的輪椅追隨其後，守護著母親。兩個輪椅一前一後，緩緩沿著住家的人行道前行。沒有新竹風城的疾風，南加州的冬天總是雲淡風輕的好天氣。

幼年的她坐在爸爸的摩托車上，靠著他溫暖堅實的背；少年的她在爸爸的汽車後座酣睡。她不曾關心過父親是否疲累，也不曾叮嚀父親小心駕車，在小女兒的心中父親是強大的，只要在父親身邊，她無所懼無所慮。

車禍發生後，父親不再開車了。在洛城不開車可說是寸步難行，多年來他開車自由自在想去哪兒都不必求人。一向好強又好動的父親，將如何適應失去了交通工具的生活？

她暗自憂心著。

父親沉默寡言如昔，她看不出他的心思和情緒。

日子安靜地過著，橄欖綠的旅行車停在車道上無人使用。這一部快二十年的舊車，忠實地陪伴著父親的退休生活。他開車接送孫兒上下學、踢足球、打網球，學鋼琴。初幾年，他與母親活躍地參加合唱團、平劇社，呼朋喚友、旅遊聚會。近年來，因母親生病鮮少出門，父親的生活也侷限在居家附近方圓幾哩。父親老了，車也老了，橄欖綠的亮漆不復昔日的光彩，引擎老舊無力不再能跑遠途，倒也合適作為父親的代步工具。

父親不服老，兩部電動輪椅多年前就已訂購，父親有時推著體弱的母親出門散步，自己從不使用。

老化的過程有著不可避免的傷感，成長歲月中所獲得的能力逐漸失去——視力減退，體力衰弱，記憶退化……。她的思維滑入時光隧道中，她看見少年的父親，身手矯健在單車上特技表演；青年的父親載著新婚妻子在風城騎車飛馳；壯年的父親駕著摩托車載著幼小的女兒；駕著轎車的中年父親；開旅行車接送孫兒的老年父親……

然後有一天，父親從車庫推出了電動輪椅，他悉心地擦拭灰塵，將金屬的部分擦亮，為輪子上了油。父親坐上皮椅，試按椅把上的按鈕，慢檔鈕上印著烏龜，快檔上印著兔子，他沉默地在車道上試開。

每一個人都知道烏龜與兔子賽跑的故事，她曾對幼小的兒女說故事，兔子跑得快，烏龜慢慢爬……

不過烏龜與兔子都跑到了終點。

人們時常只看到老化過程中所失去的，而忽視了所獲得的。

父親的外表老了弱了，讓她將他視如孩子一般，想照顧他保護他，怕他禁不起挫折打擊與傷害，怕他因為不能再開車而消沉沮喪。

她陪著母親聊天織圍巾，聽到切菜的聲音，她走近廚房，看到父親正在低頭剁白菜，他的鴨舌帽和圍巾已取下，繫著布滿油漬的圍裙。她說：「爸您回來啦？那麼快！」父親轉過頭來：「很快很快，用兔子檔開回來的，一下子就到了。」

他接著說，沙啞低沉的嗓音透著慈愛：「買了菜，小女兒要不要在這兒吃晚飯？」

她想自己是多慮了，她一直擔心用輪椅會傷了父親的自尊心。

父親手巧心細，從小到大，他為子女們修整壞了的玩具、皮鞋、皮包，他修理家中的水管電器，什麼破舊不能用的東西，經過父親的手必能立刻恢復原樣，甚至煥然一新。父親是行動派，事事自己動手，遇到問題總有辦法解決。記得小時候她因玩具腳踏車輪子壞了而哭鬧，父親為她改造成一個裝洋娃娃的手推車，她破涕為笑。

如今他不開車了，也自有變通之道。

遠處的街角出現了一個小黑點緩緩地移近，隔著距離黑點像是一隻小烏龜般慢慢爬行，是父親！父親坐著輪椅朝家中逐漸接近。

父親熟練地駕駛電動輪椅，椅背上掛著裝菜的塑膠袋，滿載而歸，一如多年前父親頭戴安全帽駕著機車，車後的椅架上綁著市場買來的魚肉菜蔬，為家人烹煮美味的晚餐。

輪椅只是父親老年的交通工具。

光陰神奇的手，它將中年女兒的感傷拂去，餽贈予老年父親的豁達。

（原載於《世界日報》副刊，二〇一三年一月二十二日）

宋久瑩

臺灣大學動物系畢業，後出國赴美就讀加州州立大學長堤分校電腦研究所，取得電腦碩士，從事電腦軟體項目管理，現居美國南加州。愛好文學、藝術、音樂，畫油畫多年，開過多次聯展與個人油畫展。近年寫散文及短詩，作品多見於美國《世界日報》。現為北美南加州華人寫作協會「永久會員」。

茶泡飯

文◎李淑蘭　聖路易

有次，日本朋友Yoki在她家做茶泡飯請我們一群朋友吃，那是我第一次知道原來日本不是只有壽司和生魚片。Yoki給每個人一副櫻花圖案的碗碟筷，及一盞小茶壺，讓每個人照著步驟，做出屬於自己的茶泡飯。

用餐之同時，Yoki說起日本導演小津安二郎以電影《東京物語》最為人熟知，他另有部電影《茶泡飯之味》，也頗有趣味。

電影敘述出身農村，個性安靜的男子與出身上流社會的千金小姐結成夫妻。原始的生活環境及個性差異，並未因為婚姻生活而有改善。妻子看不慣丈夫不高尚的生活習慣，丈夫個性內向；妻子背著他與舊時好友相約玩樂。兩人有一日因事起爭執，妻子賭氣，乾脆離家出走。不巧丈夫臨時因公要奉派出國。收到電報的妻子回家時，已是人去樓空，她才思及他的好。不料飛機延誤至隔天才起飛，丈夫只好返家。失去方知惜。兩人就著簡單的食材，共同品味了一頓茶泡飯。腹溫飽，情飽暖。愛情與糧食，在對的時候相互溫暖，爆發能量，真是飯如人生。

多年過去，Yoki 一家回去日本，一群朋友各自散離，失了聯絡。日子分秒過去，往事出其不意跑出來說哈囉。

於是，專程去買日本米、煎茶包、日本醬油和鹽漬紫蘇梅。依照剩餘印象操作，一杯米，注水，滔米。白色米粒，順著水流漩渦穿過指間，一次，兩次，三次，直至水澈；再注水，放入電鍋，摁下按鈕煮飯，一切準備就緒。

搬張高腳椅，等在電鍋旁，後院蔥綠在我眼前陪我靜靜等待。偶爾風吹過，挑動樹葉搖曳，我的心隨著葉兒律動，一會兒向東，一會兒向西。收回被誘惑的心眸時，眼光必掃向毫無動靜的電鍋，平時十五分鐘就起跳的電鍋，今日何以特別緩慢？

搬至這房子近二十年，院子裡小樹成大樹，大樹變老，老樹乾折。涼亭裡盡是已離家的孩子們小時候玩耍的舊痕跡，撞破的木條，鬆弛的紗窗，斑駁的油漆，跳躍至腦海的天真笑容與歡笑聲。光陰，何止太匆匆。月事失約，驗孕棒兩條紅線，告示新成員即將加入。肚子隆起，變大，更大，極大。當肚皮已無法擴張，睡眠與行動日益縮減緩慢，期盼的日子終於到來。伴之而來的是一段段情緒豐富的歷史，興奮、快樂、生氣、懊惱、緊張、辯白和疲於奔命的活動接送和學校瑣事；出生、學爬學走學跳、上學、申請學校、畢業就業。再回頭，彷彿昨日，卻又遙遙不常聚。原來，迎接出生之同時，也埋下別離的種子。加入家庭，離開家庭，建立自己的家庭。新成員來了，走了，又恢復當時的夫妻兩個人。偶爾的回家與相聚，成為另種團圓的情緒總匯。

聽到噗ㄘ噗ㄘ水蒸氣鑽竄的聲音，與此同時，陣陣米香撲鼻。跳下椅子，站在電鍋前，等聲音漸漸大，漸漸小，漸漸無聲，然後一個厚實的跳起聲，煮飯燈滅，保溫燈亮起。

默默等待五分鐘，打開電鍋，哎呀！太美麗了，橢圓形堅硬的生米，煮成圓熟軟綿的米飯，吸透水分的米飯緊緊相依，匯構成一幅平整無瑕的白色王國。蓋鍋前，米是米，水是水。蓋鍋後，兩造是如何商量結合的順序，分配均勻，不遺漏任何一粒米一滴水，成為一體的圓潤飽滿？

盛一碗燒呼呼冒著熱氣的白米飯至碗中，海苔剪成絲鋪於其上，淋幾滴醬油，然後把一顆蘇梅放在米飯的正中間央。最後，將泡好的已稍涼的綠茶，沿著碗邊徐徐倒入，直到米飯的三分之二。記得 **Yoki** 說過，太多太少都不足味，唯有剛剛好才能吃得滿口茶香。

我捧碗至目前，白色蒸汽蜿蜒向上攀延。由濃轉淡，至無。在那團團轉轉的氤氳中，茶香伴著米香，米香攜著茶香，交融成新嗅覺，暖入心腸。一種無名的幸福與失落的衝突感，突然同時湧現。

閉上眼，我的心緒飛揚。小時候，媽媽每餐必有湯。排骨湯、雞湯和菜湯，當桌上菜餚已見底時，媽媽就會讓我們四個孩子舀湯至碗，將米飯與湯和在一起，順著湯匙咕嚕咕嚕喝下，咬著吸飽湯汁的米粒，那真有說不出的美味。喝罷，還會抿著嘴唇舔乾湯汁。還有媽媽煮的鹹粥，每顆米粒吸足肉末、小蝦米和芋頭的芳香，灑點芹菜，人世間最美味不過如是。一碗接一碗，嘴唇盡是芳郁。

爸爸不遑相讓，擁有拿手的熬白粥，不似媽媽的米粒分明，爸爸的白粥米粒渾圓，米汁稠得化不開的，材料雖然只有米和水，卻保有了米飯單純無暇的原始風味。一個荷包蛋，一碟蔥末涼拌豆腐，吃個千百回也不厭倦。

我拌勻碗裡的茶泡飯，一匙一匙送進嘴裡，眼淚不聽話掉下來。當年我高高興興挽著丈夫的手，與父母揮手道別，在美國建立自己的家庭。而老爸已離人世一年有餘，老媽在臺灣，別離時多，相聚時短。時日荏苒，公平的時間輪軸不停歇，孩子離家，各在他處工作。曾經喧嚷的房子，復歸平靜。屋簷下，守著房子的是丈夫與我兩個人。

米飯芳香，茶帶有淡淡澀味，梅子酸甜。分開吃，各有味道；合在一起，融洽和樂。和合分融，生活累積成生命，生命迴旋，每個人都一樣。這就是人生吧。

（原載於《世界日報》副刊，二〇一五年八月六日）

李淑蘭

筆名李笠，淡江大學西班牙語系畢業，曾任聖路易華語文學校教務主任、副校長、聖路易華文報紙採訪主任、北美華文作協聖路易分會創會會長、美中西區華人學術聯誼會大會祕書及人文組召集人、人間福報專欄作家。現專事文學創作。散文作品連結人與社會，深探人心底蘊，在多重文化的交會中，闡發人性。小說節奏明快細膩，廣泛書寫各種年齡層的人生經驗，透過衝突與弔詭的情節安排，探索人性的原始面貌。曾獲耕莘文學獎、臺灣文學獎、海外華文著述獎、海外華文優良教師獎。著有《回溯的魚》、《老鷹之歌》、《沙漠裡的孤兒——最後的先知穆罕默德》、《後三十女人》。

無字小津

文◎李黎　名家

旅行的最後一夜女兒難以成眠，
她對親情執著難捨，癡心想望凡事都不要改變，只求相伴父親終老。
小津用極為悠長的空鏡頭，幽幽的照著旅社房間那只暗夜裡的花瓶，
久久不忍移動。

在日本導演小津安二郎的許多部電影裡，火車經常會出現。電影裡的人乘坐短程的火車通勤，或進城辦事；乘坐長途火車探親，離鄉、歸鄉，尋找人生的下一站；或者哪裡也不去，只是遙望駛過的火車，心中生起遠念……火車承載著旅行的渴望和鄉愁——劇中人的，觀劇人的，小津自己的。

尋訪小津的舊址故地，乘坐小津電影裡常出現的火車，是再合適不過的了。

從東京銀座新橋站，到神奈川縣的北鎌倉——小津電影常出現的地方和他的長眠之地，乘火車只需時五十分鐘。到站一下車，眼前就出現「北鎌倉驛」這個站牌——《晚春》的頭一個鏡頭。月

臺的建構基本上還是跟五、六十年前電影上相似，只是外頭兩側都有了人家，不再全是繁盛茂密的草木了。那些房舍都還算齊整，家家花木扶疏，圍籬也都費了心思打點，有的籬上攀著朝顏花，心形的葉片被雨露滋潤得翠碧可人。

路上遍地盡是落葉，紅色的楓，金黃的銀杏，落地也依然色澤鮮明。冬雨霏霏，需要撐傘了——這可不是小津的天氣。小津的電影裡天氣多半晴朗，他的影中人總喜歡說：天氣真好啊。連《東京物語》裡那位妻子剛去世的老先生，悄悄離開趕來奔喪的子女圍坐的房間跑到外頭，對著出來尋他的媳婦淡淡地說：天氣好啊。不過這樣陰冷淒清的天氣倒是適合尋訪一位靜寂的藝術家呢。

小津長眠在圓覺寺的墓園裡。這個鎮子小，出了車站走一小段路就到了圓覺寺，卻沒想到是座規模很大的禪寺。雖是冬季，一樹樹的楓葉還是豐茂鮮紅，秋色依然炫麗。找尋墓園倒是走了不少路，待進了偌大的墓園裡就發愁了：梯田似的排列著數不清的大大小小高高低低的墓碑，如何找尋小津呢？

好在陪我同來的女友直子，先前就請託當地友人帶路，預先勘察過，印象是有的，但我倆還是分頭各自找了一會，不多時就見撐著白色雨傘的她在一處高些的坡上喚我過去。

是了，跟在照片和紀錄片裡看見的一樣：石砌的圍欄圈出一方墓地，黑色的墓碑正面只有一個大字：無。真是「無字碑」啊！碑上沒有逝者名姓，只在背後刻一行字：昭和三十九年三月。當是立碑日期，因為小津的逝世年份是一九六三，昭和三十八年。墓碑兩側有兩行淺得難以辨識的文字，後來查出來是「曇華院達道常安居士葬儀香語」等字樣，「達道常安居士」應該就是小津的佛教法號吧。此外根本沒有墓主的姓名。若非同是小津迷的直子引路，這麼大一片墓園，怎生找法？縱使找到了也不大敢確認——不過那個「無」字還是獨一無二的。還有就是在墳墓後頭插了兩根盂蘭祭的木牌，上面有毛筆字寫著「盂蘭盆會為小津家先祖……」字樣。

碑前置供物的石面上竟有鮮花和三瓶酒——一小瓶威士忌，一瓶清酒，和一罐啤酒。四十多年過去了，竟還有人有心，記得導演生前酷愛杯中物。小津不寂寞。

日本的掃墓規矩，應是舀清水徐徐澆在墓碑上——他們凡事都求個乾淨。不過這個細雨霏霏的冬日，墓碑已被雨水沖洗得潔淨無比，不需要我們再做什麼清潔工作了。

對著墓碑上那個大大的「無」字，小津許多電影鏡頭頓時掠過腦海。無，空無。就像他愛用的空鏡頭，也像畫面的留白。像我喜愛而看得熟極的《晚春》，接近結尾時父女結伴出遊，旅行的最後一夜女兒難以成眠，她對親情執著難捨，癡心想望凡事都不要改變，只求相伴父親終老。小津用極為悠長的空鏡頭，幽幽的照著旅社房間那只暗夜裡的花瓶，久久不忍移動。

空鏡，靜物，沒有人物，沒有聲音動作；然而在「無」中出現了一個新的「有」。女兒終於想通了：世事不可能不變，她必須離開父親，出嫁為人妻人母，實現輪迴的人生。

《麥秋》也是我喜歡的，小津提到這部電影時說：「這是比故事更深刻的東西——說是輪迴也好，變幻無常也好，就是想描繪些關於這樣的事情罷。」在同一本書《小津論小津》裡，他又說：「有所保留才能令人回味無窮。」他最深知「留白」的效果，「無」中生「有」的哲理吧。

圓覺寺是一座有七百年歷史的臨濟宗禪寺，建於鎌倉幕府時代，開山一世祖竟然是一位中國高僧。其後幾度遭火，四百年前江戶時代始建成今日規模。出了墓園之後不忍就此離開這座禪寺，依依漫步行走，看到不遠處有間茶座，我們便在茶座的棚間坐下，對著雨霧迷濛的山景，捧著一杯抹茶靜靜啜飲。那山景，好似小津的電影外景再現。

北鎌倉街上路小車少，極適合步行。離開圓覺寺再走一段路，就接近小津的故居了。故居近旁有一座淨智寺，也是創建於十三世紀的臨濟宗禪寺，據說小津更喜愛此寺。寺裡亦有墓園，卻不知為什麼他結果沒有葬在那裡。

淨智寺感覺上比圓覺寺更清靜，在這冬日午後簡直不見人蹤。院裡樹多成林，金黃的銀杏葉厚厚鋪了一地，越往後院深處走越形幽靜，走過墓園，近旁時有小小的石窟，佛像群，還有擬人化了的肥胖的石雕狐狸，在綿綿冬雨中氣氛幾乎有些陰森了。我有幾分慶幸小津安葬在高敞明朗的圓覺寺墓園裡。

出了淨智寺走一段長長的上坡路，依然不見人蹤，雖然路邊有住家。這些住家的竹籬笆，好幾處都體貼的挖空，讓院子裡的樹枝能夠伸展出來不必砍斷。這般的敬重自然讓我對這些人家頓生好感。上坡路轉個彎，直子停下步來，站在一個隧道似的洞口前，說：我的朋友告訴我，小津故居就在隧道的那一邊。

可是隧道口被一根竹竿横腰攔著，旁邊還豎個牌子，上面寫：落石危險，禁止進入。直子守規矩，立即止步，我卻稍作遲疑之後就跨過竹竿走進隧道……

簡直像穿過時光隧道進入桃花源。從短短的隧道終端就看得見正面對著的人家，家門——昔日小津的家門。看不見門牌，應該是山之內一四四五號吧，小津四十九歲那年和母親搬進這裡，直到六十歲辭世。有篷頂的院門敞開著，圍籬只是幾根横木，可以看得出前院不小，再後面應當就是房屋，卻被扶疏的花木遮掩住了。這棟住家有左鄰但無右舍，右邊是一條小山徑。門前當然有路可以通車出入，至於這條隧道看來曾經是條小捷徑。我怕打擾人家不敢多留，匆匆拍兩張照片就鑽回隧道。時光隧道帶我回到現在，直子在這端等我。

隧道的彼端，曾經小津與寡母兩人同住在那棟雅靜的屋裡，就像電影裡那些守著寡父或寡母不肯嫁而終於不得不含淚而嫁的女兒。母親死後一年，他便也去了。

我最喜歡的《晚春》，父親和女兒都彼此不捨，然而父親更睿智能捨，原節子飾演的花容月貌的新嫁娘女兒出了家門，老父獨自坐在冷清的小室裡削蘋果，忽然停下，垂首。不捨也得捨，這是人生。電影就此結束。至於《麥秋》，同一個原節子，劇中名字也是同一個「紀子」，過了適婚年齡總也不想嫁，卻決定嫁給亡兄的鰥居好友做續弦；父母親捨不得也得同意，原來的三代同堂七口之家也因她的出嫁而散了。不是什麼大不了的悲劇，卻是生活和生命的本相，因而無論多晴美的好天氣，也難免帶著哀愁了。

其後他屢次重複這個題材。是為了這份情懷，小津就不離開這棟屋子，不離開相依為命的母親？

小津死在六十歲那年，生日忌日同一天，都是十二月十二日。同樣也是終身未婚的原節子自此宣布息影，退出影壇，搬到鎌倉隱居，恢復她的本名，再也不露面，如花的笑靨永成絕響。走在這個小鎮的小街上，我忽發奇想：如果原節子迎面走來，我會認得出她嗎？（啊，我忘了她該已是年近九十的老婦了。）

沒有成家，沒有妻子兒孫，甚至沒有人知道他可有紅顏知己；小津的生命裡，除了電影，還是電影。在電影裡細細描繪那些家人，父母，夫妻，子女，兄妹，好友；家常的生活，吃飯，喝茶，上班，搭火車，嫁娶，分離，老病，死亡。自己隱蔽的現實生活裡，似乎都留白了。

然而留白與實景同樣重要，甚至更重要；「無」與「有」同樣重要，甚至更重要。缺席的人——已經成為「無」的人，在小津的電影裡，在真實世界裡，無形地主宰著這些角色：《東京物語》裡早已在戰時逝世的二兒子，他的遺孀依然溫柔賢惠，給了到東京旅遊的父母最愉快美好的記憶；《晚春》裡的母親早已過世，正由於她的故去才有這對相依為命的父女；《麥秋》裡逝世多年的二哥，讓懷念他的妹妹心儀他的朋友而願意嫁作續弦；《秋日和》裡丈夫已過世好幾年了，留下美麗的遺孀和女兒，才發生一連串的悲喜劇……這些逝者們才是故事的主角，還在帶領著故事發展；沒有這些無形的他們，就不會有這些故事了。他們的不再存在時時提醒著我們：世事無常。

日本鐵路（ＪＲ）為小津百年誕辰製作了一系列廣告短片，用《晚春》和《麥秋》劇中人搭乘從鎌倉到東京的火車片段，以及今天的ＪＲ火車和車站，今昔對照，配上這樣的話語：「世事變幻無常，亦有不變的事物。」乘坐同是當年的ＪＲ火車，同樣的路線，同樣的地名，看起來似乎果然有不變的東西。然而物非全是，而人已全非；「不變」只是表相，變幻無常才是永恆的常態。

《小早川家之秋》裡的家族長者逝世，火化之後有人遙望火葬場煙囪冒出的那蓬煙頓生感觸，說了這樣的話：「死了雖就死了，但還是可以再轉世來到人間的。」這是小津藉劇中人之口，說出自己對生死輪迴的信念吧。

「曾經發生，又再重演；世事流逝，有如流水。天底下沒有新鮮事，只是從一種形式換到另一種新的形式罷了。這種變化，若於世間，稱之為生；當轉化其形離去，稱之為死。」（法國詩人龍薩 Pierre de Ronsard 詩句，林麗雲譯）

（原載於《萬象》雜誌，二〇一〇年四月號）

長島・南卡・北加州

文◎李曄　紐約

在那最西部的一隅你確實能發現如染的綠色頂峰。
但在東西相連的大段山梁上，
山脊的那片綠卻又被山頂大片的禿黃粗暴地割斷。
我無法習慣這難以理解和預料的景觀。
但我不能不承認這不和諧的景觀中帶著一種原始的力量。
特別是汽車駛近一棵突起的老樹時，
那棵在禿黃的背景下毅然挺立的樹彷彿要向行人述說它的故事。

在紐約長島住了十四年，又在南卡羅萊納州生活和工作了一年，如今卻又急匆匆地趕赴北加州的矽谷去與兩個月未曾謀面的外子會合。生命彷彿在過去的一年中濃縮了。從沒在一年中行過這麼多路。眼前的風景在不斷交錯變幻，過去在長島相對定格的景象完全被改寫了。

繼去年我得到南卡一所私立大學的一個教職離開長島後，今年三月先生也因工作的變動來到了北加州的矽谷。於是我的旅行路線也從每月一次南卡與紐約之間的旅行，變為了在南卡、紐約和北加州之間的三角式穿行。長島依然是我們的家，那所美麗的房子凝結了我們的心血與汗水，見證了我們過去十幾年中無數美好的時光。那前庭後院的花草樹木，甚至那石階、甬道和後院的露臺都是外子辛勞的傑作。我們的女兒也是在這裡長大的，她是從這裡走出去，成為了康乃爾大學的一名優秀生。

家還在長島——有自己房子的地方才是家，女兒還在紐約，多年的朋友們也在紐約，我們給自己無數個理由回長島的家。有那個家在，我們一家三口雖然天各一方，但覺得生活的根還在，相聚在那個家重溫那份溫馨的盼望還在。

然而，隨著時間的推移，我們漸漸感到不現實，感到那好像是個豪華的夢——畢竟養著長島這所高尚區的豪宅是個不小的負擔，而一家三口在此相聚的日子竟是少而又少。「何不把它租出去，只留個主臥房自己回來時住？」朋友的勸告再合理不過了。但當這個決心下定時，卻忽然傷感起來。倚在樓下大廳的長沙發上，從對面寬敞的落地玻璃門向後院的翠綠草坪、搖曳花枝和原色小木屋望去，眼裡不覺濕潤了。十一年前，當我們住進這所歷時十個月才造好的殖民地風格樓房時的喜悅還歷歷在目，那時我們確信這將是我們永久的家。但如今卻不能不感歎我們在這地上不過是客旅，是寄居的，生活原本就不是一成不變的。想不到的事竟發生了。從女兒上大學離開這個家後，我和外子也相繼離開了這居住了十幾年的地方。

該怨誰呢？當初只想到自己的事業，在紐約州經濟快速滑坡危及到我們的既有崗位時，我們不是不可以在附近找個委曲求全的位置，但我們的選擇是哪兒有最好的位置我們就去哪兒。於是我們都飛離了老巢，三人各自棲息在美國的東、西、南三方，過起了聚少離多的日子。

從來沒有這麼強烈的漂泊感。整整一年，算不清有多少時間是在機場度過的，下了一班飛機，就拉著旅行箱在候機室長長的通道上奔往下一個候機口。總有一個目的地要趕奔，但到達每一個目的地，又必須馬上離開。我和外子在每一次短暫的相聚後，就開始訂下一次相聚的機票。當外子還沒有離開紐約時，心裡雖有漂泊感，但卻不迷茫。因為每到達一個目的地，都會找到一份熟悉的感覺。每次一出長島的機場，嗅到那清爽的空氣，才發現那來自海邊的空氣竟讓我感到如此親切——在過去居住在這兒的十幾年中竟未感覺到那空氣的獨特。而我們自家的那所優雅的花園洋房也會很快平息我旅途的疲倦。每一次回到南卡，雖然沒有親人開車接我回家，但當我獨自驅車行在山林、田野的小路上時，內心也能找到一份安適。

我喜歡避開高速公路，走田園小路就是為了尋找一種安寧感。南卡頗像長島之處是處處綠蔭環繞。與長島不同的是它沒有那種度假村的貴氣，而是帶著真正的鄉土氣息。穿越了這些田野便進入了 Hartsville 小城。這個典型的南方小鎮是古樸的。我所在的 Coker College 也有一百多年的歷史了。Coker 原本是南北戰爭時的一個南方的師長。一百多年來，Coker 家族對小城的貢獻隨處可見——小城的主要建築物都有「Coker」的名字。這個南方小鎮的人文景觀可以用四個字來總結：中規中矩。百年老校 Coker College 是這個小城的中心和靈魂所在。這所校園的建築群是典型的英國文藝復興時期的格魯吉亞的古典建築風格——建築輝煌且比例協調對稱；學校的園林也帶著東方園林藝術的精緻與和諧。這兒的人文氣息也是更貼近東方人的——禮節多，人情味很重。這一切都符合我的審美傾向。我覺得這裡的一切是可把握的。所以，雖然獨自在這個中國人比例幾乎是零的古老南方小鎮生活，我卻並沒有感到迷失。

然而，自從今年三月外子去了加州矽谷工作，我突然感到生活失去了重心。那種失重、懸空感讓我感到生活是如此難以捉摸和把握。四月份利用一個長週末探親，旅行路線由長島改為聖約瑟的矽谷。這個全美有名的高科技區域是許多學子的嚮往之地，這裡亞洲人的比例竟然超過了白人而位居首位。但我在這兒卻完全找不到感覺。這裡是職場打拚的地方，但卻不是安居的所在。

放眼望去，你可以很容易地發現一些赫赫有名的大公司的名字「Google」、「Yahoo」、「Intel」等鑲嵌在巨大的建築物上。那些建築物都是現代風格的，龐大但冰冷。更多的技術公司的建築如大型的方盒子，實用但絕無美感。審美在這裡似乎是一種浪費。街邊住宅區的小平房或是二層樓的 Town House（鄰里共用一面牆的樓房）接肩並踵密集相聯，給人以壓迫感。據說在這寸土寸金的地方這樣的房子價值不亞於我們在長島高尚區的豪宅。

與房屋的密度相稱，這裡的車流量也很大。朝向同一方向的車道可以有四、五條，但車輛即使在四、五條車道上並駛，在高峰期也仍然塞車。在這裡，我如同一個過慣了田園生活的古代人突然來到了現代的都市，感到無措並煩躁起來。這種感覺說給朋友聽，恐怕令人難以置信。一個生長在北京，又在紐約住了十幾年的人自比「過慣了田園生活的古代人」未免顯得矯情。然而，這感受卻是如此真實。我相信每個人的心裡定勢會決定其潛意識的活動傾向。我自幼偏愛古代田園詩的和諧之美。雖然長在北京，卻不愛鬧市，青少年時最愛獨處的地方是海淀城郊一片綠色的田野。

來到紐約，我仍然是住在長島的鄉下人。我走過許多地方，但從沒一個地方像長島那樣讓我熱愛。長島給人的感覺是閒適自然。記得以前每次開車送女兒去芭蕾學校都會經過一段林間小路，路兩側的綠蔭在空中交疊，樹盤根錯節，綠藤環繞，路彎彎曲曲的，一步一景，彷彿童話中的仙境。「人間仙境」——這是我心目中的長島。我知道這是帶了我主觀移情色彩的暈染的——畢竟過去十幾年的情感為今日的懷想已打下了一層妙曼的底色。

是的，我是一個曾在北京、紐約長居過的現代人，但我心靈中最本質的東西卻是非常傳統的，我無意識中的主流繪畫是一片綠色的田野，一切自然、和諧、有序、無悖常理的存在都令我容易產生共鳴，反之亦然。

北加州似乎是與長島完全相反的地方。這兒的一切都是快速變動的，這兒的自然景觀也是充滿矛盾，同時在矛盾中也充滿了張力。汽車在南北向的聖約瑟的高速公路上行駛，可以看到兩側的高山。東部的山是黃色的，上面間或有一片灰色或一點、一片墨綠零星點綴，絕不美觀，令人想到沒剃乾淨的頭。原本以為那黃色是黃土，汽車駛近些，才發現那是滿山枯黃的草將高高低低的山丘與山巒塗成淡黃色，帶著原始洪荒的蒼涼。那間或出現的灰色是荊棘，綠色是樹叢。令人驚訝的是在滿山禿禿的黃色中，有時會突然挺出一棵綠色的樹，孤伶伶地立在那兒。比起那一片、一片出現的綠樹和荊棘，那偶爾出現的孤獨的樹，更給人一種怪異感。

西部的山比較有層次，從山腳下的黃草到山腰中黃色底板上出現的星星點點的灰色與綠色，再衍變成山上的綠色密林。原本以為你的目光在山頂會定格在一片綠色的和諧裡——是的，在那最西部的一隅你確實能發現如染的綠色頂峰。

但在東西相連的大段山梁上，山脊的那片綠卻又被山頂大片的禿黃粗暴地割斷。我無法習慣這難以理解和預料的景觀。但我不能不承認這不和諧的景觀中帶著一種原始的力量。特別是汽車駛近一棵突起的老樹時，那棵在禿黃的背景下毅然挺立的樹彷彿要向行人述說它的故事。你能在如此的孤獨中遒勁地生存嗎？我內心為這突來的念頭而感動，忽然對這孤獨的老樹產生了敬意。

北加州之景處處充滿滄桑感。原本來到蒙特瑞（Monterey）這個海濱城市是要尋找在長島的閒適感的，然而，這裡的海岸不像長島的大多數海灘那樣是由細沙組成，抹上防曬霜，戴上太陽鏡，躺在柔軟的沙灘上，望著藍天白雲，聽著海浪的拍打，足以使你忘卻世間的煩惱。這裡著名的「十七里海岸線」，岸邊多是亂石和峭壁，植根於亂石與峭壁上的老樹多數形狀怪異，盤曲複雜的根、扭曲著身體的幹、乾枯遒勁的枝迎著海風站立，如同一個飽經滄桑的老人。

這裡大多數的樹只在最頂端才有幾片綠，所以整個軀幹與主枝都赤裸裸地展示著皴裂的身軀。

這天恰巧天色是灰的，彷彿雷雨即來的樣子。灰濛濛的天和海與這些亂石與老樹顯出一幅蒼茫的和諧。這景象深深打動了我——想不到這景象竟比十幾年來已熟悉的長島海邊的祥和美景更打動我。那一棵棵海邊的老樹光禿禿的軀幹斜倚著，顯出無奈中的忍耐，而在幾乎失重的情形下又頑強地挺立著，頂起幾片有生機的綠色，表現出對生命的執著。這畫面使我忽然意識到滄桑感原來來自於在壓力下的忍耐，在難於把握中的堅立，在矛盾對立中的平衡。

我以前所習慣的單純、和諧與舒適中是沒有滄桑感的。忽然覺得北加州之旅正是我所需要的，我該學著欣賞滄桑之美。

李曄

北京人，中國古典文學碩士，當代文學博士。一九九七年赴美後居住於紐約長島。在紐約期間曾任長島的《郊點雜誌》中文記者兩年，後在紐約州立石溪大學（Stony Brook University）教授中國語言和文學七年。現居南卡羅萊納州，任科克爾大學（Coker College）的助理教授。曾與師兄合著《邊塞詩派選集》，並主編《移民美國——海外華裔青年佳作選》一書。業餘時間愛好文學創作，在海內外等《作家雜誌》中文雜誌上發表散文三十餘篇。現為紐約華文作家協會會員。

我愛你

文◎非馬　芝加哥

他一輩子沒學過開車，當他搭乘公共汽車去上班的時候，常複印一些他認為有趣的文章，分發給車上的乘客們閱讀。甚至當他獨自在街上行走的時候，這位職業健談者也憋不住話。出於需要，他常自言自語。

有趣的是，就是這麼一位愛講話又充滿愛心的人，在把「我愛你」當口頭禪的美國，卻承認他一輩子沒說過這三個字。

如果要芝加哥的市民投票選出一位最受愛戴尊崇的芝加哥人物，我相信於二〇〇八年萬聖節去世、享年九十六歲的著名口述史學家史塔慈・特寇（Studs Terkel, 1912–2008）一定會高票當選。

有濃重芝加哥口音的特寇，在許多方面是芝加哥的同義詞。但事實上他是在紐約布朗克斯區出生的。在紐約度過了不快樂的童年後，於一九二三年隨家人搬到芝加哥。在父母經營的供膳宿的公寓旅館裡，他從那些屬於社會底層的各行各業的人物中，獲得了一生中最重要的教育。

他平生不喜附庸風雅或自命不凡。雖然他在芝加哥大學獲得哲學學士學位，後來又在該校得了法律學位，卻很少提到他在大學的生活，倒是常提到公立中學裡對他產生過影響的幾位老師。如果說他對芝加哥大學有什麼好感，那是因為他的妻子愛達，一個在一九九九年去世的社會工作者，也是該校的畢業生的緣故。

特寇的頭一個生涯是在芝加哥一個電臺裡擔任節目主持人，播放他喜愛的爵士音樂及黑人的布魯斯音樂，還有一些詼諧的訪問。但讓他建立起國家聲譽的是一九六七年當他五十五歲的時候，開始的第二個生涯——寫作及口述歷史。矛盾的是，他訪問的對象大多是些他稱為「以及其他」的卑微的不出名的人物，可他自己卻因此而成名。而他對錄音機的狂熱，也許只有尼克森總統差可比擬。

在三〇年代便成為政治激進分子的特寇，喜穿紅白相間的格子襯衫，紅領結，紅襪子（紅色象徵左傾），以及灰長褲，還有一根嚼爛了的雪茄。這套裝束數十年如一日，幾乎成了他的道具，或商標。他一輩子沒學過開車，當他搭乘公共汽車去上班的時候，常複印一些他認為有趣的文章，分發給車上的乘客們閱讀。甚至當他獨自在街上行走的時候，這位職業健談者也憋不住話。出於需要，他常自言自語。

有趣的是，就是這麼一位愛講話又充滿愛心的人，在把「我愛你」當口頭禪的美國，卻承認他一輩子沒說過這三個字。

之後特寇在一個地方電視臺主持一個叫「史塔慈的地方」的節目，問人家各種問題，相當受歡迎。一九五二年國家廣播公司曾把他的節目接了過去，但不久便被取消，原來是特寇的名字出現在反美的黑名單上。一九五二年特寇到芝加哥另一個廣播電臺去主持一個每日一小時的節目，主要是播放音樂，偶爾加上一些訪問。他很少邀請明星或政客，但他的訪問名單相當廣泛，包括經濟學者、歷史學家、作曲家、神經病學家等等。記得我在阿岡國家實驗室的同事、來自新加坡的物理學家兼業餘音樂工作者沈星揚博士也曾被他訪問過；訪問的內容是中國音樂。

在特寇接近退休年齡時，一個出版家向他提出了一個不平常的構想：根據對市民的訪問來描繪這個城市。特寇猶豫了一下便答應了。結果就是一九六七年出版、得到好評並成為暢銷書的《分界街：美國》。接踵而來的是更多的口述書：《艱苦時代：大蕭條的口述歷史》（一九七〇）、《工作：人們談論他們整天在幹什麼和他們對他們的工作的感想》（一九七四），以及獲得一九八五年普立茲獎的《好的戰爭：第二次世界大戰的口述歷史》（一九八四）。他花很多的時間去準備，但從不使用書面提問。他的訪問不拘形式，幾乎有點散漫，卻很受評者及讀者的喜愛歡迎。特寇常說美國患了「國家痴呆症」，而他關於勞工、大經濟蕭條以及第二次世界大戰的口述歷史便是他的藥方。

特寇也出版了帶有自傳性的回憶錄之類的書：《自言自語：我的時代的回憶錄》（一九七七）、《無法預知》（二〇〇七）以及二〇〇八年出版的最後一本書《又及：從一輩子傾聽得來的深層想法》。雖然特寇的訪問通常都很直率且富啟發性，他的回憶錄卻含糊甚至有點狡黠。書裡沒提到他的父親，幾乎沒提到他的母親，只浮光掠影地談到他的兄弟，還有一、兩個關於他的妻子的故事。特寇聲稱他碰到過那麼多有趣的人，「我體內幾乎沒有餘地讓我對自己的感覺與思想感興趣。」

為了表彰這位備受尊崇的作家與歷史家，在他八十歲生日時芝加哥以他的名字命名了分界街橋。除了一大堆大學的榮譽學位外，他還獲得了國家書獎的終身成就獎，而柯林頓總統也頒給了他國家人文獎章。這裡有個小插曲：他因畢生不開車沒有駕駛執照而被擋在白宮的門外。結果還是用芝加哥的老人乘車證證明身分後，才得以進入白宮去領獎。

在他晚年，這位偉大的傾聽者卻幾乎全聾，但他繼續寫作，在九十歲以後出版了四本書。他把五千多小時的錄音帶贈送給芝加哥歷史博物館，其中大部分已被搬上網絡。對一個現代技術的低能者（不會開車、勉強能操作錄音機、從未使用過電腦）來說，實在是個甜蜜的反諷。

特寇對他的訪問對象有一種不可思議的神祕的移情能力，使他迥異於一般的訪問者。「史塔慈就是喜愛人們，」一個幫他整理過許多訪問記錄的同事說：「深深地，以無邊的熱情。」

「我曾同他一起搭乘過計程車，對他能讓司機在我們抵達目的地之前便把一生的故事和盤托出的那種能力，感到不可思議。」另一個朋友說：「那是一種天賦，來自同情、好奇以及願意讓別人表達他們的觀點，即使他也許並不認同。」

特寇是一位有良知與勇氣的知識分子。對社會上的不公與謊言常勇敢地站出來指責。當全國因柯林頓總統的白宮緋聞而鬧得沸沸揚揚的時候，他寫了一篇題為〈說謊的真相〉的短評，引用十九世紀末作家馬克吐溫在一篇叫做〈論生活藝術的沒落〉的文章裡說的話：「當我談到說謊藝術的沒落，我指的是沉默的、沒說出口的謊言。它其實也無所謂藝術：你只要保持緘默、隱藏事情的真相就得了。……當整個國家為了專橫及騙局而對漫天大謊保持緘默的時候，我們為什麼要去斤斤計較一些私人的小謊言？」接著特寇想像馬克吐溫如果還活著會說些什麼話。當然他會對柯林頓的課外活動說上一兩句，但他一定會去追獵那些更大的謊。對美國在推翻伊朗、智利以及瓜地馬拉的合法政府所扮演的角色，對美國在薩爾瓦多及尼加拉瓜的殺手小隊（美其名曰「自由鬥士」）所扮演的角色等等，一定會有痛切的說法。除了少數非主流刊物外，美國的新聞界絕大多數都犯了馬克吐溫所說的「沉默的、沒說出口的謊言」的罪。當一個私人的小謊占據了歷史上最大篇幅的時候，那些沉默的巨謊卻連一個腳注的地位都得不到。馬克吐溫一定會在他的墳墓裡暴跳如雷，特寇推斷。

但讓我覺得特寇特別可親的，是他永遠無法說「我愛你」這回事。「從來沒有，」他對一個傳記作者袒露胸懷說：「我開不了口。我能感到它，當然，我想我能感到它——但我無法說出。別問我為什麼。人們對我說它，愛達對我說它，但我就是無法說回去。」

無獨有偶，不久前我家老二也說他從未聽我說過「我愛你」這三個字，害得他也沒養成說「我愛你」的習慣。偏偏二媳婦是個喜歡說又喜歡聽「我愛你」的人。她每天對丈夫甚至對他們養的小狗說上不知多少遍的「我愛你」，聽不到回音當然免不了會有怨言。

但正如一位評論者在談到特寇難於出口的「我愛你」時所說的：「其實也真沒必要。他不說人家也都知道。」

非馬

本名馬為義，臺北工專畢業，威斯康辛大學核工博士，在芝加哥阿岡國家實驗室從事能源研究多年。著有中英文詩集二十一種，散文集兩種及譯著多種，主編《朦朧詩選》、《臺灣現代詩選》等五種。曾獲「吳濁流文學獎」、「笠詩創作獎」、「笠詩翻譯獎」、「詩潮翻譯獎」、「伊利諾州詩賽獎」及芝加哥「詩人與贊助者詩獎」等。曾任美國伊利諾州詩人協會會長。近年並從事繪畫與雕塑，在芝加哥及北京舉辦過多次個展與合展。

鄉居隨筆

文◎姚嘉為　北美總會

記憶中的休城，從未見過楓紅，
莫非是全球暖化，讓秋天提早在八月來臨了？
走近細看，發現葉子其實是深褐色，葉緣微微捲起，如同被燒烤過。

在馬來西亞客居兩、三年後，我們又回到德州，搬進了城西的住處，景觀與以前住的城南不同，一時竟有置身另一城市的錯覺。

客廳和餐廳相連，兩扇落地窗把窗外大片的樹林變成了天然的壁畫，隨著日出日落，季節更迭，換上各種層次的綠、黃、灰、褐。樹林茂密，遮蔽了對面人家，不聞其聲，不見其面。這道自然的屏障讓我彷彿隱居鄉間，成天享受無邊的寧靜。

我把書桌移到窗前，客廳變成了書房。臨窗而坐，樹林間的動靜盡收眼底。松鼠在樹幹間飛奔跳躍，身手矯健，如同俠客飛簷走壁。時而看見三兩隻松鼠在樹上追逐嬉戲，淘氣又可愛。有一天，窗外一對黑豆般的眼睛盯著我看，我向這隻小松鼠招招手，牠並沒有落荒而逃，反而對我搖搖尾巴，很大方地回禮，屢試不爽。

社區行車少，松鼠常一溜煙地穿過馬路，各家前院的草坪上，常見到松鼠捧著堅果津津有味地吃著。去沙勞越玩時，我曾目睹一隻可憐的小松鼠，被小孩們逮住了，活生生地被剝皮，燒烤，慘不忍睹。相形之下，此間的松鼠如同活在天堂。牠們甚至淘氣得讓家有果樹的人莫可奈何，每當水果初熟，牠們便捷足先登，把果子一掃而空，留下光禿禿的樹枝，讓主人跌足長嘆！

小徑

住處附近有座公園，沿著蜿蜒的溪流而建，彷彿一條綠色的絲帶，穿越十多個住宅區和辦公大樓，鬧中取靜，正是散步和騎車的好去處。

我們常在清晨或傍晚到公園散步，小徑上有牽手同行的老夫婦，談天說笑的女士們，推著嬰兒車慢跑的年輕母親，拿著手機說話，戴著隨身聽的年輕人，同時做幾件事，已是全球的現象了。行人照面，往往和善地打聲招呼。小徑上有人騎自行車，全套裝備，身穿青色或橘色的背心，頭戴鋼盔，大概是附近大樓的上班族，在忙碌的生活中擠出時間來運動。騎車經過行人身旁時，他們都會放慢速度，輕喊一聲，「小心右邊」或「小心左邊」。這種對人的尊重與體貼，讓我感到真正回到美國了。

樹林間有風聲，也有其他聲響，是松鼠在樹枝間跳躍，鳥雀在枝頭鳴囀。忽見一抹絳紅一閃，美麗的Cardinal飛上枝頭，襯映著淺藍無雲的天空，此景令人怡然忘機。樹叢裡的聲響，不是松鼠，就是野兔。每當人走近，牠們便露出警覺的神色，準備隨時拔腳溜走。

野兔躲在樹叢中，很難見到，只有在清晨和黃昏，偶而會見到一兩隻，悠閒地在半黃半綠的草地上吃草，這時我便停下腳步，在遠處觀望，深怕驚走了牠們。野兔（hare）和小白兔不一樣，棕灰色的毛，顏色和樹幹與草色相近，形成保護色，當牠轉身逃跑時，尾巴像一團白色棉花球，毛茸茸的，可愛之至。西方童話書裡的兔子，如穿得人模人樣的Peter Rabbit，《愛麗絲夢遊記》中，手捧懷錶，老擔心會遲到的兔子，都是這種褐色的野兔。

長凳

小徑往右彎，有一片空地，前方有座小橋，橋邊兩張長凳，上面刻了字，一張是Barbara，另一張是「Hello，Barbara」，後者在跟前者打招呼，彼此作伴呢！轉彎處一片小樹林，又見一張長凳座落其間，長凳何其多也！

這些長凳和一般的公園長凳不同，是為了紀念逝去的親人特別訂製的。它比較講究，有扶手，椅背上一方銅匾，上刻逝者的名字、生年與卒年。墓碑往往予人森冷之感，帶來天人永隔的哀思，但長凳是親切的，那對扶手好像伸開的臂膀，歡迎行人坐下來歇息。多年前在加拿大深山中的瀑布旁，第一次看見這種長凳，紀念一位早夭的年輕人，上刻一首小詩：

「坐下來歇會兒吧，享受這環繞你的美景；
高聳如塔的山巒，衝向雲天的鳥兒，
低聲細語的松樹，引人深思的瀑布，
我為大自然而來，在我們重逢以前，
盡情活在當下，人生只須臾停留。」

當時我以為年輕人是在瀑布旁猝逝，為之震動，後來看多了長凳，才體會到，這是西方人對親人逝去的一種達觀的悼念方式，生者與逝者都回歸大自然，得到安息與安慰。

苦旱

那年德州持續乾旱數月，燥熱似乎永無止境。六月初，溫度飆升到華氏一百多度，中午外出，皮膚如同被火灼燒，天地成了大烤箱，我暫時停止了散步。八月的清晨，空氣中終於有了一絲涼意，我踏步出門，走向久違的公園，探一探秋天的消息。

小徑兩旁的樹林竟然是深紅色，遠望酷似一片楓紅，記憶中的休城，從未見過楓紅，莫非是全球暖化，讓秋天提早在八月來臨了？走近細看，發現葉子其實是深褐色，葉緣微微捲起，如同被燒烤過。地上的野草焦黃，樹葉無力低垂，是極度缺水和炎熱造成的異常。

空氣中飄來一陣嗆人的煙味，我想起大馬的燒芭，那是每年夏天人為的焚燒樹林，當堆肥之用。爬上小坡眺望，天色淺藍，晴空如洗，不見煙影，煙味莫非從東邊飄來？前晚城東野火燎原，天邊一片粉紅，一千多戶房子被燒毀，德州苦旱數月，情況越來越嚴重了。

八月間，德州州長裴瑞率領兩萬多人向上帝祈雨後，然後奔波於途，到外地為問鼎白宮鋪路去了。雨仍然遲遲不來，德州乾熱依舊。

接著是市政府開始限制用水了，根據門牌是雙號或單號，而在不同的日子替庭院澆水，違者罰款。鄰居們並沒有嚴守規定，雙號和單號人家同一天澆水的，大有人在，看來苦旱帶來的挑戰，美國人還有待調適。後來我另有發現，有一天和對街的鄰居談起限水，這位退休的小學老師說，「我家是雙號」，我為之納悶，她家803號是單號，她振振有詞地反問，「8不是雙號嗎？」這樣的數學程度，並不陌生，我只好無言以對。

九月的清晨，房東老先生在前院給心愛的植物澆水。他不讓我們整理前院，要親自管理才放心。他揮著汗，一再喃喃說道，「住在這裡二十多年，從來沒這麼熱過！」我聽見樹林裡傳來了一片蟬鳴聲，秋天果然還遠遠呢！

十二月初，住宅區忽然一片橘紅，鵝黃，深紅，遠望如同新英格蘭十月的層層楓紅。樹下一地繽紛，近看卻非楓葉，原來這是觀賞用的梨樹。從前住在城南，沒見過紅葉，莫非城西的植物不同？還是數月苦旱引起了植物的反常？全亂了套啦！我便恍恍惚惚地度過了重返北美的第一年。

錢氏未完稿《百合心》遺落何方？

——錢鍾書先生的著作及遺稿

文◎夏志清　名家
（前美國哥倫比亞大學中國文學教授）

《百合心》原稿一共幾萬字？它是否還京前即給扔掉？只有楊絳才知道答案。在我看來，錢氏夫妻皆心細如髮，誤扔尚未完成之手稿簡直是不可能的事。

一九七九年錢先生訪問哥大，與我談起了《百合心》，自稱「可比《圍城》寫得更精彩。」錢先生要我，也要世人知道，當年他有自信寫出一部比《圍城》更精彩的小說，卻又不便說明為什麼沒有把它寫下去。

一九七五年，也在寫賀年卡的季節，我收到了香港好友宋淇兄來信，謂錢鍾書先生已去世了。久無錢的消息，我獲訊十分難過，竟把要辦的諸事擱著，反去寫一篇〈追念錢鍾書先生〉的長文，交臺北《中國時報》去發表。一九九八年十二月二十一日上午，臺北另一大報的編者來電話，謂錢先生已於十九日晨離開人世了，要我供應些傳記資料。同我談話的報館還有幾家（包括廣州的《羊城晚報》），倒是香港《明報月刊》最念舊，明知我身體不好，潘耀明先生仍要我寫一篇悼錢的文章。我不幸剛患了傷風咳嗽之症，今天元旦試筆，但願真能在兩、三天內把文章傳真到港。

二十三年前，我看到錢鍾書病故的謠傳，心裡充滿了悲痛。他一九一〇年出生，假如六十五歲即去世，實在太早了一點，留給後世的作品也不算太多。這次聽到噩耗前，我心理上早已作了準備，倒不感得多少悲傷。錢老長期為病魔所纏，早已喪失了他異於常人的聰明、智慧、記憶力，他已不是我們熟知的錢鍾書先生了。要他勉強躺在醫院病床上，真不如早斷了氣，告別了自己的軀體更痛快。至於軀體焚化之後，自己的心靈、靈魂是否還存在，也就管不得這麼多了。（錢同張愛玲一樣的看得開，連骨灰都不想保存。）

他的死亡，對於其終生伴侶楊絳女士，也是一種解脫。她只比他小了兩三歲，鍾書得病後，她日夜照顧服侍，實在是非常辛苦的。二人無錫同鄉，一九三二年才相識，一九三五年即結了良緣。一九三三年訂婚後，二人恩愛相處六十五年，整個二十世紀，中國文學界再沒有一對像他倆這樣才華高而作品精，晚年同享盛名的幸福夫妻了。世界文壇上，文明比他們更高而影響力更為深遠的也只有法國沙特（Jean Paul Sartre, 1905–1980）、包芙娃（臺灣譯為西蒙波娃，Simone de Beauvoir, 1908–1986）這一對。但二人並未正式結婚，沙特對包從未忠實過，包雖當學生時即愛上了沙特老師，她同美國作家 Nelson Algren 也有過一段情。

自信可比《圍城》精彩的《百合心》

楊絳一人獨居的生活是不好過的。只希望她身體好，憑忙碌來填補生命上這段空虛。她自己一定還有些未完成的計畫，待她親自去處理。鍾書先生留下來已發表或未發表的文稿也夠她忙的了。我特別感興趣的是那部未完成的長篇小說《百合心》。《圍城》的〈重印前記〉（一九八〇）一共三段，其中最長也是最重要的第二段倒是講《百合心》的：

「我寫完《圍城》，就對它很不滿意。出版了我現在更不滿意的一本文學批評以後，我抽空又寫了長篇小說，命名為《百合心》，也脫胎於法國成語（**le coeur d'artichaut**），中心人物是一個女角。大約已寫了兩萬字。一九四九年夏天，全家從上海遷居北京，手忙腳亂中，我把一疊看來像亂紙的草稿扔到不知哪裡去了。興致大掃，一直沒有再鼓起來，倒也從此省心省事。」

該段結論是：「剩下來的只是一個頑固的信念：假如《百合心》寫得成，它會比《圍城》好一點。」

一九四三年秋，我在上海宋淇家裡同錢鍾書初會。一九七九年四月二十三日，錢隨一個代表團訪問哥大，我才有機會同他第二次晤面。上午十一時他在我的辦公室剛同我有單獨談話的機會，就講起了《百合心》，自稱「可比《圍城》寫得更精彩。」並謂「已寫了三萬四千字」，比〈重印前記〉所載多了一萬四千字。引文見〈重會錢鍾書紀實〉，載拙著《新文學的傳統》頁三六八。

《百合心》原稿一共幾萬字？它是否還京前即給扔掉？只有楊絳才知道答案。在我看來，錢氏夫妻皆心細如髮，誤扔尚未完成之手稿簡直是不可能的事。錢要我，也要世人知道，當年他有自信寫出一部比《圍城》更精采的小說，卻又不便明說為什麼沒有把它寫下去。假如《百合心》手稿還在，真希望楊絳女士及早把它印出，因為這是部大家搶著要看的作品。

《管錐編》之自序，看過的人一定不少：

> 「瞥觀疏記，識小積多。學焉未能，老之已至！遂料簡其較易理董者，錐指管窺，先成一輯。假吾歲月，尚欲欲賡揚。又於西方典籍，褚小有懷，綆短試汲，頗嘗評泊考鏡，原以西文屬草，亦思寫定，聊當外篇。」

此序寫於一九七二年八月，表示在文革中期，錢鍾書先生不僅把《管錐編》首四冊寫就，又用「西文」——想是英文——寫了一部《管錐外篇》的初稿，專論「西方典籍」。

這個《外篇》既用英文起稿，定稿必然也是用英文寫成的。錢鍾書早年所寫之英文論文、書評、散文，已發表的我差不多都看過，包括那兩篇牛津論文在內：〈China in the English Literature of the Seventeenth Century〉和〈China in the English Literature of the Eighteenth Century〉。但這類文章，既已發表過，也就不會遺失了。將來如果有計畫為錢先生出全集，把它們重印出版，並不困難。把這部《管錐外篇》先找到，再影印幾份，以免遺失，這是急切之務。然後再出一個試印本，供國內專家先加以審閱，務求把所有的訛文都剔掉。這個改正本當由中國社會科學院負責出個高水準的國際版，以求博得國際學術界之廣大注意。好多洋學者早為《圍城》之譯本所吸引，錢先生晚年自撰的英文巨著是不會受到冷落的。

《管錐編》光焰萬丈長

《管錐編》四冊終於一九七九～八〇年間出全了，這必然帶給鍾書先生極大的滿足。凡是稱得上兼治中西文學、中西文化之同行，雖然學問、才華遠比不上他，對他的成就也必然分享到一種驕傲。胡適的成就是什麼我們都能背得出來；因為當年他的這番努力，我們都學會了寫白話文，都相信科學、民主，也都知道怎樣去治學、找證據。錢鍾書的貢獻就很難說。我們只能說，不能想像現代中國文學可以缺少了《寫在人生邊上》、《人獸鬼》、《圍城》、《談藝錄》、《管錐編》等錢先生生前已出版的任何一種作品。尤其那四冊《管錐編》乃其扛鼎之作，任何一部中國現代學人、作家所撰著之文學評論、文化評論、古籍研究同它相比起來都顯得很寒傖。不是那些作品沒有價值，而是《管錐編》所代表的個人成就光芒萬丈，實在太偉大了。

錢鍾書光彩耀人，洋學者、作家間也絕少有人可同他相比的。耶魯的威來克（René Wellek）教授公認是西方比較文學之領袖，也是文學批評史之權威。他的八巨冊《近代批評史》（*A History of Modern Criticism:1750-1950*），首二冊一九五五年初版，第八冊一九九二年出版，之後不出兩、三年，作者自己也油盡燈滅了。客觀講起來，這部按照計畫、花四十年才完成的《批評史》要比《管錐編》偉大得多了。威來克原是捷克人，比起錢鍾書，更精通俄國、波蘭等東歐語言，古希臘文他必然也懂。

但威來克以《文學理論》（*Theory of literature*, 1948）一書成大名，《批評史》就是依據自己這套理論而去衡量歐美各國各派批評家之高低的。威來克以不變應萬變，有時多看了幾章《批評史》，總不免給我一點刻板、單調的感覺。《管錐編》則並非一部有系統研究一個大題目的著作。《周易正義》、《毛詩正義》、《左傳正義》等書誠然都是我國之經典，但鍾書只以大家熟知的讀本視之，從中擷取單字片語或較長之片段而加以注疏評釋。我國古籍以外，鍾書更盡可能引錄西方古今書籍為每條作旁證，表面上看來好像為治學而治學，其實他是為了瞭解古代人的思路想法、禮儀習俗、生活萬象而對中西古籍如此下功夫去研讀的。因之每條讀起來都饒有趣味，沒有半點刻板的學究氣。錢鍾書雖只出了一部長篇小說，一本短篇小說集，一冊小品文集，他一生治學多少也是為人生「識小」，留下些心得，「寫在人生邊上」。

我想有了《管錐編》這部書後，才會有人去提倡「錢學」的。這些人的動機不可謂不善，這部書引錄中西古籍太多，假如集眾人之力而讀之，每有新發現，不妨公布於《錢鍾書研究》這類的期刊上，讓更多人看到，豈不是更好？其實錢先生的文言文精簡耐讀而並不深奧。假如他所引的漢文原典，讀起來比較吃力，則完全是讀者本人的程度問題，作者並無意要同他為難。再者，《管錐編》裡所引之西文片段，作者為了方便讀者，都親加簡譯或全譯，但假如讀者看到了腳注裡所列之西文作者姓名、書名，一無所知，也只好怪他程度不夠，所謂「錢學」也幫不了他多少忙的。

當然到了今天，時勢變了，青少年間即使有錢鍾書這樣的大天才，也不一定聽從父母的話，長年在家裡啃中西古書的，外界的誘惑實在太多了。與其不太實際地來提倡「錢學」，我想還不如去培植幾個年輕的錢鍾書，把這個故老的國學傳統、二十世紀新興的西學傳統，在二十一世紀繼續發揚光大下去。海峽兩岸的教育家應有勇氣對潮流表示一點反抗，建立幾個英國伊頓（Eton）、哈羅（Harrow）式的中學，讓有志在人文科學這方面有所建樹的青少年在優良的讀書環境下多讀古書，習寫文言白話文。他們同時也為西學打基礎而苦練英文，再加緊學習拉丁文、法文或德文。多學會一種外語，即為自己增添一種閱讀的自由，思考的自由。一九四九年以還，錢鍾書即定居北京，難得出遠門。但憑其閱讀之廣博，我們也可以說他是莊子〈逍遙遊〉裡的大鵬，天天無拘無束地在獨飛神遊。

本文限日交卷，寫得太匆忙，連重溫錢先生給我二十多封信的時間都沒有。沒有辦法，只好附寄照片三幀、影印墨寶四件向讀者請罪。照片皆攝於鍾書一九七九年四月二十三日訪哥大那天的下午。哥大重會後，錢同我通信甚勤。同年七月二日中文信、七月十四日英文打字信皆是看到拙文〈重會錢鍾書紀實〉（臺北《中國時報》六月十六—十七日）後所寫的。他覺得我「獎飾溢量」，很怕因此「樹敵」。同年十二月十日我收到了鍾書從北京寄來的《管錐編》首三冊，真的歡欣莫名。尤其首冊扉頁上他為我寫的那段文字，讀之再三，為其友情所感動。

一九八三年六、七月間，我訪遊大陸三星期，名義上算是中國社會科學院的貴賓，其實都是鍾書代我安排的。我返美後看到他於八月十二日寄出的那封雙頁信，毛筆字寫得特別有精神，故影印之與讀者共賞。那年大陸報章上「精神污染」是個熱門題目。六、七月間，《文藝報》原要登篇文章，把我罵成為製造「精神污染」的罪人之一，但有礙於社會科學院的情面，此文刊出，已在我返美之後了。

我曾孕育過的和正在孕育中的夢

文◎馬克任　名家

當時我的心中的確是很強烈的孕育著這樣一個夢，
夜以繼日，想著做一名戰地記者，
採訪守土衛國的將士以落後的裝備抵抗日本裝甲化部隊的悲壯史實，
報導父老兄弟姊妹們在這場可歌可泣的民族戰爭中所做的犧牲奉獻。

我站在紐約「世界日報大廈」的一扇窗前，望出去鄰近仍是一片荒原，但我相信在未來的歲月裡，這一帶會有許多新的建築鱗次櫛比而起。人間到處有開天闢地的人，隨之產生一個接一個的成功故事。我的手撫摸著這扇樓窗，又抬眼望向遠處紐約市區的一角，思潮洶湧，感懷多端，有過去，才有今天；有今天，才有未來。

美國《世界日報》是我在「創造報業歷史的巨人」王惕吾先生的統率、領導之下，充任先鋒開天闢地的第三份報紙。第一份是臺北《民族晚報》，第二份是臺北《聯合報》。美國《世界日報》

創刊已過了十三周年，今天自立建成這座宏偉的六層辦公大樓及印刷廠，這是過去十三年長程競賽的一個終點，也是前途無限再起跑的一個起點。往日的夢已然成真，未來的夢正在孕育。

我曾孕育過一個夢：那時是在對日抗戰時期的西北大後方西安市。太平洋戰爭爆發後，我就讀美國教會辦的河北省潞河中學遷到西安市，我也輾轉流亡到西安市，在應屆高中畢業的那一年，同學們都在考量、計畫著未來的出路，我在私下談論中或公開表達意願時都說：我只有一個志向，將來做一名新聞記者！當時我的心中的確是很強烈的孕育著這樣一個夢，夜以繼日，想著做一名戰地記者，採訪守土衛國的將士以落後的裝備抵抗日本裝甲化部隊的悲壯史實，報導父老兄弟姊妹們在這場可歌可泣的民族戰爭中所做的犧牲奉獻。後來我考取了遷校於重慶市附近北碚的復旦大學新聞系，記得那一屆是在報考的三百十四人中，正式錄取了十六名。我所孕育的這個夢，遂有了一個好的開端。

我也接二連三的孕育過幾個相關的夢：一九五〇年十二月一日臺北《民族晚報》創刊，我膺命為採訪主任，當時晚報同業有《自立晚報》、《大華晚報》兩家各擁有相當多的讀者，如何能在短時間內獲得突破，造成鼎足而三的局面，更進而贏得領先的地位？採訪組當然居於關鍵性的甚至決定性的地位。我尋思著、盤算著，朝向這個目標，我與夥伴們全心全力以赴，幾乎每天二十四小時無時或忘這個目標，自信我們會達成目標的，不久之後我們果然達成了。

一九五一年九月十六日臺北《聯合報》的前身，即《民族報》、《全民日報》、《經濟時報》

聯合版出刊，我又擔任聯合版的採訪主任，旋辭去《民族晚報》採訪主任的兼職，我與我的採訪夥伴們只在《民族晚報》創刊的第一年，就奠定了它未來幾十年生存繁榮的基礎。現在我一想起《民族晚報》創刊第一年發行業務突飛猛進的情景，就不由得回味採訪組與發行組的人員精神契合、互勉互助的戰友之誼。當時的發行主任，為後來在《聯合報》副社長職位上退休的應人先生。當時我的採訪夥伴中，有一位就是目前在舊金山南灣主管世界書局業務的孫建中先生。

當年臺北《民族晚報》的迅速崛起，歸功於採訪作風的丕變，我與我的採訪夥伴們採取了重點發揮的、機動或有計畫的採訪報導方式，就是後來大家討論的重點採訪、機動採訪和計畫採訪。以當時臺灣的採訪環境，社會新聞（不限於狹義的犯罪新聞）是一個易於奏功見效的重點採訪，或機動採訪，或計畫採訪的範圍，何況當時臺灣新聞界本身，傳統不重視、不注意社會新聞，即使其影響再重大的社會新聞，大都仍被置於所謂「報屁股」的地位，而社會新聞卻是與讀者關係較密切，為讀者所愛讀的。我猶記得，當時幾件驚人的案件，如「成功大學女講師朱振雲投日月潭自殺案」、「于禮血案」等等，經過重點的發揮，轟動社會。有了一次接一次的重點報導，讀者就愈來愈多被吸引來了。臺灣社會新聞的興起，《民族晚報》實為其嚆矢，四十年來社會結構和形態的演進，其間經過經濟的起飛時期，經濟新聞的地位提升，但社會新聞的比重並未減退，直到近年來社會多元化的發展，國家又邁入政黨政治時代，政治新聞才取替了社會新聞所占的第一優先地位。

臺北《聯合報》創刊（從三報聯合版出刊算起）初期，編輯政策及採訪方針為社會新聞與經濟新聞並重，其目標為建立《聯合報》社會新聞報導的權威地位，同時為臺灣的經濟發展進行觀念和實務的鼓吹。當時採訪組連我共十六人，包括兩名攝影記者。負責採訪經濟新聞的四人，負責採訪社會新聞的三人，兩者合計就占了採訪記者的半數。《聯合報》創業的艱難險阻，遠甚於《民族晚報》；《聯合報》採訪同仁面對的挑戰，更比《民族晚報》採訪同仁遭遇的競爭對手強大得多，我們是登山仰攻，環山都是對方，對方是好多家在人力、設備等方面均占優勢的黨營、公營報紙。但我們攻上去了，沒有失敗，一步比一步加快的接近勝利，終於登上巔峰。

社會新聞與經濟新聞的報導，為《聯合報》打開恢宏豁達的局面，繼之有外事新聞報導的領先，由於有計畫的發掘「紅葉少棒隊」的新聞而掀起體育新聞的熱潮，接著是政治新聞建立了權威，終於造成《聯合報》在海內外華文報界無可置疑的、首屈一指的領先地位。

我在臺北《聯合報》做了十三年採訪主任，這樣長的紀錄在臺灣報界是空前的，不知今後有誰來打破它？然後我擔任《聯合報》總編輯將近七年，於一九七二年奉派來紐約，做駐美特派員；一九七六年再接受差遣，參與創辦美國《世界日報》。但我迄未忘懷三十多年前出入於臺北市西寧南路《聯合報》創刊時的簡陋社址，與我同負著有如千鈞的重壓，無我無懼的向對手仰攻猛攻的採訪夥伴們，他們之中今天還在聯合報系新聞崗位上服務的，有紐約《世界日報》編輯組的羅璜先生、現任臺北《經濟日報》總編輯的林笑峰先生、報系總管理處的王彥彭先生、臺北《聯合報》駐漢城特派員劉宗周先生。

一九七六年二月十二日美國《世界日報》創刊，對我來說是一個更有挑戰性，更有美好遠景夢境的展開及落實。我們要從無中生有，要在隔著浩渺的太平洋、遠離故國山河的異國他鄉，在既無傳承，亦無背景的環境中開天闢地，有如在荒原上建築巍峨的殿堂。經過十三年來的努力，全體同仁一點一滴心血和汗水的累積，一座宏偉壯麗的「世界日報大廈」已在地平線上騰空而起，美國《世界日報》也已被公認為美加僑區的第一華文大報。

紐約《世界日報》總社的工作同仁，同日出版的舊金山分社的工作同仁也相似，在創刊初期的辛勞是難以言喻的，一位編輯每日要編發幾個版子，一位編譯每日要譯出好幾千字，一位記者每日也要寫好幾千字，一個人要做幾個人的事，做了份內的事還要兼顧份外的事。在我的記憶中有一個永不會褪色的印象，就是每日傍晚結束了從破曉時分就開始的工作，準備回家時，有的人已經疲累不堪，從坐椅曳落到地面，呼呼入睡了。

創刊初期的紐約總社，是租用華埠外圍窩克街的一個倉庫，改裝為辦公場所，地下一層安裝印刷機器。編輯部同仁每日最大的樂趣，是聽到郵差來過後，前邊業務部的同仁啟開信件，嚷著「今天又多了幾十個訂戶」，甚至「幾百個訂戶」！

在那段時期我們最大的痛苦，是每屆寒冬供給暖氣的問題，房東燃用的是令人嗆咳不止的瓦斯，對健康的危害可想而知，以老舊破落的倉庫改裝的辦公室和印刷廠房，對比巍峨的世界日報大廈，以令人嗆咳不已的瓦斯取暖設備，對照「世界日報大廈」所有的完全冷暖氣設備，真是霄壤之別。

參與創辦美國《世界日報》，我曾有過一個夢，希望美國《世界日報》不僅在北美洲，也是在海內外所有出版華文報紙的地區，包括臺灣和香港，成為出類拔萃的、頂兒尖的一份高水準的華文日報。繼我之後已有兩位總編輯接棒，進步再進步，這個夢顯然成真了！

同時我還有一個夢，希望美國《世界日報》的言論成為美加僑界輿論的權威，其影響力足以鼓動風潮、創造時勢。我從創刊之時主持筆政迄今，自信也已達到這個目標。

今天我站在世界日報大廈的這扇樓窗前，撫今追昔，憶起四十多年前我在西安市澇河中學所做的第一個「做新聞記者」的夢，以及接二連三曾經孕育過的有關的夢。其實四十多年所做的夢只有一個，我是終身從事新聞事業，做一個出色的記者。

我從這扇樓窗望出去，極目望向東方，在那望不見的遙遠東方，有我出生及成長中住了二十幾年的中國大陸，也有住了二十幾年並得以成家立業的復興基地臺灣。今天我正在孕育一個新的夢，一個希望在未來能夠實現的夢：我呼吸著自由的空氣，走在重獲自由的土地上，大聲告訴故鄉的父老：我服務於一家在北美洲僑區最受讀者歡迎、最有影響力的華文報紙，那就是美國《世界日報》！

寫於一九八九年七月二十一日

（北美《世界日報》紐約總社大廈落成揭幕之日）

狐狸寺外狐狸遊

文◎張系國　名家

嚴格說起來，我家並不在狐狸寺，而是狐狸寺附近的郝村。

但如果問我的左鄰右舍，一定不會承認這裡是郝村。

郝村的英文名是 O'Hara Township。

如果你是美國通，一看 O'Hara 就恍然大悟，

因為這是典型的愛爾蘭名字。

今年雨水充足，氣候涼爽，爬上陽臺的玫瑰長得特別好。但是仔細看，就會發現樹叢裡有個鳥窩。母鳥是黃嘴的知更鳥，並不怕人，見我走過就瞪我幾眼。

只有兩個蛋，現在還沒孵出小鳥。再一、兩個星期，小鳥就該誕生了。現在進出都不敢走前門，免得驚動母鳥。公鳥偶然也來幫忙孵蛋，但是多半還是母鳥。公鳥個子比較大，連胸脯都是桔黃色，一副帥哥模樣，但帥哥無論是人或鳥總是比較懶惰。可惜小鳥出世時，我已經回臺灣了。等到再回

來，牠們多半已經飛走了。

且慢，隔了一晚，一位小鳥寶寶已經出世！一高興，把過多的玫瑰剪下，放在門前讓鄰居自由擇取。反正明天就回臺，不如與人共享。昨天先剪白芍藥，今天是紅玫瑰。早上擺出去，晚上就一掃而空。

我雖還未退休，已經提前開始享受退休生活的樂趣：種花、種草、觀雲、觀鳥，不一而足。最近富比世網路雜誌（forbes.com）有篇報導，列舉美國十個退休的好地方，賓州的狐狸寺（Fox Chapel）居然名列第一！原來我就住在退休寶地附近，自己還不知道！怎見得？有打油詩為證：

狐狸寺外狐狸遊
狐去寺塌江自流[1]
三山半落青天外
二水中分華帥洲[2]
黃髮垂髫怡然樂[3]

---

1. 相傳當地曾有紅狐狸出沒，故曰狐狸寺。江指亞歷堅尼河（Allegheny River）。
2. 華帥，華盛頓也。華帥洲指亞歷堅尼河裡的小島（Washington Landing），相傳華盛頓當年在此過江追擊英軍。
3. 語出桃花源記：黃髮垂髫並怡然自樂。

混居社區雞犬休[4]
桃花源是小港口[5]
長安不見君莫愁[6]

嚴格說起來，我家並不在狐狸寺，而是狐狸寺附近的郝村。但如果問我的左鄰右舍，一定不會承認這裡是郝村。郝村的英文名是 **O'Hara Township**。如果你是美國通，一看 **O'Hara** 就恍然大悟，因為這是典型的愛爾蘭名字。過去美國的愛爾蘭人多半是窮人，不是當警察就是幹消防隊員。直到現在，去紐約參觀九一一紀念碑，牆上刻著警察和消防隊殉難者的名字，還是有許多愛爾蘭名字。

O'Hara 中文翻譯為郝，我猜想源自《飄》（*Gone with the Wind*）這部小說。《飄》的女主角叫做 **Scarlet O'Hara**，中譯郝思嘉。電影版《亂世佳人》裡費雯麗這位最美麗的明星，真把郝思嘉演活

---

4. 相狐狸寺為什麼在退休的好地方裡名列第一？就是因為老人特多，六十五歲以上佔人口百分之十五強。但是老人並非集中老人社區，而是和青年人混住。我家門口就是小朋友上學搭校車的地方，每天看他們上學，令我快樂，不下於觀鳥孵蛋。
5. 華指我家附近供獨木舟使用的小港口（**Harbor Point**）。
6. 語過去的文人見不到長安（皇帝）就涕泗交流，現在可不同了，所以說「長安不見君莫愁」。「長安」可以用「北京」或「台北」代之，這兩個城名裡都有「北」字應該不是巧合：南面而王，北向稱臣。

了，她的倔強性格就是典型的愛爾蘭人性格。

順便一提，中國人同化能力強，不論印度人、猶太人、愛爾蘭人，到了中國都被同化，但從姓名還是可以推測祖籍。例如：郝柏村將軍的祖先很可能就是愛爾蘭人。姓郝的人居住在圍繞著松柏的村子，不指愛爾蘭人聚居之地也難！當然也可能是郝伯村。姓郝 O'Hara 的老伯居住的村子，不指愛爾蘭人聚居之地也難！郝柏村或郝伯村，簡稱都是郝村。

郝村過去是中下階級住的地方，和有錢人聚居以猶太人居多的狐狸寺不能比。但時至今日，郝村的「混居社區」其實更能實踐桃花源的理想。《桃花源記》說：「黃髮垂髫並怡然自樂」，「黃髮」就是老人家，「垂髫」就是小孩子，它講的正是混居社區啊！

流芳園、荷花、睡蓮

文◎張棠　洛城

池塘之中，一朵潔白的睡蓮，藏在蓮葉與水草之間，
她的潔白、她的孤獨，好像是 Theodor Storm（施篤姆）的經典名著《茵夢湖》（Immensee）：
垂垂老矣的萊因哈特，想到了青梅竹馬的伊麗莎白……

流芳園（**Garden of Flowing Fragrance**）

橫槊賦詩、文采風流的翩翩公子曹植（一九二—二三二），從京都洛陽回封邑鄄城，在洛水邊休息時，恍惚中見到一位絕色佳人佇立於水中崖石之後，曹植為她超凡的美貌，與高貴的氣質著迷不已，回去以後，他就寫下了千古傳頌的《洛神賦》。

曹植在「洛」水邊所見的「洛神」，翩若驚鴻，婉若遊龍，風華絕代，美之極也，她步履所過之處，更是花香瀰漫，步步生香，美不勝收（踐椒途之郁烈，步蘅薄而流芳）。就在二千年之後，

萬里之外的「洛」城，也以她走過的芬芳美景為藍圖，建造了一座美輪美奐的中國庭園，並以「步蘅薄而流芳」取園名為「流芳園」。

「流芳園」位於洛杉磯的「漢庭頓圖書館」（Huntington Library），占地十二英畝（acres），是亞洲以外最大的中國園林，面積與江蘇拙政園相當，有「海外拙政園」的美譽。

圖書館對庭園的興建十分慎重，不但經過長達十餘年的策劃，還特別從蘇州延請著名林園設計師前來設計與參與築建工程。因為經費的緣故，庭園工程分二期進行，第一期工程占地三點五英畝，於二〇〇八年二月對外開放。目前第二期工程已經開始，重達一千噸的太湖石已經運到，在原有的人工湖，亭臺與石橋之外，還要加上第一期所沒有的畫舫、戲臺、假山、盆栽區與觀景臺。

「流芳園」是一座最典型的江南園林。進門處，波狀的白牆上覆蓋著黑瓦（景雲壁），太湖石與綠竹相映成趣，園中水榭、亭臺、拱橋、迴廊、漏窗等等，無不美感十足，景色迷人。

雖然庭園中的一石（太湖石）一木（雕刻）都從中國直接運來，但洛城畢竟不是煙雨濛濛的江南，就氣候而言，洛城雨量稀少，並不適宜興建江南式的亭臺樓閣，幸賴圖書館當局的悉心照顧，如今園中花木繁茂，水邊湖畔的綠柳垂蔭，草長鶯飛，江南風味十分濃郁。

荷花（Lotus）

七、八月中，園中最亮麗的主角當推荷花了。

流芳園中，處處有水，有水處就有荷花。「愛蓮榭」是設計師精心設計的觀荷景點，「愛蓮」兩字，取自北宋周敦頤的〈愛蓮說〉：「予獨愛蓮之出淤泥而不染」。「愛蓮榭」前有一塘一湖，人坐「愛蓮榭」中，就可近觀「碧照塘」的荷花花容，但要欣賞遠方「映芳湖」的蓮荷，就必須沿湖繞行，且走且看。流芳園的建造，用的是「移步換景」的園林布局，一步一景，景景不同，遊人沿湖漫步，不論過橋、過亭、過洲，處處賞心悅目，風景宜人。

「荷花」和「蓮花」，花似而名不同，這兩花之間到底有麼什區分，實在叫人撲朔迷離，分辨不清。後經查證，「荷花」是「蓮花」的學名，荷花就是蓮花，蓮花就是荷花。李時珍在《本草綱目》中說荷花是根據「荷」的外形而命名的：「蓮莖上負荷葉，葉上負荷花，故名。」荷花的別名甚多，最常見的有芙蓉（水芙蓉）、菡萏、芙蕖等。《說文解字》更進一步解釋：「未發爲菡萏，已發爲芙蓉」。荷花在中國古籍中現身甚早，三千年前的《詩經》就有「山有扶蘇，濕有荷華」之句，「荷華」就是「荷花」。

二〇〇八年八月，我初訪流芳園，園中荷花新栽不久，雖離青蓋亭亭、一池熱鬧的情景還有一大段距離，然就在為數不多的紅荷、翠葉、蓮蓬之間，蝴蝶翩翩飛舞，蜻蜓頻頻點水，已頗有江南風味。一隻在南加州少見的紅蜻蜓，停佇在花苞之上，久久不肯飛去，吸引了不少遊人。「小荷才露尖尖角，早有蜻蜓立上頭」（南宋・楊萬里）……知否？知否？你在這花苞上已停了一千年了呢！

南宋定都於「有三秋桂子，十里荷花」的杭州，詩人、詞人詠荷的詞句特別傳神。姜夔形容荷葉是「青蓋亭亭」，荷花是「嫣然搖動，冷香飛上詩句」，句句都是神來之筆；而北宋周邦彥「家住吳門，久作長安旅」，寫的就是我這「半個杭州人」。

〈念奴嬌〉（南宋・姜夔）：鬧紅一舸，記來時嘗與鴛鴦爲侶。三十六陂人未到，水佩風裳無數。翠葉吹涼，玉容銷酒，更灑菰蒲雨。嫣然搖動，冷香飛上詩句。日暮青蓋亭亭，情人不見，爭忍凌波去？只恐舞衣寒易落，愁入西風南浦。高柳垂陰，老魚吹浪，留我花間住。田田多少，幾回沙際歸路。

〈蘇幕遮〉（北宋・周邦彥）：燎沉香，消溽暑。鳥雀呼晴，侵曉窺簷語。葉上初陽乾宿雨，水面清圓，一一風荷舉。故鄉遙，何日去？家住吳門，久作長安旅。五月漁郎相憶否？小楫輕舟，夢入芙蓉浦。

睡蓮（Water Lilies）

蓮花與睡蓮是荷塘中的一雙美女，在高大挺拔的荷花身邊，睡蓮顯得嬌小羞澀，楚楚動人。睡蓮的俗名是 Water Lily（水中百合），原產於北非和東南亞的熱帶地區，學名為 **Nymphaea**，源於拉丁語 **Nymph**。**Nymph** 有人翻譯成「寧芙」，是神話故事中半神半人的水中女神，被視爲聖潔、美麗的化身，也是古埃及的「尼羅河新娘」。

在中國，兩千年前就有睡蓮的記載，東漢輔佐昭宣兩帝的大將軍霍光在「園中鑿大池，植五色蓮池，養鴛鴦卅六對」，這「五色蓮」，指的就是花色繁多的睡蓮。

睡蓮和蓮花（荷花）雖同是水中之花，卻是兩種截然不同的水中植物。荷葉與荷花，落落大方，高高的伸出水面，而睡蓮的莖梗卻十分軟弱，只能任蓮葉飄浮水面；荷花有蓮蓬、蓮子，而睡蓮則無；睡蓮也沒有藕，她的根像芋頭。

漢庭頓圖書館中可看睡蓮的地方不止一處，除了流芳園與日本花園之外，還有一個「Lily Ponds」，在沙漠公園（Desert Garden）附近，池塘小巧精緻，水聲潺潺，池邊四周滿種綠竹與熱帶植物。在綠蔭之下，睡蓮、荷花與各種水草並存，設計之美，堪稱洛城早期水景庭園之精品。

池塘之中，一朵潔白的睡蓮，藏在蓮葉與水草之間，她的潔白、她的孤獨，好像是Theodor Storm（施篤姆）的經典名著《茵夢湖》（Immensee）：垂垂老矣的萊因哈特，想到了青梅竹馬的伊麗莎白……「黝黑的水波，一個接一個的推向前，愈來愈深、愈來愈遠……在那遙遠寬闊的葉片間，孤寂的飄浮著，一朵白色的睡蓮」。

歲月像水波，一個接一個的推向前，當年曾經為《茵夢湖》傷感的少男少女，已在逐漸的老去，而蓮塘中，朵朵睡蓮，浮在水面之上，朝朝暮暮，依然嫵媚。

張棠

浙江永嘉（現青田）人。臺灣大學商學系國際貿易組畢業，美國洛杉磯南加州大學工商管理碩士（MBA）。「北美洛杉磯華文作家協會」《洛城文苑》、《洛城小說》編委，「海外華文女作家協會」副祕書長，「美國達拉斯詩社」會員。二〇一一年被「臺灣本土網路文學暨新文學主義時代」提選為首批優秀「臺灣本土網路散文作家」。著有詩集《海棠集》與散文集《蝴蝶之歌》。部落格：http://blog.worldjournal.com/blog/2685938/

傷心波士頓！堅強！

文◎張鳳　紐英倫

閒閒探看兩世紀前權貴富翁聚落的比肯山丘，

保護良好的宅邸，眼界為之一寬。

一七七三年波士頓茶黨事件的老南聚會所古蹟位於城中熙攘的十字街區，現為博物館；

老州議會與稱為自由的搖籃的芬諾廳一七四二年就成會議廳。

山繆亞當斯等人紛紛發表演講，鼓吹美國脫英獨立；

近鄰是昆西市場，不遠處還有時尚樓窗的紐柏里街。

超過一個世代了，我倆在哈佛大學，和親近周遭城市三十年。

城中的建築風格甚為龐雜：古樸的英國風建築和地名街名飽含冷靜感，那紅磚創出自己的古風靈魂，折射在臨城查爾士河上的倒影幽雅精純，潛力深厚的現代建築又無盡止的追求極致……吸納傳統又終至反傳統，很有些藝術技巧，是醒目獨特的市聲。

除開落成一百一十四年的火車汽車波士頓南站，是歷史吞吐的交通中心，羅根機場當然是出入最頻繁的摩登航站。

往返南站的旅客依然不少，聚散氛圍豐富。如果不開家中奔馳遊歷美東，這站就是馳騁的接駁驛站，去兒女負笈的紐約，哥倫比亞，華盛頓……回綺色佳康乃爾，往別墅鱈魚角，至亞卡地亞國家公園和酒吧海港，登白山賞楓觀風雲開闔……

紐英倫華人的蹤跡，已近兩百年。華工在淘金築路後，有東遷波士頓的，逐建華埠，地處南灣，原為潮汐沼澤地，在一八四〇年才填海成功。再與愛爾蘭移民爭地設廠製衣……但比一四〇五年鄭和下西洋，差的遠了。甚至不及一七八五年，隨智慧女神號抵巴爾的摩的三水手。

一八一八—二五年，華人首度入居紐英倫：五位廣東青年抵康乃迪克州康沃爾讀教會學校，其中廖阿希成了最先皈依基督教的華人，阿龍做了林則徐的通事。一八四七年，英國船長的產權——中國帆船「耆英號」（Keying），由華人船員駛往紐約停泊，又轉往波士頓，並碇泊港口，在感恩節查爾士河上橋邊的特展，曾轟動一時，紐約市立博物館，還收藏描繪此帆船的巨幅油畫。

中國第一位留美學生，長春藤盟校畢業生容閎，在一八四七—一八五四年間駐足康州學校後就學耶魯大學。由我考察出來的美洲華人首位中文教師戈鯤化，也於一八七九—一八八二年在哈佛任教，是伊理奧校長典禮中的上賓。

波士頓是最早與中國從事貿易的港口。一八五〇年來南波士頓的茶商翁阿紹，成茂登鎮首富，為高貴又極關懷公益和慈善事業的有錢人，與愛爾蘭裔的妻子，育有四個孩子，五十三歲葉落歸根。

波城本即依託著深厚的移民和革命背景，篳路藍縷披荊斬棘的世代，波士頓早稱豆城或豆鎮。一六三〇年由英國清教徒移民所建，現為美國文教生醫中心。第一座公立學校及第一所學院——哈佛，都在這創立。社會認定美國獨立戰爭的第一戰，就是近郊的勒星敦和康科特戰役。

哈佛大學現代語言教授，十九世紀偉大的浪漫詩人朗費羅，寫詩讚美的《保羅里維爾騎馬來》就描繪他在萬籟俱寂夜裡，老北教堂的情報信號是：如果從陸路入侵，點一盞燈；如果從海路來，點兩盞燈……里維爾曾是波城北角小義大利區的銀匠，富而忠勇。他奮不顧身協組了對英軍的情報與警報系統，又戲劇化地採取午夜飛騎一路傳送軍情，警告殖民地民兵英軍即將來襲，一舉改變了國家的命運。灰色的里維爾故居這一帶現在成了美食區。更為加深紀念把海邊五哩處的北巧兮，就命名為里維爾，也開闢成美國第一個公共海灘。

波士頓城中有全長二．五哩紅色標劃的自由之路，現有延伸為海港之行路線，原經十六處重要的歷史古跡。就是從建於一六三四年的波士頓公園為起點，到查斯頓的昆西花崗岩的邦克山紀念碑止，彎彎曲曲回顧的是國家歷史地標，曠世的文化懷古引領。

花期的波士頓公園萬紫千紅，中城街區開花的枝葉茂生密長，潑灑不羈，以自然的野性姿態燃燒著粉紅的木蘭花，還有櫻花、梨花、蘋果花、山茱萸、紫荊……繁盛之極，綠草搭配的迎春花、鬱金香……供拚搏生存的都會市民暫歇緩氣，哪記得幾百年前公園曾是賽冷女巫的行刑之地？

麻薩諸塞州議會大廈是州政府所在地，座落於比肯山丘。一九九一年外子黃紹光博士選為州長的亞裔顧問宣誓典禮時，我曾得登堂入室盡情參觀。

閒閒探看兩世紀前權貴富翁聚落的比肯山丘，保護良好的宅邸，眼界為之一寬。一七七三年波士頓茶黨事件的老南聚會所古蹟位於城中熙攘的十字街區，現為博物館；老州議會與稱為自由的搖籃的芬諾廳一七四二年就成會議廳。山繆亞當斯等人紛紛發表演講，鼓吹美國脫英獨立；近鄰是昆西市場，不遠處還有時尚樓窗的紐柏里街。

水族館、兒童和藝術博物館都與波士頓口音一樣獨具特色，圖書館麥金樓富麗，常做展覽，裝潢如博物館或皇宮有稱人民的宮殿；而一九九〇年名畫失竊的嘉德納藝術博物館則是我友的最愛。

一七三三年落成的三一教堂，對街，有棟由哈佛畢業的貝聿銘設計的玻璃第一高樓約翰漢考克大廈，教堂斜對著哥德式的老南教堂，位於發生爆炸博斯頓街，與達茅斯街左右圍成波士頓後灣的中心科普利廣場，冬月元旦以冰雕藝術展聞名於世，陽光燦亮的日子，典雅教堂映在大廈的玻璃上。藍天白雲的波士頓，海市蜃樓般落入玻璃螢幕，虛實流漾，古典與現代相映成趣，相守相望為市中心的熱門景點。

九一一慘案和這次的爆炸都無端起於這個城市。一次次的劫難，讓人心疼而自發地用鮮花和鞋子把科普利供奉成殉道者的紀念廣場。

三個兒女演出過的波士頓交響樂廳與貝型音樂臺，也是波士頓流行樂團的演奏地，瀰漫著魂牽夢縈的眼熟記憶。美國國慶日，暖夏與自然共處的開端，巧是小兒子的生日。我們不是坐在貝型音樂臺前，就是在對岸的麻省理工學院蜿蜒流過的查爾士河邊上，由午後帶著餐飲冰盒，坐看河上白帆點點，還有悠閒划著的獨木舟，吹著港口拂來的大西洋風……河水在光線下熒熒晃耀閃亮，迎面絢麗的夕陽，漸漸斜長西下，直坐到夜空遁入，就拿深心的觸覺去透視波士頓城景長空，聽不斷飄散來的樂曲，讓幸福撒滿整個夜晚，不覺就到十點，最後一首一八一二序曲炮聲隆隆遠送，也聆聽到人潮聲中爆杖火光劃過天際的聲音，抬頭仰望精拔璀璨圓滿的光華，如流星天雨的煙花。激昂高亢的一夕天際流光，低迴渾然忘機，更使心靈有了天籟蒼穹的嚮往。

春夏藍天雲彩，迎人團團送來，無心晃到摩肩接踵的哈佛廣場，見行色匆匆……有駐足沉思……也有傾心表演……飄浮著香氣的法國麵包店，踱過那幾株梧桐下的黃傘，歲月移轉中思憶起：曾在這琴棋詩畫綠色中庭傘下閒坐等我的有寫《未央歌》的鹿橋教授，在卡座共飲咖啡寫《長恨歌》的復旦王安憶教授和查明建主任；同享午餐的北大歐陽哲生教授，柏克萊加大的周欣平館長和老同學浸會大學李金強教授……一連串多少消逝在哈佛的親人師友，人影話語……本來因忙與盲彷佛去得無影無蹤，都隨著不遠溶溶澌澌的查河，哈佛園影影焯焯的花樹，月光和夜均呈交響的旋律……不期然昏曚的心燈，都鮮活地醒來，一燈千燈都逐盞亮起……時間的河流記憶著溫暖的光影，永恆銘刻著彼此千絲萬縷生命的因緣。不同於居家的衛斯理，湖明水秀，勝景猶如童話書中借出來的，清麗可人，哈佛大學與波士頓一樣總有點史蹟冰霜的厚重。

二〇一三年爆炸封城緝兇，使最悠久有一百一十五年的波士頓馬拉松更矚目。四月的第三個星期一，愛國者節傷心！名列世界五大馬拉松的波士頓賽，竟兩百餘人受傷，亡者三人包含一位中國女學生。

城市馬拉松早就譽滿全球，多年前歐遊，乘歐洲跨國聯營電氣火車TGV，在義大利邂逅一對西班牙夫妻，說著要來參賽實現夢想。翌年春四月果然前來，到霍金頓起跑前夜，我們還請這對從事香水製造業的伉儷，在哈佛教授俱樂部淺酌歡讌。

今夏序幕展開的亡兵節，激湧出有情人性光輝的跑者再跑：加有消警、救護人員……舉旗揮淚傷感地由哈里福德街起跑，立接左轉出事的博斯頓街賽道，向突發生事而未盡的最後一里路，告別兼悼念，觀眾全體起立致哀，冀望跑出黑暗恐懼撫慰傷痛，集體療癒。心高氣冷起過大震撼的個人的哀樂與苦難，置諸磅礴大化也成微不足道，順處世情逆境洪荒，山水之間天地都有無言寂靜謙卑的氣度，時時處處都呈現生命歷劫的修行，波士頓能包容傷心，自然學得更莊嚴堅強，令人尊重。

張鳳

臺灣師大畢業，美國密西根州大碩士，哈佛中國文化工作坊主持人，曾任職哈佛燕京圖書館編目組二十五年、北美華文作家協會祕書長，紐英倫分會創會會長、理事長，海外華人女作家協會審核委員等，曾獲資策會文學類兩屆部落客百傑獎。著有《哈佛心影錄》（麥田、上海文藝）、《域外著名華文女作家散文自選集》、《哈佛采微》（陝西人民）、《哈佛緣》（廣西師範大學）、《哈佛哈佛》、《一頭栽進哈佛》（九歌），陝西人民出版社《域外著名華文女作家散文選集》、大象出版社《世界（紀）華人學者散文大系》都收錄她的書和散文。

休士頓，唉！

文◎張錯　名家

自從不用本來面目，久而久之，面具竟成本色，可見面目皆非真相。以何種色相示人，別人就以何色相觀你。本色是面具，面具也是本色。

（一）

那夜在休士頓。

演講與聽眾發問完畢，會場頓時鬧強滾滾，像籠裡雞群，一下子被趕出，到空地廣場溜躂放風，撲翅遊走吱噪。演講者與聽演講者事後雨過天青，壓力紓解，自由自在四處尋找要見的人，做要做的事，包括找作者簽名。

她拿著我的一本《詩選》來到面前，把書攤開，說：「我要你給我題上款。我姓張，和你同姓，名仁慶，仁義的仁，慶祝的慶。」稍後繼續又囁嚅說，「題小姐不好吧，還是寫女士啦。」張仁慶，好熟一個名字，對臉孔是雁過無痕，對名字卻是過目不忘。

我問，「妳念政大嗎？」

她說是。

我問，「妳念西語系嗎？」

她回答說是。

我熱血沸騰，衝口而出：「張仁慶，我是張振翺呀。」

她睜大眼睛回答：「天呀！我是你同學耶！」

一時四目交投，彼此怔住半晌，說不出話來。真是人生如戲，有如小說情節，一個三十多年未見的大學同學，相逢竟不相識。是的，一路走來，大家都改變了，尤其襲用筆名後，許多朋友都不識我本名。

自從不用本來面目，久而久之，面具竟成本色，可見面目皆非真相。以何種色相示人，別人就以何色相觀你。本色是面具，面具也是本色。

對許多人而言，生命中段的三十多年，大都放在事業奮鬥與養兒育女。自己過住慢慢淡出，淡入代替的是現在配偶、家庭與小孩的將來。孩子們從小學到大學，再把事業奮鬥歲月加起來，不多不少起碼三十年。

一眨眼，許多青春年少，像雙手掬水洗臉，待看清臉上風霜，年華已如水般在指縫溜過，留也留不住，賸下一臉的迷惘與忡怔。

真的是妳嗎，張仁慶？那個當年皮膚白皙小女孩，大眼睛，眼珠黝黑，個子嬌小婀娜，沉默，也常帶一種羞赧。我們幾乎都很少講話，即使同班，在那個男女有別年代，男女同學的交往非常敏感，更何況那時大家都分別名花有主。有一個臺大助教常來宿舍外找，我現在的妻子慰理，更是當時的同班同學。

「慰理好嗎？」果然她跟著問道。

我於是把一大堆在加州的同學告訴她，朱謎、侯文華、吳真真、符文玲、郭桂英、管玉娟，還有那些在外地來探望我們的王潤華、張潤梅、鄧翠鈿、巫嘉清……一些不同系但熟悉而保持聯繫的名字。

她眼睛閃著熾熱光芒，好像星光燦爛。那種眼神最是熟悉，每次老同學相聚，嘻嘻哈哈追憶逝水年華，都曾閃爍著這些星星光輝。好像惟有能和昔日朋友重聚，青春才會回頭。無論鬢髮成霜或容顏變易，都無損心中的青春年少。於是，彼此細訴當年成為一部時間機器，在長長的時間隧道，回到舊日時光。早年逝世的一些舊友恩師，也都一一復活，成灰舊事也重新復燃，居然發覺情濃似酒，衷心陶醉。也許這就是我們這一代竭力計畫「重聚」（reunion）的原因吧。

回洛杉磯後第二天，張仁慶來電話確定，已經準備秋天前來「重聚」。

（二）

進到裡面，心中仍無多大期望，因為這是休士頓美術館，收藏自以西方為強項，早聞有一些印象主義畫作，也就不虛此行。跟隨眾人入館，心情再無負擔，行雲流水，隨緣而定行止。

幾乎是不動聲色的，走入東方收藏室時仍有一種激越，像清風掠過平靜湖水，輕輕帶動一陣漣漪。裡面中國文物不多，但也不俗，亦有精品。看博物館猶似尋找理想情人，沒有一個絕對，往往都是此有三分姿色，彼有七分文采，資質各有優劣強弱。更相似的是，即使博物館，也常出現贗品，真假難分，猶如假意真情，端視乎觀賞者一雙慧眼，博學強記，以及透澈靈臺。

不遠處有新石器時代一只網狀渦紋彩陶，雖然普遍，仍屬精品。觀其圖案，應屬西北地區的馬廠類型。仰韶文化陶器分布很廣，除河南，河北外，還包括陝西、甘肅、寧夏等地。大部分彩陶均為盛水容器，所以腹部特大，而造就它造型裝飾及藝術圖案的發展契機。

但先聲奪人，映入眼簾還是那只大型東漢低溫（有人稱為軟釉陶）綠釉陶壺。開門見山，壺面罩著一層晶瑩閃亮的透明「銀釉」，那就錯不了。許多做假的漢綠陶器，都在強調那青翠碧綠的漢綠，殊不知這類壺罐多為明器，漢人多以生活用品陪葬，因而墓葬出土除壺罐外，還包括陶塑穀倉、小狗小豬、井、竈等物。壺罐綠釉的氧化鉛或銅（綠釉基本成分）在地下長期受到潮濕腐蝕，就會產生出一層有如雲母般的銀白色金屬光澤。

這只漢壺風格甚為標準，包括壺身弦紋裝飾，與腹部兩邊貼印有仿照銅鐘的對稱鋪首。當然今日的骨董市場，連「銀釉」也可造假，但薄薄一層賊光，不可與此類有時厚達二十多層銀光同日而語。

身分一經確定，有如真情感染，心情大不相同，好像人也披上一抹金屬亮麗。其實東漢低溫釉壺罐辨識鑑賞不難，它們屬於早期青瓷產品，只有兩種主色——綠色和褐色。綠色釉因加入氧化銅成分，常會產生「銀釉」效變。褐色釉因含氧化鐵，永遠沒有銀釉，顏色鏽紅帶褐，也就是今日我們所謂的咖啡色。

漢綠壺旁邊是一只黑色陶土繭形（cocoon）扁壺。這類扁壺可上溯至戰國秦代器物，陝西墓葬出土甚多，和漢代出產（尤其雲南地區）的黑土雙耳扁壺（amphora）異曲同工。當然最煮鶴焚琴的事情，就是乾隆皇帝曾在一只繭壺的寬條紋上，刻上他的詩句。

一路看下去的陶瓷，包括兩只白地黑花磁州窯瓷枕，此類瓷器在北宋時期獨具一幟，採集民間生活細節入圖，與傳統書畫藝術結合表現，極具民俗色彩。

另外還有一只鈞碗，天藍色裡一抹豔紅。一只龍泉蓮瓣青碗，豆青翠綠，惹人喜愛。如能多加一只牙白定碗，或開片官窯，兩只建窯油滴、兔毫茶碗，或吉州貼花小碗，當更能呈現宋瓷素淨之美。

但是令西方人如痴如醉的還是唐三彩。那種絢麗華美風格，盡顯在陶俑人物、馬匹、駱駝和猙獰的鎮墓獸上。休士頓美術館亦不例外，陳列室除了當中擺放一只周代蟠螭三足青銅大鼎外，還以更大空間安放唐三彩。

那真是唐人浪漫奔放的華麗情懷啊！長安，才是真正大都會（metropolis），不止東邊日本、高麗遣唐使、僧侶魚貫入唐，西域胡人更帶來珠寶、歌舞與酒肆。李白〈少年行〉第二首的「落花踏盡遊何處，笑入胡姬酒肆中」，正是最佳生活寫照。這才是我們嚮往的多元民族社會，唐人胸襟遼闊，天下一家，就連唐太宗也說過：「自古貴中華，賤夷狄，朕獨愛之如一。」

美術館擺設的三彩大型陶俑頗具代表性。文官、武將三彩俑各一對，可惜分別隔放，未能顯示出造型上的對照或對比。

由於上述多元種族文化入唐衝擊，陶俑也多常具胡人形象。唐朝五品以上突厥人士達百餘人，鮮卑、鐵勒等族也不可勝數。因此觀看三彩人物俑，尤其胡人俑，不可不顧服飾（tunic，譬如，窄袍袖或翻領）、辮髮、鬍鬚、輪廓（深目高鼻）、帽笠……等異國風情。至於動物俑，如胡人樂隊騎駱駝的三彩載樂駝，更不在話下了。

唐三彩雖云三彩，其實卻是低溫釉多彩陶器，主色除綠、白、褐黃三色外，還有藍、赭等色（湛藍三彩馬非常好看）。而大型三彩馬最能藉體型壯健驃悍，讓釉料色彩充分流動，淋漓盡致。館中的大型唐馬，看來屬一九七一年昭陵無名墓或陝西乾縣出土的西方種系阿拉伯馬，此類馬匹造型循漢陶馬傳統，小頭、頸長而細，顯得十分標致，而身軀碩大，腿長粗壯，馬蹄方正適中，束尾，屬於典型四蹄落地三彩馬。

三彩陳列尚有鎮墓獸及駱駝。觀其館中全部三彩組合，極像一九九二年十二月佳士得（Christie's）在紐約壯觀拍賣的一組十件唐三彩，每件起標恆逾十多萬美元。那是由美國紐約州水牛城自然科學學會託賣品，原為富豪家族葛夷爾（Goodyear）擁有，全為大型三彩。包括赭、白馬一對、褐黃駱駝一雙、赭、白鎮墓獸兩隻、文官俑及天王武將俑各一對。全組十件唐三彩據云於一九二六年出土於河南洛陽一座古墓，隨即為巴黎古董華商盧氏購入，繼而轉手給大工業家葛夷爾將軍（General A. Conger Goodyear）。葛氏兄妹兩人晚年又把收藏轉讓給水牛城自然科學學會。近年世界各地博物館蒐藏中國文物極為困難。除了個人收藏捐贈或購讓，惟一其他來源就是合法拍賣。

鎮墓獸在全世界同型怪獸藝術雕塑中，無出其右，唐人恣意想像空間，表露無遺。世間本無此物，但有如民俗神話或神祇的產生，許多心中對陰間的恐懼與倚賴，皆藉此神獸之表徵威鎮辟邪。《唐會要》內所謂「四神十二時」，即是指墓室內除擺設十二生肖陶俑外，還需在正面入口處放置一對鎮墓獸，以及一對武將俑。此獸造型獨特，兩蹄伸直前放，後身蹲俯在地，有如運動選手作勢前撲，亦有似忠獸敬誠護衛主人。但見它頭頂勾角，兜風大耳，全身毛髮豎起有如刺鉤甲冑，咧嘴齜牙，雙目圓睜，似笑還嗔，胸部前挺，三彩釉色翠綠與赭黃流淌而下，極其威武。其實放此怪獸在墓廳入口，不止能嚇阻邪魔，萬一墓門損毀，亦有驅嚇荒地獸類流竄入墓的功效。

（三）

她們算計好準備到時現場請我朗誦「錯誤十四行」組詩其一，我便推搪不得。但是又怕臨時尷尬，雙方進退兩難，弄巧反拙，只好事前請求。多年前有人在波士頓聽過，尤其是第一首最後兩行，至今念念不忘：

「或者按平仄的規矩行事，唉，
反正是錯誤十四行。」

那人好像特別欣賞有如風中嘆息的一聲「唉」，要求在休士頓再聽一次，與眾舊夢重溫。回想寫這組詩時已是廿多年前，真是好長的一聲嗟嘆啊！

一九八二年八月以錯為筆名，出版《錯誤十四行》詩集，在大學剛拿終身俸（tenure），生命中許多波折，此起彼伏，身心皆疲。十一月，得艾青先生之助，扶病單身入京，初會馮至先生，並繼赴南京、滬杭、紹興等地。轉眼二十餘年，物換星移，馮、艾及沈從文、卞之琳等先生均先後作古。他們都是我的文學啟蒙，尤其馮、卞兩位，加上何其芳及現已高齡的王辛笛先生，對我詩中抒情語言，影響極大。

其實錯並非一定錯誤的錯。商周青銅時期開始，直落春秋戰國，許多工藝品，都以金銀絲鑲嵌在銅器上，造出許多美麗圖案，名曰錯金錯銀（gold or silver inlay），此類鑲嵌技術的應用，在帶鉤、扁壺、青銅戈劍等器物屢見不鮮。所以有謂，他山之石，可以為錯。不過白馬非馬，越描越黑，年來已懶作解人，更兼出有《錯誤十四行》，積非成是，無從抵賴。

有時覺得，沉默也是一種語言，可以讓人有更大聯想空間，即使是錯誤聯想。但是好不甘心是那些時光流逝，這本詩集出版轉眼廿餘年，往事不堪回首。我婉轉告訴她們，不要唸這首詩好不好？她們都不明白，都為一聲「唉」的喟嘆而亢奮。其實，唉就是愛，愛就是哀。我好想直告她們，那是一首悲傷的詩，讀它時是會流淚的，但想她們也不會明白。我說那麼就讓張讓來替我唸好嗎？她們也不要。

終於那天晚上，我改唸了〈茶的情詩〉。張仁慶聽了喜歡，在會場買了《詩選》找我簽名。

從終點開始

文◎張讓　名家

他年輕時大病一場幾乎死掉，難怪格外敏感。
然真要邏輯地看，永生未必就不荒謬。
如果短暫的生命荒謬，不朽的生命又怎樣呢？
每時每刻都是永恆，真想起來只覺恐怖。

1

一天想起德國作家塞柏德（W. G. Sebald）夢幻恍惚的文字世界，從書架上抽出他的三本長篇小說《移民》、《暈眩》、《木星之環》來翻，然後擺在床邊。

每當有人問我喜歡哪些作家，情急中總答不上來，一旦壓力鬆緩，名字便一個一個冒出來。西方作家當中，我喜歡的名單不短（也不長），但愛到一讀再讀的大概不出十個，像契訶夫、卡繆、普里莫・列維、維吉妮亞・吳爾芙、裴娜樂琵・費滋傑羅和艾莉斯・孟若，塞柏德自然也包括在內。

塞柏德生於二次大戰末德屬巴伐利亞，後來移居英國在大學裡教授歐洲文學和翻譯。寫了幾本讓德語和英語文學界驚歎的長篇，聲名正高時卻因車禍去世，才五十七歲。

在報端讀到他的死訊時大驚：怎麼可能？他不是還算年輕前頭還有很多年許多本書等著？然世界轟轟繼續製造悲劇，只有一小批忠實讀者默默哀悼——我書架上那些他的小說和詩一下子變成了絕響，此後只有別人寫他了。

塞柏德的小說奇特——不，奇特還不足以形容，而得說怪到無法歸類。融合小說、報導、自傳、遊記、歷史、評論等諸種文體，不像小說而更像散文，以徐緩的敘述寫浩劫、戰爭、文明、破壞、滅絕、記憶、失憶、流離、憂鬱、失落、腐朽、遺忘、寂寞……，文字淡淡的，然薄薄的哀傷如霧一層層籠上來，呈現出一幅淒清迷離的畫面，彷如屈原「形容枯槁，行吟澤畔」的意味，讓人難忘。怪的是若你試圖回憶他書中內容，會發現好像得了失憶症說不出所以然來，只有回去重讀才知。於是你便回去重讀，然後驚喜發現內容全新好像初讀。

二〇一一年葛蘭特・季（Grant Gee）根據《木星之環》拍了部紀錄片《耐心：塞柏德以後》，循書中路線走過英格蘭的東安格里亞（East Anglia），並搭配了一些作家和藝術家的回憶和解說，片子靜而慢，很有書中情調，我先後看了四次。而正像閱讀原書，每看每忘，再看總像第一次重新發現。不過誠如片中幾個作家一再強調的，《木星之環》的世界出自塞柏德的心靈建構，光亦步亦趨是走不出來的。片尾由一縷焰火硝煙導出塞柏德的面龐，簡直是在招魂了。

2

塞柏德的作品其實深受奧國作家湯瑪斯・本哈德（Thomas Bernhard）影響，這我得感謝英國作家傑夫・代爾的點撥。代爾這人妙極（他多年前寫爵士樂的奇書《然而，很美》臺灣曾出版），不時在文裡裝瘋賣傻坦露自己，我常想竊取他讓人絕倒的妙句。

我對奧國文學可說一無所知，本哈德還是兩年前才發現的，也只看了他幾本小說而已。有趣的是塞柏德的文字含蓄內斂，本哈德卻是憤世嫉俗滿肚子烏煙瘴氣。若說魯迅雜文尖酸，本哈德才是強酸瀉地嗤嗤冒煙。這世界種種在在觸他之怒，沒一件事他看得順眼而不破口大罵，包括自己在內。看他一片漆黑毒辣的小說簡直要悲觀厭世，起碼憤世。很巧，他死時也是五十七歲。一位芝加哥大學教授稱他這種級級加重的寫法叫「盤旋上升式謾罵」。這樣黑色近乎病態的作品而能吸引人看下去，原因在於：他荒誕至極的喜劇感。

譬如本哈德在《維根斯坦的姪子》（沒錯，就是那個哲學家維根斯坦）裡痛罵文人流連的維也納咖啡館，可是自己日日去天天去，越是討厭文人咖啡館越是非去不可，自謂得了「維也納咖啡館病」。他之所以討厭那些咖啡館，因為「老會在那裡撞見像我自己那種人，我當然不希望到處碰見我這樣的人，尤其是在咖啡館，我就是到那裡去逃避自己和像我這樣的人。」讀到這裡不禁疑心自己喜愛咖啡館是不是也得了某種「維也納咖啡館病」，在他的鄙視嘲諷之列（無疑！）。

他受不了文人，連帶盡可能迴避文學。諷刺的是，德語文學界卻看好他，不斷給他各種大獎小獎，結果是讓人爆笑的《我的文學獎》，大肆批評許多文學獎沒水準，同時挖苦自己領獎的事。他罵人尖刻，揭發自己更不容情，譴責自己明明不是山窮水盡到需要靠獎金過活卻從不錯過領獎：「不但卑鄙下流，根本就可憎。」

讀他的小說總小則微笑，不然大笑，然後是一腔苦味——他筆下的人間何其醜惡！不過笑過以後又不免嫌他太負面，少了點比較正面的東西，欠缺立體感。

譬如他說：「面對死亡，一切都是荒謬。」

他年輕時大病一場幾乎死掉，難怪格外敏感。然真要邏輯地看，永生未必就不荒謬。如果短暫的生命荒謬，不朽的生命又怎樣呢？每時每刻都是永恆，真想起來只覺恐怖。設使抽掉荒謬，換成：「面對永生，一切都是——。」要怎樣去填那個空？我看來看去，還是只有把荒謬擺回去最合適。

可是想到這裡不免又回頭反問自己：為什麼要求「比較正面」的東西？

本哈德的可愛就在他豁得出去，敢把那些髒污漆黑全抖出來給大家看。

我不行。我有好些東西不敢說，那些最深的恐懼焦慮褊狹自私我不會擺地攤樣胸罩內褲攤了一地，因為做不到他那種誠實（他不止抖露內褲還特地指出上面經年累積的斑斑點點）。我需要某種程度的「迷障」，也就是距離的煙霧保護。太真太露沒法消受，像那種逼人直視悲慘醜惡的寫實電影我便看不下去。

霧裡看花其實是一種需要，一種存在我們前後左右的常態。放眼都是霧，無知和自欺的水氣漂浮，周遭矇矓，看不清鏡裡面容顏眼中真意，因此才敢照鏡子，才認為你我多少有點可愛，才不覺得這世界污穢醜惡而可以住下去。有時刻意逼自己面對負面（譬如用心去想每條天災人禍的新聞報導），很快便覺得整個人漆黑一團陷入絕望，必須趕緊退回到那霧裡看花的世界裡去。這時才知道自己根本是一團爛乎乎軟塌塌的虛偽懦弱無用，正是本哈德致力攻擊的那種人。

3

從本哈德、塞柏德，進而聯想到珍．奧斯汀、濟慈、尼采、梭羅、契訶夫、卡夫卡、普魯斯特、卡繆、歐威爾、鄭至慧等許多早逝的作家。從他們死年回看他們的書感受難免不同——多了種宿命的悲劇感，正如李渝在短篇〈待鶴〉裡所說：「只是一個偶然，在一個片刻，命運變數出現，不能預測，沒有警告，如此決斷，分毫不能商議或妥協，生命如何是這樣令人恐懼地疏忽和虛無！」

擴展到所有故逝作家，如果把死亡也收攝在焦距內，閱讀他們的（尤其是末期）作品便會成為一種悲悼。因為你會尖銳意識到這些作者都已經死了（雖然本來就知道），而且儘管他們可能已經死了幾十或幾百年，你會有種他們才剛剛死掉的傷心——你預知他們的未來，譬如卡繆和塞柏德死於車禍，當他們還不知沒有明天興匆匆往前奔去時，明天已被撤走，前路已經中斷。抱著這份預知閱讀，每一字句都帶了陰影——他們還不知道，可是你知道。

罩著這樣陰影重讀普魯斯特的巨著《往事回憶錄》，揣測他三十五歲開始閉門寫作，不知自己究竟有多少餘年（我們知道他只有十五年），是帶著怎樣一種心情。驚人的是儘管他的視角悲觀，基調卻是樂觀的：時間可以挽回，往事可以重現，經由記憶我們可以回到過去，一次又一次。他以自己一生證明：藝術可以擊敗時間，寫作畢竟是值得的。

4

中年以後終於開始有點「懂事」，讀喜歡的前輩作家時對生死的傷感也越深切。甚至不必是非常喜歡，欣賞但不「同道」的作家去世也足以讓我悲從中來。譬如二〇一一年才去世後來變得極右的記者作家克里斯多佛・赫欽斯（Christopher Hitchens），文字之辛烈驕狂可說英美當代一絕，就像同是辛割宗教，也是火力十足的理查．道金斯一比就顯得木渣渣。二〇一〇年赫欽斯出了回憶錄《赫屈22》（Hitch 22），呼應好友喬塞夫・海勒的長篇《第二十二條軍規》（Catch 22），不久後診斷出食道癌，奮戰十八個月，原本豪飲善辯無人能敵的好漢畢竟不敵死神。驚人的是治療期間遨遊嗎啡雲霧山頭仍不絕趕稿，還為了即將出版的《歐威爾日記》做序（歐威爾是他的英雄作家）。

回看《赫屈52》，簡直好像他預知死之將至（不禁想到馬奎斯的《預知死亡紀事》），搶先將一生做了交代。當然他那時毫無所知，雄心勃勃以為來日方長還有二、三十年可供揮霍，但讀者如我旁觀事後看不免有種一語成讖的悚然。他死前完成的《必死》身後出版，寫面對死亡，一樣姿態強硬、文采風流，甚至還玩笑：「假使我歸依了宗教，會是因為死了個教徒總比死了個無神論者好。」同樣面對死亡而堅持不改無神論的，是英國哲學家休姆。我只能衷心讚揚：這才是真瀟灑！

5

然後有一天突而醒悟：

死亡終結了生命，但並不取消生命本身，不管多長多短。

春花短暫，可是誰能否認春天來過？

是的，知道死期給他們的作品罩上一層悲傷，可是無論如何他們活過，以自己選擇的方式精彩活過——作品便是證明。最終報端訃聞不在悼亡，而在表揚一生。我們從他們的死亡開始往回走，倒轉時間一步步走回生命裡。就像我一再嘗試的，從母親的死亡開始往回走，走回她生命的亮光裡去。

所以我擺脫感傷，再度拿起塞柏德的書，欣喜的，如同返鄉似的讀下去。

書店紀事

文◎陳瑞琳　美南

想起當年買書店，說是一霎的衝動，卻又好像是畢生的嚮往。

戀著那一股書香，還有鴻儒清談的雅趣，

想著有茶、有書、有人，

既擋住了外面世界的俠盜高飛，

又為自己營造了一份恬靜和淡遠，正可謂「心有所寄，神有所依」。

車子裡放著國內樂壇剛剛流行過的曲目，男人唱的是《江山美人》，女人唱的是《真的好想你》。直面的冷氣吹得眼睛有些發澀，戴著墨鏡，也能感覺到外面陽光的刺眼。車輪向前徐徐滑動，前面是轉向中國城的百利大道，又看見十字路口上插著一束悼念死難者的豔麗假花，滾滾紅塵，生死瞬間，心中不禁怵然。

還不能右轉，茫茫然左顧，就看見電杆下站著的那個金髮的女丐。很多次了，我掏錢給她，德州的太陽烈烈地燒烤在她並不算老的容顏上，聽人說她是先喪母、後喪父，再被繼母趕出家門。我還聽說她常常被男丐們欺侮，讓人就想起魯迅在《阿Q正傳》裡寫的那個更加可憐的小尼姑。那女丐此刻正站在老地方，手裡端著聚錢的罐子，惘然的目光竟閃爍著幾分紅塵「看客」的超然。綠燈閃亮，車流湧動，我九十度地打著方向盤，CD裡忽然唱的是《你的淚我怎麼能懂》，人生苦海，悲愴依舊，其實我們自己又何嘗不是活在「乞求」當中？乞求金錢、乞求愛情，再如我，乞求著靈魂一角的歡樂！明知生命的意義就是在荒涼中苦苦跋涉，卻努力將「跋涉」的沉重硬作成悠然漫步的圖畫，然後再把「荒涼」釀酒為歌。

住在休士頓久了，沉寂的心忽然厭倦，又忽然亢奮。這裡沒有雲煙的山嶺，讓人無從遐想，又沒有揉在掌心的雪花，讓濕潤的睫毛遙看雲深的淡遠。路上奔波的人，或神情躁動，或掩不住的慵懶，辣辣的日光下，瑩瑩的汗跡滲在一個個車窗內油亮的臉上。驀然，我懷想起地中海畔的歐洲，想起那年在巴黎的地鐵上，安詳的法蘭西人手上各執著一本小書，迷思的表情隨著車身微微搖顫，那般情景令今天的我不禁神往。

關了音樂，振振裙衫，努力把自己調整到輕鬆愉悅的心境，因為前面那座高大的磚樓裡面，就是我為自己每天營造一份「快樂」的生命方舟——王朝書店。

想起當年買書店，說是一霎的衝動，卻又好像是畢生的嚮往。戀著那一股書香，還有鴻儒清談的雅趣，想著有茶、有書、有人，既擋住了外面世界的俠盜高飛，又為自己營造了一份恬靜和淡遠，正可謂「心有所寄，神有所依」。

有人忽然向我按喇叭，停下腳步回顧，是熟知的朋友，開著錚亮的賓士車，我舉手相邀：「來書店看看？」他笑了：「這年月哪有時間看書？」忽然覺得不妥：「對了，我老婆喜歡美容、食譜的書，還是讓她來吧！」我也笑了，加上一句：「還有不少保健的書呢！」

跨進書店，迎面是人聲喧譁的熱浪，幾位熟面的長者正圍圓桌而坐，指點著當天的報紙。他們多是生在大陸的老僑，雖說當年的國共為了政治理念開戰，但再打也還是一家人，總會等到「度盡劫波兄弟在，相逢一笑泯恩仇」的那一天。可如今，天天看兩岸風雲，日日議孤島狼煙，無論如何，自己也是等不到那一天了。

午間買報的人流過後，若在歐洲，就是女人們喜歡喝下午茶的當口。這時，書店裡常常會來幾位相約的女賓，她們是我最喜愛的一類朋友，長髮的學電影，短髮的念了生物的博士，小臉的在合唱團，圓臉的剛剛從北京度假歸來。她們中竟沒有一個是真正的上班族，個個喜歡賦閒在家，早晨捧著英文小說，下午伺弄著豪宅內外的花草。她們買的中文書，不再是菜譜類，而是晉升到茶藝或酒，偶然也來讀讀李碧華或王安憶的小說。幾個女人在一起，最開心的是講講從前的老電影，黑澤明或者《卡薩布蘭卡》，現代的當然要說說徐志摩和林徽音。她們從不談政治，也不愛宗教，她們就愛現在的日子，因為她們曉得該怎樣去消受聰明的丈夫為女人掙來的一份幸福時光。

晚午的靜寂是作生意的人最無奈的時刻，整理好店裡的內務，我會從架子上找一本久違的書，再到對面的芳鄰泡一杯香濃的咖啡，慢慢地啜著，讓自己的心情墜入清寂縹緲的空谷。忽然抬頭，就看見開動著輪椅車的那位年輕人的面孔，想起來了，他幾乎隔些日子就會在這個時刻幽靈般地飄進來。他在架子上仔細地搜索著，這次是一口氣把龍應臺寫的大大小小的書全部買下。送他的影子出門，我忽然想，這年頭，好象健壯的人喜歡看書的已非常少，只剩下這輪椅上的殘疾人讀書若渴。驀然，就想起那部前年獲奧斯卡大獎的電影《美國佳麗》，裡面的男男女女竟沒有一個是過得好的，而唯一的幸福人卻是那對同性戀者。

晚飯的前後，租看錄影帶的人便多起來。世界雖大，但相對到每一個人還是井蛙般的狹小，所以人們想要看自己身外的故事，也真多虧有那麼多的編劇導演一代一代地前仆後繼。從前的我是個「影癡」，少時最羨慕影劇院的老闆，可如今自己真的陷進了影劇的海洋，感覺裡卻如同是終日面對著魚龍混雜的自助餐店，職業性地撐得難過。我的客人中老人多喜歡歷史劇，男人則愛武俠片，姑娘們迷戀韓國的俊男美女，正當壯年的最愛看警匪破案。而我竟搖身變成了一個老道的伺應生，學會了看人下「菜」。客人們的笑容很燦爛，但這個時候，我已經全無了欣賞「佳餚」的胃口。

面對人的世界，我時時有深深的喜悅。那些生動的或不生動的臉上，都抒寫著人性斑駁的故事。有些風塵裡的女客，眼眶上還殘留著夜生活的迷暈，白日的消磨就只靠連續劇的漫長。人要謀生，你用知識，她用身體，世上的人各自選擇著生存的路。書店裡也有不少的男客，只愛看那些「兒童不宜」的成人片，喜歡留戀在女人身體的雜誌架前。我的真正尷尬是常常會弄錯客人的身分，以為是姊弟，原來卻是夫妻，以為是嬌妻相隨，卻原來是妻子之外的「女朋友」。笑語過後，我環顧書架上層層疊疊的書，觸摸到那一捲捲風雨滄桑的錄影帶，心裡面想：這些編纂的故事哪裡有眼前的風月來得更真切呢？

在書店裡，讓我最憂心的時刻，是多年的老大姊滿面悲愴地進來，她終日以淚洗面的臉上寫著亙古以來最永恆的哀傷。躊躇安逸的男人不甘在數十年褪色的婚姻裡終老其生，天命之年卻在情海中最後一搏。而女人最致命的弱點就是把自己塑造成藤，纏繞在男人的樹上，樹倒則藤死。我只能告訴她：站起來吧，開始自己的新生活。

夕陽下，又是滾滾的鋼鐵洪流，回家的感覺真好，還有那校園裡翹首盼望媽媽的兒子。紅燈閃亮，我停下車子，打電話給公司裡還在上班的先生：「給你聽一首歌！」音樂響起，那動情的歌詞是「快樂的時候看天天更藍」。

陳瑞琳

一九六二年生於中國陝西西安。西北大學文學碩士，美國休士頓《新華人報》社長，國際新移民筆會會長、世界華文女作家會員、華語廣播電臺節目主持人等，多年來致力於散文創作及海外文學評論。出版有域外散文三部曲及評論專著，作品曾多次在北美、臺灣、中國大陸、香港等地獲獎。一九九二年赴美後從事多種研究和文化工作。被譽為當代北美新移民文學研究的開拓者。

七面鳥

文◎穀雨　華府

烤火雞躍上感恩節慶典餐桌是在一八六三年林肯總統將感恩節明訂為國家節慶開始。富蘭克林深愛此鳥，在一七八二年白頭海鷹被選為美國國鳥之前，他固執地花費了六年時間遊說各方，試圖讓火雞成為國鳥，因為火雞「比老鷹更值得受人尊敬，牠是美洲原產物，有一點傻氣，卻是勇氣之鳥，而老鷹是懦弱不誠實的壞品行之鳥。」

牠跟五色鳥很不一樣，不玲瓏也稱不上美麗，頭小體大頸項上掛著一串串大小不一令人生畏的肥厚肉瘤，但牠卻是北美洲家喻戶曉的一種鳥，牠就是火雞，是當年印地安人與北美殖民攜手共創美好家園的見證者。明代透過荷蘭人傳入日本後，日本人給了牠一個奇特驚悚的名稱「七面鳥」，一言說盡了牠那張難以形容的臉孔怪異至極。

根據研究，火雞在十萬年前就已經出現在北美洲了。火雞的視力在白天相當好，到了晚上卻如同視盲，因此野生火雞白天在田野活動，夜晚棲息於樹上以策安全；原生火雞的體積只有馴養後的一半，無礙於飛行。火雞屬於松雞家族，歐洲移民在北美初見到這種鳥類時，曾誤認是珠雞，於是以歐洲稱呼珠雞的別名「Turkey Hen」來稱呼牠，導致牠的生物學名也一直被誤冠上希臘文稱呼珠雞用的 Meleagris 一字。至於 Turkey 的名號，得自於當時歐洲人千篇一律以為奇異物種統統來自神祕東方，而當時東方最大的代表就是土耳其的鄂圖曼帝國。於是，七面鳥在以歐洲為中心的意識形態下，被簡稱為 Turkey，沿用至今。還有一個說法是，哥倫布乍聽到此鳥的叫聲「Tuka Tuka」，因此以希伯來文「大鳥」稱呼牠為「Tukki」。這種大鳥不獨長相奇怪，有專家學者甚至認為，牠的蛋可以在沒有受精的情況下孵化繁殖。

在中國，有一說火雞也稱為吐綬雞、吐錦雞、真珠雞。李時珍《本草綱目・禽二》附錄記載，吐綬雞「出巴峽及閩廣山中，人多畜玩，大如家雞，小者如鴝鵒，頭頰似雉，羽色多黑」。細究起來牠並不應該是美洲火雞。同樣在《本草綱目・禽四》條目裡有個「駝鳥」（原典用的就是駝非鴕），附圖上標示著火雞字眼，但說明文字中直接點明牠是食火雞。另外，中國古字中有個「鷊」，有人也以為牠就是吐綬鳥，因為根據《康熙字典》的解說，鷊就是綬鳥，也是吐綬鳥、真珠雞，但細看鷊的解說釋義，卻發現牠可能是錦雉，也可能是指貌似鈴蘭的綬草，總之絕非美洲火雞。

美洲原住民印地安人分布極廣，北至極北的極地區，南達阿根廷，從東岸大西洋濱到西岸太平洋，不但種族繁多，賴以維生的物產與生活習慣也有很大差異。印地安民族彼此間體型、相貌更是形形色色，光是膚色，就非我們刻板印象中一律是紅色，其實黃棕色的大有人在。火雞其實主要是遍布墨西哥北部至北美洲東岸的野生飛禽，最初可能是被墨西哥人馴化成家禽，十六世紀時又被來往於大西洋東西岸的英國船隊與商人帶往歐洲。當時的英國人本來就習慣在秋收慶豐年的節慶上享受烤鵝大餐，於是英裔殖民者在移居北美後，就以這種原生鳥類取代鵝，作為豐年祭的大餐。起初在豐年祭的餐桌上，除了火雞之外，還有北美原住民的習慣性食物，諸如熊、鹿和其他野生禽鳥等野味。後來可能是英裔移民的簡化，以烤火雞取代烤鵝，逐漸演變成今日感恩節大餐獨尊烤火雞的局面。跟據史料記載，遠在阿茲特克帝國時期，火雞已經是馴養的家禽，也是餐桌饗宴中肉食的主角之一。一五二一年，西班牙征服者 Herman Cotes 攻占了阿茲特克，也見識到這種數量繁多的大型家禽；一份從阿茲特克帝國宮廷流出的文件上記載著，皇室一年要消耗掉的火雞高達八千隻。一天要吃掉超過二十一隻火雞的皇宮，可想而知其規模之大與豐饒豪奢的程度。然而，在美國，野生火雞在三〇年代就曾經幾乎被獵捕殆盡。

火雞肉富含色胺酸，是一種可以促進睡眠的成分，因此，在美國普遍流傳的習慣，就是享受感恩節大餐的時間比一般晚餐稍早，大約是四、五點，而且許多家庭都已經習慣在大吃一頓後各就各位先睡一個好覺再繼續慶典餘興。

十六世紀的烤火雞食譜並沒有留下令人垂涎的內容，而距離當時較近的喬治・華盛頓年代，則因為「華盛頓故居」的主管單位刻意蒐羅，有當年較完整的餐飲紀錄，但這份堪稱完善的食譜內並沒有烤火雞，只有一份稱為「節慶鳥水果蘸醬」的食譜。這份水果蘸醬的主原料是蘋果、西洋芹、去籽棗子、新鮮無花果、核桃、葡萄汁，以及烤雞滴落的肉汁。不過，烤火雞躍上感恩節慶典餐桌是在一八六三年林肯總統將感恩節明訂為國家節慶開始。富蘭克林深愛此鳥，在一七八二年白頭海鷹被選為美國國鳥之前，他固執地花費了六年時間遊說各方，試圖讓火雞成為國鳥，因為火雞「比老鷹更值得受人尊敬，牠是美洲原產物，有一點傻氣，卻是勇氣之鳥，而老鷹是懦弱不誠實的壞品行之鳥。」

美國國父華盛頓可能吃什麼樣的感恩節大餐呢？答案是烤全鵝。而火雞肉則出現在作成英式派餅和冷盤的食譜內。華盛頓的全鵝料理是烤野鵝，也就是大雁。這份食譜與現在美國烤火雞大異其趣，用水冲淨鵝體內髒污血水，外皮如有破損處以培根覆蓋後，用牙籤固定住，然後在鵝身遍體塗抹奶油，鵝體內塞滿切塊馬鈴薯，放入烤箱用華氏三百五十度烤兩小時，當中每隔十五分鐘，用滴落的肉汁刷塗鵝身，必要時加上一點琴酒和水。上桌時佐以柳橙醬。

華盛頓的食譜頗偏愛禽肉，烤大雁之外，還有烤野鴨、烤鵪鶉、烤雉雞，每一道的工序精緻，遠比烤全鵝更加精彩。雉雞填滿葡萄和一部分事先用白葡萄酒漬過的白葡萄乾，烤至將熟之際，淋上高湯、蘑菇和紅葡萄酒，繼續烤兩個半小時；鵪鶉用葡萄葉包裹起來，外層再包上培根，然後用繩子綁妥，以華氏四百五十度烤十五分鐘，上桌時搭配以烤鵪鶉肉汁、無子白葡萄和雪莉酒烹製的蘸醬；野鴨最特別，填上野米、洋蔥、鹽、胡椒烹製的內餡，鴨身裹上培根，加蓋用華氏三百五十度燜烤兩小時後，掀蓋再烤二十分鐘。

美國家庭並非戶戶都在感恩節烤火雞，有的家庭烤火腿、烤肋排或烤英式牛排。烤火雞也講究肉質，標示為「Heritage」的是土種火雞，「Premium」和前者一樣同是餵養穀物、野放、無抗生素的火雞，因此胸肉較不發達堅實，「Kosher」是以穀物飼養但採取大量生產方式的冷凍火雞，事先浸泡鹽水處理，肉質較柔嫩，而「Free-range」則只代表飼養的火雞是有野放機會的放山雞，不保證只餵養穀物，因此也不保證柔嫩多汁。

烤火雞是一件大工程。以每個人大約需要吃一磅火雞肉來計算，最少要買一隻十磅重的火雞，而在冷藏室內自然解凍一磅肉至少需要五小時，一隻火雞需要三天解凍；如果用泡水方式解凍，也得耗時五小時。填充的餡料可以提前準備，卻不可事先填入火雞肚內，以免走味敗壞。最麻煩的一個步驟是醃泡火雞入味並讓天生較乾硬的肉質得以多汁柔軟。為了伺候這隻大鳥得預備一個至少二十公升（約相當於二十夸特）的大桶子，放入基本醃料：高湯、黑胡椒、鹽、糖、洋蔥、大蒜，醃上八到十個小時。這麼大的桶子很難放入冰箱，只能選個陰涼處放置，可想而知，冬天才適合烹製這道菜。烤的過程也大費周章，先以高溫約五百度烤腹部二十來分鐘，然後翻過來背面朝上，覆蓋鋁箔紙，改以較低溫三百八十度再烤兩小時。這也是為什麼會有人發明油炸火雞鍋這種便利的工具了。這個炸鍋構造有如臺灣桶仔雞的掛爐，不過用了油，還有個方便撈起火雞的篩網桶；然而話說回來，重達二十五、六磅的鍋具，不用時貯放也讓人頭疼。

如此折騰無非是為了增添節慶的豐盛氣氛，碩大的烤火雞總是盛宴的焦點，少了牠顯得有一點寂寥，畢竟再大的烤火腿、烤牛排份量也難與壯觀的火雞匹敵。只是如今在感恩之際，大家似乎淡忘當年首批來到北美洲的歐洲清教徒在第一個冬天幾乎餓死病死凍死的當兒，原住民伸出援手授以在地飲食的那份和善友愛的初衷。救命恩人的情義終不敵現實利益，少數弱勢最後盡如細雪飄落大海消融無蹤。

說起來，感恩獻祭應該帶著感傷，或甚至贖罪的心情。以盛宴感謝上蒼惠賜得來不易的豐收，大快朵頤的酣暢之餘，該想想收斂，不是嗎？「飲食有度」這個念頭，遇上節慶當頭，每每讓人心頭五味雜陳。

（原載於《世界日報》副刊，二〇一〇年十一月二十五日）

穀雨

本名傅士玲，另有筆名王約，臺灣人，現居美國北維吉尼亞州。美國威斯康辛大學東亞語文所碩士、喬治梅森大學宗教與文化研究所碩士，曾任職漢聲雜誌、商業週刊出版公司、壹週刊。譯有《危機領導人》、《信任的深度》等，著有《蔣公獅子頭》、《逃去住旅館》等。曾任華府作協會長，作品散見《世界日報》副刊、《中國時報》、《中華日報》等。

彈琵琶的婦人

文◎喻麗清　名家

沒有留下名字的留琵琶，沒有琵琶的留住感覺。

江心秋月白的晚上，感覺如同一首人生的長詩慢慢茁長靜靜開花。

那一年，街邊衝出來一個刺客，把朝廷裡的大官殺死一個殺傷一個。兇手抓到了卻又放走了，這不奇怪，最奇怪的是朝廷裡有人反而建議把那位受傷的官員開除以安撫賊子免得賊寇動武打過來。那是唐憲宗西元八百年左右的時代，白居易那一年四十出頭，一聽到這個消息怒髮衝冠力主出兵，他上疏說道我們如不討賊國將不保。得罪了那些反戰派的結果當然就是被貶官下放了。啊，如果他沒有被貶，我們就沒有〈琵琶行〉可讀了。

白居易的〈琵琶行〉，其實是一篇很動人的小小說。原文只有六百一十六個字，如詩如歌，卻又淺白有如散文。

從前讀它是做學生為考試而讀，如今讀來更覺白居易寫的琵琶聲，大弦如急雨，小弦如私語，

書寫@千山外

落在玉盤上的大珠小珠其實就是人生中點點隱形的淚珠。餘音繞樑，淒清之美不絕於心。

白居易寫〈琵琶行〉的時候四十五歲了，是下放到江西九江的第二年，送客送到潯陽江邊偶遇這位彈琵琶的婦人，未見其人先聞其聲，楓葉荻花秋瑟離情之時，那美麗的琵琶聲勾起了他無限的鄉愁。千呼萬喚始出來、猶抱琵琶半遮面的這位風塵女子，居然在遲暮時遇到了知音。而白居易在山歌村笛難為聽的窮鄉僻壤，忽聞仙樂，並得知婦人身世坎坷，別有幽愁暗恨，立時感動得寫下這個傳世長詩，歌以贈之。

詩人對婦人說：同是天涯淪落人，相逢何必曾相識。

婦人卻在千年之後才找到了能與他對答的和聲。

最近香港詩友寄來一本詩集，他在後記中附錄了一篇吳興華佚詩：〈彈琵琶的婦人〉。

我讀了又讀感動莫名，想起白居易的〈琵琶行〉。

兩詩並讀，凌虛通感，吳興華簡直就是那位當年在船上彈琵琶婦人的再生，他的詩如同對白居易的報答與唱合。這神祕而浪漫的唱和，相隔一千一百年矣。胡蘭成說讀文學應似一種感通，它跨越前生今世仿如隔世驚艷。我讀〈彈琵琶的婦人〉正是這種感覺，這麼好的詩啊。

〈彈琵琶的婦人〉　吳興華佚詩

「他不會注意這東西——對於他說來

過去就像是蟲咬的多塵的帷幕捲起來，丟在一邊。只有把俄頃孤立在時間的急流裡，他才能深嘗生命杯中的酒液；而我卻竭力使現在負擔起過去全部的重量

使過去復活在現在裡——歡樂　希望
長年的等待　遠離這世界的冥想似乎都湧向我指下　弦子尖聲地嘶喊著：我們承受不住了……
都師和女伴都曾誇讚我高度的熟練：作著夢也絕不會彈錯　是啊　熟練　手指和撥子不可分地
結合在一起　恐嚇　央求　引誘
使得潛藏的聲音吐露出來
成百千不眠的夜晚
但是　我直到今天才彷彿瞭解
這支曲子的意義　江心的月光
使我的心靈打開了　表裡瑩澈

三月　雨剛住不久　在魏王堤上
駿馬躑躅著　畏避滑膩的春泥
他拉著我的手微笑：我們會再見的

喧天的笙歌繼續著　有些賓客聚集在柳樹下勸解一個女子——她鬢上的花戴得太偏了——
橫豎那瑪瑙盤子不值幾錢砸碎了不要緊
那時我們都年輕　生命伸長到目所不及的遠方
錯誤還可以彌補　失去的機會還會再招手
我沒作任何回答　只是眼角潮濕了
望著他離去

歲月在他額上刻劃的傷痕好像酒樓牌子上記下的賬目
一筆又一筆　我還會再來
把一切都塗掉　乾乾淨淨地重新開始
他說　現在他凝望著遠方
讓音樂迷離地迫入他的胸膛四肢準備抓住那誰都不曾抓住的叫它停下來
是否他會在心靈對聲音的解釋
無限錯綜令人目眩的途徑裡選擇出那條隱祕
然而是真實的？
音樂　生翼的仙子　把你誠懇的顏色借給我

讓我半生的痛苦好像高枝上的一片小葉子
沐浴在日光中羞澀地展開　越過他
四圍無形的牆垣　使他記起……

啊　動如舊的手抓　變更的心情　掙扎著
想在平滑的樂曲下顯示出自己來
寒冰　堅硬的寒冰下緩慢地奔流著沿沿的暗水
他會聽出這細微的差異嗎
當我絕望的呼聲充滿廣闊的空間時
他是不是聽見的還只是過去熟稔的調子

船快要開了　他們旅程的起點恰好是我的終結
在這支曲子裡我埋藏了一切　暫短　瞬息　即逝
這是音樂的　也是我的運命
酒和熱淚灑滿了他的衫袖
但是誰知道他在為什麼悲哀

或許音樂把他從個人圈子裡解脫出來了
他在瞥見的事物中也有我小小的一份
如果這片刻能在他詩句裡得到永恆的紀念
我將滿意地引退到黃蘆苦竹的呼嘯聲中
像一顆飛星　不留下自己的名字
短時間突破了黑暗……」

樂止而聽者尚沉浸在音樂中，那些生命中失落了很久似的抽象的感覺，連細到了沒有的傷痛彷彿一下子都乘著琵琶與詩的翅膀一一飛了回來。這就是文學，我想。

沒有留下名字的留琵琶，沒有琵琶的留住感覺。江心秋月白的晚上，感覺如同一首人生的長詩慢慢茁長靜靜開花。

後記：感謝葉維廉教授的指點與現代電腦資訊的便捷，使我後來知道吳興華是新詩的奠基石（新加坡大學張松建的博士論文寫的就是他），他是一位擅寫古事新詠的另類現代詩詩人。在文革受難者的平反專欄裡讀到他的受難與慘死，真覺心痛不已。他是北大外語系教授，死時年僅四十五歲，正是白居易寫〈琵琶行〉的年紀。

失業

文◎黃綠　紐英倫

那骨梗在喉的難過，那糾纏在胸的疑問，
那遭受重創的自信，那因為職場疲軟而產生的恐慌，
千般情愁，好似打翻了五味瓶，
酸苦澀辣辛，攪也攪不開，分也分不清。

龍年十月二十九日，颶風桑迪以每小時六十五英里的速度，氣勢洶洶地撲向麻州。傾洩的暴雨狠命地衝撞著窗戶，咚咚震耳，好像在傳遞一種不祥的資訊。

電話鈴響起，是我老闆：「露琪婭，我有一個壞消息告訴你。」老闆說：「你被解雇了，我很抱歉。」接下來她便泣不成聲了。「我已經盡了最大的努力，這個結果讓我很傷心。」老闆接著說。我鎮定地回答：「謝謝你的努力，我很理解。」老闆如釋重負：「你能如此冷靜地接受現實，我很欣慰。」

接受現實？我能做什麼呢？哭，鬧，罵老闆，罵公司？說實話，我先生作為一個公司的研究室負責人，也曾有過裁員的經歷，那時的他整夜都像熱鍋煎魚，輾轉不能入睡。他內心的為難，只有家人才知道。因為這層關係，我對自己的老闆們沒有報怨。從公司的角度看，在經濟蕭條的大環境下，籌資困難。一個財力不足的小公司，要擴大下游的臨床試驗，就只有縮減上游研究開發的團隊。想到這個因素，我對自己的公司也沒有抱怨。

理解歸理解，寬容歸寬容，可是被裁員的感受是很複雜的。那骨梗在喉的難過，那糾纏在胸的疑問，那遭受重創的自信，那因為職場疲軟而產生的恐慌，千般情愁，好似打翻了五味瓶，酸苦澀辣辛，攪也攪不開，分也分不清。

不敢拿起電話，只好流著眼淚上網寫信，通知同事們我被解雇的消息。很快，有幸留任的同事就打來電話問候，電話那頭唉聲歎氣，電話這頭哽咽無語。人人都說：「沒想到會是你！」我也自問：「為什麼會是我？」特別是當得知留下的人，有一些是供職多年卻一事無成的人，也有一些工作並不十分努力的人。心中難免質疑：公司裁員的標準是什麼？為什麼會裁掉我這樣工作勤奮，待人友善的員工？難道我真的老了？貶值了？百思不得其解。就在一周前，為了向公司負責人提供良好的資料和圖案，有一天我一口氣幹了十二個小時，第二天晚上回家扒了幾口剩飯又趕回實驗室，第三天再精心地製作好報告提交上級。像我這樣全心全意，任勞任怨的員工，為什麼會得到如此待遇？被人遺棄的痛楚，受到小看的屈辱，勞而無功的苦惱，化成了流之不盡的淚水。

老天好像是有意安排在颶風桑迪逞兇顯威的這一天，把我留在家裡。讓我在惡訊來臨時，有一個私人的空間來釋放內心不良的情緒；有壁爐裡溫暖的火焰來捋平渾身僵硬的肌肉；有親人的安撫和鼓勵及時地包圍自己。我也慶幸因為颶風的預報，讓我提前處理好了預計會在這兩天生病的實驗小鼠，否則，我被裁員後，誰來照顧那些可憐的小東西？

兩天過去了，按約定我去公司領取辭退協議書。淡淡地上了一點妝，黑裙配上紅西服，我以一個莊重體面的職業婦女形象，出現在解雇了我的公司。我給同組的女同事包括老闆，每人準備了一份從自家花盆裡分出來的植物，有的還開著小花。從人事部門走出來，我與這家有著四年雇傭關係的公司就斷交了。公司給了我一些賠償金，也算是仁至義盡。

抱著辭退協議書，我完全可以拂袖而去，但是我選擇回到了實驗室。颶風來臨之前趕做的實驗，應該寫出報告，留下記錄。我寫完報告，列印出來，貼到具有法律效應的文本裡，每一頁都簽署上自己的名字。或許有一天它們會產生有用的價值，為公司創造效益。可惜這些由勞動、智慧和一腔熱忱而凝結成的資料，對我已毫無意義了。默默地工作著，眼淚又悄悄地流下來。身後傳來老闆的唏噓聲：「在這個時候，你還能靜心地寫實驗報告。」雖然被辭退了，但是以自己一貫做人的原則，我必須善始善終。當終點來臨時，一定要畫上一個圓滿清晰的句號。

篩過千種情緒，留下一點自勉：人生中無論發生什麼不測，萬不能喪失自信！比如說公司裁員，導因太多，沒有必要搞清「為什麼是我」，關鍵的是不要過多地懷疑自己，而成為自卑的俘虜。

打點好行裝，揣上滿滿的自尊，帶上豐富的職場經驗，勇敢地踏上新的征程。

威力巨大的一級颶風桑迪從新澤西州登陸，一路直上，遍掃美國東北各州，涉足之處留下重創。風止雨停，人們便開始收拾殘局，重建家園。暴風雨過去後，曙光就在前面！

黃綠

任職麻州劍橋 NOVARTIS 生物技術和新藥的研究開發。自幼愛好寫作，文章散見於《世界週刊》、《波士頓新聞》、《美州時報．週末版》、《波士頓紀事報》，並以 Santa Lucia 筆名在文學城、博客創作散文、詩歌、雜談等。個人博客：http://blog.wenxuecity.com/myoverview/12806/。

亞特蘭大——郝思嘉的故鄉

文◎楊慰親　亞特蘭大

很多人都會把亞特蘭大與南北戰爭連在一起，

但事實上亞特蘭大始終以商業為主，是一個極具前瞻性的都市。

當年民權運動鬧得如火如荼，

亞特蘭大打出的口號是「太忙了，沒空仇恨」（Too busy to hate）。

提起亞特蘭大也許有人不清楚到底在哪裡，但如果說是美國著名描寫南北戰爭小說《飄》，或者好萊塢最賣座的電影《亂世佳人》主要故事的發生地，可能就無人不知無人不曉了。

一八三七年喬治亞州急需一條北向的通路，經過工程師的測量，就在一個印第安人居住的叢林高地，建築了一個火車站。誰也沒有想到這個火車站會發展得如此迅速，到南北戰爭時，成為南方重鎮之一。

記得當年讀《飄》的中文譯本，男女主角的名字譯為郝思嘉與白瑞德，亞特蘭大則譯名為「餓狼陀」，也難怪第一次聽見亞特蘭大就誤以為是新澤西州的大西洋城（Atlantic City）了。

正因為這重要的地理位置，南北戰爭時遭到北軍將領蕭門將軍（William T. Sherman）的嚴重破壞。北軍離城時縱火，把整個城市燒得幾乎片瓦不留。電影《亂世佳人》中郝思嘉與白瑞德在熊熊大火中，驚心動魄逃亡的場面，應該沒有過分地誇張。

南方一直是個農業區，黑奴與大農場莊園，造就出一個近乎貴族式的悠閒縉紳階層。在《飄》這部小說裡，郝家及書中幾個主要家族，都屬於這個階層。這些縉紳也是當時的領導階層，他們始終相信地方事物，包括黑奴制度在內，應由地方政府決定，中央不應過分干預，否則地方就有權退出聯邦。

雖然歷史早已論定南北戰爭因黑奴而起，但對南方人來說，黑奴只是戰爭的藉口，真正的原因該是地方與中央政府權限之爭。如今戰爭已結束了一百多年，但這個問題始終沒有解決，爭執至今依然存在。

南方戰敗，南方人卻不以成敗論英雄，對當時許多南方將領，固然懷念不已，對南方的傳統與歷史，更引為光榮，長懷一種特殊的驕傲，始終戀戀不捨。

瞭解了亞特蘭大的歷史背景，《飄》的影子就可立即浮現。最早的那個火車站仍然保留在市中心，現改建成為一個商場。因為部分在地下，乃命名為「地下城」。現在除了進口處的一個火車頭，略具歷史象徵性的意義，戰火就得全憑想像了。遊人漫步其間，見到的是許多商店及餐館，以及一些從算命到手工藝的小攤子，形形色色不一而足。遊客在此可以聽到南方的音樂，嚐到南方的口味，還能買到土產。因為它地位適中，是匆忙過客最佳的去處。

亞特蘭大一直是個商業都市。許多大企業在此創建發展，進而名聞世界。最有名的除了可口可樂，及有線電視新聞網（CNN），還有UPS、Home Depot等等。近年來在亞特蘭大，以漢堡雞成名的Chick–fil-A也因老闆反對同性戀，受到許多人的抵制，名氣也漸大了起來。

現在可口可樂博物館，與水族館（由Home Depot老闆出資）比鄰而立，連同《飄》的作者密契爾女士紀念館都在地下城附近。

可口可樂原始配方是由一個南軍退伍的軍士所調製。最早只在一個小藥房裡銷售。豈料幾次轉手後，現已是全世界最富盛名的飲料，也是美國文化象徵之一。如今好幾條街連同本城的藝術博物館的名字，都是用可口可樂前後任老闆的名字。這些大企業成功之後，都捐贈巨款，對亞特蘭大的地方建設有不可磨滅的貢獻。

相形之下《飄》的作者米契爾紀念館就小多了，但據此間的觀光局說，米契爾就是在這個小小的公寓裡，創作了《飄》這本小說。每年從各地詢問這本書及作者的信函，有上萬件。

石頭山距城中心不過二十幾分鐘，山上有一個大石雕，雕刻的是南方的三位英雄人物——南方總統戴維斯，南軍將領李將軍以及傑克遜總統。這個充滿懷舊情緒的石雕，如今已發展出一個占地三千兩百萬畝的大公園。其中有人工湖、高爾夫球場、露營場地、旅館等建設。每年五月到九月，天黑以後在山前廣大的草坪上，放映精采的雷射秀，觀眾經常數千人。節目雖然年年更換，主題卻總是含有不少的南方風味。

但最能表現南北戰爭的當屬在地下城南方，一幅以三百六十度圍繞全室的巨幅油畫。描繪一八六四年七月二十二日，亞特蘭大淪陷前，在火車站附近，一場慘烈的廝殺。這畫有五層樓高，三百五十八英尺長，重九千多磅。由十一個藝術家，經二十二個月，在一八八七年完成。但因體積太大，一直找不到固定的地方放置。直到一九八二年，亞城首任黑人市長傑克遜當政，才決定專為此畫蓋一個博物館定名：Cyclorama and Civil War Museum。因為傑克遜市長認為，這幅畫顯示了戰爭的殘酷，卻沒有特別袒護南方的觀點，值得保存。

當然亞特蘭大最知名的人物應是金恩博士，他因提倡以非暴力手段去爭取民權而名滿天下，他為黑人在美國社會爭取平等地位所做的貢獻，受到全世界的敬仰。紀念館在地下城東南方不遠，金恩博士出生的那條街上。這裡不只可以看到金恩博士的成長，更可以瞭解美國民權的發展。現在一月十五日，他的生日已定為全國紀念日，每年這一天，這裡都有隆重的紀念活動。

很多人都會把亞特蘭大與南北戰爭連在一起，但事實上亞特蘭大始終以商業為主，是一個極具前瞻性的都市。當年民權運動鬧得如火如荼，亞特蘭大打出的口號是「太忙了，沒空仇恨」（Too busy to hate）。

作為南方重鎮它自然地保留了許多南方特有的風情，可是這些具南方特色的景物，懷舊的性質常不如吸引觀光的意味濃厚。

如今亞特蘭大人口已近四百二十萬，是美國第九大城，東南部主要交通樞紐，他的飛機場已是全國最忙碌的。雖然喬治亞州仍然是個農業州，在政治上跟其他南方各州一樣，屬於保守派。可是亞特蘭大因為許多人是外來的移民，人口結構不同，政治取向也自然有異。去年總統大選，兩黨勢均力敵，十分緊張。一次跟幾個美國朋友聊天，談到選情，很為民主黨擔憂。一位在此生活了幾十年的紐約客，半開玩笑半認真地說：如果共和黨勝利，她就移民到加拿大去。結果民主黨贏得總統大選，但喬治亞州歸屬了共和黨，而亞特蘭大則成為大片紅色（共和黨）中的一個藍點（民主黨）。

一九七九年鄧小平訪美，到達的第一站就是亞特蘭大。當時遊行抗議的，與歡迎鄧小平來臨的中國人，各自聚集，揚旗吶喊好不熱鬧，成為一時的大新聞。後來中國政府贈送熊貓倫倫、洋洋給亞特蘭大動物園也很轟動。

亞特蘭大一直隨著時代，不斷地朝著國際性大都會發展。一九九六年亞城政要費盡心思把奧林匹克運動會主辦權爭取到手，便是一個明顯的例子。多少年來，全球各地，四面八方絡繹不絕，來此設店開鋪的公司行號，比比皆是，稱亞特蘭大是個國際都市，當不為過。

當然隨著亞特蘭大快速的發展，新的建設越來越多。許多大城市的問題也接踵而來，如今交通擁擠、空氣污染、水資源的分配等，都逐漸地變得嚴重起來。很多人為此憂心，不斷提出警訊，但亞特蘭大的發展，似乎絲毫沒有減緩的跡象。

亞特蘭大之所以有今天，固然因為它的地理位置，但不能忽略的是優厚的自然環境。首先位於叢林高地，花木眾多，所以一直有公園城市的雅號，是住家的好地方。而四季分明良好的氣候，尤為人所稱道。

每年三月底，黃色的迎春花首先開放，接著就是粉色的櫻花，白色的梨花，再下來就是茱萸花，等到杜鵑花一開，全城一片繽紛，百花爭豔。每年茱萸花嘉年華會，更是亞特蘭大的一大盛事。

夏天氣溫較高，但因地處一千多公尺的高度，加上林木眾多，全城綠蔭處處，當非其他南方城市可比。記得四十年前，初到亞特蘭大，很多家庭都沒有裝冷氣，只要在天花板上裝一個抽風機，就足以消暑了。

秋天的秋葉，因樹木種類不同，與新英格蘭幾州的紅葉相較，有不同的韻味，依然吸引著許多遊客。冬天則只下一兩次雪，大多隔天就化，寒氣不會像北方那麼逼人，卻成為冬天美好的點綴。

風光明媚的時候，許多住宅區，就像公園，尤其到了春、秋兩季。偶爾經過州長館邸（定時開放供民眾參觀）附近的高級住宅區，典型的南方高柱巨宅隱現在深深的庭院後面。感覺上郝思嘉穿著蓬鬆的大裙子，帶著她迷人的微笑，好像隨時都會出現在眼前。

（二〇一三年於亞特蘭大）

楊慰親

現居喬州亞特蘭大，河南商城人，臺灣政治大學西語系畢業，碧寶德大學圖書館系碩士，喬治亞州立大學教育系結業。曾任大學圖書館員，中文教師。著有散文集《異國感懷》、《樹上的小木屋》、《珍妮的憂鬱》，小說《人間有夢》、《不平行的愛》，傳記《電學之父——法拉第》。

時間之泉

文◎萬羚　芝加哥

我從一個旅人的角度看這件作品，心緒很複雜。
我看它壯觀的矗立在街頭，卻滿布著滄桑，
我感嘆藝術家的心血結晶，終究抵擋不住時間之神的捉弄。

十幾年前，某個冬日的午後，我途經住家南邊的華盛頓公園，看到塔非（Lorado Taft, 1860–1936）著名的雕塑作品「時間之泉」，泥黃的表面，早已斑剝脫落，周圍蔓草叢生，更任寒風吹襲，它雖醒目的矗立街頭，卻形同廢墟。看到此景，一股隱隱哀傷盈滿我的心頭，我突然記起余秋雨在《文化苦旅》書中〈廢墟〉這篇文章裡的一段話：「沒有廢墟就無所謂的昨天，沒有昨天就無所謂的今天和明天……營造之初就想到它今後的凋零，因此廢墟是歸宿；更新的營造以廢墟為基地，因此廢墟是起點。廢墟是進化的長鏈。」這話語的確令人感傷，但眼前的場景，不就是最明確的印證？

沒有流水的噴泉，襯著淡灰色的天與飄浮的雲，看來淒寂難耐。我徘徊流連其間，再仔細看，發現裝飾著這座噴泉的巨型雕塑，雖已陳舊，卻仍內蘊著豐碩的美感，凝聚一股向上的生命力，宏偉地雕鏤出生命與時間的搏鬥。長方形的大水池前面，昂然獨立的時間之神，神祕凝視著眼前一百名前仆後繼的男男女女。浮世中的群眾，表情有熾熱，有溫煦，有狂放，有沉著，有貪戀，有迷惑，在生命的浪潮中浮浮沉沉，與時間之神交戰著，掙扎在情慾、愛恨、歡愉、苦痛、戰爭、和平、生、老、病、死的路途中。

這座以銅、鐵為基架，再以水泥鋪蓋塑成的雕塑，是芝加哥著名的雕刻家塔非於一九二二年完成的作品。塔非誕生於伊利諾州的Elmwood，他於一八八〇年從伊利諾大學（University of Illinois at Urbana-Champaign）拿到碩士學位後，隨即到法國進修五年。他於一八八六年回到美國，成立自己的工作室，同時到芝加哥藝術學院（Art Institute of Chicago）任教，往後將近五十年的時間，他都住在芝加哥。他不僅是一個雕刻家，也是一位著名的學者與作者。塔非經常在報章雜誌發表文章闡述藝術理念，也著書立說，他的代表作是一九〇三年出版的「美國雕塑史」（The History of American Sculpture）。

「時間之泉」是由福克森基金會（Benjamin Ferguson Trust Fund）贊助，委託塔非製作的雕塑，以紀念美國與英國於一八一四年簽定的「根特條約」（Treaty of Ghent）和平協議一百年，此條約是美、英達成加拿大所有邊界設定的和平協議。塔非以一百個人物象徵一百年，他把自己的形象也雕刻在其中。整座雕塑全長三十八・六六公尺、寬七・二公尺、高七・三公尺。塔非依據英國詩人道布生（Henry Austin Dobson, 1840–1921）的詩〈時光悖論〉（Paradox of Time）其中的詩句「時光流逝，你說？啊不，天哪，時光停留，我們流逝」（Time goes, you say? Ah no, Alas, time stays, we go）來塑造這件作品。

塔非原來擬用花崗岩或大理石作建材，但鑑於芝加哥冬季酷寒風大，加上建材昂貴，預算不足，所以放棄。他從很小的素描開始，不斷的翻製成正確的比例與尺寸，再到四千五百件模型的塑造，前後共費了十四年的時間，才完成這件作品。藝術家的苦心經營和創作的寂寞，以及對作品的執著，都一一寫在歲月，融入時間的巨輪中。

當年，我從一個旅人的角度看這件作品，心緒很複雜。我看它壯觀的矗立在街頭，卻滿布著滄桑，我感嘆藝術家的心血結晶，終究抵擋不住時間之神的捉弄。

最近，我又路過華盛頓公園，同樣是這座雕塑，卻讓我有了截然不同的心情與感受。「時間之泉」經過整修後，已經煥然一新，斑剝的裂痕不見了，往日的滄桑已消失，沒有裸露的風霜，沒有哀傷。流動的水，在藍天白雲襯托下，讓眼前這些塑像都鮮活跳躍起來，他們勇敢的向前走，一點都不畏懼時間之神炯炯逼視的雙眼。

其實「時間之泉」，早就名列在芝加哥市政府重點保護的歷史古蹟。但要維護一件大型的戶外藝術作品，有其實際的困難，龐大的經費加上芝加哥的天候，冬季風雪交加，夏季烈陽高照，都使得維修工作，進展緩慢。芝加哥公園管理局、芝加哥藝術學院、芝加哥大學每年都捐出大筆經費來保護這件作品，並從一九九七年起，陸續分好幾個階段，來進行整修，整個工程，到了二〇〇五年才完成。

「時間之泉」的噴水系統早已毀壞，整修之前，約有五十年的時間，水池都是乾涸的，一個沒有水的噴泉，猶如王謝堂前燕，飛入尋常百姓家，沒落、孤寂。

見到流動的水，讓我欣喜莫名，這份喜悅，讓我感受到人們對芝加哥這位藝術家的尊崇。看到塔非的作品，重新受到芝加哥人的青睞，我的心也跟著舞動起來。

我抬頭再望一眼手持長杖的時間之神，孤傲、嚴肅、冷漠的表情，與浮世中掙扎的群眾隔著一道水池遙遙相望，他，永遠只是一個冷眼的旁觀者吧！

註：華盛頓公園位於芝加哥南區，緊臨芝加哥大學，占地三百八十英畝，它是南區居民主要的社交及活動中心，每年夏季，經常有大型活動在這邊舉辦，公園以美國總統喬治華盛頓的名字而命名。幾年前，芝加哥極力爭取舉辦二〇一六年夏季奧運會，就提出計畫，要將奧運會會館及游泳競賽場地建在華盛頓公園，可惜芝加哥沒有爭取到奧運舉辦權。除了時間之泉，公園裡面的 DuSable 非裔歷史博物館（DuSable Museum of African American History）也非常有名。現任總統歐巴馬的家就在公園附近。

萬羚

本名楊美玲，淡江大學中文系畢業，曾任「美中新聞」副刊主編等職。旅居芝加哥二十餘年，從事兒童文學創作，喜愛攝影，並為「國語日報」兒童版及青少年版撰寫專欄。曾獲「九歌兒童文學獎」、「小太陽獎」、「年度最佳少年兒童讀物獎」等文學獎項。著有散文集《大自然的探索》、《啜飲一杯甜蜜清泉》、《大地笙歌》、《飛鴻傳真》等書。

一輩子的好運
——獲世界華文作家協會「終身成就獎」感言稿

文◎黎錦揚　名家

寒窗了十年多，才寫出一本小說叫《花鼓歌》，寄給經紀人 Ann Eluo 去賣，寄去十個多月沒有消息，經紀人最後來信說，這本書，大部分的紐約出版社都退稿了，只有一家，架子很大，編輯不看稿，把稿寄給看稿人去選稿。我的小說落在一位八十歲有病的看稿人的床上，他沒有精力寫一頁紙的書評，僅在稿子上寫了兩個字：「Read this!」寫完就登天了。

今年是馬年，我活到九十七歲，算是有長命的運氣，但是人老了，毛病很多，頭腦不清，又健忘，只好把今天要說的話唸一唸。口齒不清，請原諒！

談到運氣，我一向認為搞文藝的人，一半是基因和努力，一半是運氣，以我來說，運氣超過五成以上。

我到美國耶魯大學讀戲劇系，英文不靈光，不到一個月，我請求轉學，老師是有名的 Richard Eaton，他是美國名劇作家 Eugene O'Neil 的老師，他說：「你是來學寫舞臺劇，不是來學英文，如果你寫一個劇本能在學校的戲院上演，你就能畢業。」

我鼓起勇氣，日以繼夜地寫。好在那時很窮，沒有費時請小姐去吃飯看電影，兩年以後，果然寫了一本能在學校上演的戲。

戲演出後，一位美國太太給了我一張名片，她要我在暑假去見她。她是紐約來的文化經紀人 Mrs. Ann Eluo，但我興奮得不能睡覺，不等暑假，第二天，我搭一小時的火車，到紐約去見她。還沒有落座，她就潑冷水。她說：「從此不要再寫舞臺劇，中國故事從來沒有上過美國的職業舞臺，你可以改寫小說。」她懂市場，我只好遵命。

中國人有句話說「十年寒窗」，我寒窗了十年多，才寫出一本小說叫《花鼓歌》，寄給經紀人 Ann Eluo 去賣，寄去十個多月沒有消息，經紀人最後來信說，這本書，大部分的紐約出版社都退稿了，只有一家，架子很大，編輯不看稿，把稿寄給看稿人去選稿。我的小說落在一位八十歲有病的看稿人的床上，他沒有精力寫一頁紙的書評，僅在稿子上寫了兩個字：「Read this!」寫完就登天了。沒有這兩個字，這本書也不會出版，這是不幸中的大幸，就是我說的「運氣」。

人生在世，都有起落，我一生中倒楣的事也很多，今年馬年不談倒霉事，只談「好運」。我這本小說出版後，居然爬上了《紐約時報》的暢銷書榜，有一位好萊塢製片商，願意出五萬元購買所有的版權，另一位百老匯製作人願出三千元購買舞臺劇版權。第二天，電話鈴響了，把我叫醒，是經紀人 Ann Eluo 打來的，她說：「恭喜你選得很對，我已經打電話給 Joseph Field，接受了他的三千元。」我說我沒有打電話給她，她說電話是她的助手接的。大概是我太高興，買了兩瓶啤酒獨自在斗室慶祝，喝醉了酒，在電話中把五萬說成三千。

這兩瓶啤酒卻帶來了好運，《花鼓歌》被 Joseph Field, Rodgers and Hammerstein 三大名家編成歌劇，在紐約上演了兩年，在英國上演將近一年，打開了世界娛樂界的大門。後來又由環球公司拍成電影，得到五項金像獎提名，贏得三項。美國輪胎公司及日本航空公司，請我免費遊歷東南亞及歐洲，替他們寫遊記作宣傳。

我把老爺車換了一部 Lincoln，買了幾套新西裝，結婚成家。十年內，我出版了英文小說十一冊，中文短篇小說一冊，同時《花鼓歌》又在全國 Regional Theaters 重演，電影也出了 DVD，我改變了我從前寒酸習慣，在餐廳吃飯，我還要大聲的搶著要付帳。不是假大聲，是高興的大聲。

記得小時候在北京，大哥常帶一家人到「長春樓」去吃飯，我才七歲，聽不懂大人說的話，又不喜歡長春樓的大魚大肉，有一次，隔壁房內有人吵架，我起身去看，我大哥把我拉住，他說：「那不是吵架，是客人大聲嚷叫，搶著要付帳！」後來我們離開餐館，大門旁站了幾位餐館的員工，同聲大叫：「多謝黎先生賞小賬五元！」我們出了大門，大哥說：「五元太多了，可惜！」我大嫂說：「你黎家有面子，不可惜！我就怕你們黎家太寒酸！」

現在「好運」又來了，世界華人作家協會贈我「終身成就獎」，我要投身文藝的朋友，分享這座獎狀帶來的好運，希望藉著好運把華人的文化發揚光大，打入國際主流，這個好運不能錯過，我要所有文友分享。還有，我要特別謝謝北美南加州華人寫作協會吳宗錦會長，沒有他的鼓勵和贊助，也不會有今天的團拜和頒獎儀式，使馬年行大運，希望文友們努力寫作，馬到成功！

談到文藝，不論是出版、舞臺、電影或電視，我們要多多看見一些華人的面孔。我相信不久我們會看見中國的文藝復興！前所未有的 Chinese Renaissance！謝謝大家。

【這是黎錦揚先生在二〇一四年二月七日「終身成就獎」頒獎典禮上發表的「得獎感言」。九十七歲的黎佬，花了兩個禮拜的時間，親手寫了這篇七頁紙的感言，當天並全文唸出。特將全文刊出，給當天未在場的文友參考。——編者謹識】

與子偕老

文◎趙淑敏　名家

那時即或安身處的不過是一間簡陋的土屋茅舍，
全無所謂認命認份的人，也會認為自己已擁有一座城堡（並非禁錮的圍城）。
可是即使是這樣淡素的願望，有時也成奢望，
因為人的性情有如其面，社會環境、時潮風尚隨時在變……

執子之手，與子偕老。好美！自然、樸素、恬淡、純真的美，是千古以來男女相愛相依最簡明又深刻的詮釋。許多人會忘我拚死地去爭取那種幸福的機會，而經之營之。從青春少女時代便曾全心地讚美歌頌這種美景，祝福走上這條路所有的幸運者，不僅要成為眷屬還該是靈犀相通心伴；其實到今天我仍認為若能達到那種純淨的浪漫境界，仍是最好的人性美的驗證。只是……走了這麼長的世路，看了幾十年複雜多變的人間世，發現這樣無疵的純粹，似乎只能在夢幻的理想國裡才能覓得。

當然，若倒果為因，只簡單地把婚配當成俗世生活一個傳宗接代的例行程序；除了穿衣吃飯養孩子，可以無暴力不缺錢地過日子，不要求有更多的內容，倒也馬馬虎虎可以交代過一生了。那時即或安身處的不過是一間簡陋的土屋茅舍，全無所謂認命認份的人，也會認為自己已擁有一座城堡（並非禁錮的圍城）。可是即使是這樣淡素的願望，有時也成奢望，因為人的性情有如其面，社會環境、時潮風尚隨時在變，再加共同生活中有太多非單純有關彼此感情的現實和瑣碎，像銼尺一樣時時銼磨著人的IQ、EQ，被銼弄得傷痕累累的男女，要始終如一不受影響也難。有人是沒有定力，有人根本不要什麼定力，人生苦短，何必要跟自己過不去，寧願面對變的真實，不管怎麼做，都可找出安慰良心原諒自己的理由。所以除了思想中只有「老婆孩子熱炕頭」模式思維的常民，一輩子真正「從一而終」，很可能僅能止於留下紀念美麗誓言的層次；而掩藏在誓言下面的一些東西，不都適合給他人發現知曉。最後的堅持或許只是一個無內涵的形式。

不是危言聳聽，常常誓言相守的兩個人，還沒等到髮白龍鍾的時候，已經不諧，往往跟父母、公婆、房屋、存款、徵信社、派出所、妨礙家庭、律師、法官等七七八八的關鍵詞糾纏在一起，就算得以拖拖拉拉相伴到死，也不一定就真的無憾幸福。看盡人間風景，品嚐過人間百味，發現《詩經》裡輕彩淡繪出的那種醺醺然的醇純之美，理想的成分多於實際。假如肯用嚮往，迷濛，自戀的眼睛去看各人所得到的一份，也許比較容易滿足，不然只好就那麼順理成章地活著，不去想什麼，撐到到了時間，自然就一起進入老境，真的白頭偕老了。

一位也算認識的文友，由於生活的教訓，讓她由屈辱受欺的小媳婦，變成了保護受害女性的激進代言人。她的作風言論確然不是所有的女性都能接受，但是她的一句淋漓盡致使很多人嚇一跳的名言，卻讓人記住了。她說除了上天與社會傳統賦予女性的功能外，女人還有一項功用，就是替男人送終。這話說得十分刺耳，可是相當真實，至少由統計數字顯示，多數男性「有幸」先行，不必做那孤獨的傷心人（或許是暗自慶幸終於解除了桎梏，免除了恐懼？），因此能享有安詳互伴，比肩終老的幸運夫婦並不多。有時甚至送走亡者摧心毀肝的痛還沒稍減，卻意外發現一堆讓人噁心憤怒、傷害尊嚴的事；觀察得知，能豁達面對、寬恕放下的不多。

國人習於強調忍的功夫，可是無論從人際關係還是國際關係來說，「忍」都不是個好字眼，因為需要忍，便一定有人在受苦，誰有權利讓別人受苦?!把讓別人為自己「忍耐」看得理所當然，不但自私也無情。報上也報導一些八卦性的新聞，比如有「能人」炫耀自己過的是茶盤內的生活，一把茶壺配幾只茶杯，隔一段時間添一只新杯。還強調雨露均霑絕對公正公平，天曉得！不知他可曾探查過各「茶杯」在得到「嫁漢嫁漢，穿衣吃飯」式的生活保障，不自然的笑容所掩蓋的後面，她們心底的真實感覺。曾有一位男性朋友，忽然忘我地冒出一句話：「哦！好羨慕那種翻綠頭籤的感覺！」（皇帝臨幸嬪妃的規矩）。說完，醒悟到面對的乃是一位女性，立刻有點尷尬不好意思，但他也僅是有點不好意思而已。如果這句玩笑話是他的真心，那與他牽手同行的伴侶應如何定位自處？

我往哪裡去……才能找到自己？這句歌詞頗有點無病呻吟的意味，但很多人常會有這感覺，喟嘆在婚姻中自己不見了。尤其是女子，家裡有老婆、媳婦、媽媽、主婦、廚子、雜工、護佐、司機，就是沒有自己。有人不在乎，有人委曲求全，也有人感到難過。丈夫與女同事的互動與眼神讓她羨慕甚至嫉妒，本身一無所長的頂多僅止於認命暗自神傷煎熬；才華越高被埋沒了的失落感越深。但是才華高、事業成功的女性，也有麻煩，回家每每會壓縮自己，努力扮演小女人的人格造型，還須拿捏住分寸，小心不傷人家的自尊。這樣的她也會嘆息「我該把自己放在哪裡，該往哪裡去」吧？

在道德論依然盛行的年代，好友的一位年長同事勇敢地離婚了，好友當新聞跑來告訴我。那個她已五十歲，兒大女大，夫妻無爭無吵，連「臉都沒紅過」，卻忽然提出要離婚。家人朋友努力地勸阻，都改變不了她的心意。一九四九年她還是大三的學生，為了能擠上船去臺灣，她只能接受一個陌生男人把她報為眷屬，但二十八年的歲月並未把她心裡那壺冷水燒熱，當她認為回報得夠了，責任已了，便堅決求去；她要為自己活幾年，那怕一年兩年。有人罵她，有人取笑，有人鄙薄，她不在乎，回答是：「我已奉獻了我能獻出的一切，我要找回我自己，過一點有『我』的生活。」後來聽說那位女士繼續深造、寄情工作卻並未再婚，因為她不能忍耐有誰把她的過去當作原罪，更恐懼「我的」、「你的」、「我們的」之類種種的現實問題把珍貴美麗的愛情變得俗惡醜陋。

這些年來社會的觀念有了很多改變，男女已不流行用一張紙來約束彼此的關係，合則留不合則散。某些人群中更流行愛人輪換制，不要那張紙是對的，否則徒增法律手續的麻煩，好在未婚生子也能被大眾接受，不再受到歧視。只是那些率性男男女女可曾站在那倒楣的孩子的立場想過，他願否還沒出生便硬被規劃在單親家裡長大。

十幾二十年前很多團體，讀了我的專欄與文章，常請我去開講。在一些女性團體，我丟出一個新的看法讓大家思考：不要以為使出渾身解數，全家總動員，終於走進了禮堂，舉行了盛大的婚禮以後，王子公主就可過著快樂的生活，也許很多情變婚變的肇端，就從籌備豪華婚禮時的摩擦開始。不是每個女人都必須結婚，有的人拖了個家也就等於扛上了枷，自苦苦人。對於感情歸依，責任認知，心態個性都評估過之後，再審視自己是否適合推開那扇門進去。否則與其做顧此失彼受苦受難的怨婦，不如做快樂的女光棍。當時有保守的前輩人士還責備我「教壞了孩子」，我不承認這看法錯誤，到如今我還是持這種論調。還有人抬槓挑戰，問我讓別人做快樂的女光棍，為什麼自己沒做？問對了，確實前前後後想過，假如有來生，也許真會選擇當自由的女光棍！

少年情懷是詩篇

文◎趙淑俠　名家

誰也不曾料到，從流浪到歸來，路途竟是遙遙十載之長。

在重慶，東北人家的孩子，小學一畢業，家裡就給買張船票，安排結伴同行去入「中山」，從此這孩子的學習和生活就交給了學校，省錢又省心。那時每家生活都很困難，可以省下一大筆開支。

如果要找個這一、兩年裡，文學領域中最熱門的話題，想來應該是一九四九這四個數目字。「一九四九」代表了什麼？為何「發燒」起來！這使我不禁想起自己在那段山雨欲來，江海震盪的日子裡，相當奇特的經驗。

抗戰期間我家逃難到四川，住在重慶郊外一個叫沙坪壩的小鎮，整個童年在那兒度過。一口四川話說得夠地道，外表跟本地孩子也沒分別，擔擔麵裡的辣椒油不比他們少放一滴。但當土生的四川孩子跟我們吵架時，仍要說：「下江人，跑來做啥子？朗個還不滾回去？」因此我渴望有一天能回到自己真正的故鄉。

八年艱苦抗戰終於結束，身為政府官員的父親，是第二批回東北執行接收任務的。臨行時留下話：「等著和同鄉朋友一起回北方，不許享特權。」於是母親帶著我們一群孩子，就守在小鎮上苦苦的等，好不容易輪到我們，已是勝利的第二年深秋，一路上江輪海輪的折騰，加上候車等船多次，一九四七年開春，終於到達目的地瀋陽。我們的故鄉在黑龍江，父親的工作地也不是瀋陽，但那兒都是「解放區」，我們只好停留在瀋陽。三月間，我和大妹淑敏，進入中山中學就讀，我讀初三下。

中山中學的大名對我是如雷貫耳。我的小叔叔，小學老師，父親資助過的一些東北流亡學生，都讀過這個學校。原來中山中學是一九三四年，東北淪陷後的第三年，經國民政府行政院批准，全國的第一所國立中學，專事招收當時無家可歸的東北籍流亡學生。學生中年長的不過十七、八歲，年幼的只有十二、三歲，一經考入中山中學，吃、住、醫、書等問題都得以解決。這個學校的全名是：國立東北中山中學。

中山中學的歷史極不平凡，在我入學之前，曾有數次遷校經驗：一九三六年日本的侵華野心已昭然若揭，形勢惡化，「中山」的師生看出「華北之大，已安放不得一張平靜的書桌」。於是老師帶著學生開始了流亡之路。學校抵達南京附近板橋鎮。剛遷入時無水無電，全體師生睡在地板上，決心「克難」自己整治校舍環境，一九三七年春一切就緒，課桌等設備一運到即開始上課。糟的是八月十三日，日軍進攻上海，南京情勢危急。學校請當時東北籍將領、六十七軍軍長撥贈了步槍一百支和子彈一萬發，在南京淪陷前夕，由校長率領全校師生再上征途。流亡人眾車船難找，有時必得步行，先遣隊是一百名高中學生，以緊急行軍速度，三天時間徒步兩百里趕到湖南湘鄉縣一個叫永豐的小鎮，在那兒找到了臨時校舍。

日軍窮追不捨，一九三八年廣州、武漢相繼淪陷，「中山」不得不離開湖南，為了一勞永逸，這次目的地選在大後方的四川。

一路都是意外之禍：長沙大火，全線停車，斷水斷糧；日機大轟炸，徒步行軍一走二十六天八百里。停停行行，弦歌不輟，能上課時就上課，到達西遷的最後一站，四川威遠縣一處叫靜寧寺的大廟，終於安頓下來。學生享受公費待遇，一日三餐兩稀一乾，多數人是吃不飽的。堅持著到了抗日戰爭結束，一九四六年暑假，經教育部批准遷至瀋陽。

誰也不曾料到，從流浪到歸來，路途竟是遙遙十載之長。在重慶，東北人家的孩子，小學一畢業，家裡就給買張船票，安排結伴同行去入「中山」，從此這孩子的學習和生活就交給了學校，省錢又省心。那時每家生活都很困難，可以省下一大筆開支。我小學畢業時也曾要求父母送去「中山」，沒想到他兩人異口同聲拒絕：「不行。你以為離開家就沒人管，就可以任著性子看閒書了嗎？你就好好的準備升學考試吧！」父親板著臉說。

我迷戀各式各樣的「閒書」，的確讓父親頭痛，但他只說對了一半，我想去「中山」確是想多些自由，但更重要的理由是看家裡實在太困難，想給家裡省一筆開銷。在抗日戰爭的那些年，物資艱窘，貨幣貶值，高官中享特權的也不少，苦的是奉公守法的公務員和老百姓。三十多歲的父親身為中上級公務員，每月薪金只夠半月生活。孩子一個個的出生，要吃奶粉，要生病，那時連「健保」這個名詞也沒聽過，大富之家出身的父親，和滿族貴門小姐出身的母親，被生活壓迫得彷彿要趴在地上。其實在我們預備往南逃難之前，祖父已托人捎來三仟個銀元，但父親不曾料到後來會那麼苦，對東北逃出的青少年又特別關心，就把那筆錢當救濟金發放了。這時只好把母親陪嫁的金寶首飾，貂皮斗篷之類或當或賣，換成鈔票來填飽我們的肚子。我那時雖然只有十一歲，卻知疼父母，一片好心被當驢肝肺，再也不敢提「中山」，還是活在父母的眼皮下。

想不到在瀋陽竟進了「中山」。瀋陽「中山」的校舍是原日偽時代「滿洲國」的「南滿中學堂」。規模輝宏，有教學樓、大禮堂、游泳池、體育館、男女生宿舍和教職員宿舍等。「南滿中學堂」是日本人打如意算盤，以為他們可以永遠占據東北而培養科學秧苗的重點學校，全校都是男生。中山遷回瀋陽後，他們很自然的併入。

這時中山共有學生一千餘人，約分三十個班級，譬如我讀的初三就分五班。學生中共分三種類型：四川跟學校共過甘苦復員回來的，自覺曾經戰火鍛鍊，富有反封建反腐敗的愛國思想。特別是他們中有三十多位同學先期返回東北，曾穿越解放區，並得到很好的照顧和接待。這群同學比學校復員的大隊伍還早到了兩個多月。後來還以他們為基礎，組建了各類學生社團：「九・一九社」，讀書會、歌詠隊和壁報社等活動。總之，四川靜寧寺回來的代表「進步」，其中有些流露出一種自命不凡的優越感。第二類是從「南滿中學堂」轉過來的一批，他們不太參與課外活動，悶頭讀書之外就是玩樂器，鋼琴、小喇叭、小提琴、手風琴都有人玩。剩下的第三類，就是我們這群到瀋陽後招來的雜牌軍，其中很大部分是像我一樣的政府官員的子弟，便很自然的被視為「腐朽」象徵，「進步」份子是與我們保持距離的。

那時「腐朽」二字代表許多反面意義：譬如奢華，沒有政治覺悟，舊官僚，貪污腐敗等等。而最具代表性的事實，就是接收大員的黑心表現：一般百姓稱他們為「劫收大員」。當時在接收敵產的官員中，的確有許多位高權重的，搶先霸占房屋、財物，據說還有把銀行庫裡的黃金拉回家的。但我家恰恰相反，老家龐大的產業已被鬥得精光，抗戰歸來的父親上無片瓦下無寸土，只得借住紀伯伯服務的啤酒廠分給他的公家宿舍。紀伯伯是父親中學時代的好友，因他家眷留在老家，便把房子借給我們，自己只占用其中一間。在瀋陽的一年，我家就住在那棟借來的宿舍裡。

我和另外四位女同學被分到南滿中學的男生班。他們彷彿又驚又喜，動作頻頻，背後稱我們為「五只花瓶」。我們也不示弱，五個女生靠牆坐在邊上，十分團結，背後統稱他們為「和尚」。和尚們的理科功課好得驚人，一場數學考試下來他們全是滿分，五個女生大大落後，這使我們很沒面子。但他們很快的就發現，我在文科，和美術、音樂方面的成績為全班最強，屢獲老師誇獎。據說他們已知「花瓶」一詞對我不適合，正在研究給取新外號。而這時已有人寫追求信放在我的課桌裡。

這一驚非同小可，稍一琢磨我便決定：從此不和男生打交道，實行不理、不睬、不講話的三不政策。

自一九四六年底，學生運動已成燎原之勢，全國數十個大中城市都有示威遊行。至一九四七年，瀋陽也明朗表態，口號是要飯吃，要和平，要自由，反飢餓，反內戰，反迫害。前面提到的三十多位先期返回東北的同學，是領導運動的主幹人物。

我自小學時就愛讀文藝書籍，懵懵懂懂的自覺已很有思想，也覺得世界充滿著不公和黑暗。最愛讀的一本刊物叫《太平洋》，彷彿是北大學生編印的，厚厚的一大本，內容儘是批評時政，非常「前進」。我常在課餘時坐在校園的臺階上曬太陽，讀《太平洋》。於是他們就給取外號，背後叫我「太平洋」。一九八幾年我去大陸，老同學特別選在母校以茶會歡迎。闊別四十年後重逢，頗有恍如隔世的黯然。直到我問：為何要給取這外號？他們說一因雜誌的標誌；二是我太「威嚴」，對男同學不睬不理，態度叫人摸不透，像深不可測的太平洋，因而名之。這時大家才開懷大笑。

現今回想，那時的激情氣氛真濃，同學們唱流行歌曲的很少，因會被認為麻木不仁。響起的歌聲總是「黃水謠」、「茶館小調」、「古怪多」等等。教室大樓第二層兩端的布告欄貼滿了壁報，詩、雜文、評論，多得看不過來。雖然都出自十幾歲孩子們的手，不免天真幼稚，卻洋溢著充沛的生命力。

一九四七年秋季，罷課、遊行、反飢餓的火炬已燒到瀋陽，來勢洶洶，連畢過業到北平讀大學的學長都回來了。實際上我們並不飢餓，大家吃公費不花錢，午餐經常是酸菜白肉燉粉絲，高粱米飯。但不參加也不行：廚房停火，教室罷課。那時我已升到高一，擔任壁報編務，還寫文章，搞設計、繪製刊頭，十五歲的青蘋果，自以為在給人類做大事業。

挨餓的滋味不好受，正在眼爆金星，傍晚時忽有人說看到領導絕食的「主任委員」在館子裡大嚼，提議我們也不妨去吃點什麼。和兩個同學出去吃了一碗麵。我預料妹妹淑敏多半還在挨餓，便給買了兩個燒餅送去，可她不敢吃。我說「主任委員都吃了」，她才將信將疑的吃了那兩個燒餅。

到一九四七年底，學校已快成無政府狀態，課業斷斷續續，各班成立「學生自治會」或「反內戰委員會」，動輒發表「宣言」，各式各樣的會社紛紛成立，一時之間校園內光是話劇社就有四、五個，目的是要用藝術手法揭露社會的黑暗面。說著便行動，商定劇本即刻找男、女主角。忘了那劇社的名字，能確定的是：選擇演出的劇本是曹禺的名著《日出》。劇社高層商議的結果，是找我演女主角陳白露。我先是拒絕，後來經不起說客曉以民族大義和責任感，便答應了。

於是每天忙著排練。劇社社長兼導演叫孫輯六：想來必是他們家孩子眾多，他是第六，他父母親就像編輯一樣，算他是「輯六」。校園中有大家公認的美女和帥哥各數位，孫輯六雖是帥哥，卻不演男主角，而自願出飾又老又醜的反派潘四爺。飾演男主角的是另一帥哥。我們用詞內行：口口聲聲說「排戲」，戲也排得很認真。我的閱讀習慣是從「劇本」開始，孩子時代就讀過曹禺的著作，對他非常崇拜。大陸上一九八三年開始出版我的作品，受到好評。一九八六年全國作協邀請回國訪問三週，問我想見哪些人？我說曹禺、冰心、沈從文、蕭軍、端木蕻良、駱賓基等前輩作家，特別是曹禺，他可說是我的文學啟蒙師。結果接待單位安排兩三次，我與曹禺和他夫人李玉茹餐聚，當我跟他談到排演《日出》這一段，他忍不住笑的說：「喲！才十五就要演陳白露啦！《日出》戲可不小，演出成績怎麼樣？」聽我說：「還沒上臺我就跑了。」他嘻嘻的笑出了聲。

一九四八年元旦後寒假來臨，東北的冬天冰天雪地，酷寒襲人。且接近舊年，時局又是風雨飄搖之勢，連一些工友都回家了，教學大樓變得冷清。正巧這時我住的那棟女生宿舍「白樓」的暖氣出了毛病，冷得如置身冰窟，於是大家只好緊急應變，扛著行李到教學大樓，把一間教室的桌椅搬到走廊上，大夥沿牆打地鋪。暖氣雖然沒全熄，卻已是奄奄一息，地板又硬，冷得難以安睡。有家的同學大多已回家，連我妹妹淑敏都回去了。我卻因劇社堅持要把《日出》排完，以便開學後第一時間登臺，而自覺負大任在身，不得不在校受凍苦撐。

那天正洗完臉要去排戲，忽然在走廊上迎面遇到伯父，他一把拉住我：「你爸媽叫你回家過年。跟我回去。」接著不由分說就把我地鋪上的行李捆起。我說要去跟劇社打個招呼，伯父冷著面孔道：「打什麼招呼！你爸要是知道你為了演戲不回家，不定要氣成什麼樣！」他說罷便挾起行李捲，我自己提著衣箱，兩人坐上馬車就回到啤酒廠裡的家。

出人意料的是年也沒過成：正在準備年夜飯的當兒，忽然聽見「砰！砰！」的響聲。懂得武器的伯父和父親警覺的聽了一會，都面色沉鬱，幾乎是異口同聲的說：「這不是鞭炮，是大砲聲。」

接著又來了幾響，父親想了想便決定：立刻收拾一下快快進城，如果真有戰事，城門一關會被隔在城外。於是一家人忙著裝箱子，草草的撿拾了一些必要之物，房門也沒鎖，就開始逃亡。父親的好友孫伯伯曾說：我們家小孩多，最小的只有一歲，不該住城外，必要時進城會有困難。並說他家房子大，叫我們搬去住。父親覺得不便那樣打攪而數次婉謝。現在也顧不得了，兩輛車直奔孫府，要在孫家等飛機去北平。

山雨欲來風滿樓，飛機一票難求，等了二十多天，懷著不捨和恐慌，隨著父母，先北平，後南京，在南京待了八個月，一九四九年初到臺灣，展開了我的另一段人生。

在後來漫長的歲月中，曾多次回憶起那不平凡的一年。有感慨，有惋惜，也有懷念和一種難以形容的溫馨情緒，那畢竟代表著青春。如果說我這一生裡也有過跟浪漫，革命，時代性等字眼掛得上鉤的日子的話，恐怕就是一九四九年前在瀋陽那一段了。

（原載於《世界日報》副刊，二〇一一年四月十八日）

閒（三章）——枯山水系列

文◎劉大任　名家

岩上無心雲相逐——柳宗元

一、冬天的球場

1. 起意

午飯後，本想按原定計畫，繼續讀書，但一坐下，便感覺肚子有點發脹，浦老站起身，在屋子裡來回走了幾圈，看來沒多大效果。肚子裡彷佛有團硬塊，走動既化它不開，手揉它也不碎，遂有了散步的念頭。

散步？還是按規定到醫生診所那兒去一趟？他猶豫著。前天的全身檢查，應該有結果了，得聽聽醫生的說法。然而，有那麼急嗎？

站在窗前，無聊外望，心思在動與不動之間，忽然，一隻黑鳥飛過眼前，遂做了決定。是那種身量不到烏鴉一半，翅翼拍搧時，露出兩團紅羽毛的黑鳥。還記得，去年立秋前後，有那麼幾天，成千上萬向南移棲的小黑鳥，一批批，飛過後院上空，有時甚至遮蔽陽光，好像被即將來到的冬寒驅趕著，沒命南遁，但其中總有幾批，看到或聞到丟在草地上的碎麵包屑，中斷旅程，下來搶食，似乎是為了幫人度過百無聊賴的下午時光。不過是沒多久以前的事嘛，現在不還是冬天嗎？怎麼就回來了呢？

這才發現，外面白花花的，陽光滿地。

是二月難得的冬暖天氣呢！無論如何得出去走走。

浦老把車子倒出車庫，進入白花花的陽光，腦子裡面，出現了兩個選擇：北邊的州立公園？不行，要開半個小時，太費事了。附近的溪畔步道？也不好，雖然是冬天，落盡樹葉的樹林裡，恐怕還是太過陰暗，走久了出汗，風一吹，不好。

那就順便去看看阿潘吧！

這座球場，離家很近，是郡政府公辦的六個球場之一，設備、規劃和維修的水準，不算一流，可是，還算得上價廉物美。尤其是，人過六十，就取得元老資格，打一場球，費用相當於兩場電影票，所以，十幾年來，成了浦老休閒、散步兼運動的主要地盤。唯一的不方便，此間冬天特別漫長，每年十一月，感恩節一過，球場進入修整期，要捱到次年四月恢復營運，足足五個月，無法利用，這在他剛成為發燒友的那時候，差不多二十年前吧，真覺難以忍受！好在，不久就發現了另類利用辦法。冬天修整期一到，球場管理人員放假，大都往南飛向有太陽的地方打零工去了，僅有少數管理員，偶爾上班值勤，因此，多數時候，整座球場杳無人煙，成了被人遺忘的天堂，只要積雪不厚，要想散步，沒有比這兒更理想的了。

這個祕密，最早發現的還不是他，阿潘的資格更老。那年冬天，開車去，到了停車場，證實這個異想天開的念頭絕非夢想，整座球場空蕩蕩的，會所大門緊閉，也沒有燈光，誰管你怎麼利用呢。可是，停車場上，還停著另一部車！浦老見那車停在公眾停車的地方，料定不是管理人員，遂大大方方，向第一洞發球臺附近走去，不到半個小時，便在第五洞和第十四洞球道平行相會的附近，看見一名中年男子，手持一根看來是七號的鐵桿，眼睛瞄準十四洞的果嶺，正聚精會神練習揮桿動作。

跟阿潘交往的緣分，就是這樣開始的。校園裡，固然也算熟面孔，卻是泛泛之交，彼此專業不同，難得來往。自從若干年前在冬天的球場意外相會，關係不一樣了。連稱呼都變，平常，學生們尊稱教授，一般朋友叫他潘公，跟江教授、浦老，屬於一個等級，都是預留空間、保持距離的稱呼法。阿潘是老廣，習慣在人名前加個「阿」，不熟的也很快就熟了。他開始叫阿浦後不久，阿浦也就順理成章，叫他阿潘了。沒想到，這麼一來，彼此不但親切，又似分外年輕，久而久之，竟成為兩人交往的專有祕密，就是說，這個叫法，只適用於兩人單獨相處的時候，只要有第三者在場，便恢復教授身分，非公即老。

2. 戲雁

今年冬天的氣候，確實有點異常。往日，三月不到，正是深冬季節，球場基本上都埋在好幾寸厚的積雪裡。現在，白雪竟然毫無蹤跡，球場看上去一片枯黃，新綠也許還要幾個禮拜吧，樹枝上的冬眠芽，也絲毫沒有肥腫的跡象。

停車場只有一部車。整了整衣襟，繫好圍脖，戴上皮手套，順便從行李箱取出一瓶清水，塞在褲袋裡，便出發了。整座球場就他一個孤魂野鬼，得好好利用，把十八個洞，從尾到頭走上一遍，把肚子裡那團硬塊消化掉。

之所以從後九洞出發，也沒有什麼特別理由。面對球場，停車的地方，左手方向是第一洞，右手那邊是第十八洞。一向習慣從第一洞走起，今天不知怎的，好像一個人走，必須換點花樣，就想從尾巴處往回倒著走。是害怕單調嗎？還是因為，十八洞的發球臺上，有一群本應南飛卻不知何故留在了這裡的加拿大雁，正在專心啄食草根。是因為見到這破壞行為，無端激起了防衛意識嗎？或者，一看見雁群，便立刻喚回了阿潘的形象，亦未可知。

記不得是哪一年了，只記得那天跟阿潘約好，同時抵達球場。還沒下車，就看見他從停車處，順著地勢往下，一面張開雙臂，口裡發出野獸般的吼聲，向前衝鋒。為首的大雁，看見敵人，發出警告，一面搧動翅翼，一面撤退，大概在阿潘逼近到約莫二、三十步的距離，忽然拉高聲量，驚惶示警，接著，三、五十成群的大雁，陣腳大亂，四處亂竄。車旁癡立的我，被這個七十出頭的老頑童行動嚇呆了，只見雁群搧動翅翼，雙腳交錯點地，雙翅上下鼓動，發出既規律又動容的肌肉摩擦聲，騰空起飛。集體錯亂失序的呼喚，像死亡脅迫下的本能反應。呆呆的看著牠們，一個個，拔地而起，全身線條，雄健而美麗。一群逃命的鳥，還來不及形成隊形，逕直向不遠的湖水慌亂飛去。每一隻飛行物，尾羽上端，有一彎漂亮的白弧，在警號聲中，漸高漸遠。

在這批經常光顧的球友心目中，失去候鳥習性的大雁，早已不是大自然，根本就是公害。球場周邊的湖島，沒有天敵，如今成為牠們永恆的家園，湖邊的球道和果嶺，是牠們的沙拉吧、起居室。球道被牠們啃得坑坑窪窪事小，最激起公憤的，是遺留在果嶺的糞便，有時，好不容易球打上果嶺，一記長推的路線，經常碰到糞條，花時間清掃倒也罷了，必須平心靜氣執行的推桿動作，不免給擾亂了。

阿潘忘情前奔，雙臂高高舉起，大幅度劃著弧線，一面發出衝鋒陷陣的吼聲，直到雁群遠去。他回頭的剎那，那張老頑童的臉，多少年了，依然如新。

蹣跚爬下斜坡，浦老依然感覺肚子裡那團硬塊，堵得發慌。他沒有驚動十八洞發球臺上的雁群，刻意繞道而過。

3. 談藝

整座球場，是圍繞湖水設計的。靠湖邊的地勢，並不平坦，但高低起伏與回環曲折之間，正是設計人用心之處，迴異尋常的球道和關鍵地點設置的障礙，讓這個看來平凡的球場，具備了別人沒有的性格：易守難攻。開始打球那幾年，由於環境不熟，技術有限，無法掌握這種特殊性格，隨時可能出事，挫折感也特別讓人難受。日子久了，每個拐彎抹角終於都摸得一清二楚，這種易守難攻的性格，反而成為一種享受，不可替代了。

後九洞沿湖一路鋪開，地形忽高忽低，湖岸忽遠忽近，加上每條球道兩邊的疏林坡地，特別在這冬日，感覺就好像走在他鄉異國一幅荒涼寂寥的清明上河圖裡面。當然，由於地勢蜿蜒起伏，雖說是散步，也不能不費點力氣。好在這暖冬天氣，格外宜人，走完五、六個洞，相當於兩英里的距離，身體竟暖和起來，肚子裡的硬塊帶來的壓迫感，正逐漸減輕。浦老一面享受陽光，一面迎向微風，安步當車，向高處走去。

每個球場都有一個招牌洞，不只是景觀上的招牌，技術上的挑戰性也往往最高，這個藍領階級的公共球場也不例外。在開始微微出汗、略感氣喘的情況下，爬上了第十一洞和十二洞之間的高地，就是阿潘稱之為「高山流水」的那個地方。

第十一洞從下往上，必須仰攻，困難度還算可以，只要把距離控制好，平標準桿不難。接下來，第十二洞發球，要想征服球場，便不那麼容易。發球臺設在山上，球道開在湖對岸，發短了，球落水，發太長，又可能滾過球道進入樹林。尤其刁鑽的是，因為是個狗腿右拐洞，發球者不免要爭取落點離果嶺近一點，以便下一桿距離短，搶難得的抓鳥機會。然而，想的雖美，真要做到，卻不容易。落點越接近果嶺，開球跨越水面的距離越長。保守的話，一百七十碼就安全過湖，但下一桿就得面對兩百碼以上的攻堅工程。若想開到離果嶺一百五十碼以內，開球非兩百三十碼莫辦。誰願意公開暴露，自己連這個距離都開不出來？

就因為這種挑戰性，直接觸及自尊心，球友們到了這裡，每每情緒緊張，動作拖沓，招牌洞經常塞車，尤其是週末假日。三年前的美國萬聖節，記得跟阿潘，在這裡，足足等了一個小時。

浦老在十一洞的果嶺和十二洞的發球臺之間，那棵大七葉樹下，坐下來，就坐在跟阿潘不知共坐過多少次的那張長板櫈上。

說是「高山流水」究竟不很準確。「高山」其實只是湖邊的臺地，「流水」根本看不到流的痕跡，這所謂的湖，事實上只是人工蓄水的一座水庫，縱有流動，肉眼難以察覺。突然，最後一次等人開球的那段對話，電影一樣，在眼前放映。

平常一道打球，兩人之間的交談，大多言不及義，你取笑我，我消遣你，越挖苦，越損人，越樂。那天，不知怎的，竟然都有點嚴肅。

「這『高山流水』，不知道還剩幾次了？」阿潘說，眼睛沒看人。

「你說『高山流水』，我想到的，卻是《鵲華秋色圖》，記得趙松雪的那張傑作嗎？裡面還有幾株紅樹，你看，遠方那座小木橋附近，不也有些紅楓，葉子都快落一半了……」阿浦說，也沒看人。

「水色、天光、疏林、遠山確有幾分類似，但我們有橋，它沒有，它有茅舍，我們沒有，我還是堅持『高山流水』。」

他知道，阿潘想著的，是那年年初剛去世的大嫂。飯後幾曲古箏，這樣的日子，多少年了？以後再也沒有了。

耳朵裡面，音樂出現。

「不知道為什麼，近來，華格納、貝多芬，那些激昂慷慨的，都不愛聽了，越來越喜歡慢板，從前，總覺得莫札特少年不知愁滋味，太單純，單純到無味，最近卻愛上了他A調豎笛協奏曲的那段慢板……」

「是嗎？」阿潘說：「我也一樣，布拉姆斯小提琴協奏曲第二樂章慢板的第一主旋律，像神從雲霧裡出現，一天到晚在我腦子裡！」

阿浦知道，他自從退休，離開一輩子熟悉的校園，音樂和高爾夫，幾乎是唯一的生活內容，研究工作，也大多停頓了。

「還能做什麼呢？做不做，又有什麼關係？」

不知道該說什麼，浦老的處境，跟他相比，確實也相差無幾。何況，板凳上的談話之前，已經知道他患了絕症。

明天還是去看看醫生吧，雖然心裡老大不願。

4. 會友

走過木橋之前，停下腳步，倚欄望向湖面。小橋連接的，是兩個腰子形狀的內湖。這一帶，若干年前，曾發現一對野番鴨繁衍了不少後代，五、六隻小鴨，毛色猶帶鵝黃，跟在父母身後浮水的鏡頭，歷歷在目，沒多久，全部不見蹤影，究竟是飛走了，還是給紅狐狸撲食了，沒有人知道。

番鴨家族的地盤，去年來了兩隻白天鵝，冬天過後，也不見了。相信牠們安然無恙，飛走了。美麗的東西，即使不見了，也不該消失。望著湖水中沒有一片綠葉的冬樹倒影，這樣的意念，似乎沒有矛盾。

過橋後的球場地勢，逐漸舒緩了。

浦老的散步，也脫離出汗喘氣階段，好像縱有再長的路，也可以毫不費力，就這麼永遠走下去。

看什麼醫生呢，好消息聽了等於不聽，壞消息，聽了又怎樣？

日子無非就是這樣，吃飯、散步、讀書、睡覺，其他都不重要。

那就繼續享受散步吧。

終於走進了前九洞。

前九洞的設計，因為跟湖岸逐漸拉開了距離，趣味不免顯得平淡，然而，第八洞的發球臺附近，有棵老樹，樹幹老成持重，樹形清奇古怪。這老樹，學名不詳，據說是八十年前修建球場的時候，設計人有意留下的，當時已經老態龍鍾了。一代又一代的球友傳了下來，大家不約而同，叫它「青春永駐」。

浦老在發球臺旁邊的石階上坐下，喝水，抽菸，望著老樹。

老樹三人合抱的樹身上，斑駁陸離的樹皮上，有幾乎數不清的小木牌。每塊木牌的大小形狀設計不同，但都寫著或刻著一個字體不同的人名。

他的眼睛上下左右梭巡，終於找到了阿潘的名字。

給他阿潘釘上的時候，他的木牌，本在木牌塚的最下端，如今又往上推了。

仔細數了數，新牌子共有十三塊，都是這兩、三年加入的。

球場規定，木牌留在樹上最多十年。阿潘還有七年「青春永駐」。

究竟還是冬天，坐沒多久就有點寒意侵人。

浦老拍拍褲腿上的泥灰，準備跟阿潘道別，不料剛一抬頭，便從老樹萬千枝椏的空隙處，看見了晚霞。

冬天的晚霞，雖然沒有夏天鮮豔，還不失些許溫暖的意緒。

然而，向晚的天空，不知何時起，早已轉成青灰，遠山似有若無，迷失在雲霧裡，看不見阿潘，也看不見他的神，只看見若干黑點，微微飄浮，漸漸拉開了一個像「人」一樣的字，看不出飄向何方。

（二〇一二年三月五日初稿；三月十一日修改；八月五日改定）

二、爺爺的菜園

1. 貪

浦老原名江浦清。老一輩取名，難免相信風水，給他算過生辰八字，命中缺水，所以用了三個水偏旁。也許就因為水多，他的名稱經常變化。少年時代，人稱阿清，到了中年，變成了老江，現在，朋友或同事，一律尊稱浦老，無論怎麼變，他即使並不喜歡，也不得不接受。現在，事情發生變化了。自從孫女兒依依誕生，首先是媳婦改口叫爺爺，接著，兒子跟進，到後來，老伴也放棄幾十年叫爸爸（聽起來像把拔）的習慣啦。

然而，爺爺這個好叫又好聽的雙聲疊韻字，居然好像有某種魔力，聽他們不約而同叫久了，浦老的身分認同彷彿冉冉飄升，籠罩在光環裡，享受著無需任何努力便成就了的尊嚴榮耀。他發現自己終究找到了最喜歡的名字，所以，近來給家人寫電郵，他也自稱爺爺了。

書寫@千山外

這種權威感，他知道，都是依依的賜予。

兒子接近中年，中年得女，照理應該滿心歡喜才對，然而，事情看來並不如此單純。歡喜是歡喜，卻大多是瞬間，女兒在懷裡睡著了，女兒笑了，女兒叫爹地了，女兒知道蘋果也叫 apple 了，諸如此類。然而，這些都是瞬間。經常不斷的，重複又重複的，只是毫無樂趣可言的餵奶、換尿布、半夜起床、度假無法出門、一向熱愛的那些事都沒法繼續……林林總總，數不清，總之，連續差不多一年，喜氣早已耗盡，只剩下勉強對付的精力。

兒子的不快樂，他從旁觀察，不免想起自己一度走過的路。從新鮮到勉強，從勉強到認命，看來都是早晚的事。

種菜也許是兒子掙扎自救的最後手段，可是，他根本不會種菜。

這個節骨眼上，爺爺義不容辭，該出手了。

兒子種菜，只有兩個老師，網路和附近的農夫市場。

網路上的老師，等於紙上談兵。理論周全但對連鋤頭都不知如何正確使用的兒子，結果只能是徒增苦惱。農夫市場一禮拜才開市一次，農夫只關心賣菜，至於種菜的方法和訣竅，天性是敝帚自珍的。

爺爺可不同。抗戰時期，他跟著爸媽，每三、五個月就要搬家逃難，每到個新地方，第一件事就是挖地種菜、養雞鴨，他從小跟著媽媽屁股後面轉，這些都不必人教，全成本能了。

依依一歲半那年春天，兒子買了六顆番茄、兩打紅蘿蔔，在後院草坪上挖了幾十個洞，開始創業啦！媳婦當然高興，至少，就在身邊活動，有隨叫隨到的好處，此外，聽說幾個月後就有收成，既省錢，又是有機蔬菜，經濟實惠，健康環保，何樂不為？不必幾個月，幾個禮拜不到，就發現情況不對。怎麼這番茄老是長不大，那紅蘿蔔挖起來看，始終小指粗細，不死不活。

爺爺出手的時機到了。

幸好今年的春天夠長，一切還來得及。

要做就做個大的，這是浦老一向的行事風格。

草坪上挖幾個洞，算什麼種菜。不要說附近的草根不斷搶營養，那兒的土壤也不對頭，任何表土都可以種草，種菜怎麼行！不同的蔬菜瓜果，需要不同方式配置的特別土壤，紅蘿蔔需要加沙，黃瓜最好用黏土與腐殖土混合，加上脫水消毒過的牛糞，每個禮拜略施薄肥，一到仲春時節，牽絲攀藤，虎虎生風，不必等到初夏，便可以採收成果了。

平日，兒子家，兩三個禮拜到一兩個月，難得去一次，這次一待便是一個禮拜，兒子媳婦上班，爺爺抓住老伴權當助手，大展宏圖。

最重的活，叫做雙重翻土，得腳踏大圓鍬深插入土，先向一面翻，成行後，掉頭，再翻一次，目的是將表土層下面的生土挖出來，增加土壤的營養內容。然後，往社區生態中心，運回免費供應的腐殖土，兩者攪拌均勻，敲碎大泥塊，揀除石塊草根，再將肥料拌入，才算完工。因為勞動量實在大，兩老一天只能完成四尺寬八尺長的一畦，週末倒是有兒子助陣，所以一週後，後院出現了爺爺的八陣圖。

八畦的菜園，規模不算小了，可是，好像還不夠用。兒子和媳婦站一邊，堅持選生菜沙拉的素材，老伴倒是跟他合拍，主張種傳統中國蔬果。這項爭議，是用民主協商辦法解決的。一方要馬鈴薯，另一方就選日本小南瓜；一方提天津小黃瓜，對方就投票給玉米，諸如此類。好在，總算解決了。

菜秧不成問題，農夫市場提供，包括老人家需要的冬瓜、瓠子、四季豆和澎湖絲瓜，華人開的農場，這幾年越來越多。

兒子見老爸興致勃勃，如此投入，不免得隴望蜀，試探說：這麼喜歡種菜，索性賣了房子搬過來吧。你種菜，奶奶照顧依依，我們不是連保姆都不必請了。

浦老斜眼看媳婦，她假裝不知情，掉轉頭問依依：你叫什麼名字？

依依嗓音清脆可愛，答道：你。

2. 嗔

兩週後的一個禮拜六清晨，爺爺手上端着咖啡，從陽臺上走下來，一面吸收新鮮空氣，一面信步走向菜園。

綠油油的一大片，讓人歡喜，可是，仔細一瞧，卻覺得不十分整齊，好像生日蛋糕給調皮的孩子偷吃了似的，綠茵中露出若干半黑半黃的土疙瘩。再深入檢查，土疙瘩周遭的秧苗，有的連根拔起，有的莖斷葉殘，附近則出現不少腳印。從腳印的面積和形狀判斷，小依依闖禍的嫌疑大致可以排除，而且，即使保姆帶她遊玩，也不可能糟蹋成這麼個慘象。

那麼，誰是罪嫌？

兒子住在新開發的社區，後院連接著社區公用的園林景觀，有草地，有新植的行道樹和花木布置，還有供居民慢跑健身的步道。步道環繞景觀區，再往外，便是原始林區了。

浦老曾帶兒子的愛犬在原始林邊緣遛達，小獵狗一接近樹林便瘋了，死力拉住鏈條的爺爺，幾乎人仰馬翻，可以推斷，這林子裡肯定有些野生動物。

老伴認為，一定是浣熊，她說她親眼見過，那傢伙鬼鬼祟祟的，扒在院外那棵柳樹上，往我們家張望。

如果是牠，事情可嚴重啦。近年傳說，浣熊往往身帶狂犬病菌，而且，由於保護動物協會人士的關愛，即使侵入住家，也不得任意射殺，得向救火單位申請，派專家誘捕後，遷徙放生。

兒子不同意。現代浣熊進化了，他說，牠們學會跟人共生，在下水道棲息，專找人類的廚餘進食，不可能在菜園犯罪。

媳婦說，那你無論如何總要通知救火隊派人來抓，傳染病可怕，不能不管。兒子說，牠又沒侵入我們家，也不知道牠究竟躲在何處，叫人往哪兒去抓？

還是爺爺對園事見多識廣，他斷定，此罪必野兔所犯無疑，腳印大小形狀類似，進食習慣也像。對策不難，花點功夫，把菜園圍起來，就一勞永逸啦！

遂成定論。

圍籬工作由爺爺設計並指揮，老伴協助，媳婦攜依依從旁加油鼓勁，兒子負責執行。建築材料單純，附近的「家庭站」供應無缺，計：四尺高塑料網兩捲，共兩百尺，六尺金屬柱若干，還有捆紮用鉛絲一大圈。

工程順利，爺爺選定立柱點，兒子身材本就高大，連梯子都用不上，就站地面手持鐵鎚把金屬柱敲下約一尺深，圍上塑料網，大夥紛紛上前幫忙，纏上鉛絲，不到一個下午，大功告成。

天氣那麼好，晚飯順理成章，烤肉。當然，新上市的甜玉米和有機生菜沙拉，必不可少。陽臺上的野餐桌邊，每個人不約而同，不時望著新豎立的籬笆入神。

連依依都會說：兔兔，兔兔，不過，她發出音字還有點困難，聽起來，更像是：肚肚，肚肚。

過了兩個禮拜，還不到週末，兒子的求救電話來啦！

又遭小偷了，他說，這次損失更大，絕不可能是野兔，損點高兩、三尺，豆蓬瓜架上面的花、葉，差不多給啃光了。

爺爺震怒。不僅因為被偷襲，面子上，好像也有點擱不住。

經過實地勘探，爺爺心情沉重，只說了一個字：鹿。

四尺圍籬，餓極的鹿，可以一躍而過，他不是不知道。然而，所以錯估形勢，判斷失誤，完全是因為沒想到人煙稠密的社區，居然有野鹿來犯。原始林內藏野鹿，這一點，他也想過，當時只是以為從林間外望，社區即便在深夜，仍有燈火和車輛來往，何況春夏生長季節，林子裡面不缺食材，何需冒險？

蹄印和犯罪現場的其他跡象，犯罪證據確鑿，瓜架外伸的竹桿尖端，甚至有鹿身擦撞留下的鹿毛。

爺爺考慮，也許加高塑料網，四尺變成八尺，總該萬無一失吧。然而，六尺的柱子，如何承接？入土一尺後，高度不過四、五尺，要想把圍籬撐到八尺高度，根本不可能，而「家庭站」的金屬柱，規格有限，沒有比六尺更長的。

兒子的聰明，表現出來了。他建議，圍籬四端分插八尺竹竿，高處圍上橘黃色的綵帶。這個邏輯相當合理，既經濟又實惠。野鹿進食，通常都在天亮前後，視覺不免模糊，橘黃綵帶迎風飄動，應該產生嚇阻效果。

改良的稻草人戰術，看來足以讓人高枕無憂了。

3.
癡

時序進入仲夏，爺爺的菜園欣欣向榮。

有一天，正在地裡勞動，籬笆外面的鄰居太太居然主動表示友好：我喜歡你的菜園，她說，明年春天，請你指導，我們也要來一個！

想起剛開始那一陣，她曾以破壞社區景觀為由，向管理當局告過一狀，爺爺不禁莞爾。順手採了幾個初顯紅色的大番茄，遞過籬外。

第二天傍晚，鄰居太太送來一個蘋果派，還說：一輩子沒吃過這麼新鮮原味的，市場上買到的冷藏番茄，以後不能吃了。

爺爺說：別客氣，需要的話，隨時來採，我們種了整整一畦，根本吃不完。

吃不完的，遠不止這個呢！

產量最快最多的，想不到，竟是遠遠來自華北地區的天津小黃瓜。這個品種，跟美國土生甚至其他華人地區的各種黃瓜都不一樣，不但多汁，口感清脆，而且略帶甜味，如以麻油、醋、醬油生拌，絕對是夏日一道美味。然而，老伴精益求精，她連醬油都淘汰，但用日本料理處理壽司的特製醋，略加小磨麻油，效果更上層樓。連從小在美國長大因而飲食習慣完全美化的媳婦，都讚不絕口。

青瓜蝦仁餡的餃子，是老伴的又一創造，也頗別致。這洋青瓜原非傳統中國產品，洋人一般用來燉湯或作為生菜沙拉材料，老伴實驗，洋為中用，不料廣受歡迎。

最富傳統特色的，首推奶奶的家鄉菜——豆豉、肉末、辣椒拌炒瓠片。老伴從小就學會這道菜，做法上又推陳出新，除了加上葱薑蒜等碎粒作料，瓠子本身的切工尤其講究，圓片厚度均勻，正反兩面都要用快刀交叉輕拉出井字開口，好讓溶入菜汁的作料入味。拌炒前，瓠片要求煎到微微焦黃的程度。

從仲夏開始，爺爺的菜園供應不斷，媳婦、兒子需要的生菜沙拉素材源源不缺，爺爺和他的老伴，每次來，另開小竈，根本無需上遠在十幾里外的華人超市購物。

連小依依都有福啦，這孩子的口味可調教得有點中國人的傾向了。她媽媽花大錢買的高品質嬰兒罐頭食品，從此沒有銷路，反而是奶奶燉的冬瓜湯、南瓜粥，一吃一大碗。

現在，每個週末都是豐收季。過去，老伴一提到上兒子家，浦老必定想方設法推三拉四，總要捱到禮拜六上午，才勉強答應，如今，兩老養成了新的作息程序，禮拜五一起床，奶奶就忙著電話聯絡，安排節目，爺爺呢，雖然還有點半推半就的味道，不過，他堅持，要去就不妨趁早，免得擠進週末出城度假的車潮裡面，動彈不得。車子一到兒子家，爺爺趕著抱依依，奶奶已經手提菜籃、剪刀，往菜地裡收割去了。

每個週末都把附近的親朋好友找來團聚，奶奶掌廚，剛斷氣的瓜菜，新鮮甜潤，配上兒子的新寵葡萄酒，不要說外人，連媳婦都真心實意叫好。

於是，杯盤狼藉之餘，有人開始議論了：這麼好的家常菜，再好的餐館都找不到，實在不宜藏私，應設法推廣。

媳婦突然異想天開，提議：奶奶何不口述，我把它譯成英文，老公你負責照相，我們聯合出一本《奶奶家常菜食譜》如何？

沒想到反應出奇熱烈，甚至有人連裝幀、設計、印刷、紙張之類的細節都規劃了。

諸多建議之中，最別致的有兩點：一，有人說，除了菜色本身，《食譜》應編入家庭菜園和生活、勞動實景攝影。這樣一來，意義就遠超過食譜，根本就是推廣新的生活方式，不也是一種革命嗎？二，裝幀方面，有人主張，不用通常的書本方式，模仿辦公室祕書過去常用的那種旋轉式活動電話簿裝置，便於使用者隨時翻查，而且，如果能夠讓它「站」起來，放在爐臺上，不是可以一面參看一面操作嗎？怎麼個站法呢？意見更多了，立體三角形，平行四邊形……吊掛式、底柱式……酒酣耳熱，不一而足。

奶奶也開始發言了。她好像好久沒這麼興奮了，竟站起身指手畫腳說：除了你們爺爺家那些東北菜式，我老家湖南的之外，年輕時天南地北哪兒沒到，我肚子裡的貨色還多著呢！一本食譜算什麼，一套十本都沒問題！

討論會一直到依依睡倒在爺爺懷裡才算結束。

爺爺抱著依依上樓，一面嘀咕：出什麼書，笑話！什麼人都要出書，那我們算什麼呢？

4. 滅

氣象局預警，由於北方冷氣流南移，南方暖流北竄，附近幾個郡得嚴防暴風雨侵襲。

傍晚時分，爺爺憑窗外望，見天上烏雲密布，且不時翻滾流動，彷彿有千軍萬馬盲目奔馳，接著，閃電劃過夜空，雷聲隆隆，兒子的寵物狗，懾縮顫慄，躲進桌子底下。

然而，雷電雖然嚇人，卻是雷大雨小，爺爺望了半天，擔心的事並未出現，想到氣象局的預報，一向誇大，這次也不免烏龍，就放心回房就寢了。

半夜，一個炸雷把爺爺驚醒，緊接著，窗玻璃好像被什麼細小尖銳的顆粒敲打，發出忽小忽大的沙沙聲。閃電照亮夜窗，窗玻璃上面，狂風橫掃大樹枝葉的投影，鬼魅出沒，爺爺披衣起床，悄悄走到面對後院的落地窗前，這才發現，那不斷擊打著玻璃的沙沙聲，原來是冰雹，有些顆粒較大的，落地不化，已經累積在陽臺上了。藉著不時出現的閃光，依稀看見他的菜園裡，豆蓬瓜架幾乎搖擺到接近地面的程度，枝條葉片隨風起舞，看來這兩、三個月的心血，都泡湯了。

災後景象慘不忍睹，滿園碎枝殘葉，門前那株照水櫻，披頭散髮，幸好主幹未損，但明春的花芽，可能摧殘殆盡。

唯一的意外是，豆蓬瓜架雖然歪斜，卻未連根拔起，或許是竹竿紮製的骨架，有一定的韌性，雖大幅度搖擺，但未折斷。架子頂端冒出的瓜藤，新芽斷裂不少，瓜葉撕裂穿孔，但瓜藤本身，雖移位，卻沒有損失。菜地狼藉不堪，幸好留住菜心，光復可期。經過仔細檢查，爺爺的希望回來了。他開始用花剪逐株逐畦修整，再將殘枝碎葉清掃，不到三個小時，菜園似乎無端縮小了一圈，但基本恢復舊觀。也許，經此天災，生產不免停頓，但他相信，再過一、兩個禮拜，新芽抽長，新花再開，一切又將盛況空前。

兩個禮拜過去了，諸事順遂，爺爺的菜園再一次欣欣向榮。

這一陣，恰是盛夏，陽光耀眼，氣溫高漲，蔬菜瓜果進入最旺的生長季節，奶奶又要舉辦週末晚宴了。

然而，天公不太作美，禮拜六就開始下雨，禮拜天也沒停，爺爺說，推遲到下個週末吧。下雨天，到處泥濘，黏呼呼濕答答的，又無法用陽臺上的大餐桌，有什麼味道，不如等天轉晴，心情才不至於打折扣。

恰好兒子媳婦也要參加朋友的婚禮，奶奶才不得不同意。

下個週末也不行，依依感冒，輕微發燒，不算嚴重，但這時候請客，把家裡搞亂糟糟的，也不大好，何況，那夏日淫雨，依舊下個不停。

又一個禮拜過去了，陸續採摘的新鮮瓜果蔬菜，不但消費不了，連冰箱都放不下了。可是，週末晚宴還是無法舉行。

這次的問題，不關兒子媳婦，也跟依依無關，卻出在爺爺身上。爺爺的大門牙，一共四顆，年紀大了，牙肉後縮，牙齦露了出來，兼之牙本身也有點歪歪斜斜的，實在不好看，所以，不久前，找牙醫做了個目前流行的貼片鑲牙手術，不料那天沒注意，吃櫻桃，一口咬下去，櫻桃肉非常柔軟，但門牙碰到櫻桃核，卻把牙片崩落了兩個，一上一下，一左一右，極不對稱，又露出兩個不大不小的窟窿，這個樣子，確實不好見客。跟牙醫訂時間，最早也要下個禮拜三，晚會又不得不順延了。

雨依舊下著，氣象局都亂了套了。他們找出有史以來的所有紀錄，發現連續降雨三個禮拜，已經接近最高點，可奇怪的是，全國卻有四分之三的地區，連續高溫，一滴雨未落，森林大火吞噬民居，大片山林毀於一旦，田土龜裂，玉米歉收，大豆情急，總統宣布為旱災區，爺爺的菜園，卻完全泡在水裡。

爺爺冒雨搶救，在菜園四周開挖排水渠道，但是，只要雨不停，排水功能只有短期功效。當初開發菜園，為了省力，沒把菜園建成高於地面的凸起型菜畦，現在挽救無門，只能禱告上蒼憐憫施恩了。

地下水位已接近土表，爺爺買了一架家用抽水機，這是最後一招。

九月上旬第一個週末，爺爺舉著一把傘，站在陽臺觀望。兒子的後院，一片沼澤，他的菜園，只剩下瓜架豆蓬幾個骷髏，站在水裡，不要說菜畦裡面，連骷髏上面，都毫無綠意，枯黃的枝葉藤條，死蛇一般，縱橫交錯。

爺爺的雨傘給風吹歪，雨點落在臉上，他微微舔到一絲絲鹹味，是眼淚嗎？還是臉上的汗水？

還沒想清楚，卻聽見身後有人敲著玻璃門。

「爺爺回家家！」

這是他親耳聽見的，孫女兒依依說的，第一個完整的句子。

（二〇一二年六月三日初稿，八月九日改定）

三、藕斷絲連

1. 似有

浦老的心情，似因於某種難以言傳的落寞，已很久很久了，近來卻略有好轉，這跟學校當局安排的專訪，顯然有一定的關係。他心裡明白，因為，開始還略有抗拒心理，訪談兩、三次以後，小夥子電話來晚了點，居然惦記著呢！

就像今天上午，用完早餐，院子裡匆匆散步一圈，回來便問：有我的電話嗎？回說沒有，竟似有些介意。談不上苦惱或什麼的，若有所失吧。而老伴那邊呢，不知怎麼的，特別絮絮叨叨，一會兒明知故問：小依依什麼時候過四歲生日啊？一會兒又抱怨：都是你，住這麼遠，來往多不方便！

為了躲避頭痛，他索性整個上午就窩在他心愛的盆栽區，摘摘芽、整整枝，見天色雖晴，時間還早，陽光亮而不熱，就把他經營培育了二十幾年的銀杏從盆中起出，修根、換土，再用銅條彎枝，等一切完事，已經滿頭大汗，不過，總算安安靜靜，到午飯時間了。

午飯也不安寧，老伴問：你就打算這樣，頑固到底，一輩子不跟自己兒孫親近嗎？

午睡醒來自問：這一下午的時光，如何打發呢？

上午誤了寫字，就補一補這個吧。

半年來，寫字的方向變了。趙孟頫的《福神觀記》寫了差不多一年，到了幾乎可以亂真的程度，卻突然有點厭倦。開始時，人說趙字甜媚，寫多了容易犯腰軟的毛病，他不以為然。年紀這麼大了，怕什麼甜？還怕不夠甜呢！到了脫帖自書的階段，把寫好的辛棄疾釘在牆上遠觀，終於覺得這字確實站不起來，心意不免猶豫了。不是有人說，趙字外觀俊逸內實剛強嗎？怎麼到了我手裡，就只剩外而不見內呢？

師法古人，形實之間，如何拿捏，讓他著實苦惱了一陣。手頭幾十本碑帖，翻讀多遍，對於自覺極為關鍵的下一步，還是拿不定主意。他也曾寫信多方請益，有人主張下死功，剪去筆尖，先練篆書，確實掌握結構再說。有人認為，要練就筆力，非從隸書入手不可，甚至有好心的朋友，特意送他日本二玄社精印的《張遷碑》，還提到，當年書法家張隆延先生開門授徒，就要求學生依此範本，先練雙鉤廓填，寫每個字，不得少於五分鐘。也有人勸他，年紀這麼大了，不必夢想成家，何妨就以智永的真草千字文為範本，小楷寫上個半年一年，有點行書底子，此後隨意揮灑，也就行了。俊逸與剛強之間，不知抓落白髮幾許。

一天，讀李北海《麓山寺碑》，看見「悲海」二字，心頭忽然一震。

先將四尺生宣三折裁開，再橫三折豎四折對疊，共得四十八格。一得閣雲頭豔墨汁對水約四分之一。寫完一張，發覺用筆過於拘泥，又往往忘了中鋒行筆，於是再寫一張。那天，一上午，離不開書桌，最後寫了六張，共一百四十四遍，就這「悲海」二字。

半年來，《麓山寺碑》不知寫了多少遍了，雖然距「亂真」程度還遠，但有點心安理得的感覺，彷彿是一條路，可以這麼走下去的樣子。

當然，《麓山寺碑》也不是字字珠璣，敗筆壞字不少，得仔細挑，但像「悲海」這樣精神的，每頁都有幾個，這就夠他忙了。

他找到一位刻圖章的朋友，選了一塊巴林凍石，刻了四個字：原來如此。

2. 還無

下午三點，午睡醒來，小朋友終於有電話了。

接完電話的浦老，心情頓覺開朗，拿了把花剪，往園中巡視。

估計至少還有一個小時，得安排自己做些事情，便順手把糾纏的塑料水管整理了一下。繼而一想，這個時節，陽光耀眼，盆栽施水不太合適，一來盆溫忽熱忽冷，容易傷根，葉面不免沾上水珠，又可能因聚光作用而灼焦，還是耐心點，等黃昏前後吧。恰好發現荷花缸裡，泥層居然已經暴露，立刻補了水，同時慶幸，好在發現及時，要不然，又要像去年一樣，不但無花，連荷葉都長不好。

小夥子進門的時候，他正為那盆傳統直立形的扁柏摘除底葉。今年的春天特長，初春換的盆，此時方才入夏，扁柏長勢旺盛，枝繁葉茂，多餘的對生枝、交叉枝、倒長枝，得盡快切除，底葉更需用手指倒抹清理，否則整株植形破壞無遺。小夥子頗有耐心，站在身後，一語不發，等他把每一枝層的底葉都處理完，才問：這樹看來很老，卻這麼小，您把它放在這個小盆裡，不是有點畸形嗎？

浦老沒有正面回答，只笑了笑說：還是上我們的老地方談，空氣好，又沒有日曬，師母早已備好茶點了。

後院有棵老櫟樹，樹身雙人合抱，樹冠遮蔽半空，樹下的圓桌方椅，是浦老每天早餐讀報的地方。為了接待小客人，加上了桌布椅墊。

校方大力支持的這個項目，涉及當代美國漢學研究的傳統。雖然這個傳統，嚴格說，人不過兩、三代，真正有成就的學院，也不過五、六家，然而，由於是重鎮之一，加上近年老成紛紛凋謝，為了趕快挽救迅速消失的集體記憶，才造成一點急迫感。浦老事實上只能算是這個傳統的第二代，無論如何，他與當年奠立基礎的幾位元老，不但有接觸，還有千絲萬縷的傳承關係。

來自北京的小夥子呢？應該屬於第幾代呢？連第三代都算不上吧！漢學界有個人人心知肚明卻

誰也不願拆穿的現象。真正的美國人，有潛力影響國政走向的，往往是頭面人物，卻很少有能力就第一手材料直接進行研究，因此，這些大牌學者的周遭，少不了一批中文學養深厚而英語表達能力平平的中國人，這是硬底子。業已進行多次的專訪，在這個層次，小夥子跟浦老之間，矛盾不大，多少算是一國的嘛！只是，這所謂的「一國」，內部卻也不太平靜。二、三十年來，「硬底子」的組成，悄悄變化，來自臺、港和東南亞的，逐漸被北京、上海來人取代。

這或許是浦老跟小夥子之間，不時有點話不投機的根源，舉例說，這天下午，當小夥子問到：我們圖書館那批地方誌，究竟怎麼搞到的？

浦老說得不免帶點洋洋自得的神采，回憶當年恩師在國共內戰烽火即將燒到江南的時刻，說服校方撥款，在廣州雇貨運大卡車運輸文物的歷史，他本能地用了「搶救」這兩個字。小夥子意外沉默了，半天，才低著頭問：

「是『搶救』嗎？應該是『掠奪』吧！」

浦老突然臉紅了。

專訪到了這裡，不太容易繼續下去了。

小夥子告辭後，他在園子裡晃來晃去，不知道該做什麼。直到老伴隔着窗子呼喊：來幫忙和麵，媳婦剛來電話，過兩天要把依依送過來，先包點餃子放凍箱裡準備著！

3. 順變

年輕時候，他喜歡貫休出家前的一首詩，尤其這兩句：「滿堂花醉三千客；一劍光寒十四州。」為什麼喜歡？他說不出。但他知道，那段歲月，他喜歡看人、看花、看劍，三樣東西，詩句裡都有，也許就這個道理。據說招待貫休的那位地方諸侯，霸氣十足，硬要他改兩個字，把「十四」改成「四十」，貫休冒殺頭危險，一口拒絕，飄然引退。年輕時候的他，著實迷過一陣。

他記得，多少個週末，他那批心懷大志的朋友，面臨畢業，開始忙著約會。西門町、國際學社、碧潭，他也不缺席，但他的參與跟別人不同。大世界的晚場電影，他坐在對門二樓的冰店窗口，看人。獅子會主辦的舞會，他選擇視界最佳的位置，不下場，就看人。划船和營火，他也在那兒，盡力躲在一旁，看人。他看他們個個絞盡腦汁，你追我趕，趁着出國風潮，漂洋過海，配對成雙，尋找他們的新世界。他看他們，一個個，二十出頭，把劍扔了，不到十年光景，一個個，成家立業，消失在歷史的洪流底下，一點漣漪一點泡沫都不見，再也沒浮出水面。

他按劍不動，等待機會，同時不忘看花。

滿山爛漫的日本櫻，他陶醉。空谷幽蘭的奇花異葉，他入迷。但他最喜歡的，還是春雨過後的加州山野，連綿幾十里高低起伏的橘紅罌粟花海。

他來加州不是為了看花，他尋找出劍的機會。

拔劍後，還是不能不看人，人看多了，卻自此茫然四顧。他不再看花，不再看人，開始看樹。

「幽山美地」[1]的峰巔，有一群千年紅木，樹身十人合抱，主幹直衝蒼穹。由於海拔高，空氣稀薄，沒有鳥叫，彷彿可以聽見巨木呼吸的聲音。人到了那裡，雙膝自然虛軟。

他的膜拜情節，並不限於高大。

有一次，他專程開車去國家植物園看盆栽展。一株三百年的五針松，體高不過兩尺，主幹略左斜，但右面的三片枝葉較長，且因低枝的下垂度較大，完成了平衡。近黑的泥盆，據說是明末清初宜興名家所製，色澤內斂而幽輝自現。盆栽整體的和諧莊嚴，也讓他產生膜拜感。

他的中年，基本在尋樹看樹的過程中度過。煩惱時看樹，成了唯一的逋逃藪，他甚至在自己的家園裡，刻意製造。

先後種下十幾個不同品種的日本楓，有些嫁接種無法自然繁殖，但原生種有原生種的好處，葉片細小，春、秋兩季的顏色純淨，絕不亞於改良種，且每年春天，都發現不少秧苗，在草地、花圃、屋角、牆邊冒出來。他基本收集了綠葉和紅葉兩個品種，上石材場挑了兩大片兩頭尖中間寬的藍砂石，就用後院排水溝泥，加上石縫裡摳出的青苔，布置了兩個無盆的楓林盆栽。二十年下來，林木的樹幹，從牙籤變成了拇指。他每年著意修剪，楓林樹冠終於連成一片。

1.「幽山美地」：加州國家公園 Yousanmite 的音譯。又譯為「優勝美地」。

有天，老伴居然注意到他苦心經營的神品，還說：你想家了嗎？為什麼這兩個盆栽，都像臺灣島呢？

最得意的，還不是這個。

在庭院最遠處，沒有鄰居的那個連接著山坡的邊陲，他種下十幾株藍葉雪松[2]。初種下那幾年，枝幹細而葉叢薄，頗不起眼。然而，幾十年下來，樹幹茁壯，接近地面的長枝微垂，樹幹中段枝平展而頂段枝雖短，卻略略向上，成寶塔狀，藍針密裹，形成了個體瘦骨嶙峋的姿態，但整片樹林森森，如北地荒原叢莽。更由於這種常青樹的天生特點，尤其是雨後霧氣朦朧，藍葉遠望如煙，枝條彷彿穿著巫婆的法衣，飄飄下墜，像有鬼神出沒其間。他每天早晨坐在陽臺上喝咖啡，望著高插入雲的藍葉雪松林，想像他祖祖輩輩流血流汗的土地，白山黑水之間，彷彿有什麼聲音，向他召喚。

可是，這幾年，他從教書崗位退下來，看樹也漸漸救他不了了。

也許，看石頭的年紀到了。

4. 如常

接到老朋友來信，不免喜出望外，然而，老朋友的心情，貌似幽默，卻透露些許淒涼。話是這

2. 藍葉雪松：學名 Cedrus Atlantica Glauca。

麼說的：

「想不到，一輩子吃異性的虧，活到這把年紀，還超脫不了……」

他說的是他才五、六歲大的孫女兒。

被孫女兒欺負，不是挺幸福的嗎？可他並不這樣想，這只能怪他自己，當初為什麼不顧勸阻，堅持把家搬到兒子媳婦隔壁呢！早就跟他說過：兒子雖是親生，媳婦可是外人，何況兩代之間，觀念、習慣都不一樣，住那麼近，難保不發生齟齬。兩代關係，藕斷絲連最好，早就告誡過他，如今，孫女兒告狀，媳婦給臉色，豈非咎由自取？

浦老不是個容易受欺負的人，他的媳婦也一向保持尊敬，雖然不免遠遠觀望，不太像一家人。總之，兩代住家相隔兩、三個小時的開車距離，多少潛在的糾紛都因此免了。不過，小依依跟他，由於見面不夠頻繁，有時有點兒生份，也就沒辦法了。

好在，難得三、五個禮拜見面一次。每一次，都有點像是辦喜事。

前三天，先有兒子的電郵，第二天，又有媳婦的電話，老伴就先瘋了，指手劃腳，忙這忙那，專心準備著，這兩、三天，日子過得挺有目的的。他呢？反正一切聽黨中央指揮，為了小依依，逆來順受不妨。

每次來，小依依都在這兒過夜，她的房間得徹底打掃。窗子、天花板、屋角的蜘蛛網、灰塵，不能馬虎，地毯要搬到太陽底下曬，床單、枕頭套要換，衣櫥也要整理。媳婦有潔癖，衣櫥亂，小依依的換洗衣服都不讓往裡放。

開車過橋，去唐人街採購，是準備工作的必要項目，反正買多了不怕，自己也需要，順便理個髮，這忙忙亂亂的一趟，還是值得。

屋子裡外得仔細檢查，三、四歲的孩子，活力充沛，又不知道危險，萬一摔交，碰破了皮肉，那還得了。特別是他的盆栽區，老伴叮嚀再三，那些盆盆罐罐、石塊、水管、農具、泥袋、砂石包，亂七八糟的，你給我整理好，圍起來。

接著，當天上午，兒子來電話了，才明白，原來是這樣計畫：七點左右抵達，留下小依依，兩口子坐當晚十點半的飛機，去巴哈馬度二次蜜月。

這可非同小可！從來沒有過的事！小依依這次要在爺爺奶奶家，過整整一個禮拜啦！

從事情一確定，浦老的心情，就在兩極跳動。一方面，想東想西，整夜失眠，往往手拿眼鏡找眼鏡。同時，又念念不忘，這些年好不容易養成的生活流程，全搞亂了，不要說盆栽、書法，連小夥子的專訪，都好像是前輩子的事。

然而，一想到小依依將在他家住上整整一個禮拜，一切都歸心了。

他把唐詩宋詞選本從書架上找出來，挑出十首，用大楷各寫一大張，貼在牆上，做為教材。雖然認字有限，留下印象便好。

上次，依依幾乎可以背誦李白的〈靜夜思〉了。

這次，挑些難一點的。孟浩然的〈春曉〉應該可以了。記得兩歲那年，奶奶問她：爺爺叫什麼名字？那時剛說話不久，她說：咳咳，咳咳。原來爺爺在她腦子裡，就是早晨刷牙漱口時費力清痰的聲音。不過，爺爺想，這麼小就能抓住特點，這孩子有些慧根的。杜甫的〈春望〉呢？是不是過於艱深？再等兩年嗎？或者先叫她背熟了，將來長大，自能體會？

六點半，兒子又來電話了。這次，一反往例，浦老搶著去接，腳步踉蹌，差點連拖鞋都丟了。

那頭的語氣，好像解除了心頭重擔。

媳婦終於同意，二度蜜月不必太講究，孩子帶去放心些。

「票幸好補到了，這年月，經濟不好，旅行度假的人少。」

他說。

（二〇一二年七月九日初稿，八月八日改定）

與藝術無聲的親密對話——曼尼爾典藏館

文◎劉昌漢　美南

多明尼克要求建築外觀不必宏偉，但內部要盡可能寬廣。皮亞諾設計的外牆建材採用白與淺灰色，在四周綠蔭扶疏和草地襯托下顯得舒爽宜人；館內屋頂利用宛如波浪彎曲的白色水泥板折射陽光，使得室內光明亮柔和。這裡沒有豪華大廳、大理石地板與紀念品販賣店，而相對的以樸實靜謐的氛圍、簡要的陳設與特意挑選的藝術品欣賞取勝，整體設計低調而親民。

說起美南休士頓的曼尼爾典藏館（The Menil Collection），國內朋友知道的可能不是太多，其實這座私人美術館雖然沒有一般大都市著名的美術館規模龐大，卻也並不太小，而且以現代藝術珍藏享譽世界。著名的國際策展人，巴塞爾藝術博覽會總裁羅倫佐・魯道夫（Lorenzo Rudolf）以個人喜愛列舉了全球五個「最佳」私人藝術收藏館，曼尼爾典藏館即名列榜首。這裡也是歐美外地人士來休士頓的必遊處所，是我搬至此間居住後最喜歡的佇足之地。

一九四○年二次大戰戰火正在歐陸迅速蔓延，法國男爵之子約翰・德・曼尼爾（John de Menil）帶著妻子多明尼克（Dominique）與三位幼齡子女（後來又生了兩個）自歐洲藝術之都巴黎搬遷到美國紐約和休士頓兩地居住。多明尼克繼承了家族鑽油事業的鉅額財富，約翰婚後也成為該家公司董事及後來的總裁。「正職」之外，夫婦倆均熱愛藝術，約翰為紐約的國際藝術研究基金會（IFAR）創始會長，且任休士頓美術館委員；多明尼克任教於休士頓聖托瑪斯大學（St. Thomas University）藝術系，曾擔任系主任職務。一九五四年二人設立曼尼爾基金會，提供學術基金、增建藝術圖書館、並捐贈收藏的藝術品給休士頓美術館、聖托瑪斯大學和萊斯大學。由於他們與許多藝術家維持有密切友誼，促成了馬克思・恩斯特（Max Ernst）在休士頓美術館的全美首次個展，以及杜象和智利畫家馬塔（Roberto Matta）來到「南方荒漠」休士頓造訪，對於帶動當時這裡對現代藝術認識貢獻甚巨。多明尼克執教期間學到運作美術館需要的知識，於是在一九七二年二人決定建造一座典藏館來展示畢生珍藏，免費讓人接近、欣賞。

典藏館的計畫因為約翰於次年去世暫停了一段時間，到了八○年代，多明尼克・曼尼爾才邀請巴黎龐畢度藝術中心的設計人，義大利建築師倫佐・皮亞諾（Renzo Piano）負責建造，其位置在聖托瑪斯大學校園旁住宅區的巷弄內。多明尼克要求建築外觀不必宏偉，但內部要盡可能寬廣。皮亞諾設計的外牆建材採用白與淺灰色，在四周綠蔭扶疏和草地襯托下顯得舒爽宜人；館內屋頂利用宛如波浪彎曲的白色水泥板折射陽光，使得室內光明亮柔和。這裡沒有豪華大廳、大理石地板與紀念品販賣店，而相對的以樸實靜謐的氛圍、簡要的陳設與特意挑選的藝術品欣賞取勝，整體設計低調而親民。

一九八六年多明尼克以其對藝術方面之貢獻獲得美國國家藝術獎章，一九八七年曼尼爾典藏館正式落成開放，內藏超過一萬六千件繪畫、雕塑、裝飾、版畫、素描、攝影和珍版書籍，包括古文物、拜占庭和中世紀、非洲及太平洋群島與太平洋西北海岸原住民藝品、現代和當代展示等，顯現了收藏者多面向的人文素養。其中最好的精品還是現代繪畫——歐洲立體主義、超現實主義和二戰後美國的抽象表現、普普及極簡藝術收集。這裡有不少恩斯特、馬格利特（René Magritte）和坦基（Yves Tanguy）的傑作，當然畢卡索、布拉克、安迪・沃荷、羅森柏格、亞歷山大・卡爾德等的也不或缺。與一般博物館的區別在曼尼爾夫婦不是盲目的靠財富追星，藏品顯示了他們自身喜好思想性的品味。使得整體呈現不是熱鬧，而具有著寧靜的深度。依照收藏者原意，藝術品的藝術內涵應該超越歷史與社會，因此每件作品的解說十分簡約，並不提供觀眾過多資訊，以免擾亂藝術的欣賞感動，只有作者、標題與年代，放在一定距離外，畫與畫間保留很大空間，少掉了擁擠。收藏品在此間輪流展示，一次僅約展出所有五％左右，同時也開放與其他藝術機構合作舉辦特約展覽，所以來這裡參觀不是一成不變，每次在熟悉中又有不同的感受。

廣義的曼尼爾典藏館還包含附近另外幾座館舍——馬克・羅斯科小教堂（Mark Rothko

Chapel）、塞・托姆布雷藝廊（Cy Twombly Gallery）、列治文廳（Richmond Hall）、室外雕塑公園、拜占庭壁畫教堂（Byzantine Fresco Chapel）等，都在數分鐘步行範圍內。

羅斯科小教堂建造於典藏館之先，是一座非宗教目的殿堂，內裡用藝術家羅斯科的十四巨幅「黑畫」懸掛於八邊形牆壁。羅斯科曾自述說：「歷史上巨畫的作用為要表達莊嚴偉大和華麗之感，而我的作品是要表達親密、人性的感動。」教堂開放用為國際文化、哲學和宗教交流，以及個人冥想和祈禱之所。一九六四年開始建造，不過過程卻充滿悲情。曼尼爾夫婦除了藝術贊助者和慈善家身分外，也是積極的社會參與者，尤其在人權方面著力甚深。他倆捐贈紐曼（Barnett Newman）的雕塑《殘破的方尖碑》給休士頓市，言明作為紀念黑人民權領袖金恩博士的禮物，不料由於造型源自一座倒置的華盛頓紀念碑而遭市府拒絕，因而移置於羅斯科小教堂前方。在此同時，羅斯科與先後三任建築師都發生衝突，經過長期的鬥爭和抑鬱，一九七〇年二月二十五日他在其紐約工作室自殺結束生命，七月四日紐曼接著過世。教堂於第二年落成，成為象徵民權挫折和追悼藝術家的紀念館，悲劇氣息揮之不去，這裡被某些人認作是世界最富有靈性的藝術空間。後來在一九八六年，多明尼克支持卡特總統成立了卡特–曼尼爾人權基金會（Carter-Menil Human Rights Foundation）以促進世界保護人權，羅斯科小教堂成為該組織的重要活動據點。

塞・托姆布雷藝廊位於主藏館對面，是倫佐・皮亞諾對典藏館的延續工程，完成於一九九五年，內部展示這位美籍威尼斯雙年展終身成就獎得主的個人大型抽象塗鴉。一九九〇年多明尼克為極簡藝術家弗拉文（Dan Flavin）成立一個永久性的展覽場列治文廳，這一改建自雜貨店倉庫的建築物維持了原來結構和簡陋外觀，一九九六年落成，空曠的屋舍，單調的水泥地，無修飾的牆面，配上不變的彩色霓虹燈管媒介，對於詮釋「極簡」背後的樸素理論十分切合。

室外館舍與館舍間是雕塑公園，幾件作品像是不經意的散置四處，我較喜愛草坪上麥可・海澤（Michael Heizer）彷如閃電裂隙的地景創作，由於規模不大，很容易遭人忽略。草場後方一棟像似住家的低矮小屋是曼尼爾書房，與其他著名卻又充滿商業色彩的美術館相比，這兒特意遠避了各式誘人的金錢污染，只讓藝術和知識書籍透露雋永的芬芳。

拜占庭壁畫教堂是多明尼克最後之作，一九九七年開放，是年年底她走完絢燦的人生，享年八十九歲。壁畫教堂內裡的十三世紀壁畫為塞浦路斯一所遭到洗劫一空的小教堂的劫遺。多明尼克通過基金會救出部分被切割走私的壁畫碎片，再資助一項為期兩年的恢復工程，獲得允許「暫留」殘片展覽權利。作為一個展現救贖之地，她請她的兒子——建築師佛朗哥伊斯・德・曼尼爾（Francois de Menil）設計，獲得 AISC/AIA 創意獎。二〇一二年與塞浦路斯合約期滿，壁畫歸還，畫去堂空，只餘圖片引述追思。

雖然曼尼爾夫婦相繼作古，但是基金會仍然延續他倆的生前品味收購藝術品，像當代藝術家卡提蘭（Maurizio Cattelan）的作品每每驚世駭俗，這裡採購的〈無題〉卻幽默而值得細觀。還有賽明斯（Vija Celmins）綿密的〈海面〉，都引人駐足良久。

從一九八九年開始，典藏館在對公眾閉館的週一、週二大量邀請中、小學校學生參觀，為青少年提供一個替代城市中擁擠教室的想像之源。八位教師每年帶領超過六千名學生討論，引領孩童的詩歌與故事創作進入藝術天地，在超現實主義與夢想、抽象印象派與感情間架起溝通的橋樑。在這裡任何討論都沒有唯一「正確」的答案。每個人都受到鼓勵，隨著藝術感動，追求自己的解答。

看多了現代和當代藝術的喧囂，曼尼爾典藏館予人完全不同的寧靜感覺，夏日豔陽下這裡充滿了沁人的涼爽，讓人馳騁想像，彷彿藝術與觀眾在進行無聲的親密對話。藝術可以只憑意會，感動又何需言傳。

曼尼爾典藏館

地址：1515 Sul Ross Street, Houston, TX 77006

電話：713-525-9400

門票：免費

開放時間：週三至週日早上十一時至下午七時，週一、週二休息。

劉昌漢

筆名劉吉訶德，一九四七年生於中國，成長於臺灣。是著名畫家、國際藝術策展人，並長期致力藝術文字評介工作。曾任美南作協會長，且在北美《世界周刊》、臺灣《藝術家》雜誌和中國《收藏》雜誌撰寫專欄。著有《百年華人美術圖象》、《藝術如此多嬌》、《藝術沙龍——北美水墨專輯》等，獲海外華文著述獎學術論述類第一名等榮譽，新著《發現北美美術館》正編印中。

畫芙蓉

文◎劉墉　名家

風不斷吹，寬大的葉片在風中搖擺翻轉，前一秒才是正面，下一秒已經成為背面。使我不得不抓住每個瞬間的記憶，抬頭看一下，再低頭畫剛才的印象。不斷仰頭低頭，有點暈，畫著畫著，竟然覺得自己回到了童年。

從北京飛臺北，車子將進首都機場了，突然看見路邊樹叢裡搖曳著幾朵粉紅色的大花，不是薔薇也非玫瑰，葉片寬寬的、花柄長長的，倒有點像芙蓉，難道因為地球暖化，在北京也能種植南國的花卉了？

算算時間，農曆九月初，正是芙蓉開花的時候。

「到了重陽，就可以去寫生芙蓉。」這是大學時代，林玉山老師在課堂上說的。不知道為什麼，從那以後，每次聽到重陽，就讓我想起芙蓉，還曾經在畢業之後，找林老師一起去寫生。

也幸虧有林老師指引，知道臺北師專（也就是現今的國立臺北教育大學）的芙蓉最多。只要進校門向左轉，就有整排的芙蓉。而且地方大、陽光好，每棵都長得足有九呎高，枝繁葉茂、無拘無束的向四面開展。這種花特別入畫，因為既有高高挺立的，也有欹斜委婉的。

自從林老師七年前仙逝，我就再也沒畫過芙蓉，而今既然正好回國，又碰上芙蓉開花的時節，我決定好好作一番寫生。所以隔天，就趕去臺北師專。也許因為是假日，門口警衛沒有攔阻，校園裡很冷清，我正高興可以安靜地寫生，進門左轉卻大吃一驚，芙蓉呢？全不見了！只剩下空空曠曠的草坪。

所幸我的母校臺師大距離不遠，記得學生時代，在第一棟紅樓「課外指導組」的窗外，見過一株瘦瘦高高的芙蓉，我又驅車前往。

花也不見了，連校門口的孔子像、噴泉和七里香的樹牆都沒了。我還是不死心，想起曾在民生東路一個天主堂外，見過幾株芙蓉。再趕去，教堂還在，芙蓉也在，只是由一整排變成一小棵，沒半個花苞。

路邊沒有，花市總有吧！第二天，我又到建國花市，一攤一攤問，每個人都搖頭，除了朱槿，只看到一株矮矮小小像芙蓉掌狀葉的花，原來是野生的單瓣芙蓉。

我失望了，除了失望，還有傷心和不解，不解為什麼在我童年記憶裡，處處可見的芙蓉，一下子沒了？是因為那花插枝就能活，太平凡？還是因為芙蓉的莖太弱、葉片又大，禁不起風雨？抑或由於芙蓉的每朵花都只能開一天，太不耐，所以不被人們喜愛。問題是，芙蓉不是「拒霜花」嗎？

在秋天百花凋零的時候，她卻能綻放；當菊花只能盤據地面，芙蓉卻能高掛枝頭。歷代多少畫家，唐伯虎、張大千、黃君璧，都有芙蓉傳世。四川成都更因滿城芙蓉花而有「蓉城」的美名，為什麼在臺北，我竟然找不到一朵芙蓉？

沒想到，事隔一個禮拜，有一天去民生社區理髮，走出美容院，突然眼前一亮，在社區公園的邊上，閃出一抹熟悉的顏色，不正是我眾裡尋他千百度的芙蓉嗎？

那芙蓉是種在花盆裡的，花盆又放在花壇的水泥牆邊。高上加高，使我不得不仰著頭畫。

逆著天光看去，翠綠的葉片上，每根葉脈都很鮮明，它們由同一點發出，加上長長的葉柄，令人想到荷花。花朵也一樣，荷花有明顯的花脈，芙蓉也有；荷花的花脈是粉中帶綠，芙蓉也相似。連荷花的莖上有毛，芙蓉也差不多。怪不得人們說荷花是「水芙蓉」，「她」是「木芙蓉」。

風不斷吹，寬大的葉片在風中搖擺翻轉，前一秒才是正面，下一秒已經成為背面。使我不得不抓住每個瞬間的記憶，抬頭看一下，再低頭畫剛才的印象。不斷仰頭低頭，有點暈，畫著畫著，竟然覺得自己回到了童年。

小時候，我家院子裡有一棵芙蓉，因為樹下是土坡，我常在那兒「開山造河」，先挖出一條從坡頂往下延伸的小溝，再提一大桶水，從「山頭」倒下去，看那沛然而下的「山泉」，在「河谷」裡奔騰。正因為我「以小觀大」，所以每次抬頭，看上面芙蓉茂密的葉片，都覺得那是棵濃蔭的大樹。

秋天，芙蓉花開，就更有意思了。她會隨時改變顏色，早上白白帶黃的花瓣，下午逐漸染紅。

我放學回家，在花下沒玩多久，可能再抬頭，原先粉紅色的花朵已經變為深紅。接著，層層飽滿的大花，就逐漸關閉蜷縮，好像睡著了！

睡著的花苞，隔天八成落到地面。憐她早凋，我常將殘花撥開來，把花瓣一片片拉直，希望回復盛開的樣子。但她們很固執，才拉開，又立刻縮回去。

芙蓉的花蕊也是蜷屈的，蕊柱跟花瓣絞在一起，可能正因此，芙蓉花瓣不像一般花朵，層層向外開展，而是朝著不同的方向轉動，像是由好幾朵花組成，比牡丹還有變化。

芙蓉花蜜很甜，除了蜜蜂喜歡，螞蟻也愛，連殘花裡都常藏著依依不捨的螞蟻，這又給我製造了另一種頑皮的趣味：先把芙蓉像是五角星星的花托摘下來，再擺上幾隻螞蟻，放到我的山泉裡「疾流泛舟」。

沉浸在童年的回憶，也沉浸在芙蓉的幽香。我過去曾跟許多人為芙蓉的香味爭辯。一般人不覺得芙蓉香，是因為沒在花下長時間停駐。芙蓉的香味很幽，似有似無，帶一點點冷香，連葉子都有類似的味道。或許也因為「冷」，據說搗碎了還能外敷，有化瘀去腫的功效。

我也曾因為紐約大都會博物館把一張國畫芙蓉標示為牡丹，跟他們作了一年論戰。雖然我贏了，新聞還上了報，但我後來常想，為什麼到美國幾十年，見了許多植物園，和無數錦葵科的花，卻沒看到一朵我童年家裡的芙蓉，怪不得美國的植物學家會把她誤為牡丹。不過我喜歡芙蓉的英文名字 Cotton Rose Hibiscus，意思是花苞像棉花，花朵像玫瑰的扶桑花。

花壇外緊鄰著街道，有小學生成群嬉鬧地跑過，有年輕媽媽推著娃娃車走過，有中年婦人邊走邊說八卦，有房地產掮客，站在街角指指點點。

我的背後是個涼亭，外面爬滿了藤蘿。亭裡有幾組石桌椅，兩個老人在聊天，大概先談政治，一個激動，一個平和，不斷勸說「是非成敗轉頭空」之類的話。突然有人加入，就話鋒一轉，好像說到個總在那裡聊天的老朋友，前兩天還邀大家喝茶，昨天突然去了。然後安靜了一陣。聽到腳步零零落落地，漸遠。不久，又過來個老頭，站在涼亭邊上甩手，不斷甩，不斷哼。還有個老太太，弓著腰，繞著亭子走，一圈又一圈。又聽見個年輕女人的聲音，拉著嗓子問其中一位老人：「按時吃藥了嗎？吃飯了嗎？東西新不新鮮？吃不完的東西要記得放冰箱，剩菜要看看壞了沒有。」

突然傳來嘶嘶的聲音，接著看見一條水柱，從花壇的一頭往我這邊移動，噴水的是個五十歲左右的男士。「要不要我讓開？」我問他。「不用不用，這邊不用噴」他探頭看一眼我的寫生冊，說「木芙蓉！荷花是水芙蓉。」我笑答「真內行」。他便打開了話匣子，說那裡的花都由他照顧。他是義工，就住對面。又說過些時，記得來賞茶花，一位里民新捐幾十盆，指定由他照顧，其中有好多名貴的品種。離開時，還回頭對我強調了一句：「這裡不是公園，是花園！」

原先以為會下雨，只能隨便勾幾筆，沒想到入晚反而有了些陽光。我從不同角度寫生了四張，因為一條腿搭在花壇上支撐寫生本，兩個鐘頭下來，有點顫抖；左手拿著本子，也瘦。花已向晚，變作深紅。如我童年時見到的，開始蜷縮，翻開前面的寫生，果然最後一張的花形已經比第一張小了許多。

我收好工具，轉身。看見剛才噴水的那人和另一位男士，在露天的大理石桌上不知整理什麼花苗，花圃裡一個婦人正蹲在樹下種小草花。

斜對面還有個長廊，外面掛著一條公園得獎的紅色布條。廊裡有一排輪椅，每個椅子上坐著一位老人；旁邊一群菲傭，正高高低低地用她們的語言交談。

黃昏攤在西天，斜斜的夕陽射進長廊，輪椅上的老人都靜靜地在陽光中坐著、呆呆地看著前方。兒童遊樂場上孩子們尖叫追逐、孕婦挺著大肚子緩緩走過。回頭望，芙蓉醉了，紅紅地像幾個熟透的小桃子，在晚風裡顫抖……

難忘的玫瑰花車遊行

文◎蓬丹　洛杉磯

這遊行與紐約時代廣場的倒數計時、以及拉斯維加斯的除夕焰火，並稱全美三大新年慶會。如此這般一個超人氣的活動，如不事先買票，當然就須儘早占位。因此前一夜即在路邊打地鋪、搭帳篷者比比皆是，甚而因此出現一個新名詞：「街頭露營」（sidewalk camping）。

在世界上的許多文化中，玫瑰花所象徵的意義都是高尚而美好的，它是伊朗國花，「玫瑰玫瑰我愛你」這首歌，在中國各地歷久不衰地傳唱，英國大文豪莎士比亞也曾為之傾倒，在他著名的十四行詩中，不止一次詠嘆著：

「玫瑰看來美豔，但更美是它內裡蘊存的甜美氣息……」

「我們總願美的物種繁衍昌盛，好讓美的玫瑰永遠也不凋零……」

玫瑰不是稀有花類，我們可以隨時親近它，享受它的嬌容與芳澤。或在自家院落，或在社區公園，而許多教堂的花壇，也都少不了它的姿影，因為紅玫瑰代表殉教者的熱血，白玫瑰則為聖母瑪利亞的純血……然而，要能一次遍賞此花不同品種的千姿百態，或許只有參觀一年一度的玫瑰花車遊行了。

作為洛杉磯居民，我想我是幸運的，得以和本城第一大盛事的玫瑰花車遊行結緣至今二十餘年，而且想必還將持續久久……

＊　＊　＊

那年初抵洛城，即聽友人說起新年元旦的這項慶典，但那時已是仲夏，因此第二年伊始，我便起了大早，懷著觀光心態準備去現場搜奇攬勝，未料停車竟是一位難求，敗興而返。

後來查閱一些相關資料，得知玫瑰花車遊行是一八九零年，在加州巴莎典那市開始舉辦，源於當時從美東和美中遷來的居民，以此表達一份對新家的熱愛，以及對加州晴美冬天的感恩。發展至今已成舉世聞名的新年歡慶活動之一。遊行中玫瑰花車的美輪美奐，騎兵行列的英姿勃發，以及鼓號樂隊的浩大聲勢，其中還夾雜著自他國遠道而來的隊伍，壯觀而歡樂的場面吸引了估計約有五億人之多的現場及全球電視觀眾。

在美國，這遊行與紐約時代廣場的倒數計時、以及拉斯維加斯的除夕焰火，並稱全美三大新年慶會。如此這般一個超人氣的活動，如不事先買票，當然就須儘早占位。因此前一夜即在路邊打地鋪、搭帳篷者比比皆是，甚而因此出現一個新名詞：「街頭露營」（sidewalk camping）。

次年我就像大多數洛城人，元旦一早即打開電視看轉播，這時我已知曉，花車會在遊行過後置放公園公開展示兩天。其後數年，有時我也會在看完轉播後，與友人去公園觀賞靜止的花車，那些匠心獨具、華麗奇巧的造型，來自設計師的精心構想，展現出資商家或團體的特色，並由大量義工協助組合完成，為觀者帶來視覺的饗宴，讓人們在千萬朵玫瑰的綺麗與馥香中，歡歡暢暢迎向新歲。

數年前我搬至巴莎典那市，新居恰巧離遊行主要路線的科羅拉多大道極近，甚至在住家窗口即可遙望遊行隊伍，因此連續好幾年都去現場參觀，其中有兩次印象特別深刻。

* * *

由於宗教的緣由，傳統規定遊行不可排在週日。因此二零零六年的遊行日期訂在一月二日星期一。當天大雨滂沱，一早我們還想可能會取消吧，打開電視，遊行居然已開始了，那是五十多年來首次遇上風雨天，但一切照常進行。

當時我也想去感受一下那種臨場感，便撐起雨傘，穿上較可防水的皮衣，裹緊衣領抵禦寒氣，看到風雨飄搖中，觀眾依然十分擁擠，氣氛依然非常熱烈！

我擠進人群，恰見一群啦啦隊員經過並在眼前停下。往常啦啦隊都是最活潑亮麗的行列，此刻，雨水打濕了她們的頭髮，彩粧模糊了，衣裳緊黏在身上，我看到好些女郎瑟瑟發抖，裸露的臂膀上水淋淋的，我也不禁打了個寒噤。

這時有位男士高聲叫道：「You guys are almost there!」（你們就快到了！）有人接著喊：「Good job! We are proud of you!」（你們好棒！我們為你們驕傲！）「Keep on going, you are almost at the end of the road!」（再堅持一下就到了！）

鼓勵之聲此起彼落，看所有的樂隊、馬隊、儀隊等，全都不畏風雨、抬頭挺胸前進，我也覺得有一份熱烈的參與感在胸中湧動。雖然此時我的褲管也濕了，但仍不捨離去。

猶記得在那一刻，另一個遙遠時空的畫面不期然浮上心頭。那是兩千年前，當耶穌基督被押往刑場，沉重的十字架負擔較雨水更加凌厲千百倍。那一段苦旅，人群同樣地夾道觀望，有人眼中隱隱閃著悲憫的淚光，有人為受苦者遞上一壺水……當時一個鄉間男子，夾雜在群眾中看熱鬧，不意和羅馬士兵的眼光相遇，就被強拉去幫耶穌背負十字架。

鄉下人拙於言詞，只能用眼神、用肢體來表露他的同情。畏懼、傷痛而又悲憐的目光凝視著將亡之人。當耶穌跌倒在地，他伸手抓住耶穌的臂膀，吃力的將他撐住，並一再低聲說：「快要到了！快要到了！」

輕輕拭去臉上不知是雨是淚的水珠，我的心思卻如洗滌後的清明：是的，在奮進的長路上，感覺到有人與你同行，並關注你的感受，即使只是無言的攙扶一把，那份溫馨的鼓舞感就足以讓人頓生繼續前行的勇氣。風雨如晦世途中，有時一個眸光、一句心話、一瓣花香，往往比千言萬語更能讓我們體會「風雨生信心，患難見真情」的深層意義。

＊　＊　＊

二〇〇八年新春元旦日，我一如往年就近守在科羅拉多大道旁。不僅因為多時以來觀賞花車遊行彷彿已成為一年初始的儀式，這年我更像大多數華人一般，期待看到中國第一次製作的花車參與。

令人驚喜的是，這年竟然有五部花車展現了濃郁的中國特色，其中四部都分別獲獎，我特意留存了當天剪報，其上記載著：臺灣中華航空公司「祥獅慶佳年」獲「國際獎」，加州州立工藝大學「和諧的守衛者」獲「奇幻獎」，華人聚居的喜瑞都市以節日燈籠獲「遊行志願者獎」，中國則以北京奧運為主題、採用了十萬朵紅玫瑰、主體造型是五個可愛福娃歡聚旋轉花臺上，這部花車得到「最佳主題獎」。

記得當日是個風清氣朗豔陽天，三架美軍 F-18 戰機迎著朝暉揭開序幕，虎虎生風飛過參展的四十六輛花車及馬術隊伍、鼓號樂隊等。萬紫千紅、花團錦簇的盛會，圓滿闡釋了這一年的遊行主題：「通向世界慶典的護照」（Passport to the World's Celebrations）。

華人的熱烈參與，表達的是對主流社會的支持。玫瑰所代表的心意——一朵是示愛，十朵宣告了十全十美的愛，百朵的花語訴說著百分之百的真情；那麼，眼前數不盡的千花萬瓣，昭示的便是綿綿無盡的、莎翁詩作中期許的永不凋零的深情了。玫瑰已然成為普世公認愛的信物，藉著玫瑰所蘊含的關懷、擁抱、付出、忠誠等美德，一向講求和平大同的華夏族裔，積極攜手其他族群，在新年之初將愛的訊息散布人間世！

蓬丹

畢業於國立臺灣師範大學，七〇年代留學加拿大，八〇年代移居美國，歷任採購經理，圖書公司總編輯，英語教學主任等職，在洛杉磯從事文化業。著有散文集《失鄉》、《投影，在你的波心》、《虹霓心願》、《沿著愛走一段》、《夢，已經啟航》、《流浪城》、《花中歲月》、《人間巷陌》，小說集《未加糖的咖啡》、《每次當我想起他》，傳記文學《追求完美的藝術大師米開蘭基羅》，報導文學《詩書好年華》等十二本，曾獲海外華文著述首獎、臺灣省優良作品獎、中國文藝獎章、世界海外華文散文獎、辛亥散文優等獎。

漸行漸遠

文◎謝惠生　聖路易

早上的太陽輕輕地在移，一不留意，就已成夕陽長長的光影，
庭院深深日遲遲，日並不遲，明天還會來，
只是人已老夢已殘，青春不回頭。

那晚，聖城大雪，愛丁堡的朋友寄來短信，瑩瑩孤燈下讀到「天涯裡獨自漸行漸遠」，不覺大慟。歲月悠悠，人物江山漸去漸遠，終不回頭。

「漸行漸遠的腳步，何曾為妳我而停留？
漸行漸遠的腳步，妳牽我不住，我牽妳不住。
漸行漸遠的腳步，誰又會為誰停留？」

腦中浮現兩個身影，一個是在七〇年代末，白樺《苦戀》裡的大雁，將大大的「人」字寫在遼

廣穹蒼的身影，漸去漸遠。另一個是《紅樓夢》的結尾，宿鳥歸林天地白茫茫好大一片的雪夜曠野，俗緣已了的寶玉漸行漸遠的身影。

還有總在夢中見到那身影，漸行漸遠，卻怎麼樣也看不清楚。清晨醒來的飢渴，卻怎樣也不知道飢渴什麼而無法消解。

世界上原不是可以留住任何人任何事的啊。母親是如此，研究生涯是如此，讀書歲月是如此，年少青春是如此，我的夢我的追求我的渴望也是如此。

沒有什麼事可以視為當然，沒有什麼事可以認為不變。早上的太陽輕輕地在移，一不留意，就已成夕陽長長的光影，庭院深深日遲遲，日並不遲，明天還會來，只是人已老夢已殘，青春不回頭。

漸行漸遠，哪個人不是漸行漸遠？媽在世時，我已停留在美國三十多年，每年回國，母親高瘦的身影總在那裡等著，一疊厚厚的新臺幣塞入我手中，還是暖暖地，吃著她做的飯菜，掃父親的墳，走在屋後高高的河堤，細細碎碎地說著生活，以為日子永遠就是如此。結果母親一下子中風遠去，生命的一大部分也走了。

想假裝一切都沒有變，多苦呢？母親走了，還認為她在，一有大事，拿起電話要撥，才恍然那人已不在。被公司休退了，還假裝繼續工作，和以前同事三天兩頭相約研討，把以前做過的實驗寫論文發表。用公司提供的暫時辦公室，用了整整三年，終於主管看不過去，婉轉提起公司的辦公室要保留給新辭退的員工，才不到辦公室了。只是，我哪能忘記那每天每天瘋狂的研究工作，我哪能忘記在暴風雨雪時，我還在地下的研究室工作忘了時間忘了天氣，而同事總在下班後的停車場打電話來告訴我天暗風寒雲低雪厚，那種風雪中傳來的電話，我怎能忘呢？在節日假期中，日夜不停的工作忙碌，那種濃濃厚重的成就感，我怎能忘記？

人來人去，清寂中的花飛花謝，有誰留意？鏟雪時，那兩個小小孩拿著小鏟子在幫忙鏟雪的笑聲，那笑聲呢？那春雨櫻花下的少女，清純柔順愛嬌無邪，現在身旁的女子，爭勝逞強專橫主斷，相隔只是四十年的歲月。

長途的開車裡，有著的是與世隔絕就僅一家四口的親密，從南到北從東到西，幾千幾萬里的長途，只要看旁邊甜美的妻子，看後座沉睡的兩小孩，天地的至美至樂也就如此，這種日子，過了二十個年頭。我不能放棄，我不願放棄，可是世界上太多的事無法堅持，小孩離散，自己身體零件鬆散，開車和腳抽筋是糾纏的夥伴，再好的車也開不出那闔家親密的悠閒。

吃麵包塗糖加奶油，蛋糕冰淇淋隨拿隨口吃的日子遠去了，櫃子裡是一堆每天必吃的藥。當有錢有時間的時候，自己身體的本錢卻沒了。人活著，無求無慾無棄無捨，可能嗎？都說身體好就一切都好，只是年華老去，身體還會好嗎？

生命中最重要最美的東西：有夢想去追，有野心可償，有青春陽光中好友如群，有爐邊人如月，有契闊於心的樂音長繞耳鼓。

歲月長唱，如歌的行板中，最悲哀的，是自己不動如山，看旁邊的人和事漸行漸遠，在現實、夢和記憶的模糊中消逝，都來不及相留和相送。

在光和影之間，在虛無和現實之間，在追尋和捨棄之間，是要在雁過無痕的長空底，絕望地躺在蘆葦深處？還是追隨寶玉的足跡，去另一個嶄新的世界找尋重生和輪迴？命運，要把我們帶到何方？

謝惠生

出生在廣東，成長在臺灣，是臺大化學系學士，賓州大學（University of Pennsylvania）化學博士，畢業後在 Fox Chase Cancer Center 專精癌症研究，其後歷任孟山都資深研究員和輝瑞大藥廠研究副院士，發表在科學期刊上的科學論文四十五篇，二〇〇〇年獲得美中西區華人學術研討會的傑出學人獎。科學、文學和音樂是他生命三大基柱，曾在中文的報章雜誌發表過散文、小說、評論等文章數十篇，得一九九三年教育部文藝創作獎短篇小說第三名和一九九四年聯合報文學獎極短篇小說獎佳作。

人生之味

文◎鍾怡　喬州

不論學什麼，她全一次上手，還青出於藍。活脫脫的老中架式，讓我笑她今生投錯了胎。她一語雙關地問我：「Do you speak Chinese?」原來幽默的英國人視中文詰屈聱牙又寓意深遠，常把聽不懂的話都稱 Chinese 以蔽之。

家中書房裡除了專業書籍外，擺放最多的就是各種中外食譜。每回逛書店見到印刷精緻、圖文並茂的美食刊物，就無法自拔地說「買最後一本了」。先生常說這些食譜是用來望梅止渴的，殊不知我對它們充滿了相見恨晚之憾。

環顧周遭減肥、三高的字眼，與斤斤計較的卡路里，讓繽紛隨興的做菜藝術變成刻板的數學公式，縱有澎湃熱情也降至冰點。反倒是異國友人看我食譜一堆，認定我是「廚房中的女人」，間或切磋討教，才讓群書略有用武之地。

當年遷居倫敦漢頓郡時，住在左鄰的伊利莎白第一天就送來一個剛出爐的蘋果派。只見晶瑩糖粒在暖乎乎的酥皮上閃爍著，逗得舌尖蠢蠢欲動，聞著似有若無的肉桂香氣，雙手已迫不及待地掰下一角，才入口，軟、糯、酥、潤，直達味蕾，憶起外婆生前常做的炸雪花糕滋味。冰凍的心房暗角，霎時無預期地暖流汩汩。

第二天在後院碰到伊利莎白，我發自內心的稱讚讓她如獲知音，馬上讓我登入主婦重地——廚房。原來她正烘焙著雜糧吐司，難怪空氣中瀰漫著穀物成熟的稻穗麥香。「市面賣的吐司稀鬆輕軟，做出的三明治完全不壓飢，孩子幹活需要體力不能餓著。」她充滿母愛的口氣提醒我，當要見賢思齊學她巧手。

伊利莎白五十出頭孀居多年，與獨子馬丁相依為命。她對英國食物嗤之以鼻，認為離她母親家鄉俄羅斯的水準差遠了，至於糕點，她要教我英國皮俄國骨的混血風味。

我從清糕體學起，延伸至派、吐司、麵包、瑞士捲、馬卡龍、花式蛋糕、提拉米蘇……伊利莎白從不用半成品做西點，每一次都由篩選麵粉開始，跟著她學看似耗時費事，但底子打得穩就算過了二十多年後的今日，我仍記得她的基底蛋糕配方：四盎司麵粉、四盎司糖、四盎司奶油、兩個蛋……

學了幾次，一天她很客氣地問我可否教她做「真正的」中國菜。「什麼意思？」我問她。「不是炒雜碎，或放一堆番茄醬、紅辣油之類的菜餚。」這個脫俗的回答讓我對她刮目相看。

坦誠告知自己一向照書做菜，自顧不暇難為人師，她說就看著食譜教吧！「起碼妳的食譜不是給西方人看的。」她一針見血的說。名為教，其實只是指點她中菜佐料的差異處，她很用心地邊學邊拍照；可惜她生也早，沒趕上臉書與部落格的時代。過程中她還懂得舉一反三，又把我習慣的「一點、差不多」分量，計算得一清二楚；就如同做蛋糕時，她絕不讓我「大概地」放糖、乾果、蘭姆酒等配料，因為「半茶匙與一茶匙」的誤差，就會讓完美口感功虧一簣。

有感伊利莎白「來真的」，我卯足勁不敢掉以輕心胡亂唬弄。有一天受邀去她家喝下午茶，特地做了煎餃與蔥油餅給她嚐鮮。她吃得闔不攏嘴的研究著，還要求我傳授這套手藝。老實說，我沒有祕訣，就是掌握了燙麵的水溫與比例、再加上食材新鮮、調味料簡樸，竟歪打正著對了她的胃。

自此伊利莎白對我肅然起敬，家中也不時有她奉上的甜點「束脩」。有感她的麵功已到隨心所欲的地步，我就教她擀皮包水餃、做包子、韭菜盒子……不論學什麼，她全一次上手，還青出於藍。活脫脫的老中架式，讓我笑她今生投錯了胎。她一語雙關地問我：「Do you speak Chinese?」原來幽默的英國人視中文詰屈聱牙又寓意深遠，常把聽不懂的話都稱 Chinese 以蔽之。

那年冬天，伊利莎白終於把手續繁複的壓箱絕活——耶誕蛋糕，一步一步費時兩個星期教會我。當最後一個裝飾糖片放到厚重紮實的蛋糕上時，也代表著我們的「手工交流」告一段落。

多少年來我為親戚朋友量身訂做的吐司、派餅、蛋糕不知凡幾，所有甜蜜滋味裡都藏著一味難忘的情誼。而日積月累的經驗讓我面對眾人的感激時，也能學著伊利莎白雲淡風輕地說，「沒什麼，『一片蛋糕』罷了。」

數年後舉家搬到布達佩斯，旋即加入當地的美食俱樂部。會員幾乎全是賺美金的國際友人，妮娜就是其一。有一次我們去「Gundel」嚐生煎鵝肝，這家號稱歐洲最棒的百年老店，也是米其林三星餐廳。因餐廳曾接待過英國女皇、羅馬前教皇、美國前總統等要人，讓我們對此餐寄予重望。

昂貴的主菜，每人得付八十美元，比平日多上三分之一；但贈送一小杯匈牙利有名的「瓊漿玉液」**Aszu Essencia**。當細膩滑嫩、肥美多汁的鵝肝送上桌、大夥開始大快朵頤時，妮娜冷不防地介紹起肥肝養成法。

她說「『菜鵝』脖頸自出生就被欄柵束縛住，只為便於時時強迫灌食。這種餵食方式，可讓鵝肝在短期內快速增大、滿足市場所需。但不堪負荷畸形身軀的鵝命，也相對提早結束。整個過程，業者只顧私利而忽視動物的生存權利。」一番正義之聲，聽得在座者面面相覷、舉箸維艱。

本該酣暢享受的午餐被暗示成助紂為虐，眾人胃口全失。草草吃完彆扭的一餐，私下都怨她不看時機、存心搗蛋。事後妮娜自知魯莽向我們道歉，並擇日請大家吃俄國菜賠罪，這才安撫了愛嚐新味的美食成員。

妮娜十五歲時跟隨改嫁的媽媽，從窮困的俄羅斯家鄉來到美國，因此血液裡有著「嫌貧排富隨時備戰」的基因。二十五歲時遇見在世界銀行工作的美國丈夫，兩人談了五年戀愛才決定結婚，自此跟著先生在東歐幾個國家工作，一晃近十年。

她厭惡東歐的窮酸落後、懷念美國的大器摩登，但也知返回美國無法支付現有的舒適生活。她的矛盾常反映在日常生活裡，我們都僱有清潔婦打掃內外，一星期一天月付一百美金，相當於當地人的四分之一月薪。她還特別以五百美金的「高薪」，僱用烏克蘭籍婦人為她打理三餐兼管家。而無所事事的妮娜，就當起西方保育團體的義工。那天的「護肝之舉」，就是她剛看完飼鵝影片仍在情緒中的抒發。

我倆住處接近很快就熟稔，頗具姿色的她注重養生，尤對東方充滿好奇，常問我中國食材的搭配烹調方式。有一次我謅到秦始皇、慈禧太后的抗老祕方，妮娜按捺不住地央我開課，我隨口答「至少五個人」，結果隔週她就喚齊五個不同國籍的人來上課。

這回我是媳婦熬成婆，好整以暇從容應對。哪知自願充當助手的妮娜「有二心」，一再喧賓奪主，當我是聽指令的新手。雙姝在鍋碗瓢勺中拉鋸著：「米飯糊了！」常煮米飯的她挑釁的說。「沒事。」我篤定的笑答，順勢變成一道轟炸莫斯科（炸鍋巴）解解氣。「真想吃中式沙拉。」她又有點子，「行。」我就地取材她家的馬鈴薯，涼拌土豆絲讓她吃到舌頭都快吞下去。

灶下比刀，成為敗將的妮娜總算心服口服。那次我教了豌豆雞米、彩椒蝦仁與香蒜橄油鱒。飯後她豪氣地開了瓶甘醇的 tokaji 6 Puttonyos 貴腐酒，搭配自做的匈牙利可麗餅，讓大家甜甜蜜蜜直到微醺。這個外厲內荏的「俄」女子，與我不「炒」不相惜，我離開後妮娜成了教中國菜的「二手老師」。

遊完歐洲半圈，回到美國喬州的家，時光似乎倒退二十年。鄉村街坊多半連紐約、墨西哥都懶得邁入，遑論歐洲？靜謐的鄰里全繞著教會與球賽運行，在他們眼中所謂的世界就是美國、就是自己的家鄉。

褪下華服著我舊裳，重新摸索低調慢板、質樸簡單的生活；往昔活色生香的感官經驗，隨著時間漸次剝落。陽春白雪、下里巴人，揉合在信仰裡譜出和弦。偶有浮光掠影也一閃即逝、化入家常。

首次參加小城教會一人一菜的團契，念及他們事事保守包括飲食——例如從不吃陌生的食物。我用鮮嫩多汁剛上市的大頭菜，做了個中規中矩的冷盤探路。夾在漢堡、披薩、三明治中的絲絲青翠有如沙漠綠洲，還來不及介紹就被十幾個人瓜分一空。馬力歐夫婦說現做的手工麵條，口感清脆風味獨具；麥克夫妻則探詢麵條沙拉的做法，還問我會不會做酸甜帶辣的中國菜餚；年屆七十的瓊則握著我的手滿足地說，「第一次吃到這麼爽口、餘味無窮的蔬菜涼麵。」

返家途中，我心情愉悅地轉到美食廣場，買了墨西哥人做的咕咾肉與中華炒麵，準備隔天的教堂餐會。所謂食不厭精、膾不厭細，此地教友全置若罔聞，讓我捧食譜而發笑。身邊不再有人講究吃什麼或怎麼吃，美食殿堂一夕瓦解，雖有些失落但不無解脫。想老祖宗時代，不就鑿個火、撒把鹽就是人間極品了！

初夏的清晨，空氣飄著花香，漫步在雨後小徑，大口呼吸著泥土的芳香。往昔似微風拂過，只在眼角留下滄桑；不變的晨煙，日復一日，裊裊舞出新的一天。回首多年旅途如陽光穿霧，就待迷濛散盡，現出清晰本色。等到此刻，方知進退轉折、千百尋覓的，竟是一直就在層層奢華下的自然原味啊！層層奢華下的自然原味啊！

（原載二〇一一年四月二十三日《世界日報》副刊）

鍾怡
平常女子，念書工作結婚生子，累積各種生活經驗。會提筆，是因一連串的意外，孕育而生。在這些過程裡，不論失去的苦、得到的樂，都藉著文字梳理，成為獨特的心靈滋補。大多時候，不願被紛擾世界的人事物影響撕裂。也許要追求一個完整的人，一顆心就得安於必要的距離與沉澱。ＡＢ型獅子座，眾說紛紜熱鬧至極，卻都與己身無關。我其實簡單；但求，能開心自在的活在眾人堆裡，就是一段美好旅程。

胖胖胖——與肥胖作戰

文◎簡宛　名家

選自己愛吃的食物，選自己愛的專業，選自己愛的人。有選擇的人生，才不會有怨天尤人的不滿，就像吃自助餐有過肥或營養不良之憾，這是要從小就訓練的能力。不僅是飲食，在很多事情上都要學會抉擇的能力，千萬不要為了怕吃虧，而給自己一大堆沒用的廢物。

「太胖，太胖」已成了美國現代人的口頭禪，每一位初到美國的觀光客，被問及對美國的印象時，都會異口同聲的說：

「美國胖子真多。」

確實如此，不論走在路上，或上市場、購物中心等公共場所，體大而噸位重的男女老少比比皆是。

事實上，有心人早已驚覺到事態嚴重，最近這些日子，每天打開報紙都是與肥胖有關的話題，不是減肥廣告，而是全美一致的共同目標——肥胖。除了十一月大選，中東戰事外，每天媒體都有與肥胖相關的報導，觸目驚心，肥胖已不只是外表的形象，更是萬病之首。除了心臟病、糖尿病外，所有導致疾病的因素，幾乎都與肥胖有關。更有甚者，肥胖的年齡層已從中年發福的成人，降低到正在求學的學童。北卡大學的醫學院已發出警告，發胖的年齡層不斷下移，估計在未來的十年二十年間，學童過重的現象還會增加，如果不及時注意，小胖子會越來越多，後果不堪想像。

這也是我在給青年朋友的信中，時常提到的健康問題。且不提健康因素，在愛美又在意同儕影響力的青少年時期，如果體重超常，自信心不免受到影響，然而現在社會富裕，食物不慮缺乏，就以那「包肥」的自助餐為例，堆積如山的食物，看了令人垂涎，忍不住拚命往肚裡塞，直到飽和點為止。有些人有餓眼沒餓肚，看什麼都要吃，夾了一大堆在盤子裡，然後吃不下只好往垃圾桶倒。記得我初到美國時，常聽說每個學校的垃圾箱裡，都有成堆成打的飲料罐子，只咬一口的蘋果，原封未動的午餐……，家長會還召開會議，希望父母多加勸導，帶動孩子良好的飲食習慣，不要浪費。曾幾何時，成人與小孩一樣都如此暴飲暴食，那時臺灣還沒現在富裕，胖子也不多，這幾年來，頗有急起直追之勢，令人擔憂。

我想起了我一位剛從非洲回美的朋友告訴我：「我在依索比亞看到運米的卡車走後，總有許多人伏在地上，想找尋一些可能從車上掉下來的米粒。」聽了令人心酸。我常說給我孩子們聽，不論他們是否理解我的心意，但是我說過的一句話他們沒忘記：「你們要懂得選擇。」選自己愛吃的食物，選自己愛的專業，選自己愛的人。有選擇的人生，才不會有怨天尤人的不滿，就像吃自助餐有過肥或營養不良之憾，這是要從小就訓練的能力。不僅是飲食，在很多事情上都要學會抉擇的能力，千萬不要為了怕吃虧，而給自己一大堆沒用的廢物。

想起數十年前，我們上中學時，每個人都是一副營養不良的樣子，老同學見面，都還記得我們當年那骨頭棒子一樣的「苗條」身材，沒人擔心過重過胖，當時公車捷運系統都不發達，上下學要走好長一段路才能搭上車子，物質也不富裕，黑松汽水只有生病時才喝。每天的飲料是茶或白水。臺灣四季如春，水果和蔬菜就是一年三餐都變不了的菜色。如今，步行、白水和果菜都成了健康三大要素，這豈不是生活中最簡單的健康祕方。

肥胖不是病，但卻是萬病的禍根，相信這也是生活在富裕的社會終生的課題。與其中年發福毛病百出，不如及早注意健康食物，購物時養成讀商標的習慣，避免熱量高而易發胖的油炸食物，最重要的是多動，多喝水，相信肥胖一定不得其門而入。

健康就是美，美在精神與體力和充滿活力，但是這個美不是永遠伴隨著你，而是要時時珍惜，不忘鍛鍊和維持，也不忘保持輕鬆與靈活的精神與體型。

秋桂飄香

文◎藍晶　喬州

她好像知道我以前從未留意過她栽的桂樹，
更別提那些細碎小白點如何飄香了。

「我的家庭真可愛，整潔美滿又安康……雖然沒有好花園，春蘭秋桂常飄香……」小時候學到這首優美溫馨、幾乎人人能唱的歌時，對於詞中的「春蘭秋桂」很是嚮往。蘭花較珍貴，是攀賞不到；那麼秋天的桂花是什麼樣兒呢？它會飄出什麼香味兒來呢？小小心中，常納悶著。

十多歲時，舉家遷來臺北。媽媽在松江路的寬宅後院圍牆內，闢出一塊可稍供徜徉的小花園，兼種數棵果樹。印象中，媽媽也種了一棵桂樹，可惜當時在小學五、六年級，正忙著準備聯考，根本沒去留意過它。雖然天天早起去園中溫書，專注的是書本，不是桂花香啊！後來上了中學，更是忙上加忙，愈發沒去理會媽媽栽種了些什麼，只記得媽媽養的大黑貓常在園中進出……

結婚出國後，某次返臺，與家人去郊遊，媽媽指點著路旁一棵深綠的高大灌木對我說：「這不就是桂花嗎？瞧那幼幼的小白點，可香咧！」她好像知道我以前從未留意過她栽的桂樹，更別提那些細碎小白點如何飄香了。

數十載匆匆流逝，長輩一個個遠離仙去……今晨外出，閒步兜嵐，秋涼拂來，林密山幽。忽在小徑邊轉角處，襲來一陣陣清醇的甜香，四下搜尋，呵！是桂樹啊！是多年前媽媽指給我看的桂樹，是那般特有的深綠，葉心處密綴著點點白白，香從那兒來的啊！這家洋人倒有愛桂情懷，連著在路旁種了四、五棵，難怪香氣如此薰人，讓人感到秋天是如此美好，還沒賞到楓紅，先沐了桂香。想到愛桂的媽媽在天有知，會多麼欣喜讚歎！一時雙目泫然……

（二〇一三・九・二十六）

藍晶

本名曾璧容，一九四八年生，臺北市人。臺大文學院人類學系畢業。先後旅居過康州和佛州，現居喬州亞特蘭大。二〇〇〇年八月獲喬州華文作協舉辦之海華文藝季「短篇散文」徵文比賽首獎。歷任亞城藝文社社長、北美華文作家協會喬州分會會長，現任亞城書香社社長，並執教中華文化學校。著有散文集《聽聽夜籟》、《春語》、《春風伴我行》以及詩集《詩窗小語》。

世華文學

書寫@千山外

北美華文作家協會作品大賞

統籌◆趙俊邁

主編◆傅士玲

發行人◆王春申

編輯顧問◆林明昌

營業部兼任
編輯部經理◆高珊

責任編輯◆徐平

校對◆趙蓓芬

封面設計◆吳郁婷

出版發行：臺灣商務印書館股份有限公司

23150新北市新店區復興路四十三號八樓

電話：(02)8667-3712 傳真：(02)8667-3709

讀者服務專線：0800056196

郵撥：0000165-1

E-mail：ecptw@cptw.com.tw

網路書店網址：www.cptw.com.tw

網路書店臉書：facebook.com.tw/ecptwdoing

臉書：facebook.com.tw/ecptw

部落格：blog.yam.com/ecptw

局版北市業字第993號

初版一刷：2015 年 10 月

定價：新台幣 420 元

ISBN 978-957-05-3011-7

書寫@千山外：北美華文作家協會作品大賞 ／ 趙俊邁統籌
傅士玲主編. -- 初版. -- 新北市：臺灣商務, 2015. 10
面； 公分. --（世華文學）

ISBN 978-957-05-3011-7（平裝）

839.9 104015702

廣　告　回　信
板橋郵局登記證
板橋廣字第1011號
免　貼　郵　票

23150
新北市新店區復興路43號8樓
臺灣商務印書館股份有限公司　收

請對摺寄回，謝謝！

讀者回函卡

感謝您對本館的支持，為加強對您的服務，請填妥此卡，免付郵資寄回，可隨時收到本館最新出版訊息，及享受各種優惠。

姓名：＿＿＿＿＿＿＿＿＿＿ 性別：□ 男 □ 女

出生日期：＿＿＿＿年＿＿＿＿月＿＿＿＿日

職業：□學生 □公務(含軍警) □家管 □服務 □金融 □製造
□資訊 □大眾傳播 □自由業 □農漁牧 □退休 □其他

學歷：□高中以下（含高中）□大專 □研究所（含以上）

地址：＿＿＿＿＿＿＿＿＿＿＿＿＿＿＿＿＿＿＿＿

＿＿＿＿＿＿＿＿＿＿＿＿＿＿＿＿＿＿＿＿

電話：(H) ＿＿＿＿＿＿＿＿＿＿ (O) ＿＿＿＿＿＿＿＿＿＿

E-mail：＿＿＿＿＿＿＿＿＿＿＿＿＿＿＿＿＿＿＿＿

購買書名：＿＿＿＿＿＿＿＿＿＿＿＿＿＿＿＿＿＿＿＿

您從何處得知本書？

□網路 □DM廣告 □報紙廣告 □報紙專欄 □傳單
□書店 □親友介紹 □電視廣播 □雜誌廣告 □其他

您喜歡閱讀哪一類別的書籍？

□哲學・宗教 □藝術・心靈 □人文・科普 □商業・投資
□社會・文化 □親子・學習 □生活・休閒 □醫學・養生
□文學・小說 □歷史・傳記

您對本書的意見？（A/滿意 B/尚可 C/須改進）

內容 ＿＿＿＿＿編輯＿＿＿＿＿校對＿＿＿＿＿翻譯＿＿＿＿＿

封面設計＿＿＿＿＿價格＿＿＿＿＿其他＿＿＿＿＿＿＿＿＿＿

您的建議：＿＿＿＿＿＿＿＿＿＿＿＿＿＿＿＿＿＿＿＿

＿＿＿＿＿＿＿＿＿＿＿＿＿＿＿＿＿＿＿＿＿＿＿＿

※ 歡迎您隨時至本館網路書店發表書評及留下任何意見

臺灣商務印書館 The Commercial Press, Ltd.

23150新北市新店區復興路43號8樓 電話：(02)8667-3712

讀者服務專線：0800-056196 傳真：(02)8667-3709

郵撥：0000165-1號 E-mail：ecptw@cptw.com.tw

網路書店網址：www.cptw.com.tw 網路書店臉書：facebook.com.tw/ecptwdoing

臉書：facebook.com.tw/ecptw 部落格：blog.yam.com/ecptw